Aurore Drécourt

LA FOLLE DESTINÉE DES KERDELEC

UN SECRET BIEN GARDÉ

*

Roman

Calmann-Lévy

Ceux qui ne tentent rien ne réaliseront jamais leur rêve.
Alors, que risquez-vous à tenter le vôtre, sinon de réussir ?

1

— Sophie, je t'en conjure, contente-toi des pommes à côté de toi et descends de cet arbre !

— J'y suis presque ! Plus qu'un petit mètre à grimper ! objecta la jeune femme.

— Je te préviens, je ne viendrai pas te chercher ! Et ne compte pas sur moi pour te rattraper si tu tombes !

— Voilà qui est galant de votre part, mon très cher frère.

Étienne de Kerdelec laissa échapper un soupir à fendre l'âme. De tous les vieux pommiers présents dans ce champ, sa jumelle avait choisi le plus haut, c'est-à-dire celui aux fruits les plus inaccessibles. La saison des récoltes approchait, mais bien sûr, elle ne pouvait pas attendre qu'un paysan grimpe à leur place pour faire tomber les pommes !

Les yeux d'Étienne s'arrondirent comme des soucoupes tandis que sa sœur s'allongeait sur une branche plus souple et tendait le bras vers des fruits bien rouges.

— Juste ciel, Sophie, c'est dangereux !

Il se précipita en dessous de la jeune femme qui l'ignorait superbement.

— J'aurai ces pommes quoi qu'il m'en coûte ! cracha-t-elle en avançant centimètre par centimètre.

Sa tresse de cheveux blonds s'accrocha à des feuilles et elle gronda de manière peu élégante. Elle tira dessus, y laissant quelques mèches au passage.

— S'il te plaît, choisis-en d'autres ! essaya de la raisonner Étienne.

— Tu sais bien que les meilleures sont juste en face de moi ! Nanou refuse de manger depuis trois jours. Elle ne résistera pas à ses mets préférés.

— Si tu te romps le cou, douceurs ou non, elle ne les mangera pas !

— Me rompre le cou ? répéta Sophie avec un sourire en coin. Ce serait mal me connaître.

La pulpe de ses doigts caressa la peau d'un fruit mûr à souhait. Avec un petit effort supplémentaire, elle parvint à se saisir de l'objet de ses désirs. Une grande joie éclata dans sa poitrine. Elle l'avait fait ! Sa grand-mère allait enfin retrouver des forces !

Un terrible grincement résonna soudain sous elle. Sophie s'immobilisa, tâchant de garder son sang-froid.

— Étienne, prends le tablier que j'ai laissé en boule. Noue-le à tes hanches et tends-le pour rattraper les pommes que je vais te jeter.

— Tu plaisantes ? Je ne vais quand même pas porter un vêtement de femme !

— Étienne ! rugit Sophie. Nous ne sommes que tous les deux et je n'ai pas fait tout cela pour rien !

— Tu es…

La jeune femme entendit son frère pester des mots incompréhensibles. Si la situation ne s'avérait pas aussi périlleuse, elle en aurait ri. Elle adorait taquiner Étienne.

— Mets-toi bien en dessous, je vais lâcher les pommes une par une. Enlève-les chaque fois du tablier et dépose-les dans le panier.

— Si tu les lances toutes sans attendre, nous gagnerons du temps.

La jeune femme leva les yeux au ciel.

— Cela les abîmerait ! Nanou n'en voudrait pas !

— D'accord. Qu'est-ce que je ne ferais pas pour toi…

Il se mit en place et Sophie fit tomber une première pomme, une deuxième puis une troisième, tentant de gigoter le moins possible sur sa branche vacillante. Elle n'osait pas regarder en bas. Bien que téméraire, elle craignait d'être prise de vertige. Étienne avait raison : Nanou ne supporterait pas qu'il lui arrive quelque chose.

— Voilà, je vais descendre.

Elle n'attendit pas la réponse de son frère. Avec précaution, elle rampa en arrière. L'air frais d'octobre lécha ses mollets nus. Sa jupe remontait sous l'effort, mais tant pis. Sophie avait une confiance aveugle en Étienne. En gentilhomme, il avait forcément déjà détourné le regard. De plus, ils étaient sortis du même ventre.

Enfin, elle atteignit le tronc. Avec précaution, elle tâta du bout des pieds ses possibles appuis pour s'assurer de leur solidité. Elle n'avait pas prévu d'échelle, sinon son frère aurait deviné ses intentions et n'aurait jamais accepté de l'accompagner. Vu son caractère prudent et introverti, rien ne l'aurait fait changer d'avis.

— Je suis presque en bas, l'informa-t-elle.

— Je ne comprends toujours pas pourquoi je t'ai suivie. J'aurais dû me douter que tu avais encore une diablerie en tête.

— Tu t'en doutais, ne put-elle s'empêcher de glousser. Mais que serait ta vie sans les aventures que je t'impose ?

— Certes…

— Et surtout, tu préfères nos escapades aux cours d'escrime.

Étienne laissa échapper un gémissement qui traduisait son aversion pour cette discipline imposée par leur père. Désormais parti avec son épouse et sa fille aînée pour la ville, le baron n'était plus là pour les surveiller. Et les jeunes Kerdelec en profitaient.

— D'ailleurs, à ce sujet…, marmonna Étienne. J'y ai bien réfléchi. Je crois que nous devrions arrêter de te faire passer pour moi.

Sophie se figea à environ quatre mètres du sol.

— Plaît-il ?

— Voyons, Sophie ! s'emporta Étienne d'une voix tremblante. Nous avons fêté notre dix-neuvième anniversaire. Même si mère ne semble pas décidée à te présenter au monde…

— Et que Dieu m'en garde ! l'interrompit-elle en reprenant sa descente.

— Il serait quand même temps que tu te comportes comme l'exige ton rang.

Le sang de Sophie se figea dans ses veines. Ce discours, sa mère l'avait maintes fois répété durant l'été. Sophie ne possédait ni la beauté ni les belles manières de Louise, l'aînée des filles Kerdelec, et surtout elle ne faisait aucun effort pour lui ressembler. Et pourquoi d'ailleurs aurait-elle agi autrement, alors que cela ne lui apportait aucun bonheur ?

— Tu ne le penses pas, s'entendit-elle répondre.

— Si, Sophie. Je m'inquiète pour ton avenir.

— Mon avenir ?

Sa mâchoire se contracta. Comment osait-il lui faire la leçon alors qu'il profitait depuis des années du répit qu'elle lui offrait ? Qui se déguisait en garçon pour suivre les cours des précepteurs ? Qui parcourait la campagne en l'absence de leur famille pour gérer les terres et aider les paysans ? Qui maintenait les comptes à jour et réglait les problèmes de servitude à la place du jeune homme ? Et sans jamais s'en attribuer le mérite afin que leur père n'y voie que du feu ? Non qu'Étienne fût incompétent dans ces matières, mais il s'en désintéressait totalement, préférant passer sa vie à lire et à écrire.

Sophie bouillonnait de colère. Si elle n'avait pas été si haut perchée, elle lui aurait craché ses quatre vérités ! Elle accéléra l'allure.

Soudain son pied glissa du nœud sur lequel elle venait de prendre appui. Un cri lui échappa. Ses genoux dérapèrent contre l'écorce et son cœur remonta dans sa poitrine tandis qu'elle chutait.

Par chance, quelque chose amortit sa chute, mais pas assez pour lui permettre de retrouver l'équilibre. Elle se retrouva allongée à moitié dans l'herbe, et à moitié sur Étienne. Leurs visages n'étaient qu'à quelques centimètres l'un de l'autre. Les yeux bleus de Sophie, ponctués d'éclats jaunes, plongèrent dans ceux d'Étienne. Son frère aurait pu être un miroir : Sophie et lui possédaient le même nez légèrement retroussé, les mêmes lèvres fines et le même menton court. Les jumeaux Kerdelec se ressemblaient de manière étonnante, et la nature semblait s'obstiner en ce sens : les hanches de Sophie s'élargissaient à peine, sa poitrine demeurait discrète, tandis que la pilosité d'Étienne tardait à se déclarer. Fin pour un homme, il manquait d'épaules et faisait la même taille que sa sœur.

Oui, ils étaient aussi semblables physiquement qu'opposés dans leur caractère.

— Je suis soulagé, tu n'as rien, soupira son frère avec un sourire franc.

Sophie s'écarta promptement de lui, toujours fâchée.

— Rentrons, déclara-t-elle en s'asseyant.

— Sophie, tu boudes ? Alors que je viens de te sauver ?

— Si tu n'étais pas intervenu, j'aurais atterri sur les fesses. Je ne me serais pas fait mal.

Certes, c'était de la mauvaise foi, mais qu'importe ! Elle prit appui pour se relever, lorsqu'un gémissement lui échappa. Son jumeau se retrouva aussitôt sur ses deux pieds et l'aida à se mettre debout.

— Où as-tu mal ?

— Nulle part.

Elle se dégagea et tenta de faire un pas, avant de grimacer.

— Sophie !

— C'est ma cheville, avoua-t-elle sans le regarder.

— Tu as dû te blesser.

Étienne se mit à inspecter du regard le champ et les quelques arbres qui les entouraient. Il n'y avait personne pour les aider.

— Attends-moi ici, annonça-t-il après plusieurs secondes de réflexion. Je vais aller chercher une charrette…

— Et tu vas me laisser seule ? interrogea Sophie avec un air faussement horrifié.

Étienne fronça les sourcils, déstabilisé.

— Le château n'est qu'à une vingtaine de minutes à pied, je ne serai pas long. Et puis, tu as l'habitude de…

— Tu laisserais donc une demoiselle de mon rang seule à la merci des prédateurs ?

Elle pointa un index accusateur vers lui. Il voulait qu'elle imite ses consœurs de sang noble ? Eh bien, il allait être servi ! Le visage d'Étienne se rembrunit et, tel un enfant pris à son propre piège, grommela :

— Je plains plutôt le prédateur qui te rencontrerait.

Sophie serra les lèvres pour ne pas rire, et au lieu, lui fit les gros yeux.

— Sois galant, et porte-moi.

Elle tendit les bras. Étienne soupira de désespoir. À cet instant, il devait regretter d'avoir passé l'été à lire plutôt qu'à développer ses muscles !

— Le château est loin…

— Tu ne m'as pas dit qu'il n'était « qu'à vingt minutes à pied » ? roucoula-t-elle.

Sans un mot, il la souleva et Sophie retint une expression de triomphe.

— N'oublie pas les pommes.

— Tu veux ma mort.

— Absolument pas, mon frère adoré.

Il la laissa retomber au sol et lui confia le panier, avant de la soulever à nouveau. Une centaine de mètres plus tard, le visage rouge et inondé de sueur, il s'arrêta.

— Ta cheville va mieux ?

Sophie s'appuya dessus et secoua la tête.

— Juste ciel ! gémit-il. Monte plutôt sur mon dos.

— D'accord, mais tu devras porter le panier.

Agacé mais patient, Étienne s'exécuta. Sophie accrocha ses bras autour de son cou et ferma les yeux. L'odeur de son frère l'apaisa, et son énervement se mua en tristesse. Et si Étienne avait raison ? Le temps les rattraperait vite… Un jour, leur père les rappellerait chacun à leur devoir.

Ils seraient séparés l'un de l'autre.

Sophie refusait d'y penser. Tant que Louise ne serait pas mariée, on ne s'intéresserait pas à son cas. Et puis quel homme voudrait d'une femme sans dot ? Ils avaient beau posséder du sang noble et un château, la richesse manquait cruellement à leur famille. Non, elle ne devait pas s'inquiéter. Ses bras se refermèrent un peu plus autour de son frère. Concentré sur ses efforts, celui-ci ne remarqua pas qu'elle s'accrochait à lui à la manière d'une fillette perdue.

— Étienne, je crois que ça va…

Sophie n'eut pas le temps de finir sa phrase qu'un martèlement de sabots leur parvint. Son frère la laissa glisser au sol et lui tendit le panier de pommes, avant de poser la main sur la garde de son épée. Un cavalier, seul, approchait à vive allure.

La poitrine de Sophie se crispa. Qui était-ce ? En ce mois d'octobre, tous les nobles de la campagne avaient dû gagner la ville pour y passer l'hiver. D'aucuns savaient que le baron de Kerdelec était absent et aucun gentilhomme qui se respecte ne visiterait le domaine sans invitation. Était-ce un voyageur égaré ? Non, le chemin pour rejoindre Rennes ne se trouvait pas bien loin, Sophie pouvait même le voir en cet instant. Un soldat de retour de garnison ? Des paysans avaient été malmenés aux confins de leurs terres et le coupable courait toujours.

Sophie saisit fermement une pomme, prête à l'utiliser comme projectile.

Bientôt, des reflets illuminèrent le métal à la ceinture de l'inconnu.

Cet homme, bien décidé à les aborder, était lui aussi armé.

2

— Qui va là ? s'exclama Étienne d'un timbre plus grave qu'à l'accoutumée.

Essayait-il de moduler sa voix, dont la douceur le gênait en tant qu'homme, pour la rendre plus intimidante ? Le cavalier ralentit l'allure. Les ombres de son tricorne s'estompèrent de son visage, révélant des traits jeunes et gracieux. Des traits étrangement familiers, sans que Sophie sache pourquoi.

— Le vicomte de Chevigné, répondit le nouveau venu. Étienne… Est-ce vous ?

Les épaules de l'intéressé se décrispèrent et sa main quitta son arme. Sophie, elle, n'en revenait pas. Elle laissa tomber sa pomme dans le panier. Ils ne connaissaient qu'un seul Chevigné. Était-il possible que…

— Mathieu ? s'écria Étienne avec entrain. Je ne vous ai pas reconnu. Comme vous avez changé !

Sans attendre, il abandonna sa sœur et se rapprocha de leur visiteur. Le cheval fit encore quelques pas avant que monsieur de Chevigné en descende. Les deux jeunes hommes se donnèrent une franche accolade. Tout heureux de ces retrouvailles imprévues, ils ne prêtaient guère attention à Sophie, ce qui lui laissa le temps de mieux les détailler. Le vicomte était légèrement plus grand qu'Étienne, avec une carrure plus imposante. Il ressemblait vraiment à un homme, maintenant, et Sophie s'en sentit intimidée.

— Quel bon vent vous amène ? s'enquit Étienne. Êtes-vous de passage ou restez-vous plus longtemps ?

— De passage, mon ami. Je profite de mon retour de Paris pour prendre des nouvelles de ma tante, avant de poursuivre mes affaires.

— Vous avez visité la capitale !

La voix d'Étienne était montée dans les aigus, ce qui gêna Sophie. Son frère se montrait un peu trop enthousiaste, au point d'en négliger les bonnes manières. D'habitude, elle s'en moquait bien, mais la présence de Mathieu changeait la donne. Ce dernier, heureusement, ne semblait pas s'en formaliser. Il souriait avec sincérité à Étienne, comme il y a tant d'années.

— Oui, c'est un tout autre monde. Je me réjouis de retrouver les terres qui m'ont vu naître.

Le regard bleu de Mathieu dévia alors vers Sophie. Un éclat de surprise y brilla et la jeune femme baissa la tête.

— Toutes mes excuses, j'en oublie mes devoirs.

Il retira son tricorne et se fendit d'une révérence. Ses cheveux blond foncé, retenus en une queue-de-cheval derrière la nuque, glissèrent sur l'avant de son manteau. Sophie sentit ses joues s'empourprer et elle n'eut pas le temps de répondre qu'Étienne s'exclamait :

— Voyons, ne vous montrez pas si protocolaire. Ne reconnaissez-vous donc pas Sophie, ma jumelle ? Elle a bien grandi depuis le temps où elle vous poursuivait avec son épée en bois !

Sophie faillit s'étrangler. Étienne ne pouvait-il pas se taire ? Son frère partit dans un éclat de rire. Mathieu esquissa un sourire embarrassé, et Sophie s'inclina pour donner le change.

— Monsieur de Chevigné.

La jeune femme se mordit la lèvre. Allez, réagis, Sophie ! Se montrer aussi timide n'était pas dans ses habitudes. Il fallait qu'elle intervienne avant que son frère ne commette une énième bourde.

— Oh, mais j'y pense, la prit de court Étienne. Pourriez-vous nous aider ? Ma sœur est blessée à la cheville.

Misère ! Elle ouvrit la bouche pour les rassurer sur son état, mais Mathieu de Chevigné s'empressa de rétorquer :

— Oui, je m'en étais douté en vous voyant au loin. Souffrez-vous beaucoup ?

La jovialité du vicomte avait déserté son visage pour une inquiétude qui déstabilisa Sophie. Elle se revoyait, à l'âge de neuf ans, les genoux en sang en face d'un adolescent qui tentait de la réconforter. Malgré les années passées, Mathieu semblait réellement se soucier d'elle. Quelque chose dérapa dans la poitrine de Sophie, qui ne parvint qu'à faire non de la tête.

— Notre château ne se trouve pas loin, expliqua Étienne. Seriez-vous assez aimable pour prévenir un domestique et lui demander de venir nous prêter assistance ?

— Je ne suis pas pressé. Prenez plutôt mon cheval.

De rouge, Sophie devint blanche. Non, non, ils ne pouvaient pas emprunter la monture de monsieur de Chevigné !

— Je vous remercie, répondit Étienne, mais nous ne pouvons pas vous laisser marcher dans la campagne.

Le soulagement envahit Sophie, toujours prise de mutisme : son frère se montrait raisonnable.

— Et si nous marchions tous deux tandis que votre sœur se repose ?

Étienne lança un coup d'œil amusé à Sophie et celle-ci le supplia du regard de refuser.

— Sophie…

Son jumeau lui offrit son bras, l'invitant avec galanterie à rejoindre le cheval. Il ne perdait rien pour attendre !

— Savez-vous monter, mademoiselle de Kerdelec ? s'enquit leur agréable visiteur, placé juste à côté de la monture.

— Si elle sait monter ? pouffa Étienne. Je ne connais pas de…

Sophie fit exprès de trébucher contre lui pour le faire taire. Ne voyait-il pas l'embarras dans lequel elle était plongée ? Que devait penser monsieur de Chevigné la découvrant ainsi, en habit de paysanne, hirsute et pleine de terre ? Elle n'avait plus neuf ans ! Pourquoi fallait-il qu'on ajoute à sa honte ?

— Pouvez-vous m'aider ? s'enquit-elle avec une expression qu'elle voulut le plus aimable possible.

Mathieu de Chevigné interrogea du regard Étienne qui acquiesça et se posta pour tenir la bride. Alors, les mains de Mathieu se posèrent sur la fine taille de Sophie et il la souleva sans effort jusqu'à la selle. Sophie retint son souffle, la chaleur lui montant derechef à la tête. En lui présentant sa requête, elle imaginait qu'il lui donnerait la main, pas qu'il la porterait… comme ça.

— Ne vous inquiétez pas, reprit son sauveur en un charmant sourire. Mon cheval est d'un naturel calme. Si vous avez peur, accrochez-vous à la selle.

La monture alla au pas et Sophie essaya de calmer les battements de son cœur. C'était ridicule. Pourquoi voir l'ami d'enfance de leur frère aîné lui faisait-il encore cet effet ? Ils avaient tous grandi et suivi des chemins différents. Monsieur de Chevigné était désormais un inconnu. Oui, il n'avait plus rien à voir avec le garçon qui soignait ses écorchures.

— Comment va votre famille ? demanda avec intérêt Mathieu. J'ai croisé votre père à plusieurs reprises, sans avoir l'occasion de converser avec lui.

— Sa santé est bonne, expliqua Étienne d'un air détaché. Avec Louise, ils passent l'hiver à Rennes. Vous ne devez pas avoir maint souvenir d'elle. À l'époque, elle demeurait au pensionnat.

— Non, c'est vrai. En revanche, je me souviens d'une fillette et d'un bébé. Comment vont-ils ?

— Héloïse a bien grandi, elle va sur ses quinze ans. Et Philippe sur ses neuf ans.

— Bon sang ! s'exclama Mathieu, avant de toussoter et de jeter un coup d'œil à Sophie. Mes excuses. Je voulais dire, comme le temps passe vite !

— Ne vous inquiétez pas, déclara Sophie avec le sourire. Avec mes frères, j'ai l'habitude d'entendre jurer. Il en faut plus pour m'offenser.

— Je n'en attendais pas moins d'une ancienne corsaire.

Il n'avait donc pas oublié l'histoire de l'épée en bois… L'amusement dans le regard de Mathieu troubla une fois de plus Sophie. Pourquoi réagissait-elle comme une de ces stupides demoiselles face à un galant ? Ils n'étaient ni l'un ni l'autre !

— Vous avez raison, reprit d'un ton plus posé Étienne. J'ai l'impression qu'hier encore nous nous amusions tous à chercher des trésors. Charles…

Le jeune homme se tut et son visage s'assombrit. Le cœur de Sophie se serra à son tour. Mathieu contempla l'horizon et prononça dans un souffle :

— Ma mère m'a appris la terrible nouvelle. A-t-on retrouvé son bateau ? Ou ne serait-ce qu'un membre de l'équipage ?

Étienne conserva le silence, et Sophie répondit pour lui :

— Hélas, non.

La disparition de leur frère aîné, en début d'année, ébranlait son jumeau plus que Mathieu ne pouvait le deviner.

— Néanmoins, nous ne perdons pas espoir.

— Je connais mal la marine, avoua monsieur de Chevigné. Et je me doute que votre père a déjà sollicité toutes ses connaissances à Brest et à Rennes. J'ai toutefois quelques appuis à Paris. Si je peux faire quoi que ce soit…

— Je vous remercie, répondit Étienne, sortant enfin de son mutisme. Je transmettrai votre proposition à notre père. Hélas, je crains que nous n'ayons d'autre option que d'attendre.

— Charles est une force de la nature, il reviendra, j'en suis sûr.

Une force de la nature… Sophie baissa la tête. Oui, l'héritier des Kerdelec s'était toujours montré vaillant et courageux. Mais qu'est-ce qu'un homme pouvait faire contre une mer déchaînée ? Était-il prisonnier quelque part ? Avait-il fini noyé ou dans l'estomac d'un requin ? Et dire qu'il s'était enrôlé dans la marine afin de faire fortune et de sauver leur famille de la ruine. S'il avait su… aurait-il plutôt suivi les traces de leur père et assumé sa charge aux États de Bretagne ? Tellement de *si* auxquels personne ne pouvait répondre…

— Vous aussi, mademoiselle de Kerdelec, (Sophie sursauta) si je puis faire quoi que ce soit pour vos sœurs et vous, n'hésitez pas.

— Merci, monsieur de Chevigné.

Même s'il ne s'agissait que de mots de convenance, la sincérité qui émanait du jeune homme toucha Sophie.

— Nous y sommes, annonça Étienne en pointant du doigt un large édifice qui s'étendait non loin d'une forêt. Désirez-vous un rafraîchissement ou vous reposer avant de repartir ?

— Cela aurait été avec plaisir, mais ma tante m'attend.

Ils avancèrent encore quelques minutes, tandis que l'épais château grossissait face à eux. De style gothique, il possédait deux tours de hauteur différente, terminées par des créneaux et un toit pointu. Les murs étaient nus, parfois percés de fenêtres protégées par des grilles. Par chance, ils arrivaient à l'opposé de l'entrée principale, sinon le vicomte aurait immanquablement remarqué que la plus grande des tours tombait en ruine.

Les deux amis échangeaient des propos polis sur la vie à Paris et ses cercles littéraires, une des grandes passions d'Étienne. Sophie n'écoutait que d'une oreille distraite, concentrée pour garder son équilibre sur le cheval qui descendait la colline. Être assise les deux jambes du même côté ne facilitait pas la manœuvre.

Arrivé au plus proche du bâtiment, le vicomte de Chevigné arrêta sa monture. Il semblait attendre quelque chose, peut-être qu'un serviteur vînt les aider. Sophie se garda bien du moindre commentaire : comment lui dire qu'ils avaient à peine les moyens de s'offrir les services de trois domestiques ?

— Voulez-vous que je vous aide à rentrer ? questionna-t-il en comprenant que personne ne viendrait.

Au souvenir des mains du gentilhomme autour de sa taille, Sophie secoua la tête. Peut-être un peu trop vivement. S'il lui prenait l'envie de la porter plutôt que de lui offrir son bras, elle en mourrait d'embarras ! Elle avait déjà montré assez de faiblesse comme ça.

— Je vais appeler Jeannette, je reviens !

Sans laisser à Sophie l'occasion de protester, Étienne posa le panier de pommes à terre et disparut par la porte destinée aux domestiques. Seule avec leur compagnon, elle ignorait désormais comment réagir.

— Je vais descendre.

Elle tint ses jupes de la main droite afin qu'elles ne remontent pas sur ses jambes, lorsque Mathieu tendit son bras vers elle.

— Je vous en prie, laissez-moi vous aider.

Sophie se mordit la lèvre. Son hésitation parvint à Mathieu de Chevigné, qui lui offrit un sourire rassurant.

— Promis, si Étienne le demande, je lui assurerai que vous êtes descendue de vous-même.

Il avait parlé bas, comme si déjà il s'engageait à garder un secret. Son autre bras se tendit vers elle, et il attendit, patient. Quels souvenirs le vicomte gardait-il de leur enfance ? Il semblait très bien se souvenir de la petite fille qui voulait tout faire comme les garçons.

Sophie se sentit soudain ridicule. Quel mal y avait-il à accepter son aide ? Elle se pencha en avant. Ses mains se posèrent sur les épaules du vicomte de

Chevigné, tandis que ce dernier enroulait les siennes autour de sa taille. Alors, elle décida de s'en remettre à lui. Sa poitrine se rapprocha du buste de Mathieu, et il descendit la jeune femme avec délicatesse, comme s'il craignait de la briser.

Quand les pieds de Sophie touchèrent terre, ni l'un ni l'autre ne recula. Comme il était étrange de se trouver si proche d'un homme n'appartenant pas à sa famille ! Certes, elle avait déjà dansé avec les garçons du village – ce que sa mère ne devait surtout pas apprendre –, mais aucun ne l'avait jamais troublée. Si proche de lui, elle distinguait les effluves de son parfum, ainsi que les différentes teintes de bleu dans ses iris. Mathieu avait des yeux magnifiques. Elle s'y perdait, comme un marin pouvait se perdre en mer. Ses battements de cœur redevinrent irréguliers, tandis qu'elle avait plus que jamais conscience des mains de cet homme autour d'elle, ainsi que des siennes, qui n'avaient toujours pas quitté ses épaules.

— Merci de votre confiance, chuchota-t-il.

Son maudit cœur continuait à battre la chamade. Son regard glissa sur les lèvres du jeune homme, qui étaient restées entrouvertes.

— C'est étrange, je n'ai pas réussi à la trouver, déclara Étienne.

En un sursaut, Sophie se détacha de leur ami d'enfance. Néanmoins, son jumeau ne semblait pas se rendre compte de l'inconvenance de la situation. Il les fixait sans les voir, les sourcils froncés.

— Je vous laisse, toussota monsieur de Chevigné. J'ai été heureux de vous revoir, mademoiselle de Kerdelec.

Il grimpa en selle.

— Voulez-vous une pomme ? s'enquit Sophie, qui retrouvait ses esprits. Elles sont mûres.

Elle s'accroupit pour prendre un fruit du panier et le lui tendit. Le vicomte, surpris, l'accepta. Le bout de leurs doigts se toucha, rien qu'une fraction de seconde, mais assez pour troubler Sophie.

— Transmettez mes salutations à votre famille.

— Nous n'y manquerons pas. Encore merci de votre aide, le gratifia Étienne.

Monsieur de Chevigné le salua de la tête, accorda un long regard à la jeune femme, comme s'il hésitait à lui dire quelque chose, puis talonna son cheval. Celui-ci repartit en sens inverse, sous le regard un peu perdu de Sophie. Que venait-il de se passer ? Avec le départ du cavalier, un sentiment étrange l'habitait, entre la joie et le regret.

— « Voulez-vous une pomme ? », prononça d'une voix mielleuse Étienne, la tirant de ses réflexions.

Son frère avait réuni ses lèvres en cul de poule et battait des cils. Un coup au torse le fit aussitôt cesser ses singeries.

— Hé ! Il te fait signe !

Sophie fit volte-face vers la colline où disparaissait le cavalier. Ses mâchoires se crispèrent lorsque son frère éclata de rire.

— Tu n'es pas drôle !

— Au contraire de toi ! pouffa Étienne. Qui aurait cru que ma charmante sœur pouvait encore être amoureuse de lui ?

— Je n'ai jamais été amoureuse de quiconque !

— Pourtant je n'existais plus lorsqu'il passait ses vacances ici. Il n'y en avait que pour lui avant qu'il ne retourne au collège avec Charles !

Étienne reprit cet air horriblement taquin qui agaçait tant Sophie. Lui, plus que tout autre, savait comment la titiller.

— Oh, mademoiselle, vous êtes là ! s'écria une voix alarmée.

Une femme rondelette, un tablier autour des hanches et un bonnet blanc sur la tête, se précipita vers Sophie et l'attrapa par les avant-bras.

— Jeannette ? s'étonna Étienne. Où étais-tu ? Je t'ai cherchée partout !

— Oh, monsieur, vous êtes là aussi !

— Jeannette, calme-toi, réclama Sophie, inquiète.

Leur vieille gouvernante, qui faisait aussi office de cuisinière et de femme à tout faire au sein du château, n'avait jamais perdu son sang-froid en l'espace de vingt ans.

— Mademoiselle… Votre père… Il est rentré.

— De Rennes ? s'étonna Étienne.

Sophie lui lança une œillade, lui intimant de se taire. Les doigts de la vieille intendante s'enfonçaient dans les chairs de sa maîtresse sans même qu'elle s'en rende compte.

— Oui, je crois qu'il est devenu fou ! Je vous en prie, vous devez faire quelque chose !

Les jumeaux Kerdelec échangèrent une expression pleine d'interrogations.

— Il doit simplement être exténué de son voyage.

— Étienne ! le rabroua Sophie. Réfléchis un peu.

Le visage de son frère se contracta. Il faisait de nouveau sa tête de cochon, celle qu'il affichait quand il refusait de prendre ses responsabilités. La pauvre Jeannette attendait, toujours aussi blanche.

— Conduis-moi à lui.

Sophie parvint à se décrocher d'elle, et à lui saisir la main.

— Attends, je vais te porter, commença Étienne, avant d'ouvrir des yeux ronds.

Sa sœur courait déjà vers l'intérieur des servitudes comme si elle n'avait jamais été blessée.

— Sophie, tu te jouais de moi ! s'écria-t-il en les poursuivant avec énervement.

Toutefois la jeune femme n'avait cure de son courroux. Si son père revenait maintenant de la ville alors qu'il devait y passer l'hiver, c'est qu'un nouveau malheur avait frappé leur famille.

3

Sophie se hâta de traverser les cuisines et les quartiers des domestiques sans accorder la moindre attention aux pierres ou à la bonne odeur qui s'élevait. Ils débouchèrent dans le hall principal du château, quasiment dénué de meubles. La lumière peinait à traverser les étroites fenêtres, et seul un escalier de granit en spirale donnait une touche de couleur.

La plupart des pièces avaient été fermées au départ de la famille. Les deux domestiques du château avaient alors recouvert le mobilier – essentiellement de vieux héritages « démodés », comme le disait la baronne – de draps blancs délavés pour éviter qu'ils ne prennent la poussière. Au contraire, Sophie affectionnait ces objets qui racontaient l'histoire des générations précédentes.

Seule une bibliothèque composée d'étagères garnies de livres anciens, avec quelques fauteuils, demeurait accessible pour d'éventuels invités. Ainsi, on faisait d'une pierre deux coups : le feu qu'on y allumait préservait les livres de l'humidité et les jeunes Kerdelec s'y détendaient ou y accueillaient les précepteurs qui osaient s'y aventurer en l'absence du baron et de la baronne.

Des grognements et des bruits d'objets renversés attirèrent l'attention de Sophie vers le bureau de leur père. À quelques mètres de la porte entrebâillée, Jeannette se figea. Un étau comprima la poitrine de Sophie. Jamais son père ne se trouvait dans cette pièce sans en fermer correctement l'accès. Que se passait-il ?

— Papa est arrivé seul ? questionna-t-elle avec un calme seulement apparent.

La gouvernante acquiesça, tremblante.

— Fais en sorte de tenir les enfants à l'écart. Et pas un mot de tout ça.

— Oui, mademoiselle.

— Sophie…

Étienne les rejoignait enfin, tout essoufflé. La jeune femme porta un doigt à ses lèvres, lorsqu'un bris de verre suivi de jurons à faire pâlir le curé du village éclatèrent. Étienne s'immobilisa. Sophie poussa la porte en bois, le cœur battant. Son frère demeurait plusieurs mètres en retrait, elle savait qu'il n'agirait pas. Elle bloqua sa respiration et entra.

La lumière l'aveugla en premier lieu. Elle cligna des yeux, avant de les ouvrir en grand. L'étonnement et l'incompréhension la gagnèrent face au chaos dans la pièce. Tout était d'habitude si bien rangé… alors que là…

Des portefeuilles de documents s'empilaient sur le bureau de son père, dans un équilibre plus que précaire. Et face au meuble, présentant son dos à la jeune femme, se tenait un homme en tenue de voyage, ses bottes salissant la sacro-sainte pièce du château. Des feuilles s'envolèrent autour de lui. En une danse désinvolte, elles en rejoignirent d'autres au sol, où gisaient déjà des encriers, des plumes… et une perruque ?

— Papa ?

Sa gorge demeurait tellement nouée qu'elle ne reconnut pas sa voix. Dans un élan de courage, elle avança, prête à subir le courroux de son paternel. Personne n'avait le droit de pénétrer dans la pièce d'étude du baron, si ce n'était Charles ou Étienne. Du moins, personne d'autre n'y pénétrait quand le baron était présent.

— Je suis certain d'avoir raison, maugréa son père en jetant un énième de ses précieux documents. Il doit se trouver quelque part ! Je ne suis pas fou !

— Papa, que cherchez-vous ?

Les épaules de l'homme s'affaissèrent. D'un geste coléreux, il balaya les derniers encriers qui vinrent s'échouer dans un bruit de verre sur le sol. Charles de Kerdelec père s'écroula alors.

— Papa !

Sophie se précipita sur lui et l'aida à redresser le buste. Le visage du baron, buriné par le temps et les soucis, se tourna vers elle, mais il ne sembla d'abord pas la voir. Ses cheveux courts, poivre et sel, étaient hirsutes, du moins là où ils poussaient toujours.

— Ils sont forcément là, hoqueta-t-il.

Sophie tenta de réprimer sa panique. Elle jeta un regard alarmé à Étienne, qui demeurait stupéfait à l'entrée de la pièce. Jamais encore ils n'avaient vu leur père dans un tel état ! Elle comprit qu'elle ne pourrait pas compter sur lui pour l'aider.

— Papa, regardez-moi. C'est Sophie. Calmez-vous. Dites-moi ce qui se passe.

— Sophie, balbutia son père qui commençait à reprendre ses esprits. Sophie !

Son père se saisit soudain de ses épaules et s'exclama :

— Appelle ton frère, dis-lui de retrouver les documents ! Il le faut ! Il le faut absolument !

— Quels documents, père ?

— Appelle-le !

À l'extrémité de son champ de vision, elle vit son jumeau se fondre dans l'ombre de la porte.

— Ne vous fâchez pas, mais j'ai aidé à ranger après votre départ. Je peux aider, assura-t-elle.

Malgré ce qu'elle craignait, son père ne s'emporta pas. Quoique cela n'eût rien de rassurant… et prouvât qu'il n'était pas du tout dans son état normal. D'ailleurs, il ne la tutoyait plus depuis de nombreuses années.

— Les actes de baptême de la famille, aussi loin qu'ils puissent remonter, ordonna-t-il. Ainsi que les actes notariés que tu trouveras. Décès, mariages…

— Ce que vous cherchez ne se trouverait-il pas chez le notaire Delville ?

— Crois-tu que je serais là si Delville les avait ?

Sophie se mordit la lèvre. Non, bien sûr que non. Il serait resté à Rennes, où résidait le praticien dévoué à leur famille.

— Vite, le temps presse.

Sans offrir la moindre explication, il se releva et se remit à fouiller les documents avec frénésie. Durant quelques secondes, Sophie l'observa, interdite : les mains de son père tremblaient, mais une lueur éclairait ses yeux. Était-ce de la folie, comme pour Nanou, ou bien quelque chose de plus profond ?

— Étienne, aide-nous à chercher.

En entendant son nom, son jumeau sursauta. Il hésita et, face au regard noir de sa sœur, capitula. Leur père ne sembla même pas remarquer son arrivée.

— Ferme la porte derrière toi, chuchota-t-elle. Puis commence par le secrétaire du fond.

*

La lumière déclinait dans la pièce. Aucun des trois Kerdelec ne réagit lorsque Jeannette entra pour allumer la cheminée et leur laisser des lampes à huile. Les yeux de Sophie lui brûlaient, l'odeur des vieux papiers et de la poussière agressaient ses narines ; elle éternua à plusieurs reprises.

Assis par terre, Étienne se frottait la nuque en grimaçant. Néanmoins, les jumeaux poursuivaient leurs efforts, même s'ils ignoraient le but de ce travail.

Sophie posa les yeux sur un brouillon représentant la dernière branche de leur arbre généalogique. Un sentiment amer lui emplit la bouche. Du bout du pouce, elle y caressa le prénom de son aîné. Une boule vint lui obstruer la gorge, et elle reposa le document avant d'inspirer un bon coup.

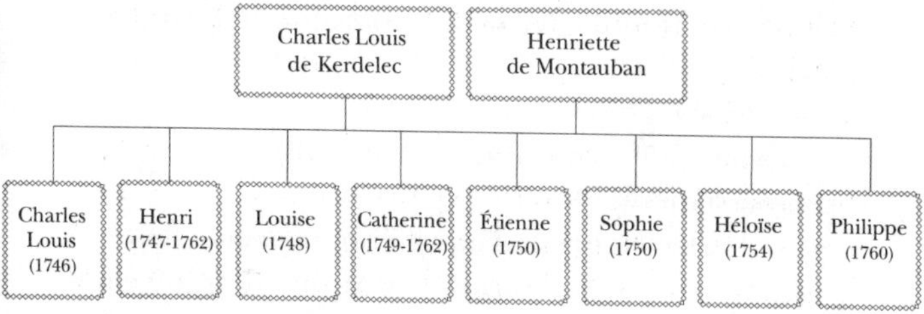

Ce n'était pas le moment de flancher. Son regard croisa celui de son frère. La luminosité de la pièce exacerbait les éclats jaunes de ses iris, qui se fondaient au bleu pour former une couleur verte particulièrement belle. Il lui désigna un énième document, avant de le présenter à son père.

— Mettez-le avec les autres, il pourra toujours servir, commenta le baron.

Étienne ne parvint pas à cacher son désarroi. Ils avaient obtenu la même réponse pour les dix autres documents présentés. Sophie arrivait aux actes les moins bien conservés et à l'écriture la plus illisible. Un instant, elle voulut renoncer mais, malgré des maux de tête prononcés, elle plissa les yeux et tenta de déchiffrer ce qui ressemblait plutôt à une ligne droite qu'à des lettres. « Mille six cent vingt-cinq », parvint-elle à lire, décidant de renoncer au mois et au jour précis du baptême. De même, le nom du notaire qui avait retranscrit en copie conforme l'acte ne ressemblait à rien. En revanche, elle força sur ses yeux pour déchiffrer le nom du petit garçon dont il était question.

— Charles Henri de Guerpillon, prononça-t-elle à demi-mot.

Décidément, appeler les premiers fils Charles était une tradition de famille ! Elle garda pour elle sa remarque, par déférence envers son père et sa volonté de donner le même nom que le sien à son aîné.

— Qu'as-tu dit ?

La voix du baron, tendue, ressemblait presque à un croassement.

— Charles Henri de Guerpillon, répéta-t-elle.

Les yeux de son paternel s'écarquillèrent, révélant les veinules rouges dues à la fatigue.

— Vite. Du papier et de l'encre. Étienne, prenez une plume !

Les jeunes gens se contemplèrent, interdits.

— Vite ! les pressa leur père.

Sophie se releva, les jambes engourdies, tandis qu'Étienne attrapait de quoi écrire. Leur père débarrassa d'un revers de bras ce qui restait sur le bureau.

— Asseyez-vous et reprenez notre arbre généalogique.

— Mais père, il est déjà fait.

— Pas du côté des femmes. Obéissez.

Étienne s'installa et le baron commença à leur citer les noms des différents actes. Étienne dut raturer à plusieurs reprises, prendre d'autres documents parce qu'il n'avait plus de place, et bientôt Sophie prit la relève de la lecture, des larmes de fatigue obstruant la vue de son père.

Ce dernier s'appuya contre la cheminée, le regard perdu dans les flammes, tandis que les jumeaux terminaient la tâche si importante qui leur était confiée.

— C'est fait, père, annonça Étienne.

— Combien de générations de femmes nous séparent de lui ?

— Attendez, laissez-moi compter.

La tension envahissait les muscles de Sophie. Elle n'était pas stupide. Même si elle ignorait les détails, elle se doutait qu'une affaire importante se jouait là. L'attention de la jeune femme restait figée sur les traits de leur paternel.

— Quatre, père, annonça enfin Étienne.

Au lieu de la joie ou du soulagement qu'elle espérait, le visage du baron de Kerdelec perdit des couleurs. Ses paupières se fermèrent, tandis qu'il prenait un peu plus appui contre la cheminée. Les faibles flammes renvoyaient sur son visage les ombres qui semblaient dévorer son âme.

— Vous en êtes certain ? Ce n'est pas trois ?

— Non, assura Étienne après avoir recompté.

Les sourcils de Charles de Kerdelec se froncèrent comme si une vive douleur venait d'éclater en lui.

— Voilà qui complique les choses…

Alarmée, Sophie fit le tour du bureau et se pencha au-dessus de son jumeau.

— Sophie, rouspéta son frère. Tu ne me fais pas confiance ? J'ai compté et…

— Oui, laisse-moi, je vérifie autre chose.

La fatigue empêchait sa vue de se stabiliser sur les lignes. Elle ne pouvait toutefois s'aider de ses doigts. L'encre, trop fraîche, aurait bavé sur les belles lettres de son frère.

— Quatre, mais toujours des aînesses, remarqua-t-elle. Cela change-t-il… Papa !

Le baron de Kerdelec venait de chanceler, son buste se rapprochait dangereusement du feu. Sophie le rejoignit en l'espace de quelques secondes. Cependant, lorsqu'elle lui saisit le bras, celui-ci se retourna et posa ses mains calleuses sur ses joues. Un voile brillait dans les yeux gris du baron de Kerdelec. Un voile que Sophie ne lui avait jamais connu.

— Mon enfant…, murmura-t-il.

Étienne s'agenouilla près d'eux, perturbé par ce comportement si peu habituel. Leur père pivota vers lui, et sa main gauche abandonna la joue de sa fille, pour rejoindre celle de son fils.

— Nous sommes sauvés.

Son regard se plongea dans celui de Sophie.

— Je vais pouvoir vous doter, ta petite sœur et toi. Et j'assurerai un avenir à chacun de mes fils. Étienne, tu auras tous les livres que tu désires !

Le baron les attira alors contre sa poitrine, et les deux enfants se retrouvèrent enlacés comme ils ne l'avaient jamais été par leur père. Le bras de Sophie se déposa avec timidité dans le dos du baron, ses paupières se fermèrent. Bientôt, les larmes coulèrent sur ses joues. Pas du fait de cette annonce, mais parce que, pour la première fois, elle avait l'impression de vraiment compter pour le baron de Kerdelec.

D'une voix enrouée par l'émotion, celui-ci répéta, comme pour confirmer que ce n'était pas un rêve :

— Nous sommes sauvés, mes très chers enfants.

4

Il avait fallu force insistance aux jumeaux Kerdelec pour convaincre leur père d'abandonner son bureau. Sophie craignait qu'il ne tourne de l'œil et le suspectait d'avoir chevauché sans s'être accordé de pause. Néanmoins, le baron devait puiser dans des ressources insoupçonnées, car dès qu'ils croisèrent leur grand-mère dans le couloir, en chemise de nuit et les cheveux détachés, il se précipita sur elle.

— Maman, je ne bénirai jamais assez vos récits sur les aventures de votre grand-papa. Ils viennent de nous sauver la vie !

Il lui baisa les mains avec force, et la vieille femme gloussa.

— Oh, mais quel charmant garçon ! Êtes-vous marié, mon brave ? Sinon, je connais une gentille vache qui adorerait vos compliments.

Sophie grimaça. Toutefois, rien ne semblait pouvoir malmener la bonne humeur du baron. Il sourit et embrassa le front de la vieille femme.

— Que Dieu vous bénisse.

Jeannette arriva sur ces entrefaites.

— Oh, toutes mes excuses, mon seigneur, je ne l'ai pas entendue se lever !

— Ce n'est rien, ce n'est rien. Avez-vous quelque chose à manger ? Je meurs de faim !

— Oui, manger, miam miam ! applaudit Nanou. Des pommes ? Avant qu'on tombe tous dans les pommes ?

Sophie se dépêcha de rejoindre sa grand-mère.

— Viens, Nanou, il faut te recoucher. Je t'apporterai…

— Laissez, Sophie. Allez même chercher le reste de la famille, réveillez-les s'ils dorment. Ce que j'ai à dire les concerne, tous !

Les jumeaux échangèrent un regard interloqué avec leur domestique, qui réagit la première :

— Très bien, mon seigneur, je vais les réveiller.

Quelques minutes plus tard, tous les Kerdelec de la maison se retrouvèrent dans la petite bibliothèque. Le baron reposa son assiette déjà bien entamée, tandis que sept paires d'yeux – avec ceux des domestiques – le dévisageaient en silence. Il faut dire qu'aucun n'avait l'habitude de le voir manger avec les mains, et encore moins autrement que devant une table. Héloïse, les yeux bouffis par le sommeil, avait pris place sur le sofa à côté de Nanou, qui gardait jalousement le panier rempli de pommes confié par Sophie. Celle-ci avait préféré rester debout avec Étienne, trop nerveuse à l'idée d'entendre enfin les explications de leur père. Quant à Philippe, alias Pilou, il s'était assis par terre, sa tête retombant contre les genoux de sa plus jeune sœur.

— Monsieur Alexandre Briant d'Épiniac est décédé sans successeur direct, commença leur père.

Malgré sa nervosité, Sophie entreprit de traduire les propos en langue des signes à Héloïse, sourde de naissance. Même si la benjamine de la famille savait lire sur les lèvres, certains mots demeuraient compliqués à saisir, surtout quand la personne qui les énonçait mangeait en même temps.

— Vous souvenez-vous de cet homme ? reprit le baron de Kerdelec.

Héloïse fit non de la tête, et Sophie se retint de rétorquer qu'elle n'avait rien à faire des nobles sans aucun lien avec leurs terres. Contre toute attente, Étienne rétorqua :

— N'est-ce pas le gentilhomme dont la famille s'est enrichie à la suite de la guerre contre l'Angleterre ? Celui dont on dit qu'il possède toute une flotte digne d'une armada ?

— Si fait, mon fils.

Héloïse laissa échapper un petit rire, qu'elle cacha derrière sa main. Sans s'en rendre compte, Sophie avait pris un air exaspéré en traduisant pour sa sœur.

— Il possédait également un commerce florissant à Saint-Malo. Trouver un successeur a pris du temps, et ils ont dû commencer à chercher du côté des femmes, jusqu'à ce que j'entende une histoire concernant un Alexandre de Guerpillon, un de ses ancêtres…

— Qui est aussi le nôtre, souffla Sophie.

Le sang de la jeune femme se glaça dans ses veines, et le silence tomba dans la pièce, entrecoupé par les mâchouilles de Nanou. Héloïse porta la main à sa bouche et Étienne s'appuya sur un accoudoir, tandis que le couple de serviteurs se serrait l'un contre l'autre. Tout le monde comprenait ce que cela signifiait, excepté Nanou, et Philippe, qui somnolait.

Le baron joignit ses mains et pencha le buste en avant.

— L'heure est grave, mes enfants. En remontant dans la généalogie, le notaire a retrouvé une vieille famille originaire de Vannes, mais qui n'a plus de breton que le nom : les Carnac.

Le baron grimaça tandis qu'il prenait son verre de vin, pour une fois encore ménager son petit effet. Héloïse posa alors discrètement sa question.

— *Pourquoi papa dit qu'ils n'ont plus de breton que le nom ?*

— *Ils doivent appartenir à ces nobles qui ont préféré rejoindre Paris*, expliqua Étienne par des gestes.

Sophie, qui ne voulait pas rester en retrait, ponctua :

— *Au lieu de prendre soin de la terre et des gens qui y vivent, ils en dilapident les revenus pour mener une vie de faste.*

— Quoi qu'il en soit, rétorqua le baron de Kerdelec, nous avons ici des papiers prouvant que cet héritage nous revient de plein droit. Cependant, le temps nous est compté. Nous devons vite nous rendre à Rennes pour y exposer nos preuves. Et ce avant les Carnac.

— Nous ? répéta Étienne.

— Oui, mes enfants, se redressa Charles de Kerdelec. C'en est fini de vous mettre de côté. Désormais, je vais pouvoir vous offrir à tous la vie que vous méritez. Il est grand temps que le monde connaisse la valeur du bon sang de Bretagne !

Sophie déglutit, puis secoua la tête.

— Mais père… Jamais notre grand-tante ne nous accueillera tous. Mère nous répète que son hôtel est déjà trop petit…

— Au diable ces bagatelles ! s'agaça le baron. Votre grand-tante souffrira bien un peu d'inconfort pour quelques jours. Épiniac possédait également un pied-à-terre à Rennes que nous pourrons ensuite investir. En attendant, nous nous serrerons !

— Est-ce qu'il y aura des pommes ? questionna Nanou, soudain très intriguée.

— Toutes les pommes que vous voudrez, maman. Pensez-vous pouvoir supporter le voyage ?

— S'il y a des pommes, oh que oui, pardi !

Héloïse souriait jusqu'aux oreilles. Face à tant d'agitation, Pilou se réveilla, l'air hagard.

— Étienne, organisez notre voyage, qu'une calèche vienne nous chercher dès que possible. Sophie, je vous confie le soin de prévenir votre mère de notre arrivée prochaine. Héloïse, préparez votre petit frère et votre grand-mère. Quant à vous, mes fidèles Jeannette et Louis, je suis navré de vous le demander, mais pourriez-vous prendre soin du château en notre absence ? Je vous ferai livrer des mets de qualité pour vous en remercier.

— Nul besoin mon seigneur, nous sommes tellement heureux pour vous !

— Si la fortune nous sourit, je pourrai engager deux de vos filles comme domestiques. Mais d'ici là, pas un mot de tout ça ! Sophie, insistez là-dessus dans votre lettre. Je ne veux pas de commérages. Pas avant d'être sûrs qu'aucune chicane n'aura lieu sur cet héritage.

La surprise de toutes ces annonces avait coupé court à la traduction de Sophie, qui restait hébétée. Heureusement, Étienne avait pris le relais, et d'aucuns manifestaient leur joie. D'aucuns, sauf Sophie, et Pilou, qui n'avait rien suivi.

— Père, je ne peux pas me joindre à vous, bredouilla la jeune femme. Je…

Son père se redressa de son fauteuil et lui saisit les mains.

— Ma fille, n'ayez crainte pour votre mise. Portez votre robe du dimanche, Louise vous prêtera des tenues à votre arrivée. Dès que nous aurons touché cet héritage, je vous achèterai de belles soieries.

Il se tourna vers le canapé.

— Et vous aussi, Héloïse, articula-t-il avec soin afin qu'elle lise sur ses lèvres. Vous pourrez même choisir le tissu.

La jeune fille ouvrit la bouche d'émerveillement, elle qui ne portait, hélas, que les robes de ses aînées depuis des années.

— Mais… ce n'est pas…, bégaya Sophie.

— Pressons-nous. Les courriers doivent partir à la première heure demain.

Sans écouter ses protestations, le baron de Kerdelec se dirigea derechef vers son bureau, en lançant un « Étienne ! » plein de force. Le jeune homme sursauta, adressa un sourire d'excuse à sa sœur et, la mine guillerette, trottina derrière le maître des lieux.

La bonne humeur avait envahi toute la bibliothèque. Sophie, aussi, aurait dû se réjouir de cette annonce. Ses yeux léchèrent les murs du vieux château et elle eut soudain froid. Oui, elle aurait dû s'en réjouir… Alors, pourquoi une telle appréhension la gagnait-elle ?

*

— Tu vas terriblement me manquer.

Sophie reposa la brosse et enfouit son visage dans le crin gris du cheval. L'odeur de l'animal, à la fois brute et familière, n'eut pas l'effet escompté. Au lieu de se sentir apaisée, la jeune femme sentit la douleur s'emparer à nouveau d'elle. Ses bras glissèrent autour du cou de sa jument, qui tourna la tête dans sa direction avec affection.

Un bruit aigu et métallique résonna alors et Sophie, d'un geste nerveux, effaça sur ses joues les traces de sa peine.

— Tout est prêt, nous devons partir.

Étienne se tenait en contre-jour à l'entrée de l'écurie, vêtu d'une belle tenue de voyage sombre appartenant à Charles. Le soleil se reflétait sur ses cheveux en une multitude d'éclats dorés. Il ressemblait à un ange.

— Je ne peux pas laisser Électre toute seule.

Sa remarque était puérile, elle savait que son jumeau n'était pas en mesure de l'aider. Mais c'était plus fort qu'elle. La jument lui donna un petit coup de tête, et son nez partit à la recherche de friandises que sa cavalière aurait pu cacher dans sa main.

— Tout ira bien, tenta de la rassurer Étienne. Et quand tu rentreras, elle aura eu un joli poulain.

Au lieu de l'apaiser, cette phrase ajouta encore à la peine de Sophie.

— Je voulais être présente pour la mise bas. Elle va croire que je l'ai abandonnée.

— Non, Sophie, c'est un animal, elle…

— Tu crois que les animaux n'ont pas de sentiments ? s'emporta-t-elle soudain. Ils sont doux, compréhensifs, et souvent bien meilleurs que les humains !

Ses sourcils se froncèrent. Comment son frère pouvait-il énoncer une ânerie pareille ? Au lieu de s'excuser, Étienne joignit ses mains dans son dos, et ne put s'empêcher de sourire.

— Je me demandais où était passée ma hargneuse de sœur ! Moi qui, un instant, ai cru que la perspective d'affronter Louise dans son élément lui faisait peur. Me voilà rassuré.

Sophie leva les yeux au ciel.

— Comprends-moi, ajouta-t-il en s'appuyant contre une poutre d'un air nonchalant. J'ai les plus grandes difficultés à t'imaginer…

D'un geste peu flatteur de la main, il la désigna de haut en bas.

— Recouverte de soieries et apprêtée, à danser dans un bal sans marcher sur les pieds de quiconque. Et plus encore sans prononcer la moindre parole acerbe.

Un petit son agacé échappa à Sophie. Son jumeau plaisantait-il ? Elle rétorqua, piquée au vif :

— Je sais très bien me comporter en société !

— Oh, comme la fois où tu avais glissé une araignée dans le chapeau de madame de Thionville ? Ou encore recouvert de sucre la perruque de monseigneur…

— J'étais jeune ! objecta Sophie en pointant un index vers lui.

— C'était l'année dernière.

Étienne ne se démonta pas et avança lui aussi. Les yeux de sa jumelle jetaient des éclairs.

— Je peux me montrer aussi délicate qu'une jolie fleur.

— À condition que tu saches dissimuler tes épines.

— Je ne sais pas pourquoi je parle avec toi, tu es impossible ! N'étais-tu pas censé me réconforter pour ce voyage ? Oh, mais attends, tu te venges de ma petite blague ?

Le sourire d'Étienne redoubla d'intensité. Sophie voulut répliquer, lorsqu'une fine silhouette blanche entra à son tour dans l'écurie.

— *Avez-vous vu Pilou ?* signa Héloïse. *Je le cherche partout et papa s'impatiente !*

Sophie ne put retenir une exclamation étonnée. Sa petite sœur avait revêtu sa belle robe du dimanche, rehaussée d'une cape rose qui mettait en valeur ses joues bien rouges d'avoir couru. Ses cheveux blonds étaient joliment nattés en une couronne autour de sa tête, comme lors d'événements importants.

— *Que tu es belle !* lui dit Étienne.

— *Merci. Toi aussi tu es très élégant.*

— *Voilà une jeune fille qui séduira tout Rennes !* ajouta-t-il, tout en le prononçant haut et fort d'un air malicieux.

Sophie lui montra les dents, tandis que leur cadette les regardait sans comprendre.

— *Philippe ! Le temps presse !* insista Héloïse.

— *Désolée, tu as raison.* (Sophie se tourna vers sa jument et lui embrassa le nez.) Je reviens bientôt. Tu seras une mère merveilleuse, j'en suis sûre.

— Pilou ! commença à appeler Étienne.

— Pilou !

Ils se dirigaient vers la sortie de l'écurie lorsqu'un reniflement leur parvint de l'intérieur. Étienne et Sophie s'immobilisèrent, tandis qu'Héloïse ouvrait les paumes vers le ciel en guise d'interrogation.

Son aînée suivit le bruit jusqu'à un tas de foin frais. Un petit garçon avec des vêtements un peu trop grands pour lui, muni d'un tricorne qui lui mangeait tout le front, demeurait recroquevillé dans un coin, un lapin au pelage roux serré dans ses bras.

— Laissez-moi ! Je ne partirai pas ! Jamais je n'abandonnerai Cannelle !

Et ce disant, il serra plus fort l'animal contre lui.

— *Je ne sais plus quoi faire,* se lamenta Héloïse. *Je lui ai dit que son lapin ne pouvait pas nous accompagner.*

— Sophie ! Reste ici avec moi ! Je vous ai entendus, toi non plus tu ne veux pas quitter Électre ! Pitié, je t'en prie ! Je serai sage !

Le petit garçon fondit sur elle et glissa son visage contre ses hanches.

— S'il te plaît, s'il te plaît, s'il te plaît !

Sophie ignorait comment réagir. La détresse de son petit frère la touchait, d'autant plus qu'elle faisait écho à la sienne.

— Parfois, on ne peut pas faire ce que l'on désire, murmura-t-elle, amère. Et puis, Cannelle ne sera pas seul, il aura Électre.

— Quoi ? Tu vas vraiment l'abandonner ? Alors qu'elle pourrait mourir durant ton absence ?

Juste ciel, pourquoi cet enfant appuyait-il justement là où ça faisait mal ? Elle serrait les lèvres pour ne pas lâcher une réplique mordante quand Étienne vint à sa rescousse :

— Sophie est très triste de devoir laisser Électre. Ce qu'il y a de bien avec les séparations, c'est qu'elles ressentiront un immense bonheur en se retrouvant, ce qui les rapprochera d'autant plus.

Pilou fronça les sourcils. Au lieu de les écouter, il retourna bouder dans son coin.

— Sophie, Étienne ! Ramenez vos cadets ! gronda la grosse voix paternelle à l'extérieur. Sinon je pars sans vous !

Le visage de Pilou s'éclaira, et Étienne tourna le dos à leur frère pour signer discrètement.

— *Je m'en charge, assurez-vous d'être prêtes avec Nanou.*

— *Tu es sûr ?*

Héloïse semblait très inquiète.

— *Oui, je sais motiver un Kerdelec, même les plus récalcitrants.*

Il décocha un clin d'œil à Sophie, qui soupira face à tant de prétention de sa part.

— Je viens. Mais ne crois pas que tu as réussi à m'enthousiasmer de ce départ.

— Si tu le dis.

Étienne s'assit dans la paille en face de Philippe. Les deux sœurs gagnèrent la sortie, lorsque Étienne ajouta :

— Ah, Sophie, j'oubliais : Mathieu de Chevigné espère que la bonne société égayera un peu sa tante. Tu étais sans doute trop distraite lorsqu'il l'a expliqué, mais il va passer exceptionnellement l'hiver à Rennes. Enfin, j'ignore pourquoi je dis ça, je sais bien que rien ne pourra *t'enthousiasmer* quant à notre départ.

Sa jumelle fit volte-face, la bouche ouverte, incapable de répondre quoi que ce soit. Étienne l'ignorait, tout occupé à chuchoter des paroles douces à leur benjamin. Une petite tape sur le bras la fit revenir à elle.

— *Pourquoi es-tu toute rouge ?* questionna Héloïse. *Étienne t'a annoncé quelque chose de grave ?*

— *Non, que des bêtises.*

Oui, seulement des bêtises. Et si son cœur chahutait dans sa poitrine, c'était dans l'appréhension que son père ne puisse mener à bien son plan. Il n'y avait pas d'autre raison. Ou du moins, s'il y en avait une, elle était tout à fait étrangère à Mathieu de Chevigné.

Il n'empêche, Étienne ne perdait rien pour attendre !

Elle gagna au petit trot la calèche avec sa sœur, un fin sourire gravé sur les lèvres.

5

Ils étaient entassés à cinq dans la voiture – comme disait le baron de Kerdelec, il n'y avait pas de menues économies –, et la tension ne faisait que croître d'heure en heure. Du moins, du côté de Sophie, qui observait le paysage défiler. Comment son père parvenait-il à dormir ? Pour Nanou, elle comprenait : sa grand-mère avait le don d'être à l'aise même dans les pires situations. Cependant, le baron de Kerdelec n'aurait-il pas dû être nerveux ? À moins que son dernier voyage, associé à celui-ci, n'ait eu raison de son énergie.

— *J'ai tellement hâte de découvrir Rennes !* signa Héloïse. *Tu te l'imagines comment ?*

— *Froid et austère.*

Sophie s'était contentée d'une réponse laconique. Comme la place manquait, Pilou était assis sur ses genoux. Les Kerdelec se l'étaient échangé à tour de rôle, mais bien entendu, le garçon avait choisi ceux de Sophie pour sommeiller. Son corps se faisait lourd, mais la jeune femme ne voulait surtout pas le réveiller et subir ses éternels : « On est bientôt arrivés ? »

Que ne donnerait-elle pas pour être assise à l'extérieur en compagnie du cocher ! Étienne n'avait pas conscience de sa chance…

— *Plus froid et austère que notre vieux château ?* insista sa jeune sœur avec un sourire amusé. *Je pense que c'est impossible.*

Ses doigts vinrent défroisser les plis de sa tenue du dimanche, puis ajoutèrent :

— *J'ai hâte de découvrir toutes ces dames dans de jolies robes colorées. De les voir danser et virevolter ! Jamais je n'aurais pensé que papa m'y autoriserait un jour !*

Un franc sourire étirait ses lèvres. Héloïse respirait la douceur et la joie, ce qui pinça le cœur de Sophie. Elle ne répondit pas, lorsqu'elle sentit un contact doux sur son bras.

— *Ne t'en fais pas,* ajouta sa sœur avec des yeux pleins de chaleur. *Tu seras magnifique ! Et les prétendants se presseront autour de toi !*

Son entrain amusa Sophie, qui se contenta de répondre :

— *L'homme que tu choisiras aura bien de la chance.*

Héloïse s'empourpra et jeta un coup d'œil gêné vers leur père. La perruque de travers, il ronflait la bouche ouverte, ce qui lui arracha un petit rire qui ravit Sophie. Elle n'entendait que peu la voix de sa sœur. N'ayant jamais perçu le moindre son de sa vie, Héloïse parvenait toutefois à les reproduire. Cependant, même si elle articulait bien, sa voix ne ressemblait pas à celle d'une personne entendante, ce qui provoquait souvent l'embarras ou les moqueries autour d'eux.

Malgré la nouvelle société qu'ils allaient découvrir, Héloïse ne semblait pas inquiète. Sophie enviait la sérénité qu'elle lisait sur son visage. Était-ce de l'innocence ? Ou sa jeune sœur se montrait-elle bien plus sage qu'elle ? Car Sophie devait l'avouer, tous ces changements ne lui inspiraient rien de bon. Pire, elle les craignait. Elle ne laissait pas derrière elle que sa jument, mais tout ce pour quoi elle avait travaillé ces dernières années : le domaine, les gens sur leurs terres. Qu'y avait-il à Rennes pour elle ? De belles robes ? Les mètres de tissu l'étoufferaient. Des salons où discuter ? Elle préférait les chevauchées dans la campagne aux conversations stériles. Un mari ? Pourquoi troquer l'autorité de son père contre celle d'un autre homme ?

Certes, elle y recroiserait peut-être Mathieu de Chevigné… Rien qu'à penser à leur rencontre inopinée et au fait qu'il allait peut-être à cet instant précis dans la même direction qu'elle… sa température corporelle augmentait. Était-ce un coup du destin ? Elle se maudit pour sa mièvrerie. En autant d'années, ils étaient devenus des inconnus. Toutefois, la sensation au creux de son ventre ne la trompait pas. À l'appréhension se mêlaient un peu d'impatience et, semblait-il, de l'espoir.

Héloïse lui tapota de nouveau le bras.

— *Tout va bien se passer.*

Le carrosse se souleva et retomba violemment sur le côté gauche, laissant une douleur cuisante à l'arrière-train de Sophie. Par automatisme, elle referma ses bras sur Pilou, tandis qu'un grognement mécontent échappait à leur père.

— Tout va bien, Nanou ? s'inquiéta Sophie, en se penchant vers sa grand-mère qui clignait des yeux d'un air perdu.

La vieille femme, à peine réveillée, tourna la tête vers la fenêtre et ne répondit rien. Déjà, le paysage avait changé. À la campagne s'étaient substituées des rues pavées aux maisons mitoyennes. Les cris et les conversations des gens rivalisaient désormais avec le bruit des roues. Sophie n'avait encore jamais rien vu de pareil. Elle avait déjà visité les châteaux de quelques riches voisins, mais rien qui ressemblât à ces immeubles en pierre très claire collés les uns aux autres.

— Mon ami, on dirait que vous avez une poule sur la tête, déclara alors Nanou.

Pilou pouffa et le baron de Kerdelec tâtonna son crâne. Le rouge l'envahit en réalisant que sa perruque avait encore fait des siennes. Sophie se pinça les lèvres, mais Philippe, peu discret, ne l'aidait pas à garder son sérieux. Nanou et lui rigolaient, et Héloïse s'empressa de se pencher sur leur père pour l'aider.

Celui-ci la retint d'un geste de la main, puis, d'un coup, retira son ornement chevelu, pour le poser sur la tête de Nanou. Tous les Kerdelec du carrosse se turent, surpris, lorsque le baron éclata de rire à son tour. Le peu de maîtrise que Sophie gardait s'envola, et ils se mirent tous à plaisanter de bon cœur. Après plus de six heures de route, la fatigue semblait avoir raison de leurs nerfs, même de ceux du très sérieux baron de Kerdelec.

— Dites, les interrompit Pilou en premier.

Le jeune garçon montrait un sérieux très inquiétant. Ses sourcils demeuraient froncés et il tentait tant bien que mal de garder le dos droit malgré les brinquebalements du carrosse.

— Parlez, mon fils, lui intima le baron en appuyant ses bras en avant pour mieux le regarder.

Le petit garçon releva le menton et, d'un air très solennel, lança :

— Sommes-nous bientôt arrivés ?

Les rires fusèrent de plus belle.

*

La bonne humeur au sein de l'habitacle avait réussi à détendre Sophie. Les moments de gaieté en compagnie de leur père étaient rares, elle les chérissait de tout son cœur. Toutefois, le temps lui sembla encore long dans la ville : le carrosse n'avançait plus aussi vite, et ils durent même attendre à l'arrêt à plusieurs reprises.

Ses bras lui faisaient mal à force de tenir Pilou par la taille et de l'empêcher de se pencher vers l'extérieur.

— Toute une partie de la ville a brûlé il y a longtemps, les informa leur père. Ce que vous voyez ici est la partie reconstruite sous forme d'appartements. Il reste encore quelques bâtiments à achever, mais le quartier est devenu très vivant. De nombreuses familles nobles y résident. Toutefois, ce n'est pas là que nous nous arrêtons. L'hôtel de votre tante se situe dans le vieux quartier de la cathédrale.

La cathédrale… Sophie l'aperçut de loin avec ses deux tours qui culminaient à près de cinquante mètres de haut. Il leur fallut encore un certain temps pour émerger sur la place même de l'édifice. La circulation ralentit, ce qui lui laissa l'occasion de le détailler. La jeune femme demeura un instant interdite devant le mélange de styles de l'architecture : une façade classique, avec des dizaines et des dizaines de colonnes de granit, adossée à un édifice gothique en pleins travaux. Allait-on le détruire pour harmoniser la construction ? Sophie garda ses réflexions pour elle-même et ne put que rester silencieuse devant un tel ouvrage. Ses yeux se posèrent sur un fronton en tuffeau situé entre les deux tours, où elle reconnut les armoiries de Louis XIV, le précédent monarque, avec ses trois fleurs de lys.

Le carrosse redémarra pour une dizaine de minutes, puis s'arrêta dans la cour d'un immeuble fermée par des grilles en fer forgé. Philippe déglutit, inquiet, lorsque la porte s'ouvrit. Leur père sortit le premier, et Nanou enfonça le tricorne sur la tête de son petit-fils.

— J'ai faim, je pourrais avaler une perruque ! caqueta-t-elle.

Héloïse et Sophie échangèrent un sourire amusé, et descendirent après leur grand-mère. Leur père leur donna la main, et la jeune femme l'accepta volontiers, les jambes flageolantes après des heures d'immobilité.

Étienne frétillait d'impatience à côté des quelques bagages que le cocher détachait. Il semblait avoir oublié ses sœurs et tournait presque sur lui-même. Le décor avait de quoi les changer : des immeubles en pierre calcaire claire, mais aussi des maisons à pans de bois, l'énorme cathédrale non loin d'eux…

La grande porte de l'hôtel particulier s'ouvrit sur un domestique en livrée et leur père s'y engouffra, un bras sous celui de Nanou qui observait tout autour d'elle, la bouche grande ouverte.

— *Toi d'abord,* intima Sophie à Héloïse.

Celle-ci tendit la main à Pilou, qui vint se réfugier contre elle. Galant, Étienne proposa son bras à sa jumelle.

— Prête à affronter le dragon ? la taquina-t-il.

Sophie se retint de lui tirer la langue. Même si les gens circulaient autour d'eux sans s'arrêter, elle avait l'impression d'être épiée. Ils franchirent ensemble la grille d'entrée, puis le seuil. Les doigts de Sophie se crispèrent sur le bras de son frère.

Un lustre de cristal pendait au plafond du vestibule, d'où montait un escalier. À gauche et à droite, des portes ouvertes donnaient sur des pièces en enfilade remplies à profusion de mobiliers et de tableaux. Une chaleur étouffante se dégageait du lieu, bien loin de la fraîcheur des pièces du manoir familial. Des domestiques s'activaient tout autour d'eux, des compositions florales plein les bras. Soudain, un aboiement mécontent les accueillit. Un chien long et court sur pattes, à la robe fauve, ne semblait guère apprécier leur arrivée.

— Oh, Charles, vous avez fait vite !

À peine la voix retentit-elle que l'animal se précipita vers l'escalier, la queue frétillante. Une femme sur la fin de la soixantaine, vêtue d'une belle robe mauve, en descendait. L'urgence dans sa voix contrastait avec sa démarche calme et élégante. Ses cheveux bruns étaient remontés dans une belle coiffure pleine de frisottis et ses yeux bleus fixaient le baron de Kerdelec sans ciller. Même si Sophie ne l'avait quasiment jamais fréquentée, elle n'eut aucun mal à reconnaître la maîtresse de maison, madame de Verteuil, qui était aussi la tante de leur mère.

— Rosaline, s'inclina respectueusement le baron. N'avez-vous pas reçu les lettres… ?

— Ah, mon cher époux !

Une silhouette tout en rondeurs bondit d'une des nombreuses pièces du rez-de-chaussée. Ses cheveux d'or, de la même teinte que ceux des jumeaux Kerdelec, avaient été eux aussi rehaussés en une jolie coiffure avec des rubans, de sorte qu'un instant, Sophie ne reconnut pas sa mère. Dans cet hôtel, et ainsi apprêtée avec ces bijoux qui ne lui appartenaient pas, Henriette de Kerdelec, quoique approchant de la cinquantaine, ressemblait à une jouvencelle prête à faire son entrée dans le monde.

— Henriette, qu'est-ce que tous ces atours ? s'étonna le baron.

Il fronça les sourcils et tendit le cou, comme s'il s'attendait à voir apparaître une énième personne.

— Et cette agitation… Vous n'avez tout de même pas…

Ses yeux s'ouvrirent grand, et il se tourna vers Sophie. Celle-ci se raidit, ne comprenant pas son rôle dans cette histoire, lorsque le baron s'exclama :

— Vous lui avez bien dit de tenir sa langue ?

Sophie devint blême. Alors, ces domestiques s'affairant ainsi dans la maison de leur grand-tante… Étaient-ils en train de préparer une fête pour célébrer leur héritage ? Ou plutôt, l'hypothétique héritage que leur père réclamerait bientôt ?

— Voyons, Charles, tempéra Rosaline de Verteuil, désormais en face de lui, son basset breton collé à sa jambe. Nous avions déjà prévu ce bal depuis longtemps, nous ne pouvions pas le repousser. De plus, nous imaginions que vous vous arrêteriez pour dormir sur le chemin. Nous n'espérions votre venue que demain.

— Les affaires n'attendent pas.

— Vous avez raison, répondit-elle d'une voix mielleuse. Et je vois que vous n'avez pas rapporté que des documents dans vos bagages.

Pilou, qui ne semblait déjà pas très à l'aise depuis l'arrivée du chien, eut un mouvement de recul et se fondit un peu plus dans les jupes d'Héloïse. Enfin, leur grand-tante leur accordait de l'attention, mais ses yeux étaient aussi froids qu'une banquise. Un léger tressaillement de narines acheva de convaincre Sophie qu'elle n'aurait rien perdu en restant à la campagne.

— Ma chère tante, commença alors Étienne en se détachant de sa jumelle. C'est un plaisir de vous revoir après tout ce temps !

Il retira son tricorne et se fendit d'une jolie révérence. Aussitôt, les traits de leur hôtesse se détendirent.

— Mère, (il prit sa main et l'embrassa) vous m'avez manqué.

— En voilà, un gentilhomme ! s'exclama tante Rosaline. Que vous avez grandi ! Mais j'en oublie tous mes devoirs. Qu'on installe monsieur de Kerdelec dans la chambre libre, et qu'on prépare des collations et de quoi se laver. Vous devez tous être épuisés !

Le changement était saisissant : leur tante semblait s'être tout à fait reprise de sa mauvaise humeur et distribuait désormais des ordres à tout venant. Henriette de Kerdelec gardait une position effacée qui troublait sa fille. Était-ce parce qu'il ne s'agissait pas de sa propre maison ?

— Reposez-vous et ne vous en faites pas pour ce soir, ajouta leur hôtesse d'un air guindé. Personne ne vous tiendra rigueur de ne pas participer au bal. Un tel voyage a dû vous éprouver…

— Où est Louise ? l'ignora superbement le baron en se tournant vers son épouse. Je veux qu'elle partage sa chambre et prête des robes à ses sœurs. Personne ne sera en reste ce soir.

— Voyons, toussota madame de Verteuil, gênée. Vos enfants doivent…

— C'est vous qui avez voulu maintenir ce bal, Rosaline. Et on ne dira pas que le baron de Kerdelec cache ses enfants. Il est temps qu'Étienne y prenne sa place. De plus, Sophie et Héloïse sont tout aussi jolies que Louise !

Le rouge monta aux joues de Sophie. Heureusement, Héloïse demeurait trop occupée à admirer les lieux pour lire sur les lèvres de leur père. Étienne, lui, ne savait plus non plus où se mettre. Leur tante parut vouloir répliquer, mais le baron poursuivit d'une voix de stentor :

— Plus un mot. Retournez à vos occupations !

Ce disant, il monta à l'étage, laissant le reste de sa famille dans le vestibule. Sophie se mordit la lèvre, extrêmement embarrassée. Lorsque son père disparut tout à fait, le regard de leur mère se posa sur elle, sur elle seule, et des picotements recouvrirent sa peau.

— Mes enfants, la fit presque sursauter Rosaline de Verteuil. Allez vous reposer et ne prêtez pas attention aux propos de votre père. Personne ne vous obligera à assister au bal si vous ne le souhaitez pas.

Un sourire de convenance étira les lèvres rouges de leur tante, qui prit également congé d'eux. En fidèle toutou, son animal se désintéressa d'eux pour la suivre. Tant mieux, peut-être que Pilou allait enfin se décrisper !

Henriette de Kerdelec esquissa alors un pas vers ses enfants, lorsqu'un bras se referma sur celui de Sophie. Sa vieille grand-mère la fixait avec un visage enjoué.

— Miam miam ?

Sophie ne put s'empêcher de sourire, tandis que sa mère levait les yeux au ciel.

— Lavez-vous d'abord…

— On dirait qu'un renard s'est faufilé dans le poulailler ! gloussa leur grand-mère. Cot cot cot ! Trop de poulettes ici !

Ne pas rire, surtout ne pas rire ! Sophie serra les lèvres tandis que Nanou l'entraînait déjà au hasard vers une porte. Philippe les suivit en gloussant, tirant Héloïse par la main.

— Pour l'amour de Dieu, vous allez tout salir ! Allez d'abord vous…

Toutefois personne n'écoutait la baronne de Kerdelec. Étienne haussa les épaules d'un air désolé. Il embrassa la joue de sa mère, avant de s'écrier vers sa fratrie :

— Attendez-moi !

6

Sophie n'en croyait pas ses yeux : sur un grand lit à baldaquin reposaient des dizaines et des dizaines de pièces de tissu différentes, tout droit sorties de l'armoire de Louise : corsets, pièces d'estomac, jupes, robes et manteaux de robes courts ou longs…

Tout était démesuré ici, que ce soit la baignoire dans laquelle Héloïse et elle s'étaient lavées, la chambre pleine de stucs et de tapisseries, ou ces vêtements et parures.

— *Comme c'est beau !* s'enthousiasma Héloïse.

La jeune fille demeurait à un mètre du lit, les yeux brillants, sans oser toucher le moindre centimètre de tissu. La douceur de la chemise blanche qu'elle venait d'enfiler – appartenant également à Louise – avait déjà suffi à l'émerveiller. Sophie devait reconnaître que ses sous-vêtements de lin, mainte fois lavés, avaient tout à envier à ces fines chemises. La sienne ne parvenait malheureusement pas jusqu'à ses poignets et ses chevilles. Sophie mesurait en effet quelques centimètres de plus que son aînée.

— *Quelle tenue préfères-tu ?* s'enquit-elle, amusée par la timidité de sa cadette.

— *Comment veux-tu que je choisisse ? C'est impossible !*

— *Alors essaie-les toutes !*

Sophie tendit une jupe et un caraco bleu à Héloïse. Celle-ci regarda derrière elles, comme si elle commettait un sacrilège. Pourtant, personne n'assistait à la scène : Sophie était allée jusqu'à renvoyer les domestiques. Jeannette ne l'aidait plus à s'habiller depuis longtemps, et elle ne souhaitait pas être de nouveau infantilisée.

La porte de la chambre s'ouvrit soudain. Par réflexe, Sophie tourna la tête, et Héloïse attrapa le premier bout de tissu à sa portée pour cacher sa chemise. Toutefois, il n'y avait pas d'hommes face à elles, seulement une jeune femme à la taille fine, et aux cheveux bruns coiffés de rubans jaunes et roses. Ses yeux, d'un bleu très pâle, se posèrent sur les intruses, puis sur les toilettes. Son teint de lait vira progressivement au rouge, mais ses lèvres demeurèrent scellées.

Sans un mot, elle ressortit de la chambre. Héloïse fixa alors la pièce de tissu entre ses mains, et baissa la tête.

— *C'était une mauvaise idée. On aurait dû l'attendre. Louise nous en veut d'avoir fouillé dans ses affaires.*

— *Non,* rétorqua Sophie, agacée.

Louise n'avait jamais joué le rôle de grande sœur envers elle, et il semblait bien que rien ne la ferait changer d'avis. Qu'importe, Sophie la remplacerait auprès d'Héloïse.

— *Ces robes ne lui appartiennent pas,* assura-t-elle. *C'est papa qui les a payées. Et il a dit d'en choisir une. Alors, prends celle qui te plaira.*

Sophie eut honte de son mensonge. Ces parures à l'étoffe somptueuse ne pouvaient pas toutes provenir de leur père. Depuis qu'elle avait étudié les finances du château, Sophie suspectait leur tante Rosaline de supporter la majeure partie des dépenses de sa mère et de sa sœur aînée à Rennes. Néanmoins, Héloïse n'avait pas à le savoir.

— *Alors ?* réitéra-t-elle.

Sophie attrapa un tissu d'un rouge vif et l'enfila avant de se pavaner, malgré la pièce d'estomac manquante sur son buste.

— *Regarde-moi. Je m'appelle Louise et je suis la reine de France !*

Héloïse jeta un coup d'œil gêné vers la porte, puis se mit à rire. Enfin, elle se résolut à choisir une tenue.

Au bout de quatre essayages, quelqu'un toqua. Toutes les deux habillées, Sophie en informa Héloïse, puis articula tout en signant :

— *Entrez.*

Un magnifique jeune homme en bas blancs, culotte grise, gilet et veste grise, ornés de broderies, entra, avant de se figer.

— Qu'avez-vous fait de mes sœurs ? Qui êtes-vous ?

Étienne avait suffisamment bien articulé pour qu'Héloïse puisse lire sur ses lèvres. Telle une enfant, elle rougit et se cacha le visage entre ses mains.

— *Vous, madame* (il s'approcha d'elle d'un air taquin), *je pense vous reconnaître. Votre beauté n'aura de cesse de m'éblouir. Mais vous… qui êtes-vous ?*

— *Arrête, gros nigaud.*

Sophie leva les yeux au ciel.

— *Par tous les saints !* exagéra Étienne en portant sa main sur son cœur. *Serait-ce la voix de ma jumelle ? Est-ce moi, ou s'est-elle déguisée en femme ?*

D'un geste vif, la jeune femme attrapa une brosse à cheveux et la lança vers lui. Étienne, qui semblait s'y attendre, esquiva en se jetant sur le lit. Il n'en fallut pas plus à Sophie pour le rejoindre. Avec brusquerie, elle le plaqua contre le matelas.

— Déguisée ou non en femme, je peux toujours t'infliger une déculottée ! siffla-t-elle sans signer, mi-amusée, mi-vexée. Mais vous mon cher frère, vous ressemblez à un des mignons du roi !

Au lieu d'en paraître irrité, Étienne sourit de plus belle. Héloïse ne leur accordait déjà plus d'attention, tout occupée à examiner le reste de la garde-robe. Allait-elle encore changer de vêtements ? Quand Sophie tourna de nouveau la tête vers son frère, coincé en dessous d'elle, celui-ci avait les yeux fermés.

— À quoi joues-tu encore ? gronda-t-elle.

— C'est que… Disons que… si j'avais le moindre doute sur le fait que tu étais une femme, celui-ci vient de s'évanouir.

Sophie fronça les sourcils, puis baissa les yeux… sur ses propres seins. Juste ciel ! Elle s'écarta bien vite de son frère, confuse. Non, cette robe n'allait vraiment pas ! Elle était tellement ouverte et serrée au niveau de la poitrine que… eh bien que pour une fois, on aurait dit qu'elle en avait.

Étienne en profita pour se rasseoir et défroisser son costume.

— Père m'emmène en ville !

Son annonce fit bondir le cœur de Sophie. Elle en oublia le moment délicat, et se contenta de détailler son jumeau. Il essayait de cacher son enthousiasme, mais elle le connaissait par cœur : ce regard lointain, cette petite fossette sur sa joue… Tant de signes qui indiquaient qu'Étienne était heureux.

— Il m'a promis de me montrer une superbe bibliothèque privée. Tu te rends compte, Sophie ? Les meilleurs cercles littéraires de Bretagne résident dans cette ville. Je suis à ça, dit-il en rapprochant son pouce de son index, de les rencontrer. Et père va me présenter à ses amis de l'État noble ! Moi ? Tu en as conscience ?

— Bien sûr, tu es son fils.

Elle s'assit à côté de lui et lui saisit la main. Étienne la lui pressa.

— Je te raconterai tout. Et dès que nous le pourrons je t'emmènerai où tu le souhaites !

— Ne pense pas à moi, le rassura Sophie avec un sourire. Profites-en pleinement.

Une pointe d'amertume la saisit. La liberté s'offrait à Étienne, mais jamais elle ne pourrait le suivre dans les salons masculins ou aux loges des politiciens. Cependant, elle était heureuse que l'invisibilité de son frère, qui le faisait tant souffrir, s'estompe face à leur père. Il possédait tellement de belles qualités… Le baron de Kerdelec acceptait enfin de lui donner sa chance.

— Je serai de retour pour le début du bal. Tu m'accorderas la première danse ?

— Bien sûr !

Elle lui attrapa le bras et le serra contre elle. Tout à coup, Héloïse se retrouva de leur côté du lit, et elles furent deux à enlacer leur frère.

— *Je suis si heureuse !* signa Héloïse. *Et j'ai tellement hâte d'être à ce soir !*

Elles déposèrent chacune un baiser sur la joue d'Étienne, qui rougit jusqu'aux oreilles.

7

La nuit était tombée depuis peu. Sophie avait à peine eu le temps de se reposer qu'une seconde vie avait animé l'hôtel particulier de sa tante. Louise avait continué à ignorer ses sœurs. Seule une domestique était venue prendre un fourreau et un manteau de robe, ainsi qu'une structure métallique large sur les côtés, et plate à l'avant et l'arrière, qu'Héloïse et Sophie s'étaient bien gardées d'enfiler.

La tension recommençait à envahir cette dernière, qui essayait de ne pas trop regarder les voitures par la fenêtre. Étienne et le baron n'étaient toujours pas rentrés. Manqueraient-ils le bal ? Non, ils ne pouvaient pas leur faire ça, surtout si Héloïse et elle devaient être présentées.

Enfin, une calèche s'arrêta, et la silhouette élégante de son frère en jaillit. Si vivement, qu'il fallut plusieurs secondes au baron de Kerdelec pour en émerger à son tour. Lorsqu'il posa pied à terre, son jeune fils avait disparu sous le porche. Étrange… Lui d'habitude si prévenant… La visite ne s'était-elle pas déroulée comme il le souhaitait ? Ou bien craignait-il de ne pas avoir le temps de se changer pour le bal ?

Sur la pointe des pieds, Sophie traversa la chambre, tentant de ne pas se faire remarquer de Nanou, Pilou et Héloïse, qui jouaient aux cartes sur le lit. Eux non plus n'avaient pas osé descendre, comme s'ils n'étaient que des intrus dans cette maison.

Elle aurait certes dû attendre, mais la curiosité avait toujours été un vilain défaut. De plus, son frère et elle étaient liés comme les doigts de la main. Dans cet univers étranger, elle avait besoin de lui, et lui aussi avait besoin d'elle. Avec délicatesse, elle referma la porte derrière elle et se posta dans le couloir, faisant mine d'admirer le portrait d'une ancêtre.

Néanmoins, toute son attention demeurait rivée aux bruits de pas dans l'escalier. Étienne semblait particulièrement pressé. Quand il apparut à quelques mètres d'elle, Sophie constata qu'il avait gardé son manteau et son chapeau. Elle lui sourit, mais il la dépassa sans même lui accorder un regard. Un soufflet ne l'aurait pas moins blessée.

— Étienne ?

Celui-ci s'immobilisa.

— C'est moi, ta jumelle. Même si je suis… déguisée.

Elle leva les bras dans une tentative d'humour. Étienne lui présentait son dos, il avait à peine tourné la tête.

— Tu es très belle. Je te prie de m'excuser, je dois me préparer.

Il ouvrit la porte de sa chambre, elle fit quelques pas dans sa direction.

— Cela ne s'est pas bien passé ? Père n'était-il pas fier de…

— Si, l'interrompit-il dans un souffle. Très fier…

Sans laisser à Sophie le temps d'ajouter quoi que ce soit, il referma derrière lui. La jeune femme demeura interdite. Que lui arrivait-il ? Jamais encore il ne l'avait ainsi congédiée... Ses jambes la portèrent jusque devant la chambre, et elle hésita. Avait-elle commis un impair ? Était-ce tout ce tissu, cette coiffure sophistiquée, et cette touche de maquillage qui l'avaient perturbé au point de ne plus voir en elle sa sœur ? Une pointe d'amertume vrilla son cœur. Non, hors de question qu'Étienne la repousse ! Elle avança la main, bien décidée à entrer, lorsque de nouveaux pas, plus lourds cette fois, résonnèrent dans l'escalier.

Trop habituée à se faire houspiller par sa mère, elle recula dans l'ombre d'un meuble.

— Gustave, faites en sorte que tout soit prêt pour demain. Je ne veux aucun empêchement à cette affaire. Renversez le pot de chambre de mon fils sur sa tête s'il le faut, mais je le veux chez Delville, pour onze heures !

— Oui, monsieur.

— Vous pouvez disposer.

Sophie tendit le cou pour distinguer le serviteur de leur maison – le seul qui accompagnait leur père durant l'hiver – redescendre les marches. Le mystère s'épaississait. Pourquoi les deux hommes de la famille devaient-ils voir le notaire familial ? Elle leva les yeux au ciel. Quelle fille stupide ! L'héritage de l'armateur de Saint-Malo ! Son père n'avait pas pu le voir aujourd'hui, et sa mauvaise humeur avait contaminé Étienne. Telle une éponge, son frère avait absorbé cette colère froide. Oui, c'était forcément ça. Sophie soupira, ses yeux se tournant vers l'antre de son jumeau. Il avait sans doute besoin de réconfort...

Le baron de Kerdelec pénétra dans le bureau que madame de Verteuil laissait à sa disposition et elle attendit qu'il refermât la porte pour sortir de sa cachette. Alors qu'elle avançait un pied vers l'extérieur, un éclat de voix la glaça :

— Pour l'amour du ciel, Henriette, que faites-vous en embuscade ? Rosaline, vous aussi !

Était-ce la voix fâchée de son père ou le mot « embuscade » qui la poussa à revenir sur ses pas ? Sophie l'ignorait. Néanmoins, elle savait que la conversation qui allait suivre ne la regardait pas. Raison de plus pour jouer les oreilles indiscrètes.

Tel un loup, elle se rapprocha.

— Vous revenez de chez monsieur Delville ? A-t-il validé les documents ? s'enquit sa mère.

— Il n'est pas chargé de la succession, nous verrons le concerné plus tard. Néanmoins, nous n'avons pas à parler de ces affaires avec votre tante. Veuillez sortir de mon bureau.

— Vous oubliez que ce bureau m'appartient, très cher, roucoula presque tante Rosaline. Voilà qu'une fois riche, vous voulez me jeter aux oubliettes ? N'avez-vous donc aucun égard pour les services rendus à votre famille ?

Un grognement canin ponctua sa question et elle ajouta :

— Tout doux, Phœbus. Alors, Charles ? Qu'avez-vous à dire pour votre défense ?

Sophie serra les mâchoires, elle n'appréciait guère le ton de sa tante. Pour qui se prenait-elle ?

— Ma chère Rosaline, se radoucit contre toute attente le baron. Mes nerfs sont à rude épreuve aujourd'hui. Vous avez bien entendu toute ma reconnaissance pour vos bienfaits, et si cet héritage nous parvient bel et bien je ne les oublierai pas.

— Le sieur Delville a un doute sur les documents ?

La voix blanche de sa mère balaya la mauvaise humeur de Sophie et l'inquiéta. Était-ce pour cela qu'Étienne était rentré si défait ?

— Non, ils sont bien authentiques. Je devrai les présenter à l'individu chargé de l'héritage, mais même ainsi, nous ne sommes pas sûrs de l'obtenir.

— Mais les documents…

— Voyons, Henriette, si le comte de Carnac décide de faire jouer ses relations ou de nous lancer dans des procès dispendieux, pensez-vous vraiment que nous pourrons rivaliser ? Nous devrons avancer les frais d'avocats, et cela pourrait durer des années…

— Je soutiendrai l'effort de guerre, assura tante Rosaline.

— Ce ne sera pas nécessaire, j'ai trouvé un autre moyen.

— Lequel ? questionna Henriette avant de s'étrangler. Celui auquel je pense ?

L'appréhension faisait battre le sang de Sophie jusqu'à ses tempes.

— Laissez donc les hommes s'occuper de leurs affaires, ronchonna le baron, à bout de patience. N'avez-vous donc pas un bal ? Retournez à vos jupons et dentelles !

Un lourd silence s'installa.

— C'est justement de jupons et de dentelles que je voulais vous entretenir.

La voix de sa mère était tellement basse que Sophie dut coller son oreille à la porte.

— Vous ne pouvez pas laisser nos cadettes participer ce soir.

Le cœur de l'intéressée bondit dans sa poitrine.

— Qu'est-ce que ces sornettes ? Vous voulez les cacher dans leur chambre ?

— Louise a travaillé dur pour cette soirée. Évitons le moindre risque de lui faire honte.

— Henriette, surveillez vos propos ! Comment pouvez-vous parler de vos filles ainsi ?

— Les avez-vous seulement regardées ? Elles ignorent tout des usages du monde. C'est à peine si elles ont eu des cours avec un maître à danser ! On dirait des paysannes arrachées à la campagne !

— La faute à qui ? rugit Charles de Kerdelec. Si vous leur aviez permis…

— Leur place n'est pas ici ! Vous auriez dû les laisser au château !

— Sans homme pour assurer leur sécurité ? Diantre, ce sont vos filles, Henriette ! Jouez votre rôle de mère et…

— Je n'ai pas choisi de donner naissance à des bêtes de foire !

Sophie recula de la porte, le pouls affolé. Non, elle avait dû mal entendre ce qu'avait presque hurlé sa mère. Elle n'ignorait pas le peu d'intérêt qu'elle leur portait. Louise avait toujours été sa préférée. Mais de là à oser qualifier ses autres enfants de la sorte…

Un étau glacé enserra la poitrine de Sophie. Ses oreilles bourdonnèrent, l'empêchant d'entendre quoi que ce soit d'autre.

« Je n'ai pas choisi de donner naissance à des bêtes de foire. »

Sa mère était un monstre.

Elle tourna les talons, un goût de cendre dans la bouche.

8

Sophie bouillonnait. Elle avait rejoint la chambre de Louise, sans y trouver Héloïse et Nanou. Quand elles réapparurent, la jeune femme demeura cachée derrière un livre. La benjamine trépignait d'impatience dans son joli ensemble à fleurs. Un manteau de robe, aux mêmes motifs que la jupe, cintrait sa taille, et de longs plis redescendaient dans son dos. Elle marchait de long en large, tandis que Nanou, elle aussi habillée d'une robe à la française, mais de couleur saumon, demeurait immobile, le regard dans le vague. Entrait-elle dans une de ses phases d'apathie qui suivaient généralement d'intenses moments d'émotion ? Ou bien était-ce la fatigue du voyage ?

La jeune femme tourna la page qu'elle n'avait toujours pas réussi à lire. Si leur père avait décidé de leur interdire le bal, il n'allait tout de même pas attendre le dernier moment pour le leur annoncer ? La tension devenait plus forte, plus palpable.

Enfin, des coups résonnèrent contre leur porte. Nanou ne réagit pas, bien sûr Héloïse non plus. À contrecœur, Sophie répondit :

— Entrez.

Le baron de Kerdelec, habillé de bas blancs, d'une culotte et d'un habit brun à gros boutons bordé d'or, s'exécuta. Une cravate blanche ondulée dépassait de son col. Sa perruque, impeccablement poudrée, avait été peignée et tenait désormais bien en équilibre sur sa tête. Lorsque sa benjamine le vit, elle se tourna vite vers lui, avant de se reprendre : d'un pas calme elle exécuta une charmante révérence. L'espoir regagna Sophie. Oui, Héloïse était parfaite, elle le démontrait une fois encore.

— Héloïse, vous êtes magnifique, articula avec exagération le baron.

Les yeux de la jeune fille s'illuminèrent. Sophie ne partageait pas son enthousiasme. Si les mots étaient doux, le ton de leur père était chargé de regrets... Un terrible sentiment d'injustice la tiraillait, et elle se leva à son tour, pour se placer à côté de sa sœur.

— Nous sommes prêtes, père. Si vous saviez comme nous sommes impatientes de descendre ! Merci de tout cœur !

Elle força ses lèvres à sourire. Était-ce mesquin de sa part ? Oui, tout à fait. Le baron de Kerdelec toussota, et Héloïse parla pour la première fois de leur séjour :

— Allez-vous bien, papa ?

La poitrine de Sophie se crispa. Le baron n'avait jamais eu le temps d'apprendre à signer, aussi Héloïse s'efforçait-elle de parler quand elle jugeait cela important. Le son de sa voix parut attrister d'autant plus leur père, et du coin de l'œil Sophie le vit serrer le poing. Lorsqu'il le détendit, il prononça :

— Sophie, traduisez s'il vous plaît. Ma tendre Héloïse, je suis désolé, il serait préférable de ne pas descendre ce soir. Reposez-vous avec votre grand-mère, le voyage a dû l'éreinter.

Les couleurs désertèrent le visage d'Héloïse, et Sophie haït son père de devoir transmettre la mauvaise nouvelle. Alors, leur horrible mère avait eu gain de cause. En plus de punir ses filles, elle se vengeait également sur Nanou ! Pourquoi cela ne l'étonnait-il pas ? Après tout, Henriette de Kerdelec avait toujours détesté sa belle-mère. Si le baron n'avait pas insisté pour garder cette dernière au château, elle l'aurait depuis longtemps envoyée dans un hospice.

Héloïse baissa la tête et acquiesça. À aucun moment, elle n'essaya de convaincre leur paternel de revenir sur sa décision.

— Votre premier bal sera encore plus fastueux. Je vous le promets.

Le baron se tourna vers Sophie. Celle-ci serra les dents et traduisit. Au lieu de parler, Héloïse se contenta de signer.

— *Je comprends. Bonne soirée, père.*

Sophie prononça les mots à contrecœur et se rapprocha de sa sœur pour la soutenir. Qu'était un bal après tout ? Elles s'amuseraient bien plus toutes les trois – Pilou était normalement déjà au lit dans la chambre d'Étienne. Que pourrait-elle faire pour les dérider ? Oh, oui, imiter ces messieurs et dames du beau monde ! Avec un peu de chance, Louise cachait peut-être une perruque…

— Dépêchez-vous, Sophie. Nous allons être en retard.

Le sang de la jeune femme se figea.

— Pardon ? balbutia-t-elle.

Le baron sortait déjà de leur chambre. Héloïse la dévisagea, intriguée, n'ayant pas eu le temps de lire sur les lèvres du baron.

— *Père, si Héloïse ne descend pas, moi non plus,* signa-t-elle en même temps qu'elle prononçait ces mots.

Leur père se retourna. Toute trace de douceur avait déserté ses traits. Héloïse pressa le bras de sa sœur et lui offrit un sourire triste.

— *Vas-y. Amuse-toi. Demain, tu me raconteras tout.*

— *Non, c'est injuste,* rétorqua Sophie. *Tu mérites de...*

— Cessez vos messes basses ! gronda le baron de Kerdelec. Sophie, ce n'était pas une invitation. Ce soir, vous nous honorerez de votre présence !

Deux paires de mains poussèrent Sophie vers l'extérieur. Même Nanou était sortie de son mutisme, et l'encourageait.

— *Je ne veux pas y aller,* signa-t-elle, le cœur battant.

Héloïse ne répondit pas, et la porte se referma sur son visage triste.

— Je descends saluer nos invités avec Louise. Ne traînez pas.

Son père ne lui accorda pas le moindre regard. Son dos s'éloignait déjà, tandis que Sophie demeurait glacée jusqu'aux os. Alors, elle remarqua une autre silhouette à quelques mètres, celle de sa mère. Son expression neutre contrastait avec la lueur dangereuse dans ses yeux. En plus de les faire souffrir, elle voulait semer la zizanie entre ses enfants ?

— Venez, nous allons améliorer votre mise.

Elle ouvrit la porte de sa chambre, et Sophie releva la tête pour l'y suivre. Améliorer sa mise ? Elle n'en avait nullement besoin. À peine franchit-elle le pas de la porte que sa mère la referma.

— Je compte sur votre comportement exemplaire, déclara la baronne sur un ton acerbe en se rapprochant. Tenez-vous droite, ne criez pas, ne gloussez pas. Et oubliez votre sale manie de vous mordre les lèvres !

Un index accusateur pointé vers sa fille, la baronne de Kerdelec ressemblait plus que jamais à une harpie. Sophie contracta la mâchoire pour ne pas commettre d'impair. Sa mère se moquait bien de sa robe ou de sa coiffure. Tout ce qui comptait, c'était de ne pas faire de vagues… Les poings serrés, elle attendit que sa mère eût fini ses remontrances, comme si elle avait déjà fauté. En un sens, si, Sophie avait fauté rien que par sa naissance.

— Ne vous éloignez pas, et donnez-moi les noms de tous les jeunes hommes qui vous auront approchée. N'en abordez aucun, et surtout ne leur permettez aucune familiarité.

Le rouge monta aux joues de Sophie et elle ne put s'empêcher de répliquer :

— Pour qui me prenez-vous ?

— Pour ce que vous êtes ! rugit Henriette de Kerdelec. Pour une fois dans votre vie, faites en sorte que je sois fière de vous !

Sophie s'était trompée : combien de fois n'avait-elle pas souhaité provoquer chez sa mère n'importe quel autre sentiment que l'indifférence ? Désormais, elle l'aurait préférée à sa cruauté.

— Vous avez fini ?

— Presque. Dans les conversations, louez les qualités de votre père et de votre frère.

Une bile amère envahit sa bouche. Elle contourna sa mère pour quitter la chambre.

— Tant que ce ne sont pas les vôtres que je dois louer.

— Sophie !

Elle l'ignora et gagna le couloir.

— Vous n'êtes qu'une…

Sa mère se tut, tout comme Sophie s'était figée. Face à elles se tenait Étienne, plus qu'élégant dans un habit de soie bleue, qui s'harmonisait avec l'ensemble choisi par Sophie.

— Tu es superbe, lui murmura-t-il.

Un ruban de la même couleur ramenait ses cheveux en une queue-de-cheval derrière la nuque, de légères boucles sur le côté du crâne y ajoutaient du mouvement.

— Et toi donc !

Elle prit le bras qu'il lui présentait galamment.

— Mère, salua-t-il la baronne, avant d'entraîner sa sœur vers l'escalier.

Sophie offrit un sourire faux à celle qui l'avait mise au monde, et suivit son jumeau. Même si elle avait joué les fières quelques secondes plus tôt, son cœur battait désormais la chamade. Des rires et des bruits de conversation lui parvenaient en contrebas, de plus en plus forts, de plus en plus distincts. Par réflexe, ses doigts se contractèrent sur le bras d'Étienne.

— Ne la laisse pas tout gâcher, lui chuchota-t-il. Tu es parfaite, jamais tu ne me feras honte.

Ces paroles agirent comme un baume, et elle lui sourit. Ils dépassèrent le basset, allongé, les pattes avant dépassant au-dessus de la première marche de l'escalier. Peut-être n'avait-il pas le droit de se mêler aux invités ? Les jumeaux l'ignorèrent et descendirent.

— Toi aussi, tu es parfait.

Étienne lui rendit son sourire, mais celui-ci n'atteignit pas ses yeux. Quelque chose clochait, à moins que lui aussi ne soit particulièrement nerveux ? Elle savait qu'il ne s'estimait pas suffisamment « viril », mais comme elle le lui répétait cela viendrait avec le temps. Sophie cherchait les bons mots pour le réconforter, mais ils arrivèrent vite – trop vite – dans le vestibule.

— Mes amis ! s'exclama d'un coup une voix à travers la porte à moitié refermée de la salle de réception. Permettez-moi de vous présenter mes enfants Sophie et Étienne de Kerdelec !

Les battants s'ouvrirent et la jeune femme retint son souffle.

9

Une cinquantaine de convives, habillés de toutes les couleurs possibles et imaginables, applaudirent. Les femmes portaient de somptueuses tenues, avec de longs plis savamment cousus dans le dos de leur manteau qui retombaient jusqu'au sol. Elles arboraient toutes une fière poitrine, et Sophie se sentit bête d'avoir ajouté un fichu pour cacher la sienne. Elle comprit son erreur en avisant leurs hanches trop larges pour être naturelles : voilà pourquoi Louise avait voulu un panier, cette horrible structure métallique, pour s'habiller. Il ne s'agissait pas d'un simple goût vestimentaire, mais d'une obligation de société. Pourquoi personne ne le lui avait dit ? Elle s'était contentée d'un jupon, plus pratique, qui était loin de donner le même résultat. De même, de superbes bijoux ornaient leurs poignets et leur poitrine, là où elle n'avait qu'un simple tour de cou en tissu bleu. Quant aux coiffures, elles s'avéraient aussi sophistiquées que la sienne était simple, avec sa tresse remontée en chignon. Sophie avait voulu faire sobre, mais elle ne s'en faisait que plus remarquer.

Un clavecin et des violons commencèrent à jouer, et son frère l'entraîna au centre de la pièce parquetée. Ils allaient danser ? Là, maintenant ?

— La dernière danse du maître, lui souffla-t-il.

Comment ça, la dernière danse ? Laquelle ? Elle songea alors au cours auquel ils avaient assisté, avant que leurs parents ne partent en ville. Se souviendrait-elle des mouvements ? Ses yeux parcoururent tous ces visages inconnus, et l'inquiétude augmenta.

— *Regarde-moi,* signa son frère discrètement.

Elle obtempéra et inspira avant de faire le vide dans son esprit. Au contraire d'elle, Étienne ne semblait pas se formaliser de tout ce monde. Il se montrait plein d'assurance et lui présenta une révérence. Elle l'imita. Puis il partit sur le côté, et tel son double elle se joignit à lui. Ses jambes la portèrent par automatisme, afin de réaliser le menuet en six temps pour lequel ils s'étaient entraînés. Il n'y avait qu'un seul type de pas, et même s'ils durent tourner l'un autour de l'autre à plusieurs reprises, elle ne se trompa pas. Lorsque des couples s'ajoutèrent à la danse, Sophie parvint enfin à respirer. Mieux : elle sourit à Étienne. Voilà qu'elle faisait son entrée dans le monde, et qui plus est avec la plus charmante des compagnies : son frère qu'elle aimait tant !

Le clavecin émit sa dernière note, et les invités applaudirent. Leur père les rejoignit avec une expression pleine de fierté.

— Magnifique, les félicita-t-il. Étienne, j'aimerais vous présenter à quelqu'un d'important.

Le visage de son jumeau s'assombrit. Elle voulut le retenir, lorsque sa mère arriva à son tour.

— Venez, que je vous introduise auprès de mes amies.

Elle l'attrapa par le bras et ils furent tous les deux tirés de part et d'autre de la salle. Les musiciens se remirent à jouer, tandis que la baronne de Kerdelec entraînait Sophie vers des tables nappées de blanc, recouvertes de victuailles.

— Sophie, voici madame de Sevignac, et ses filles, Berteline et…

La jeune femme les salua avec un sourire poli, mais elle n'écoutait déjà plus. Seul son frère lui importait. Leur père le présentait à un homme d'une cinquantaine d'années à la forte carrure, en habit pourpre. Cette couleur contrastait avec le teint de plus en plus pâle d'Étienne.

— Sophie ? Sophie !

Une vive douleur lui saisit le bras. Bon sang, sa mère l'avait-elle pincée ?

— Veuillez l'excuser. Sophie est perdue dès qu'elle est séparée de son jumeau.

Les cinq femmes autour d'elles se mirent à rire, et Sophie piqua un fard.

— L'air frais de la campagne semble vous faire le plus grand bien, rétorqua une sexagénaire. Vous avez de jolies couleurs.

Sophie voulut la remercier, mais sa mère la devança :

— C'est d'avoir voyagé toute la journée. Sophie n'a pas encore pu se reposer, elle tenait absolument à honorer son père.

— Quelle gentille fille ! Vos parents ont bien de la chance.

Sophie inclina la tête, lorsque deux autres personnes arrivèrent, lui cachant la vue d'Étienne.

— Chère baronne, pardonnez-moi de ne pas avoir pu vous présenter mes hommages plus tôt !

Le cœur de Sophie eut un raté en découvrant les cheveux blonds du jeune homme qui présentait une révérence à sa mère. Depuis l'annonce du bal, elle avait tout fait pour repousser Mathieu de Chevigné de son esprit. Mais là… Elle retint son souffle, jusqu'à discerner… les traits d'un visage inconnu.

— Chère baronne, quel joyau nous amenez-vous là ?

Un autre homme, châtain cette fois, se joignit au premier. Ils leur souriaient désormais avec chaleur. Sophie cilla, surprise par leur attitude et par l'amère déception qu'elle ressentait.

— Monsieur de Lalanville, monsieur de Rougemont, permettez-moi de vous présenter ma fille cadette, Sophie de Kerdelec.

Les deux messieurs s'inclinèrent de nouveau respectueusement, et Sophie les imita. Sa mère ne semblait pas se formaliser du compliment exagéré. Et heureusement elle n'avait rien remarqué de son trouble.

— Nous permettez-vous de danser avec elle ?

— Bien sûr, leur répartit sa mère avec un sourire, indifférente à l'avis de Sophie.

La jeune femme n'avait nulle envie de s'exécuter, mais n'était-ce pas l'occasion idéale pour fuir sa mère ?

— Je prends la première danse, déclara monsieur de Lalanville en lui tendant la main.

Sophie accepta son invitation avec un sourire qu'elle voulut à la fois timide et avenant. Elle aurait dû s'entraîner devant le miroir… Pourvu qu'elle n'ait pas esquissé une grimace !

Sur la piste de danse, elle enchaîna un nouveau menuet et plusieurs contredanses, beaucoup plus rythmées. Vite, elle regretta les critiques qu'elle avait formulées contre la bonne société de Rennes : hommes comme femmes se montraient charmants. Certes, ils parlaient beaucoup pour ne rien dire, mais tous lui firent bon accueil. Si seulement Mathieu de Chevigné avait pu se joindre à eux… Louise l'avait-elle invité ? Elle mourait d'envie de lui poser la question, cependant cela aurait révélé à sa sœur aînée sa faiblesse. Elle en avait honte, sa réaction à l'instant ne pouvait pas la tromper. Elle éprouvait une inclination sur son ami d'enfance. Un seul remède existait : le revoir et tuer dans l'œuf les fantasmes qu'elle se faisait à son sujet. En le côtoyant, elle découvrirait sans doute qu'il n'avait pas plus d'attrait que ce jeune homme qui lui déclamait un poème, ou encore que cet autre galant qui la complimentait sur la blondeur de ses cheveux. Hélas, aucun ne parvenait à atténuer la frustration de devoir assister au bal sans Héloïse. Mathieu, lui, lui aurait changé les idées avec une conversation intéressante. Du moins, elle le supposait.

À chaque danse, elle cherchait des yeux le vicomte ou Étienne. Hélas ce dernier et son père semblaient avoir disparu. Peut-être négociaient-ils quelque affaire entre hommes… Elle tenta à plusieurs reprises de s'éclipser, mais à chaque fois, sa mère avait quelqu'un d'autre à lui présenter. Pourquoi d'ailleurs lui avait-elle demandé de retenir les noms des jeunes hommes qui l'abordaient ? Aucun ne le faisait sans que sa mère le lui présente. Et Henriette de Kerdelec ne dansait pas, ce qui ne lui accordait pas le moindre répit. Se faisait-elle un malin plaisir de la coincer ainsi ? Voulait-elle qu'elle danse jusqu'à ce que mort s'ensuive ?

Louise n'était pas aussi surveillée. Dans une belle jupe et un manteau de robe couleur argent, elle passait de convive en convive, une expression pleine de chaleur sur le visage. Cela en était déconcertant, elle qui, d'habitude, gardait une moue ennuyée. Les jeunes hommes l'invitaient sans demander l'autorisation à leur mère ou à leur tante, du moins c'est ce qu'en concluait Sophie. Laquelle attirait d'ailleurs le plus l'attention ? Louise ou elle ? Ce n'était pas un concours, mais si, pour une fois, elle pouvait un peu embêter sa sœur… Ces pensées la convainquirent de garder le buste droit et de se comporter comme ses parents l'attendaient. Non seulement elle ferait honneur à son père et à son frère, mais elle ferait fi de toutes les remarques désobligeantes de sa mère. D'elle aussi, on louerait le visage avenant et les manières délicates. Elle supplanterait Louise, et l'orgueil de son aînée n'y survivrait pas.

— Un rafraîchissement ? lui proposa un jeune homme habillé d'un costume orangé.

Sophie accepta le vin tendu avec une légère révérence. Danser lui laissait la gorge sèche, qu'importe le nombre de verres qu'elle buvait.

— Puis-je vous inviter au prochain quadrille ?

Monsieur de Lalanville se glissa entre celui qui venait de lui proposer à boire et elle.

— Vous avez déjà dansé, fit remarquer le costume orangé avec mauvaise humeur. Laissez donc les autres profiter de la compagnie de cette délicieuse personne.

Sophie ne sut quoi répliquer. Que lui arrivait-il ? D'habitude, elle n'avait pas la langue dans sa poche. La chaleur lui monta au visage et elle se réfugia derrière son verre.

— Mademoiselle de Kerdelec, il semblerait que vous alliez devoir trancher…

La jeune femme cligna des yeux, un peu hébétée. Choisir ? Elle ne les connaissait ni l'un ni l'autre et ils avaient tous deux l'air bien aimables. Une pression sur son bras la déconcentra et une épaisse chevelure brune lui cacha le visage des deux prétendants.

— Veuillez nous excuser, notre mère nous demande.

— Quelle cruauté ! commenta l'homme en habit orangé. Nous priver de deux charmantes demoiselles !

Louise se contenta de leur offrir un sourire et entraîna Sophie en arrière. Celle-ci hésita un instant à s'y opposer : elle n'avait nulle envie de retrouver la baronne, et encore moins d'obéir à son aînée ! Alors qu'elle ouvrait la bouche, Louise lui arracha presque son verre de vin pour le poser sur une des tables.

— Que vous a dit maman ? la houspilla-t-elle presque. Ne deviez-vous pas bien vous tenir ?

La consternation enveloppa Sophie. Pourquoi se faisait-elle rabrouer alors que, depuis le début de la soirée, elle s'efforçait d'être agréable avec tout le monde ?

— Tu es jalouse ? articula-t-elle, en essayant de ravaler son sourire.

Louise avait beau montrer une charmante poitrine, peut-être que ces messieurs s'étaient lassés d'elle ?

— Non mais vous vous entendez ?

Louise avait baissé la voix, jetant quelques regards à gauche et à droite, pour vérifier qu'on ne les écoutait pas.

— Je sais que tu aurais préféré que je reste dans ma chambre. Tu as peut-être réussi à enfermer Héloïse et Nanou, mais je ne te donnerai pas cette satisfaction !

Son amertume, qu'elle avait tenté de refouler, revenait en force.

— Tu dis n'importe quoi, tu as trop bu.

Sophie voulut se défaire de son étreinte. De profil, Louise maintint le bras de sa sœur plaqué contre sa propre poitrine, de sorte que Sophie n'eût pas assez d'espace pour s'écarter. Alors, la jeune femme attaqua autrement :

— Tu es jalouse à l'idée qu'on puisse te faire de l'ombre.

Les lèvres de Louise s'étirèrent, ce qui étonna sa sœur.

— Je n'ai rien à craindre de toi. On te regarde car c'est la première fois que tu apparais. Redescends sur terre.

Sophie se mordit l'intérieur de la joue pour ne pas faire d'esclandre. Était-ce ce que Louise escomptait ? Que son tempérament impétueux explose à la face de tous ? Oh, elle avait bien envie de renverser quelques verres ou bien de rire à gorge déployée. Sophie ne craignait pas le ridicule, mais elle redoutait plus que tout de nuire à son frère.

Les violons se remirent à vibrer et Louise l'entraîna sur la piste pour une nouvelle contredanse. Les femmes se placèrent sur une même colonne, les hommes sur une autre. Sophie ne comprenait plus rien. Louise n'avait-elle pas dit que leur mère les cherchait ? Ou bien essayait-elle de jouer, face aux invités, à la gentille grande sœur ?

Non... N'était-ce pas plutôt une manière de montrer qu'elle dansait bien mieux que sa cadette ? Car il fallait l'avouer, Louise était rompue aux différents pas de danse que leur montrait le maître de cérémonie. Chacun de ses mouvements s'effectuait avec une grâce et une légèreté que Sophie, plus hésitante, ne parvenait pas à imiter.

Oh oui, Louise savait très bien jouer de ses atours. Néanmoins, Sophie n'en démordait pas : elle ne montrerait aucun sentiment d'infériorité face à sa sœur. Les jeunes femmes enchaînèrent plusieurs contredanses. Louise, au contraire de ce que Sophie espérait, ne s'essoufflait pas. Comment pouvait-elle autant danser avec des souliers qui faisaient si mal aux pieds ?

Les musiciens proposèrent un interlude, et alors que Sophie allait s'éloigner Louise la rattrapa une énième fois par le bras. La jeune femme se retint de lever les yeux au ciel.

— Louise ! s'exclama soudain leur mère.

Au lieu d'avoir pitié d'elle, son aînée l'entraîna vers leur bourreau. Si le bal avait pu être amusant dans ses commencements, il agaçait désormais Sophie. Étonnamment, la baronne de Kerdelec ne lui accorda pas le moindre regard, comme si elle n'existait pas.

— Louise, est-ce vous qui l'avez invité ?

Le visage de leur mère gardait une expression neutre. En revanche, ses yeux balayaient l'assemblée, trahissant l'agitation qui la gagnait.

— Qui ça, maman ?

Louise ne feignait pas : ses épais sourcils bruns se froncèrent, tandis qu'elle essayait de suivre le regard de leur mère. Celle-ci les entraîna un peu plus à l'écart, vers les tables proches du mur.

— Monsieur de Carnac est ici.

Le bras de Louise pressa celui de Sophie si fort qu'une vive douleur la saisit. Elle s'efforça de retenir une grimace. Le nom lui était vaguement familier.

— Non, mère. Jamais je n'aurais osé !

Louise paraissait aussi déconfite que sa mère.

— Aurait-il eu l'audace de s'inviter lui-même ?

La baronne et Louise échangèrent un regard inquiet. Sophie ne comprenait pas pourquoi. On aurait dit qu'un loup venait de se faufiler dans la bergerie.

— Il a dû entendre parler de l'héritage. S'il sait qu'il va lui filer entre les doigts… Non, nous n'avons pas besoin d'une scène aujourd'hui. Et encore moins d'un duel !

— D'un duel ? répéta Sophie, surprise.

Tout à coup, tout s'illumina. L'héritage de l'armateur, Carnac… Cet homme serait-il prêt à défier leur père en public ? Sa mère ne releva pas, signe que la situation était vraiment préoccupante. Seule Louise lui lança un regard peu amène.

— Mère, vous vous inquiétez pour rien. Personne ne se battra en duel ce soir, et je vous rappelle que le roi les a interdits.

— Votre naïveté est touchante, Louise… Mais vous avez raison. Votre père discute d'une affaire importante, il ne doit surtout pas être interrompu. Louise, gardez Carnac à l'œil.

— Je peux peut-être aider, proposa Sophie.

Elle avait beau ne pas porter sa mère et sa sœur aînée dans son cœur, l'honneur de sa famille n'avait pas de prix.

— Surtout ne vous mêlez pas de ça, siffla presque la baronne. Cette affaire a besoin d'être menée avec tact. Et Dieu sait que vous ne savez pas garder votre sang-froid ! Allez plutôt danser, et faites comme si de rien n'était.

Sophie dut se faire violence pour acquiescer. Quant à Louise, elle lui lança un regard inquiet, avant de lui rendre enfin son bras.

Pourquoi sa famille la mettait-elle toujours sur la touche ? Sophie ravala sa fierté et se dirigea en sens inverse de ses aînées. À peine esquissa-t-elle quelques pas qu'un jeune homme l'aborda :

— Mademoiselle de Kerdelec, m'accorderiez-vous cette danse ?

Le clavecin se lançait dans de nouvelles notes. Quitte à être inutile, autant tuer le temps.

— Avec plaisir, mentit-elle.

Le jeune homme saisit sa main gantée et la conduisit sur la piste avec les autres couples. Ses jambes l'entraînaient, mais son esprit lui, survolait la pièce. Sa sœur avait-elle trouvé Carnac ? Sophie partageait désormais l'inquiétude de sa mère : que voulait-il ? s'inquiétaient-elles trop vite ? Il n'avait pas pu savoir si vite… Si ? Elle se demanda alors à quoi tenaient tous ces regards curieux… Tous ces gens étaient-ils là pour voir les Kerdelec ? Ou parce qu'ils espéraient assister à un scandale ?

Le cœur battant, elle s'obligea à danser, et ne compta plus les musiques. Elle tenta de s'imprégner d'un maximum d'impressions pour mieux décrire le bal à Héloïse. Soudain, une figure tant espérée apparut dans la foule des spectateurs. Des éclats jaunes brillaient si fort dans ses iris qu'on aurait dit ceux d'un chat. Étienne la fixait avec une intensité déstabilisante. Aucun sourire n'étirait ses traits. Quelque chose le tracassait.

Ses mains se joignirent discrètement au niveau de son torse, et il signa :

— *J'ai besoin de te parler. Rejoins-moi à l'extérieur dès que tu peux.*

Une pierre tomba dans le ventre de Sophie. Elle voulut quitter la danse, mais elle savait que c'était le meilleur moyen d'attirer l'attention. Si son jumeau souhaitait lui parler, elle devait s'éclipser en toute discrétion. La mélodie lui sembla durer une éternité, et lorsque les dernières notes résonnèrent, elle salua à peine son cavalier.

Préoccupée, elle tenta de se frayer un chemin jusqu'au bout de la salle. Elle n'avait pas encore eu le temps de visiter l'hôtel de sa tante. Cependant, elle avait remarqué que la chambre d'Étienne donnait sur un jardin à l'arrière.

Elle s'excusa une première fois, puis une deuxième, sans arriver à traverser la moitié de la pièce.

— Nous disions justement que la campagne n'avait rien à envier à la ville, n'êtes-vous pas d'accord ? la harponna une des dames présentées par sa mère, en compagnie d'autres invitées.

Quelle plaie !

— Hélas, je ne connais pas encore assez bien la ville pour pouvoir répondre.

Elle leur offrit un sourire navré. Les portes du jardin n'étaient plus qu'à quelques petits mètres…

Un mouvement sur le côté attira soudain son attention. Quelque chose venait de dépasser du dessous d'une table. La nappe blanche gondola et cette fois, elle vit très distinctement… des doigts !

Quelqu'un se dissimulait là-dessous ! Des sueurs froides l'enveloppèrent et elle se rapprocha de l'endroit. À en croire les mouvements, l'intrus se dirigeait lui aussi vers le jardin. Sophie le devança pour se placer en bout de table, à moins de deux mètres des portes. Elle fit alors tomber un raisin par terre.

— Oh, quelle maladroite !

Accroupie, dos au jardin, elle souleva d'un coup la nappe. Le visage d'un jeune garçon en chemise de nuit se retrouva pile en face du sien.

— Philippe ! lança-t-elle dans un murmure, avant de vérifier que personne ne les avait remarqués. Que diable…

— Sophie ! (Son petit frère attrapa ses jupes, et elle remarqua seulement à cet instant ses yeux rouges et ses joues mouillées.) Il s'est enfui ! Tu dois le retrouver ! Ou Phœbus, il va…

Un hoquet saisit l'enfant. Confuse, Sophie balbutia :

— Qui s'est enfui ? Et pourquoi le chien…

Elle ne termina pas sa phrase. À la place, ses yeux s'écarquillèrent. Décidément, cette soirée allait de mal en pis !

— Pilou… Ne me dis pas…

— Cannelle va se faire déchiqueter ! Pitié, aide-moi à le retrouver !

10

Non, non, non, c'était impossible ! Comment Philippe avait-il pu emmener son lapin ? Étienne s'était pourtant...

Étienne...

Sophie ferma les yeux et contracta les mâchoires. C'était forcément un coup de lui !

— S'il te plaît, Sophie... J'ai vu Phœbus renifler sa piste jusqu'au jardin, gémit Pilou.

— Retourne te coucher, murmura-t-elle, et surtout ne te fais pas voir.

— Pas sans lui...

— Si papa ou maman te trouve, tu seras rossé !

Le petit garçon devint aussi pâle que la nappe, et elle se radoucit :

— Foi de Kerdelec, je vais tout faire pour le retrouver.

Pilou hocha la tête.

— Mademoiselle de Kerdelec ? Vous allez bien ? s'enquit une voix féminine.

Sophie relâcha la nappe, et se redressa avec un rire peu élégant.

— Oui, j'avais fait tomber un raisin, quelle maladroite !

Elle montra l'objet de ses propos et son interlocutrice haussa un sourcil circonspect.

— Veuillez m'excuser, j'ai besoin de prendre un peu l'air.

La dame acquiesça, déstabilisée par son attitude étrange. Sophie souleva ses jupes pour mieux descendre les quelques marches menant à l'extérieur. La lune éclairait un ciel bleu nuit ainsi qu'un jardin tout en longueur, dont la multitude de buissons empêchait de distinguer le fond. Parfait, si l'animal de son frère s'était aventuré là, ce serait comme chercher une aiguille dans une botte de foin !

Comment n'avait-elle pas remarqué un lapin dans la salle ? Ni même un chien ? Elle supposait que les autres convives n'avaient rien observé d'étrange, sinon il y aurait eu des exclamations, ou au moins des remarques. Il fallait juste espérer que Cannelle n'ait pas déféqué dans les plats. Après, si les invités étaient trop bêtes pour confondre ses crottes avec des friandises… Si la tension ne l'avait pas autant habitée, elle aurait pu en rire.

Pilou tenait à Cannelle comme elle tenait à sa jument. Et elle lui avait promis de le lui ramener. Ah, pourquoi ça devait toujours tomber sur elle ! Ses chaussures crissèrent sur le gravier blanc et une voix s'exclama :

— Dieu merci, tu es là !

Étienne l'attrapa par la main et jeta un coup d'œil autour d'eux, avant de l'entraîner derrière une statue.

— Tu en as mis du temps ! lui reprocha-t-il.

Étienne ! Mais bien sûr ! Il avait dû retrouver Cannelle, voilà pourquoi il devait lui parler à l'extérieur !

— Tu as le lapin ? s'enthousiasma-t-elle.

— Le lapin ?

L'expression surprise de son frère lui arracha tout espoir.

— Quel lapin ?

— Celui que tu as très vraisemblablement caché dans le carrosse, grommela-t-elle d'un ton accusateur.

— Mais que… Quoi ? Sophie, ce n'est pas le moment de me reprocher cela, j'ai besoin de te parler de quelque chose d'important.

Un aboiement surexcité retentit soudain dans le fond du jardin. Le cœur de Sophie remonta jusque dans sa gorge. Cannelle !

— Étienne, je suis désolée, je reviens. Attends-moi !

— Sophie, non, c'est vraiment urgent !

L'aboiement se répéta, et l'inquiétude se mua en panique.

— Deux minutes, juste deux minutes ! Couvre-moi si mère me cherche !

Elle releva ses jupes et partit en courant. Très vite, elle dut malheureusement ralentir. Des nuages commençaient à cacher la lune et elle ne voyait plus où elle mettait les pieds. Un souffle de vent la glaça, mais elle ne pouvait pas abandonner.

— Cannelle ? Cannelle, tu es là ?

Une série de glapissements paniqués brisa le silence du jardin, suivi d'un cri de douleur. Le sang de Sophie se figea. Quel genre de son pouvait faire un lapin avant de mourir ?

Sans plus réfléchir, elle fonça vers les buissons, ne cherchant plus de chemin, seulement la possibilité d'aller plus vite. Elle craignait plus que jamais de se retrouver face à un cadavre. Si le chien avait égorgé

Cannelle… Rien qu'à y penser, les larmes lui montaient aux yeux !

Un bruit d'eau lui parvint. Sa gorge lui faisait mal, mais elle refusait d'abandonner sa recherche. Son regard se posait partout au sol, lorsque sur l'herbe elle distingua des traces écarlates.

Son pouls s'accéléra et elle se pencha. Ses doigts plongèrent dans le liquide.

Aucun doute n'était possible.

C'était du sang.

Et la piste menait droit derrière ce buisson.

11

La végétation s'accrochait à ses cheveux, et Sophie dut tirer sur sa jupe pour passer. Son cœur n'en pouvait plus de battre. Jamais elle ne se pardonnerait d'arriver trop tard.

Enfin, elle déboucha face à un petit espace dallé, d'à peine trois mètres de circonférence autour d'une fontaine. Les traces de sang brillaient et formaient un chemin jusque…

Le cœur de Sophie faillit s'arrêter.

Cannelle se trouvait bien là, le pelage humide.

Sauf qu'il n'était pas seul.

Il était prisonnier, mais pas des crocs d'un chien.

Un homme d'une vingtaine d'années le tenait dans ses bras. Assis sur le rebord de la fontaine, il gardait l'animal contre lui et le caressait d'une main ferme et assurée.

Sophie se rapprocha. L'écoulement de l'eau étouffait ses pas et les mots que l'inconnu prononçait. Ses lèvres bougeaient, et le regard de Sophie s'attarda sur elles, puis sur ses longs cils sombres. Était-ce la nuit qui donnait une telle impression d'obscurité sur cet homme ? Ses cheveux, attachés dans la nuque, étaient aussi noirs que son costume. Quel convive venait à une fête habillé de la sorte ? De plus, il conservait son manteau sur le rebord de la fontaine, comme s'il s'apprêtait déjà à quitter les lieux. La lumière de la lune l'éclaira un peu plus, accentuant le côté spectral de l'apparition : au noir de son habit s'ajoutait le blanc de ses bas et des manches de sa chemise qui dépassaient de sa veste. Non, un instant. Toute sa chemise n'était pas blanche, une de ces manches était maculée de rouge, tout comme le pelage de Cannelle !

La panique éclata dans la poitrine de Sophie et elle se précipita vers eux.

— Que s'est-il passé ?

Le buste de l'homme se redressa brutalement. Ses yeux sombres, ainsi que son expression glacée freinèrent Sophie dans son élan. En revanche, pas assez pour qu'elle n'ajoute :

— Ce sang est-il…

Ses lèvres ne parvenaient pas à prononcer les mots qui la hantaient. Cannelle ne bougeait toujours pas. Se pouvait-il que cet homme… soit en train de caresser un cadavre ?

— C'est le mien, annonça-t-il d'une voix grave.

— Dieu merci !

Le soulagement l'engloutit comme un raz de marée. Les paupières à demi closes, Sophie se laissa tomber contre le rebord de la fontaine, à un bon mètre de l'inconnu. Elle pressa son poing contre son cœur, et tenta de le calmer. Elle avait eu si peur !

— Plaît-il ? rétorqua le jeune homme.

Sophie rouvrit les yeux et la nervosité l'envahit derechef. Juste ciel, que venait-elle de dire ?

— La vue de mon sang vous ravit-elle ? renchérit-il en pivotant vers elle. Ai-je bien compris ?

— Oui et non, balbutia-t-elle, confuse.

— Oui et non ?

Les sourcils de l'individu se froncèrent et son regard sombre devint encore plus intimidant.

— Je…

Elle ignorait par où commencer pour se justifier. De plus, pouvait-elle décemment parler à cet inconnu alors qu'ils n'avaient pas été présentés ? Elle se rendit compte du danger de la situation : elle se retrouvait seule, à l'extérieur, avec un homme n'appartenant pas à sa famille. Il ne fallait surtout pas qu'on les aperçoive ici !

— Puis-je au moins connaître l'offense que j'ai commise pour me valoir un tel traitement ?

Sophie bondit sur ses deux pieds. Ah, au diable le protocole et les bonnes manières !

— Je n'ai rien contre vous, je ne vous connais pas. Je craignais juste que ce sang n'appartienne au lapin. D'ailleurs, j'aimerais le récupérer.

Elle tendit les bras. L'animosité avait déserté les prunelles sombres de son vis-à-vis. Une franche surprise marquait désormais ses traits.

— Donc, vous êtes soulagée que ce lapin n'ait rien. Qu'importe ma blessure ?

— Je n'ai pas dit ça, soupira Sophie. Je suis navrée que vous saigniez, mais au moins vous n'en mourrez pas.

— De mieux en mieux…

L'homme ouvrit de grands yeux, avant de caresser de nouveau Cannelle. Se rendait-il seulement compte à quel point l'animal était effrayé ? Le toucher ainsi n'arrangeait pas la situation.

— Pouvez-vous me le donner ?

— J'ai mal. La douceur de son pelage, à défaut de vos paroles, ajoute du baume à ma blessure.

Sophie leva les yeux au ciel. Que ne fallait-il pas entendre ! Le temps s'égrenait, et elle avait d'autres chats à fouetter. Si elle s'attardait trop, Philippe serait bien capable de ressortir de sa chambre. Et puis, elle avait promis à Étienne de revenir vite. Devait-elle l'appeler ? Face à son frère, ce monsieur à la triste mise ferait bien moins le fier ! Oui, mais ne risquait-elle pas de créer une dispute pour rien ? Non, elle devait se débrouiller seule.

— Très bien, maugréa-t-elle.

Sans considération pour les bonnes manières, elle se rassit à côté du jeune homme et retira ses gants qu'elle posa sur le rebord.

— Votre main.

— Pardon ?

— Ne jouez pas les douillets, montrez-moi votre main !

Elle évita de croiser son regard. À la place, elle se saisit du poignet blessé et le tira vers elle. La blessure semblait venir du côté de la main. Malheureusement, la lumière de la lune ne lui permettait pas d'examiner la plaie. Elle appuya doucement son doigt sur la paume, et du sang recommença à perler.

— Aïe !

L'inconnu retira vivement sa main et elle tenta de cacher son exaspération.

— Il faut nettoyer et bander.

Le jeune homme se tourna par réflexe vers la fontaine et elle s'exclama :

— N'y songez même pas ! Même si aucune odeur n'émane de cette eau, nous ignorons si elle ne contient pas de miasmes. Cela ne ferait qu'aggraver votre blessure.

En désespoir de cause, Sophie retira le long mouchoir qu'elle avait ajouté pour cacher le haut de sa poitrine. Le contact avec l'air frais la fit frissonner, mais même ainsi, elle en montrait moins que la plupart des demoiselles du bal.

Elle reprit le bras du jeune homme avec autorité, avant d'entreprendre de bander sa main.

— Dès que vous le pourrez, consultez un chirurgien.

Son mouchoir se colora immédiatement, sans que cela émeuve Sophie. Le tissu, assez épais, devait valoir une certaine somme d'argent, et Louise lui en voudrait certainement. Qu'importe. Le lapin de son frère n'avait pas de prix. Elle serra le plus fort possible pour comprimer la plaie et termina par le nœud que lui avait montré Nanou, avant que la raison ne lui permette plus d'ouvrir sa porte aux miséreux du village.

— Voilà, vous survivrez.

Sans lui accorder le moindre regard, elle plongea ses mains dans la fontaine. L'eau glacée lui arracha un frisson, mais elle ne pouvait pas réapparaître au bal avec du sang sur les mains.

— Maintenant, si vous le permettez, j'aimerais bien…

Elle releva la tête et ne parvint pas à finir sa phrase. Le visage du jeune homme n'était qu'à quelques centimètres du sien. Elle discernait désormais bien ses iris aussi sombres que l'écorce des arbres après la pluie. La chaleur lui monta aux joues, mais elle ne recula pas.

— Que me proposez-vous en échange de ce lapin ? murmura-t-il.

— Je vous ai soigné…

Sa voix était bien plus faible qu'elle ne l'aurait voulu. Le coin des lèvres de son interlocuteur s'étira un bref instant, et il ajouta tout bas :

— Non, c'était pour vous faire pardonner votre impudence. Qu'êtes-vous prête à offrir contre cet animal ?

— Il ne vous appartient pas.

— Personne ne devrait détenir une vie, quelle qu'elle soit. Mais puisque je viens de sauver la sienne, et ce à mon propre détriment, ne mériterais-je pas une douce récompense ?

Il se rapprocha un peu plus, au grand désarroi de Sophie. Était-ce elle qui interprétait mal ses propos, ou bien… était-il vraiment en train de lui réclamer ses faveurs ?

— Pouvez-vous être plus explicite ? ajouta-t-elle dans un souffle.

Le regard du jeune homme caressa l'ovale de son visage, puis descendit sur sa gorge et la naissance de sa poitrine. La chaleur envahit cette fois Sophie jusqu'aux oreilles. Aucun doute ne demeurait.

— Oh, murmura-t-elle. Vous voulez dire…

Elle déposa ses doigts contre l'épaule de l'inconnu, jouant avec la couture de sa veste.

— Le genre de souvenir qui adoucirait vos nuits, lorsque la douleur vous empêcherait de dormir ?

— Tout à fait, madame.

Elle se redressa et s'inclina vers lui. Au lieu de rapprocher son visage du sien, elle se releva un peu plus, de sorte que le regard de l'inconnu fût en face de la poitrine qui l'intéressait tant.

— Un souvenir impérissable, que vous pourrez emporter dans vos vieilles années…

Elle se pencha un peu plus et il releva la tête pour la regarder dans les yeux. Les pupilles dilatées, l'homme la contemplait d'une étrange façon. Était-ce ce qu'on appelait du désir ? Ses joues, aussi, semblaient avoir pris des couleurs, comme les siennes qui continuaient de lui brûler.

— Fermez les yeux, chuchota-t-elle en rapprochant sa bouche de la sienne.

L'inconnu obéit et elle vit ses lèvres s'entrouvrirent. Alors, elle glissa cette fois ses deux mains contre ses épaules…

— Je vous promets, souffla-t-elle doucement sur sa bouche, que vous vous en souviendrez… longtemps.

D'un coup, elle poussa de toutes ses forces contre son buste. L'impudent, déjà penché en arrière, ne parvint pas à retrouver l'équilibre. Dans sa surprise, il lâcha sa prise autour de Cannelle, qui bondit sur les dalles. Le dos de l'inconnu heurta l'eau en un bruit sonore et Sophie recula juste à temps pour ne pas être éclaboussée.

— Coquin, jean-foutre ! explosa-t-elle. Comment oses-tu profiter d'une telle situation ! Tu mériterais d'être pendu haut et court !

Tout le feu qui s'était accumulé en elle explosa en un torrent d'invectives. Le jeune homme pivota pour se dégager, mais le haut de ses jambes demeurait sur le bord de la fontaine. Il dut complètement s'immerger pour espérer s'en extirper. Sophie n'attendit pas de voir disparaître ses souliers. Elle fit volte-face, n'oubliant pas dans sa colère l'origine de son tourment.

Cannelle la fixait avec ses longues oreilles droites et son petit nez frémissant. Un bruit terrible la fit soudain sursauter : l'homme reprenait son inspiration. Le lapin bondit dans les fourrés et Sophie serra les poings. Bon sang, pas encore !

Sans un mot pour le grossier personnage, elle repartit aux trousses du maudit animal.

12

— Viens là !

Sophie se jeta sur le lapin. Ses genoux heurtèrent la pelouse, et ses bras se refermèrent sur la petite crapule. Ses poils tout doux lui chatouillèrent les narines. Par chance, il ne se débattit pas.

Le soulagement et la joie éclatèrent dans sa poitrine, lorsqu'un petit toussotement attira son attention. Face à elle se trouvait le bout d'une jupe claire, à la teinte incertaine dans l'obscurité. Si sa mère la trouvait ainsi, dans le jardin, avec Cannelle… c'en était fini de sa vie !

Lentement, elle releva les yeux sur la silhouette, plus fine que celle de la baronne. Les yeux bleus de sa sœur, aussi glacés que la banquise, restaient rivés sur elle.

— Sophie, vous êtes-vous regardée ? Dans quel état vous êtes-vous mise !

Louise s'avança, le bras en avant vers les cheveux de sa sœur, et s'arrêta d'un coup. Ses pupilles s'agrandirent et elle s'exclama :

— Quel est cet animal ? Ne me dites pas que vous jouiez avec…

Sophie se releva tel un ressort. Le regard de son aînée descendit de haut en bas, s'attardant plus que nécessaire sur sa poitrine, et sur ses bras. Sophie voulut s'expliquer, mais une exclamation augmenta encore son alarme.

— Louise ! Louise, où êtes-vous ?

La voix d'Henriette de Kerdelec se rapprochait d'elles. Misère ! La situation ne pouvait pas être pire ! Sophie se mordit la lèvre et attrapa le bras de sa sœur, qui lui sembla particulièrement chaud par rapport à la froideur de sa propre peau. Elle aurait voulu la supplier de ne rien dire, mais Sophie n'avait jamais su faire taire sa fierté, surtout avec Louise.

— Je suis ici ! lança cette dernière.

Sophie se mordit la lèvre et ne parvint qu'à dévisager son aînée, dont les yeux brillaient de colère. Cette fois, Louise serait la gagnante. Leur mère raconterait tout à leur père, et celui-ci lui interdirait toute future sortie. Sans parler de la déception qui… La jeune femme retint une exclamation de surprise, alors que sa sœur la poussait sans délicatesse derrière un buisson.

— Louise, pour l'amour du ciel, que faites-vous dehors ? Vous allez attraper la mort ! Il fait froid !

— Pardon maman. J'avais besoin de respirer. Monsieur de Carnac est vraiment insupportable.

Sophie demeurait accroupie, Cannelle lui chatouillait le cou. Elle ne voyait que Louise de profil, mais le ton de sa mère la choqua. Jamais de sa vie elle ne s'était adressée à sa cadette d'une voix si douce.

— Comme je vous comprends ! Ce n'est qu'un fat. Toujours est-il que vous ne devriez pas sortir seule.

— Oui, maman, vous avez raison. Me permettez-vous toutefois cinq petites minutes ? J'ai vraiment besoin de solitude.

— Ma pauvre enfant, gémit la baronne. Vous ne méritez pas un tel traitement !

Sophie leva les yeux au ciel.

— Cinq minutes. Pas plus.

— Merci, maman.

Louise demeura de profil, un sourire aimable sur les lèvres. Puis, d'un coup, son masque se fissura, et elle se retourna sans manière vers Sophie :

— Fais le tour du bâtiment, tu trouveras une porte dédiée aux domestiques qui te mènera directement aux cuisines. Emprunte l'escalier de service, tu devrais pouvoir remonter à l'étage en toute discrétion.

Sophie tombait des nues. Le soudain tutoiement la décontenançait, mais ce n'était rien en comparaison de l'attitude de sa sœur.

— Pourquoi m'aides-tu ?

— Ce n'est pas toi que j'aide, mais notre famille ! Si on te voyait dans cet état, déclara Louise, esquissant une grimace peu amène, le déshonneur nous frapperait.

Une bile amère remonta de l'œsophage de Sophie. Un instant, elle avait cru que sa sœur avait changé.

— Je disparaîtrai après avoir parlé à Étienne.

— Arrête de jouer à la petite fille gâtée ! s'emporta Louise.

— Personne ne me verra. Il est à l'entrée du jardin, demande-lui de venir…

— Il n'y a personne à l'entrée du jardin, rétorqua Louise, lui serrant le bras à lui en faire mal. Je lui dirai que tu ne te sentais pas bien et que tu le pries de t'excuser.

Louise tourna la tête vers le bâtiment, inquiète qu'on les débusque.

— Tu me le promets ? marmonna Sophie. Ne peux-tu pas lui dire de monter me parler ?

— Au contraire de toi, Étienne connaît son devoir. Il ne peut pas s'absenter…

— Promets-le-moi.

— Je te le promets ! gronda sa sœur, encore plus sur les nerfs. Compte jusqu'à cent, et ne sors pas avant de ta cachette.

Louise l'abandonna. Les mâchoires de Sophie se contractèrent et elle commença à compter dans sa tête. Toutefois, ses yeux ne demeuraient pas tournés vers le bâtiment, mais dans le sens opposé : il ne manquerait plus que l'insolent qu'elle avait coulé n'apparaisse à cet instant précis. Elle était faite comme un rat, ou plutôt, comme un lapin. Ses bras se resserrèrent autour de celui-ci, et à cent elle s'extirpa hors de sa cachette. D'un pas rapide, elle longea la façade. Hélas, avec l'obscurité et sa méconnaissance des lieux, elle passa d'abord sans la voir devant la petite porte dérobée. Elle se maudit de la perte de temps, mais enfin elle la dénicha.

À peine se faufila-t-elle à l'intérieur que la chaleur qui y régnait la réconforta. Mieux : il n'y avait personne, aucun domestique pour la dénoncer. Si elle s'entendait bien avec ceux de leur domaine, elle ne connaissait pas les gens de sa tante. Bien souvent, ils formaient les meilleurs espions. Par réflexe, elle se rapprocha de l'âtre de la cheminée pour se réchauffer. Une chaise avait été installée à proximité, ainsi qu'une bassine encore humide. Sophie aurait dû se dépêcher de monter, mais une profonde lassitude la gagna. Cette journée allait de mal en pis… Au moins, son petit frère allait pouvoir retrouver son compagnon.

Du bout des doigts, elle caressa le pelage de Cannelle. Au lieu de la texture douce à laquelle elle était habituée, le touché était rêche. Misère ! Il restait toujours du sang sur lui ! Du sang, qui recouvrait également ses propres bras ! Heureusement que dans l'obscurité Louise n'avait rien remarqué.

Elle s'empressa d'attraper la bassine et de la remplir avec l'eau qui restait. Malgré les petits mordillements mécontents du lapin, elle entreprit de le nettoyer. Si Pilou voyait ses traces, il risquait d'être choqué. Et elle était trop épuisée pour passer du temps à le réconforter.

La chance continuait à lui sourire : personne n'entra dans la cuisine durant leur rapide toilette. Et elle ne croisa personne non plus en remontant à l'étage.

Arrivée à la porte d'Étienne, Sophie sentit son pouls s'accélérer. Y avait-il la moindre chance pour que son frère soit déjà parti se coucher ? Elle toqua doucement, puis, n'ayant obtenu de réponse, entra. La lune éclairait une belle et grande chambre meublée d'une double armoire, d'un grand lit, au pied duquel reposait un coffre immense. Et sur ce lit, un petit garçon dormait, allongé à l'envers. Hélas, d'un adulte, il n'y avait aucune trace.

Sophie ravala sa déception et se rapprocha. Le nez de son frère était encore rouge d'avoir pleuré et les larmes avaient laissé des sillons sur ses joues. Cannelle émit un cri plaintif et se débattit soudain. Surprise, Sophie le lâcha et le lapin atterrit sur le matelas, avant de sautiller vers son petit maître. Son nez frétilla tandis qu'il mâchouillait quelques mèches blondes, puis il posa sa tête contre celle de Pilou sans plus bouger.

Sophie risqua un coup d'œil vers la porte, qu'elle avait heureusement bien fermée. Puis, avec précaution, elle se rapprocha de son frère et le souleva avec douceur pour le placer du bon côté du lit.

— Cannelle, marmonna-t-il sans se réveiller.

Ah, comme Sophie aurait aimé pouvoir dormir si profondément ! Elle plaça les jambes menues sous les draps, puis s'assit sur le lit quelques instants. Le visage de son petit frère ressemblait à celui d'un ange. Du bout des doigts, elle lui caressa les cheveux, et Cannelle vint se blottir contre son cou.

— Ne t'avise plus de t'échapper, recommanda-t-elle à l'animal. Ou sinon tu le rendras très triste.

Le lapin ne répondit pas. À quoi s'attendait-elle de toute façon ? Elle déposa un baiser sur le front de Pilou, puis atteignit la porte, prenant soin de ne pas l'ouvrir sans avoir vérifié que l'animal était toujours aux côtés de son petit frère.

Elle gagna ensuite la chambre de Louise qu'Héloïse et Nanou avaient investie. Égoïstement, elle espéra que sa sœur aînée choisisse de dormir ailleurs. Vu son état de grâce auprès de la baronne et de madame de Verteuil, l'une d'entre elles l'accueillerait bien.

Elle laissa tomber jupe, corset et manteau de robe par terre pour ne conserver que sa chemise. L'épuisement la terrassait. Finalement, ne pas devoir revenir au bal était une bénédiction. Elle enleva les épingles qui retenaient ses cheveux, puis se coucha sur le bord encore libre. Contrairement à la chambre d'Étienne, les tentures étaient tirées, et elle n'y voyait rien. Le lit était grand, assez pour elles trois.

Elle ferma les yeux. Malgré la fatigue, elle gardait l'esprit éveillé. Le sommeil refusait de l'emporter, comme pour la punir de ne pas avoir été une gentille fille.

— Pardon Héloïse, chuchota-t-elle, même si sa sœur ne pouvait l'entendre. C'est toi qui aurais dû assister à ce bal.

Les paroles moururent sur ses lèvres. Elle se retourna, présentant le dos à la personne qui dormait à côté. Un bras glissa alors sur sa taille, et un corps tiède l'enlaça. Les lèvres de Sophie tremblèrent et sa main rejoignit celle posée sur son ventre, à la fois douce et pleine de plis.

— J'aimerais rentrer à la maison…

La voix de Sophie n'avait été qu'un souffle, mais elle n'avait pas pu retenir ses mots. La tristesse suintait de son cœur telle une blessure suppurante.

— Ça va aller, lui susurra Nanou. Demain, nous irons cueillir des pommes, et tout rentrera dans l'ordre.

Un gémissement, entre le rire et le désespoir, échappa à Sophie. Ses doigts se refermèrent plus fort sur ceux de sa gentille grand-mère. L'espace d'une fraction de seconde, elle aurait tellement voulu retrouver celle qui savait si bien la réconforter enfant.

Cette fois, les sanglots l'emportèrent.

13

Sophie grogna. Une lumière désagréable l'extirpait de la douce torpeur du sommeil. Elle cligna des yeux une première fois, puis une seconde. Où se trouvait-elle ? Elle ne reconnaissait pas ce plafond de tissu…

Une terrible douleur lui vrillait le crâne. Elle se redressa et se massa les tempes. Une pression sur le matelas lui fit alors relever la tête : Héloïse s'était assise à côté d'elle. Déjà habillée, elle lui souriait.

— *Alors, c'était comment ?*

Les souvenirs frappèrent Sophie comme un coup de poing. La méchanceté de leur mère, le bal, la fuite de Cannelle, l'insolent du parc et…

— *Étienne ! Est-ce qu'Étienne est debout ?*

— *Non, maman a demandé qu'on le laisse se reposer. Elle va bientôt déjeuner avec notre tante et Louise.*

Sophie soupira. Rien que l'idée de manger quelque chose l'écœurait.

— *Est-ce que je réveille Nanou ?* ajouta Héloïse.

Sophie pivota vers leur grand-mère, qui ronflait dans le lit.

— Non, laisse-la dormir. À son âge, il lui faut du temps pour récupérer d'un tel voyage.

— D'accord. Et alors, le bal ?

Héloïse dégageait une telle chaleur que Sophie fondit, au sens propre comme au figuré. Sa sœur était merveilleuse ! Malgré sa déception, elle ne lui en voulait pas d'avoir assisté seule à la soirée. Alors, en s'habillant, elle commença à tout lui raconter, mimant les convives, les danses ; essayant de décrire plus amplement les couleurs et les odeurs auxquelles sa sœur était particulièrement sensible. Très vite, la bonne humeur regagna Sophie, et elle descendit l'escalier au bras d'Héloïse.

Les domestiques nettoyaient la vaste pièce qui avait servi au bal. Les deux jeunes femmes se dirigèrent vers la salle à manger. Une longue table surmontée d'une nappe blanche y trônait. Le grand miroir au-dessus de la cheminée accentuait encore la longueur de la pièce que Sophie découvrait. Louise se trouvait déjà assise sur la gauche de la place d'honneur, sa mère en face d'elle. À ses côtés se tenait Pilou, et dans le fond, tout en face d'eux, leur tante Rosaline.

Tous les regards convergèrent vers elles.

— Bonjour, les salua Sophie d'une révérence.

Héloïse l'imita, offrant un sourire plutôt que des paroles.

— Bonjour ! s'exclama Pilou avec emphase.

— Philippe, tenez-vous droit sur votre chaise.

Sa mère ne manquait décidément jamais une réprimande. Sophie hésita : valait-il mieux s'installer à côté de la baronne ou en face d'elle ? Et où se trouvait leur père ?

— Avez-vous bien profité du bal, hier soir ? s'enquit poliment leur tante.

Sophie s'installa finalement à côté de Philippe, et Héloïse fit le tour de la table pour accompagner leur mère.

— Oui, ma tante, mentit Sophie. C'était un très beau bal, je félicite les organisatrices.

Louise ne répondit rien et porta une boisson chaude à ses lèvres. Déjà, un domestique en livrée présentait aux nouvelles arrivées de quoi se sustenter. La baronne conservait un air pincé. Était-ce à cause de la présence de Sophie ou la soirée s'était-elle mal terminée ?

— Est-ce que l'un ou l'autre jeune homme aurait attiré votre attention ? questionna tante Rosaline.

Sophie cligna des yeux, surprise. Héloïse la fixait avec interrogation, elle n'avait sans doute pas eu le temps de lire sur les lèvres de leur tante. Aussi choisit-elle de signer tandis qu'elle répondait :

— *Les jeunes hommes du bal étaient fort aimables, mais le temps m'a manqué pour…*

— Sophie, cessez vos pitreries et tenez-vous bien à table ! la tança sa mère. Gardez vos mains sur vos genoux quand vous ne les utilisez pas pour manger.

La jeune femme contracta les mâchoires. Sa tante, au lieu de la défendre, continuait à la fixer d'un air intéressé. Elle semblait partager l'avis de la baronne. Au château, leur mère leur interdisait de signer en présence d'invités, excluant dès lors Héloïse des conversations. Et tout cela pour de futiles raisons de « convenance » ! Les invectives se bousculaient dans la tête de Sophie et Héloïse esquissa un petit « non » de la tête.

— Vous n'avez donc pas croisé monsieur de Carnac ! s'exclama Louise en se tournant vers elle. Je vous envie, Sophie.

Celle-ci lui lança un regard étrange. Est-ce que son aînée essayait de détourner l'attention ?

— Cet homme est un rustre. Non seulement sa présence n'était pas désirée, gronda sa mère, mais en plus il est parti sans prévenir.

— C'est moi qui l'ai invité.

La baronne se figea, sa tasse à quelques centimètres de sa bouche. Tante Rosaline caressait la tête de son fidèle Phœbus, assis à côté d'elle.

— Vous l'avez invité ? répéta Henriette de Kerdelec.

— Oui. Malgré nos précautions, les rumeurs sur l'héritage avaient déjà circulé. Cela aurait fait mauvais effet d'inviter la crème de la noblesse et de l'en exclure. Je n'imaginais toutefois pas qu'il aurait l'audace d'accepter. Cet homme est fascinant.

— Sa fierté le perdra, grommela la baronne, acide.

Louise baissa la tête, son visage s'était assombri.

— Vous auriez tout de même pu nous en parler. (La baronne but une petite gorgée.) Louise n'aurait ainsi pas été prise au dépourvu.

— Une demoiselle doit s'adapter, quelles que soient les difficultés. Et elle s'en est sortie à merveille.

Sophie tentait de ne pas les fixer, là où la tête d'Héloïse allait de gauche à droite pour tenter de saisir la conversation. On aurait dit qu'elle assistait à un jeu de paume.

— Que diable fait cet enfant ! gronda leur père, en guise de salutations.

Habillé d'un ensemble sombre, Charles de Kerdelec rejoignit le bout de la table et attrapa une pâtisserie, avant de l'engloutir sans même s'asseoir. Son épouse lui lança un regard réprobateur, tandis que les narines de tante Rosaline frémissaient.

— Votre rendez-vous n'est-il pas dans une heure ?

— Oui, dans une heure, et ce fainéant n'est toujours pas debout !

— Charles, tenta de le tempérer la baronne. Il vient d'assister à son premier bal, sans compter que cela fait beaucoup d'émotions…

— D'émotions ? Étienne n'est pas une demoiselle ! Et ne me dites pas qu'il a besoin de repos : à mon âge, je suis déjà prêt, et moi je n'ai pas quitté le bal avant la fin !

Quoi ? Étienne s'était retiré avant le départ des convives ? L'estomac de Sophie se contracta. Quel sujet avait-il voulu aborder avec elle ? La culpabilité enfla dans sa poitrine.

Quelque chose frôla sa jambe sous la table, sans doute Pilou qui se tenait mal… Elle l'ignora et tenta :

— Père, si vous me le permettez, je vais aller le réveiller.

Elle se leva, lorsque la voix de sa tante claqua :

— Vous vous oubliez Sophie ! Étienne a beau être votre jumeau, vous en restez une femme !

Et alors ? Qu'y avait-il de mal à…

— Votre tante a raison.

La voix du baron de Kerdelec la glaça.

— Vous n'êtes plus des enfants, renchérit-il en lui faisant signe de s'asseoir. Gustave !

Leur domestique apparut à la porte comme s'il n'attendait que ça.

— Réveillez mon fils. Dites-lui que nous partons dans une demi-heure, qu'il ait déjeuné ou non. Puis apportez-moi une collation dans mon bureau.

Le baron s'inclina auprès des femmes de la pièce et fit demi-tour. Sophie ne savait toujours pas comment réagir. La honte chauffait ses joues de s'être fait réprimander en public. Un coup, plus brutal, heurta son mollet et elle lança un regard mauvais à son petit frère, avant de le lui rendre.

— On ne joue pas à table ! grogna leur mère.

L'imprécation suffit à les remettre tous les deux droits. Sophie se mordit la lèvre, Pilou ne pouvait-il pas la laisser tranquille ? Elle avait récupéré son lapin, il devait se montrer un peu plus reconnaissant… Le lapin ! Est-ce qu'il avait bien caché Cannelle ? Gustave allait-il tomber sur lui ?

Un cri à nul autre pareil ébranla soudain l'hôtel particulier, suivi d'un tonitruant : « Où est-il ? »

14

Le basset de Bretagne sauta des genoux de sa maîtresse et se mit à aboyer en fixant le plafond. Toutes les personnes attablées se dévisagèrent, excepté Héloïse, qui demanda :

— *Qu'est-ce qui se passe ?*

— *Papa vient de crier,* lui expliqua Pilou.

— Ne bougez pas, je reviens, leur ordonna leur mère.

Elle se leva et, d'un pas calme, sortit de la pièce. Cependant le bruit des talons dans le vestibule trahit ensuite sa course.

— Vous avez entendu votre mère ? Ne bougez pas, réitéra leur tante en se levant à son tour.

Phœbus la suivit en grognant. Sophie et Héloïse se dévisagèrent, puis d'un même mouvement, poussèrent leur chaise.

— Arrêtez ! On nous a demandé de…

Néanmoins ni l'une ni l'autre n'accorda d'importance à Louise, et encore moins Pilou qui leur emboîta le pas. Déjà, Sophie entendait la voix paniquée de son père :

— Où est-il ? Gustave, l'avez-vous vu ? Henriette, êtes-vous entrée dans mon bureau ?

Arrivée au pied de l'escalier, Sophie distingua le visage livide de leur père. Celui-ci les aperçut et leur lança :

— Avez-vous touché à mon sac ?

Sophie secoua la tête, Héloïse l'imita. Le baron glissa une main dans ses cheveux grisonnants et tira nerveusement dessus. Il allait encore y laisser un trou.

— Charles, de grâce, calmez-vous ! s'enquit Henriette. De quoi parlez-vous ?

Les jeunes femmes montèrent rapidement les marches. Même Louise avait abandonné la table. Les domestiques, eux-mêmes, commençaient à se rassembler dans le vestibule, curieux de tant de raffut.

— Le document, bredouilla leur père, avec force mouvements de bras. Je l'avais rangé dans mon sac, avec les autres. Et il a disparu !

— Quel document ? s'agaça Henriette avant d'ouvrir grands les yeux. Vous voulez dire : LE document !

Le baron se tourna vers leur domestique, qui baissa la tête.

— Je n'y ai pas touché, monsieur.

— Vous avez dû glisser le feuillet autre part par inadvertance, s'impatienta leur hôtesse. Permettez-moi de vérifier.

La baronne et tante Rosaline entrèrent dans le bureau, tandis que les enfants se rapprochaient avec précaution de la porte. Sophie, Héloïse, Louise et Philippe tendirent leur tête dans l'encadrement pour mieux voir leurs aînés et le domestique de la famille vérifier un dossier, puis ratisser chaque coin du bureau.

— Gustave, mon manteau ! Allez vérifier les poches !

— Oui, monsieur.

Le domestique, interdit, s'immobilisa face aux quatre enfants, puis les dépassa. Phœbus tournait sur lui-même, excité par la situation. Le stress envahissait Sophie.

— Père se pourrait-il que le document soit resté chez monsieur Delville ? tenta-t-elle, pleine d'espoir.

Sa tante et sa mère se tournèrent d'un commun mouvement vers le baron.

— Non, soupira celui-ci sans cesser de chercher. Il ne voulait pas prendre la responsabilité de conserver un acte si important dans son étude.

— Charles, l'auriez-vous perdu sur le retour ? questionna Henriette.

— Bien sûr que non, pour qui me prenez-vous ? J'ai encore relu le document hier soir, avant le bal ! Je ne suis pas fou !

Sophie recula face à la virulence de son ton, lorsque Gustave réapparut, essoufflé.

— Non, monsieur, aucun document dans vos manteaux, chapeaux, gilets ou souliers.

Gustave venait-il vraiment de vérifier toute la garde-robe de leur père ?

— Philippe ! s'illumina alors leur père en courant vers lui.

Il s'accroupit près du petit garçon.

— Avez-vous joué dans mon bureau ? Je ne vous en voudrais pas. Si vous savez où se trouve ce que nous cherchons, je ne me fâcherai pas. Je vous le jure.

Pilou se contenta de secouer la tête, l'air désolé. Le baron de Kerdelec soupira, plus défait que jamais.

— Retournez-moi chaque centimètre de cette maison ! beugla-t-il si fort que Pilou se boucha les oreilles. Qu'on fouille chaque endroit, même les quartiers des domestiques ! Et que personne ne sorte d'ici !

— Mon ami..., tenta de le raisonner leur tante.

— J'ai bien dit : personne !

Il lança un regard noir aux deux femmes puis se rua vers le couloir.

— Étienne ! Étienne, bon sang, comment pouvez-vous toujours dormir !

Pilou tira sur les jupes de Sophie et celle-ci s'en agaça. Elle devait venir en aide à son jumeau, ou il essuierait toute la colère de leur père.

— Vous n'êtes qu'un fainéant !

Le baron ouvrit d'un geste brusque la porte de la chambre et y entra.

— Sortez du lit et venez nous aider à…

La voix du baron s'éteignit. De là où elle se trouvait, Sophie ne distinguait pas la chambre, mais un terrible pressentiment l'étreignit. Pilou tira une énième fois sur ses jupes, et cette fois, elle se tourna vers lui.

— *C'est ce que je voulais te dire !* signa-t-il, n'osant percer le silence soudain. *Étienne n'est pas venu se coucher, j'ai dormi seul !*

Le sang de Sophie se figea. Héloïse avait capté l'échange et la dévisageait, blême, tandis que Louise ne comprenait toujours rien à ce qui arrivait.

— Gustave, Étienne est-il sorti tôt ce matin ? s'enquit leur tante, qui avait rejoint le baron.

Sophie avança jusqu'à la chambre, l'esprit vide et le pouls affolé.

— Non, madame, personne n'a quitté la maison après les derniers invités. Du moins, pas par la porte de devant.

Ces propos glacèrent un peu plus le cœur de Sophie. Le baron ne se trouvait plus qu'à un petit mètre d'elle. Il lui présentait son dos et ne bougeait toujours pas.

— C'est ma faute, marmonna-t-il alors.

Son buste se courba en avant, et Sophie se précipita par réflexe sur lui. Le poids de son père la déséquilibra et ils tombèrent tous les deux au sol. Une vive douleur la saisit aux hanches, mais elle l'oublia vite. Le baron serrait son poing contre son cœur et ne semblait plus réussir à respirer.

— Papa ! s'écria-t-elle en se penchant pour l'aider.

On la repoussa brutalement et des cheveux blonds remplacèrent la vue de son père.

— Charles !

— Allez chercher un médecin !

— Papa !

On la tira en arrière sans ménagement et la silhouette de son père réapparut dans son champ de vision. Allongé au sol, il gardait les yeux exorbités et la bouche ouverte. Elle se défit rageusement de l'étreinte qui l'oppressait et, le cœur en lambeaux, se précipita sur son corps avant de le secouer par son vêtement.

— Papa, ne nous abandonnez pas !

Le regard de celui-ci glissa sur elle. Les larmes obstruaient sa vue tandis que la panique l'emportait. La main du baron se leva dans sa direction, puis retomba, inerte, contre lui. Des bras la saisirent derechef et cette fois, malgré sa résistance, elle fut emportée loin de son père.

— Papa, papa, laissez-moi ! Papa !

15

— Non, non, non ! s'écria Sophie.

La jeune femme faisait les cent pas dans le petit salon où s'était réunie sa famille. Leur mère leur avait interdit l'accès à la chambre de leur père, que les domestiques avaient transporté sur le lit. Ils attendaient le retour de Gustave avec le médecin.

Philippe, choqué, sanglotait dans les bras d'Héloïse. Les larmes baignaient également le visage de celle-ci. Leurs cris avaient réveillé Nanou, à laquelle on avait juste passé un peignoir. Elle caressait les cheveux d'Héloïse avec un sourire simplet, sans se rendre compte de la peine de ses petits-enfants.

— Étienne ne nous aurait jamais abandonnés ! rugit Sophie, incapable de laisser libre cours à son chagrin.

Penser à son père lui était insupportable, et rester sans rien faire encore plus.

— Il lui est forcément arrivé quelque chose !

— Philippe (Louise s'accroupit devant Héloïse et lui), vous n'avez rien entendu du tout cette nuit ?

Les spasmes soulevaient sa poitrine et il fit « non » de la tête.

— Vous êtes sûr ? Absolument certain ? insista-t-elle.

— Puisqu'il te dit qu'il n'a rien entendu ! Fiche-lui la paix ! gronda Sophie.

Louise se redressa, le visage dur.

— Est-ce que tu lui as parlé hier soir ? interrogea Sophie, le cœur battant. Tu lui as dit de monter me parler, n'est-ce pas ?

— Sophie, de grâce, reprenez-vous ! la tança son aînée.

— Est-ce une plaisanterie ?

Sophie bondit vers elle, si vite que sa sœur eut un mouvement de recul.

— Réponds à ma question : tu lui as transmis mon message ?

— Je…

Louise inspira un grand coup.

— Non, je n'en ai pas eu l'occasion.

— Par tous les saints !

— Sophie, surveille ton langage !

Louise se tourna vers l'autre pièce. Leur tante ne devait pas être bien loin, mais c'était bien le cadet des soucis de Sophie.

— Tu m'avais promis ! Si j'avais pu lui parler, il serait encore là ce matin.

Néanmoins, Louise ne réagissait pas comme elle l'espérait. Sa respiration devenait plus accentuée, comme en témoignait le mouvement de sa poitrine, mais elle demeurait aussi statique et froide qu'un glaçon. Avec un calme surnaturel, sa sœur aînée déclama :

— Arrête d'essayer de trouver un coupable. Accepte plutôt les choses en face : tu ne connais pas

Étienne aussi bien que tu te plais à le croire. Il a volé le document et nous a abandonnés. Tous.

Un sourire mauvais étira ses lèvres.

— Même toi.

Sophie la gifla sans réfléchir. La tête de son aînée partit sur le côté et elle bascula contre un sofa. Les pleurs de Philippe redoublèrent, et Héloïse se précipita sur Louise. Sophie recula. Que venait-elle de faire ? Nanou l'attrapa par le bras, tandis que sa sœur aînée la fixait d'un air haineux.

— Tu n'es qu'une gamine capricieuse. Même quand ta famille a besoin d'aide, tu ne penses qu'à toi !

Sophie serra le poing, fit un pas dans sa direction, mais Nanou la serra contre elle.

— Non. Non. Non, non, non, répéta sa grand-mère sans la lâcher.

Héloïse, toujours assise à côté de Louise, lui lança un regard réprobateur.

— *Va te calmer en haut.*

Sophie tombait des nues. Quoi, même ses proches se retournaient contre elle ? Elle tourna la tête vers Philippe, qui la fixait avec peur. Les larmes baignèrent ses yeux, et elle se défit de l'étreinte de Nanou pour quitter la pièce. Le satané chien aboya sur elle, jusqu'à ce qu'elle parvînt au haut de l'escalier.

C'était un cauchemar ! Un maudit cauchemar ! Elle se frappa les bras, se tira les cheveux, mais non, elle demeurait dans ce maudit couloir, dans cette maudite demeure et ne se réveillait pas.

Louise avait tort. Étienne ne les avait pas abandonnés. Il lui était arrivé quelque chose. Il fallait que quelqu'un aille prévenir la police. Ses pas la conduisirent vers la chambre de son jumeau. L'espace de quelques secondes, elle se figea, les yeux rivés là où son père était tombé. Puis elle commença à fouiller tout autour d'elle. Elle cherchait la moindre preuve qui pourrait les conduire à la personne qui s'en était prise à lui. Car si Étienne les avait quittés de son propre chef, il aurait dû laisser un mot. Quelque chose qui informerait de la date de son retour.

Elle ouvrit le coffre devant le lit. L'épée de son frère, ainsi que son sac de voyage, avait disparu... Le sang monta jusqu'à sa tête, les battements de son cœur s'accentuèrent et elle ouvrit en grand l'armoire. Il y manquait des chemises, et surtout le petit carnet qu'il emportait partout avec lui...

Les jambes de Sophie se ramollirent et elle se laissa tomber par terre.

Étienne était bien parti. Si Sophie s'était arrêtée dans le jardin, si elle l'avait écouté plutôt que de l'envoyer paître, tout ça ne serait jamais arrivé.

Le document n'aurait pas disparu.

Étienne serait toujours là.

Et leur père ne serait pas au seuil de la mort.

Louise avait raison. Sophie devait arrêter de chercher un coupable, et de se voiler la face. Elle ramena ses genoux contre elle, comme pour former un abri à son cœur en lambeaux.

Oui, tout était de sa faute.

16

Personne n'osait quitter le petit salon. Le médecin avait demandé à rester seul avec le baron, et tout le monde, excepté Sophie retirée à l'étage, attendait le verdict. Le petit dernier de la famille, qui ne parvenait d'habitude pas à rester en place, semblait lui aussi s'être statufié. L'ambiance sombre était allée jusqu'à toucher la grand-mère des enfants : même si son visage n'exprimait aucune inquiétude, elle demeurait calme. Avait-elle seulement compris le mal qui rongeait son fils ?

Aucun Kerdelec ne le savait et chacun avait l'esprit bien trop torturé pour s'en soucier. Soudain, un sanglot brisa le silence. Les épaules de madame de Kerdelec s'affaissèrent et elle ne put plus retenir ses larmes.

— Qu'allons-nous devenir si Charles meurt ? Ah, mes pauvres enfants ! Pourquoi le malheur décide-t-il de s'abattre ainsi sur nous !

— Henriette, de grâce, reprenez-vous ! la tança leur tante.

Rosaline de Verteuil se tenait assise dans un fauteuil, son chien sur les genoux. La situation ne semblait guère l'affecter : un masque de sévérité marquait son visage, tandis qu'elle complétait un ouvrage à broder. La baronne renifla et Louise s'empressa de lui proposer un mouchoir.

— Merci, mon enfant.

La baronne essuya ses larmes, mais à chaque fois celles-ci revenaient.

— Nous ignorons…

— Justement, l'interrompit d'une voix sèche la maîtresse des lieux. Votre fils peut revenir d'un moment à l'autre avec le document, et votre époux être sur pied d'ici demain. Tout ce que nous pouvons faire, c'est limiter les dégâts.

Les enfants Kerdelec fixaient les deux femmes sans un mot. Louise hésitait quant à l'attitude à adopter. Soutenir sa mère ou se ranger à l'avis rationnel de sa tante ?

— Limiter les dégâts ? répéta madame de Kerdelec.

— Oui, j'ai annulé les rendez-vous de Charles et demandé à reporter l'entrevue pour l'héritage.

La baronne cilla, surprise par cette déclaration.

— Comment connaissiez-vous les rendez-vous ?

Rosaline soupira et déposa son ouvrage sur une table basse.

— L'émotion vous a-t-elle privée de votre cerveau ? Louise, retenez-bien : traitez toujours avec déférence vos domestiques. Ils sont notre ombre et en savent bien plus sur une maisonnée que les membres pris de manière isolée.

— Merci, ma tante.

Louise baissa la tête et regagna sa place, gênée.

— Essuyez vos larmes, Henriette. Gardez-les pour le moment où vous serez réellement ruinée, ou si on vous ramène le corps de votre fils.

Un hoquet malheureux saisit l'intéressée, ce qui lui valut un regard sombre de leur tante. À cet instant précis, on frappa à la porte. Les Kerdelec et madame de Verteuil n'eurent pas à attendre trente secondes qu'un majordome apparût :

— Madame, monsieur Lambert est à la porte. Il réclame à parler à monsieur ou à son fils.

La baronne se pencha en avant, laissant tomber sa tête entre ses mains. Dans un soupir, elle se redressa, lorsque tante Rosaline lui adressa un bruit de bouche agacé.

— Dites-lui que le baron et son fils sont souffrants. Que nous ne recevons personne.

— Bien, madame.

Le domestique s'exécuta.

— De la réflexion, Henriette. De la réflexion.

Tante Rosaline récupéra son ouvrage à broder, tandis que les enfants évitaient soigneusement de les regarder. Par chance, la mère du baron ne semblait guère se soucier de ce qui se déroulait. Et elle ne demanda pas de pommes.

— Vous vous moquez de moi ? s'écria d'un coup une voix furieuse.

Des protestations surgirent de l'entrée, vite balayées par le visiteur.

— Poussez-vous ! J'exige de voir le maître de maison séance tenante !

Tout le monde se dévisagea, Henriette se releva comme un ressort.

— Les enfants, surtout ne bougez pas d'ici.

Leur mère se précipita vers le vestibule, tandis que tante Rosaline se levait avec calme.

— Philippe, restez ici, ordonna Louise. Et dites à Héloïse de veiller à ce que notre grand-mère ne sorte pas de la pièce.

Le petit garçon ouvrit des yeux ronds, mais la jeune femme n'attendit pas. À pas de loup, elle suivit sa tante jusqu'à la pièce d'à côté, et s'arrêta avant d'atteindre l'entrée de la demeure.

Un homme à la forte carrure, en costume de ville et une perruque bien lustrée sur la tête, semblait sur le point d'exploser. Le serviteur qui lui avait ouvert essayait de le repousser vers la porte sans le toucher, mais l'homme en avait décidé autrement.

— Monsieur Lambert, commença la baronne, je vous en prie, calmez-vous.

— Me calmer ? Pourquoi me calmerais-je alors que vous me traitez comme un indésirable ?

— Mon mari est souffrant…

— Il allait très bien, hier ! Et votre fils aussi ! Me prenez-vous pour un imbécile ?

— Monsieur Lambert ! cingla soudain tante Rosaline. Ce ne sont pas là les manières d'un gentilhomme !

L'homme se tut et se tourna vers elle, avant de se rapprocher à grands pas.

— Les manières d'un gentilhomme… Ah, vous aimez les grands mots, vous tous, autant que vous êtes, avec votre sang bleu ! Mais que seriez-vous sans l'argent d'hommes comme moi ? Le baron revient-il déjà sur sa parole ?

— Non, bien sûr que non, balbutia Henriette de Kerdelec.

— J'ai souffert un affront hier, je n'en supporterai pas un second aujourd'hui.

— Un affront, mais quel affront ?

Tante Rosaline gardait la tête haute, malgré la menace de plus en plus pressante.

— Votre neveu n'a pas invité ma fille une seule fois à danser ! De toute la soirée ! Est-ce une manière de traiter vos associés ?

— Je suis désolée si l'attitude de mon fils…

— Et en plus d'être hypocrites, vos hommes sont des couards ! Si le baron est véritablement souffrant, que son fils vienne lui-même me présenter ses excuses au lieu de se cacher dans les jupes des harpies de cette maison !

Louise, dissimulée dans la pièce voisine, ne put retenir une expression indignée. Face à l'insulte, la baronne demeurait pétrifiée, et tante Rosaline avait changé de couleur. Son chien aboyait désormais avec hargne.

— Sortez de ma maison, déclara-t-elle d'une voix tremblante de colère.

— Sachez que si j'en sors sans obtenir satisfaction, vous le regretterez, Kerdelec ! Ma famille n'est peut-être pas noble, mais j'ai des armes bien plus tranchantes qu'une épée…

Il avança un doigt impérieux vers l'hôtesse. Le basset de Bretagne sauta alors sur sa botte et la mordit à pleines dents. L'homme lui administra un coup impérieux. En un couinement, le chien valsa à deux mètres.

— Phœbus ! cria tante Rosaline avant de se précipiter sur lui.

Louise ne réfléchit pas et courut vers sa mère. Elle l'attrapa par le bras et la pressa de quitter le hall. Monsieur Lambert n'avait rien d'un gentilhomme. Comment son père avait-il pu marchander avec lui ? Le visiteur leur lança un regard dédaigneux, puis avança vers elles d'un pas menaçant. Gustave émergea soudain et se plaça devant ses maîtresses, mais il n'était qu'une brindille en comparaison de l'individu.

— Qu'est-ce que ce vacarme ? gronda soudain une voix en haut de l'escalier.

— Charles ? couina la baronne.

Ils ne virent d'abord qu'une main glisser sur la rambarde. Le blanc de la chemise dépassait légèrement de la veste, et bientôt, toute la silhouette d'un jeune homme apparut.

— Monsieur, ajouta-t-il d'une voix grave et ferme. Si vous cherchez querelle, prenez-vous-en à votre semblable et non aux femmes de la maison.

Monsieur Lambert se figea. Tout le monde dévisageait désormais le nouveau venu. Le port digne et la tête haute, Étienne de Kerdelec se tenait devant eux avec toute la splendeur d'un prince. La colère avait rétréci ses pupilles et il fixait l'impudent sans ciller, même lorsqu'il se retrouva à un mètre de lui. Monsieur Lambert était bien plus grand et large. Malgré tout, l'attitude affirmée d'Étienne ne laissait aucun doute sur l'identité du maître des lieux.

— N'étiez-vous pas souffrant ? siffla le visiteur avec un regard acerbe envers les femmes.

Louise resserra son étreinte sur le bras de sa mère. La situation n'allait pas en s'arrangeant.

— Jamais quand il s'agit de défendre mon sang.

— Il en est de même de mon côté.

Les deux hommes se jaugèrent un moment, puis, à la surprise générale, Étienne recula et s'abaissa en une révérence assez rigide.

— Je suis le premier à avoir fauté, je reconnais mes torts. Je n'aurais pas dû négliger votre fille, et vous prie de m'en excuser. Votre courroux est légitime, mais mal dirigé. Les fautes des hommes ne devraient pas se répercuter sur leur parentèle. Aussi, faisons table rase de ces dernières heures et comportons-nous en gentilshommes. Permettez-moi de présenter dès demain mes hommages à votre fille et de l'emmener se promener pour adoucir son humeur.

— L'emmener se promener ? balbutia monsieur Lambert, éberlué par un tel changement.

— Oui, monsieur. Avec ma famille ou bien le chaperon de votre choix.

Monsieur Lambert fronça les sourcils. Ses petits yeux bruns fixaient Étienne comme s'ils le voyaient pour la première fois. Tout le monde dans la maison suspendit son souffle, lorsque d'un coup leur visiteur éclata de rire.

— Ça, c'est parler comme un gentilhomme ! Très bien, j'accepte vos excuses et vous prie d'accepter les miennes. Je me suis laissé emporter par l'affection que j'éprouve pour ma fille. Il n'en reste pas moins que votre père et moi avons d'autres affaires à régler.

— Hélas, il est bel et bien souffrant, assura Étienne, sans se démonter. Le médecin est à son chevet, et nous attendons de ses nouvelles. Je crains qu'il ne se soit surmené.

La réponse ne sembla pas convenir à monsieur Lambert. Henriette ouvrit la bouche pour intervenir, mais un signe de tête de leur tante, qui gardait son chien entre ses bras malgré son poids, la convainquit de se taire. Étienne poursuivit avec assurance :

— Mon père a mentionné votre nom en bien. J'ose espérer qu'en tant qu'ami proche, vous garderez le secret sur son état, afin d'éviter la propagation de rumeurs qui pourraient nuire à ses affaires. Et en parlant d'affaires, je comprends leur urgence. Installons-nous au petit salon pour en discuter ensemble.

Le jeune homme ouvrit le bras pour le prier de rejoindre la pièce destinée aux invités. Monsieur Lambert continuait à fixer son interlocuteur sans savoir quelle attitude adopter. Il le jaugeait, comme on jaugerait un adversaire. Un bruit de porte attira soudain l'attention, et les têtes se relevèrent.

Un homme avec de fines lunettes rondes, une perruque et un ensemble gris, les observait du haut de l'escalier. Il se racla la gorge et déclara :

— Pardonnez-moi de vous interrompre. J'ai fini avec le baron. À qui puis-je confier son remède ?

Le fils Kerdelec prit aussitôt la parole.

— Louise, pouvez-vous accompagner mère auprès du chirurgien et prendre note de ses recommandations ?

Surprise et rassurée de voir ainsi son jeune frère prendre les choses en main, la jeune femme acquiesça. Un bras toujours en dessous de celui de sa mère, elle l'incita sans un mot à monter l'escalier.

— Monsieur Lambert…, insista Étienne en désignant de nouveau le salon.

Leur visiteur le suivit mais, au moment de changer de pièce, lança avec un sourire carnassier :

— Moi aussi, je sais me montrer compréhensif, Kerdelec. Je vous laisse avec votre père pour le moment.

Ce disant, il se dirigea vers la porte d'entrée et l'ouvrit sans attendre qu'un domestique ne le fît. Au moment de la franchir, il s'arrêta et décréta :

— Un conseil, toutefois : ne tentez pas de jouer avec moi. Vous perdrez assurément, j'ai…

— Vous avez des armes bien plus tranchantes qu'une épée, je l'ai bien compris, l'interrompit Étienne avec sérieux.

— Vous me plaisez, ricana le sieur Lambert. Espérons seulement que ce ne soient pas des paroles en l'air.

L'homme le salua de la tête, et Étienne l'imita, avant de refermer lui-même le battant. Toute la tension s'évacua alors hors de sa poitrine. Ils étaient vraiment passés à un cheveu de la catastrophe…

— Étienne !

Un boulet de canon le percuta, et Philippe le serra très fort contre lui.

— Tu es là ! On a eu tellement peur ! Où étais-tu passé ?

— Oui, où donc étiez-vous passé ? cingla tante Rosaline avec de petits yeux réprobateurs.

Nanou se jeta sur lui pour l'enlacer, là où Héloïse demeurait en retrait, les sourcils froncés. Esquissant un sourire gêné, Étienne écarta doucement Nanou et Philippe avant de déclarer :

— J'avais besoin de réfléchir. Pardonnez-moi, mais j'aimerais prendre des nouvelles de père.

Sans un regard en arrière, Étienne remonta les marches, craignant plus la compagnie de ses proches que celle de leur odieux visiteur.

17

Les tentures tirées, l'obscurité régnait dans la chambre du baron de Kerdelec. Celui-ci conservait les paupières closes, une fine sueur sur le front. La baronne demeurait assise sur une chaise, à le fixer, tandis que Louise parlait à voix basse avec monsieur Lagarde – le chirurgien –, un flacon entre les doigts.

— Monsieur de Kerdelec, un mot ?

L'intéressé, la gorge nouée, l'invita à le suivre dans le bureau.

— Je vous en prie, asseyez-vous. Désirez-vous quelque chose à boire ?

— Non, merci, répondit le médecin.

Il retira ses lunettes et les essuya d'un geste nerveux. Le jeune homme demeurait le bassin appuyé contre le bureau.

— Les nouvelles sont-elles si mauvaises ? s'enquit-il, la mine sombre.

Le médecin figea son geste, et se retourna vers la porte, comme pour vérifier qu'elle était bien fermée.

— Monsieur de Kerdelec, répondit-il tout bas en replaçant ses lunettes sur son nez. Je déteste ce genre de situation, mais je me dois d'être franc avec vous : j'avais déconseillé à Charles de voyager. Il ne voulait pas que votre famille l'apprenne, mais au vu des circonstances…

La poitrine du jeune homme se crispa. Qu'est-ce que le baron ne voulait pas qu'ils apprennent ?

— Le cœur de votre père est malade. Il a beau avoir du caractère et beaucoup de volonté, s'il ne se ménage pas, il n'en aura plus pour très longtemps.

Étienne glissa de son appui et se redressa juste à temps pour ne pas tomber à terre. Monsieur Lagarde, s'il ne put l'ignorer, évita toutefois d'émettre une remarque.

— Je suis navré. J'avais espéré qu'il vous en aurait au moins parlé.

Le jeune homme ferma les paupières.

— Que pouvons-nous faire ? Est-ce… qu'il va se remettre ?

— Votre père souffre également d'épuisement. Il n'a pas écouté son corps et celui-ci se venge. Imposez-lui le lit et épargnez-lui tout tracas.

Étienne acquiesça vivement et le médecin se releva.

— Nous ne nous connaissons pas, mais votre père est un ami de longue date. Je vous prie donc d'excuser d'avance ma familiarité. Si j'étais vous, je me dépêcherais de rendre visite au notaire Delville et de prendre mes précautions.

— Vous venez de dire qu'avec du repos…

— Certes, mais quelques jours ne suffiront pas. Vous êtes jeune, monsieur de Kerdelec. Hélas, je crains que l'avenir de cette maisonnée ne repose désormais sur vous…

Monsieur Lagarde posa une main paternelle sur l'épaule du jeune homme. Ces paroles l'avaient frappé au point de le priver de mots.

— Je vais vous laisser. Prenez votre temps, je connais le chemin.

Étienne ne réagit pas, plongé dans le désarroi. Un poids immense l'étouffait. Il dut fermer les yeux et faire le vide pour retrouver ses esprits. Lorsqu'il rouvrit les paupières, le médecin avait disparu et une aura sombre enveloppait le bureau de son père.

18

— Oui, je sais que l'un des documents de père a disparu. Sophie m'a déjà tout expliqué.

Étienne avait éprouvé les pires difficultés à s'exprimer. La baronne n'avait cessé de se morfondre depuis le départ du médecin, ce qui n'aidait pas.

— Je ne l'ai pas, mais je vais tout faire pour le retrouver. Mère, ma chère tante, veuillez m'excuser, il est préférable que je m'y mette dès maintenant.

Étienne s'inclina respectueusement, avant de se diriger vers la porte.

— Pardonnez-moi, monsieur, toussota Gustave d'un air gêné. Mais votre manteau…

Étienne pâlit, d'autant plus lorsque la baronne et tante Rosaline rejoignirent le hall.

— J'ai dû l'oublier dans la voiture. Ne vous en faites pas, Gustave, les journées ne sont pas encore trop fraîches.

— Étienne, allons donc ! s'exclama sa mère en reniflant, les yeux toujours rougis. Ne prenez aucun risque. Gustave, donnez-lui celui du baron.

— Oui, madame.

Héloïse et Louise apparurent à leur tour, accompagnées de Nanou et Pilou. Le fils Kerdelec détourna la tête et attrapa sans plus de cérémonie le vêtement que lui présentait le domestique.

— Ne m'attendez pas pour souper, ajouta-t-il. Je vais enquêter. Il se peut que je ne rentre que très tard.

Sa mère se rapprocha pour l'embrasser, et Étienne eut un mouvement de recul. La baronne n'insista pas.

— Désolé, mère. Mes nerfs sont mis à rude épreuve aujourd'hui.

— Ne vous inquiétez pas, répondit à sa place Rosaline de Verteuil. Vous vous en sortez bien. Revenez-nous vite. Et si possible avec de bonnes nouvelles.

La baronne acquiesça et Étienne franchit la porte. Sans regarder derrière lui, il traversa la cour, puis les grilles de la propriété, avant de se retrouver dans la rue. Les cris et la foule l'absorbèrent aussitôt et il s'arrêta à l'ombre d'une façade pour calmer les battements frénétiques de son cœur.

— Tu peux le faire, s'encouragea-t-il.

Il compta jusqu'à cent, puis, au lieu de braver la marée humaine, opéra un demi-tour. Les yeux braqués droit devant lui, il fit le tour de la bâtisse pour se retrouver à l'arrière, dans le grand jardin. À la lumière du jour, celui-ci ne semblait plus aussi broussailleux, quoiqu'on ne distinguât tout de même pas la fontaine en son milieu.

D'un pas qu'il voulut sûr, Étienne gagna l'accès réservé aux domestiques. Du bruit dans les cuisines lui indiqua qu'on y travaillait, et il ne s'attarda pas pour filer en ligne droite jusqu'à l'escalier de service. Si on le vit, personne ne prononça le moindre mot.

Alors, les sens à l'affût, il continua de grimper jusqu'à l'étage. Là, il tendit l'oreille. Assuré que la voie était libre, il accéléra le pas jusqu'à sa chambre. Il referma derrière lui, s'adossa au battant, et seulement alors se permit de respirer.

— Calme-toi, se murmura-t-il. Calme-toi.

Il jeta le manteau de son père sur le lit, puis arracha veste et gilet. Sa chemise lui opposa plus de résistance. Sa peau était moite, et il s'y prit à deux fois avant de réussir à la retirer. Le ruban qui tenait ses cheveux glissa, et ceux-ci retombèrent sur ses frêles épaules.

Étienne rencontra son regard dans le miroir sur la commode. Un regard ponctué d'éclats jaunes, qui était le sien sans l'être. Ses yeux descendirent sur ses longs cheveux raides puis vers le linge enroulé autour de son torse. Une larme coula en silence sur sa joue, et d'un mouvement rageur, il s'empressa de le dénouer.

Un ovale discret courba alors le devant de son buste. Il saisit la chemise et le fourreau de robe cachés sous le lit. Étienne les enfila, et sous l'épaisseur du premier tissu, puis du second, disparut pour ne laisser que Sophie.

— Bonté divine ! s'exclama soudain une voix derrière elle.

La jeune femme bondit sur elle-même, et en un coup de pied, réussit à pousser les vêtements d'homme sous le lit.

— Sophie, que fais-tu ?

Louise était entrée sans même toquer. Ses sourcils formaient presque une ligne droite tellement elle les fronçait. Elle avait, semble-t-il, abandonné l'idée de vouvoyer sa sœur. Tant mieux, car cette dernière n'avait pas non plus envie de jouer à la noble bien éduquée.

— Je te retourne la question, siffla sa cadette.

Heureusement qu'elle avait eu le temps d'endosser ses vêtements ! Elle n'était pas coiffée, mais Louise attribuerait sans doute ça à son manque d'éducation. Son cœur tambourinait à vive allure. Sa sœur se doutait-elle de quelque chose ? Non, il ne fallait surtout pas. Louise n'était qu'une fille à maman, si elle apprenait ce que Sophie venait de faire… Il valait mieux ne pas y penser.

— Étienne a perdu son manteau, je venais chercher un de ses vêtements pour le tailleur. Mère veut lui faire la surprise.

Sophie déglutit difficilement. Zut, en voilà une bonne excuse !

— Et toi ?

— Je m'assurais que Pilou n'avait pas mis le bazar.

Louise continuait de l'observer d'un air suspicieux.

— Je t'en prie…

Sophie lui indiqua la penderie. Son aînée s'y dirigea sans plus lui accorder d'attention. Toutefois, la cadette restait sur ses gardes, même lorsque Louise, des vêtements sous le bras, se redirigea vers la porte.

— Étienne est parti régler notre problème. Mais peut-être te l'a-t-il déjà dit ?

— Oui, mentit Sophie. Je suis soulagée qu'il soit revenu.

Bon sang, que ces paroles lui coûtaient ! Pourquoi avait-elle prononcé une telle ânerie devant sa famille ? Elle ignorait où chercher ce maudit document, et elle venait d'offrir un espoir insensé aux siens. Elle détourna la tête, le cœur gros. Hélas, Louise n'en avait pas fini avec elle :

— Tu vois, je n'étais en rien responsable de son départ.

Sophie serra les mâchoires. Le moment était mal choisi pour se disputer.

— Tu aurais tout de même pu descendre avant qu'il ne parte. Qu'as-tu dans la tête ?

Sophie tenta de conserver son calme et préféra ne rien répondre.

— Tu te fiches de nous à ce point ? Tu n'as même pas demandé des nouvelles de papa… À croire que son état ne t'attriste pas.

Elle se mordit la lèvre au sang.

— Étienne m'en a donné. Bonne journée, Louise.

Son aînée releva la tête avec arrogance, puis franchit la porte. Le stress coula sur Sophie en une sueur froide, et elle se laissa tomber sur le lit. Elle l'avait échappé belle !

Le battant se rouvrit soudain à la volée.

Tel un fauve, Louise se jeta sur elle, la renversant en arrière. Le mouvement s'avéra tellement brusque que Sophie n'eut pas le temps de réagir. Avec violence, sa sœur attrapa ses jupes et les lui releva jusqu'aux cuisses.

Louise recula tout aussi subitement qu'elle avait surgi, et plaqua ses mains contre son visage.

— Sainte Marie, mère de Dieu, protégez-nous !

Elle fit le signe de croix et son regard épouvanté se tourna vers sa sœur :

— Sophie, qu'as-tu fait ?

19

Sophie rabattit son jupon sur les bottes et la culotte d'homme qu'elle n'avait pas encore eu le temps d'enlever. Sans réfléchir, elle courut vers la porte, la referma et plaqua son corps en barrage.

Toutefois, sa sœur ne semblait pas vouloir fuir. Au lieu de crier à gorge déployée sa terrible découverte, Louise demeurait stupéfaite. Enfin, elle retira une main de son visage, puis tâtonna sur le côté, à la recherche d'un appui.

Sa cadette ne l'aida pas. Des sueurs froides se répandaient sur son corps, plus intensément encore que lorsqu'elle s'était retrouvée face à monsieur Lambert. Le danger que représentait sa sœur lui semblait mille fois pire.

Celle-ci trouva le chemin jusqu'au lit et s'y assit.

— Qu'est-ce qui t'a pris ? prononça-t-elle d'une voix blanche. Pourquoi as-tu fait ça ?

L'arrière du crâne de Sophie percuta la porte, et elle grommela :

— Tu aurais préféré que je laisse ce rustre vous frapper ?

— Qu'est-ce que cela peut bien te faire ? soupira Louise. À moins que tu estimes qu'il n'y ait que toi qui puisses frapper les autres ?

Le regard noir de sa sœur la heurta.

— Je… (Elle avala sa salive, pourquoi les mots étaient-ils si durs à prononcer ?) je n'aurais pas dû te gifler. Je te demande pardon.

Elle ferma les yeux pour se donner du courage et ajouta :

— Et je n'aurais pas non plus dû me faire passer pour Étienne. J'ai agi sans réfléchir. Sur le moment, cela m'a paru être la bonne solution, mais à présent…

Ses lèvres tremblèrent et elle ne parvint pas à finir sa phrase. À la place, elle se laissa glisser contre la porte et rejoignit le sol.

— Tu avais raison, Louise. Je suis une calamité !

Elle baissa la tête. Ses jupes étaient remontées sur ses bas d'homme, dont la vue lui serra un peu plus le cœur.

— Je fais tout de travers, je mériterais d'être rossée pour mon impertinence ! Mais je t'en prie, ne dis rien pour le moment. Je ne me déguiserai plus, je…

Un contact sur son épaule lui fit tourner la tête. Elle n'avait même pas vu Louise se lever du lit et la rejoindre. Sa sœur s'était agenouillée à ses côtés et son visage la troubla. Tous ses artifices avaient fondu, pour ne laisser place qu'à une émotion qu'elle ne lui avait encore jamais vue. Non, c'était impossible, Louise… Louise lui montrait de la compassion ?

— Pourquoi ne te fâches-tu pas ? gémit Sophie.

Elle savait bien mieux encaisser les réprimandes que la douceur. Oui, elle aurait préféré que Louise se fâche, plutôt que d'avoir ainsi pitié d'elle.

— Gronde-moi, frappe-moi, mais ne me regarde pas comme ça ! cria-t-elle presque.

Elle détourna la tête et écrasa une larme traîtresse. Si en plus, elle se mettait à pleurer, alors Louise aurait tout gagné !

— Je suis perdue, avoua son aînée. Je ne dirai rien à maman. Car même si c'est complètement insensé, au moins tu as agi. Grâce à toi, nous bénéficions d'un répit.

— Un répit, répéta avec un sourire désabusé Sophie. Il sera de courte durée si Étienne ne réapparaît pas. Tu avais raison, Louise. Il est parti avec son sac de voyage et ses affaires.

— J'ai vu…

Sophie se mordit les lèvres, se retenant de formuler le reste de sa pensée : « Tu avais raison, il nous a abandonnés. Il m'a abandonnée, moi, sa jumelle. »

— De quoi monsieur Lagarde voulait-il t'entretenir ?

Cette fois, elle se mordit l'intérieur de la joue. Est-ce que sa sœur se montrait gentille dans le seul but d'obtenir cette réponse ? Leur mère maîtrisait l'art de la manipulation, et elle avait élevé Louise. Sophie trancha pour une semi-vérité :

— Il voulait que je me rende en urgence chez le notaire Delville.

— Pourquoi ?

— Je l'ignore. Je crois que de nous deux tu es celle qui en sait le plus sur les affaires de père.

Elle ne cacha pas l'accusation dans sa voix. Néanmoins, Louise ne s'en formalisa pas.

— Détrompe-toi. Mère, et encore plus tante Rosaline, me tiennent à l'écart de tout ça. Ce sont elles qui décident, pas moi.

À son tour, elle laissa son dos retomber contre la porte.

— Je ne suis qu'une marionnette dont elles tiennent les fils.

Sophie la dévisagea quelques instants, de nouveau surprise. Sa sœur était voûtée, elle ne cherchait plus à se tenir droite comme si elle avait souhaité que son crâne touche le ciel. À cet instant, elle prit conscience que, de la vie de Louise elle ne connaissait rien. Quels étaient ses rêves, ses aspirations ? Aimait-elle cette vie en ville ? Quelles étaient ses difficultés ? À en croire ses derniers mots, elle n'était pas heureuse. Mais alors…

— Si tu n'aimes pas cette vie, pourquoi ne t'es-tu jamais révoltée ?

La question avait jailli des lèvres de Sophie sans qu'elle parvienne à la retenir. Louise la dévisagea à son tour, la bouche à moitié ouverte. Son expression ressemblait si peu à la jeune fille délicate à laquelle elle jouait que sa cadette faillit un instant en rire.

— Je suis l'aînée, se contenta-t-elle de répondre.

— Et alors ?

— Oublie.

Louise ferma les paupières puis les massa d'un air douloureux. Sophie n'insista pas. Sa sœur se cachait sous de fausses excuses, mais ce n'était pas à elle de lui ouvrir les yeux.

— Tu vas aller chez le notaire Delville.

— Pardon ? s'étrangla Sophie.

Louise se redressa sur ses genoux et se pencha sur elle, agrippant déjà le tissu de sa robe pour la lui retirer.

— Tu m'as très bien entendue.

— Tu veux que je redevienne Étienne ? Et s'il rentrait ?

Elle se dégagea et Louise lui attrapa les poignets.

— Et s'il ne rentrait pas ? Va chez Delville, écoute ce qu'il a à dire, et vérifie qu'il n'a pas gardé par inadvertance le document lié à l'héritage. Imagine : on pourrait l'annoncer à père et il irait bien vite mieux !

— Et si ce n'est pas le cas ? gémit Sophie. Tu as entendu père…

— Chaque chose en son temps. Pour le moment, c'est notre meilleure option.

— Je ne suis pas d'accord. Tu m'as démasquée, d'autres le pourraient également…

— Étienne n'avait jamais mis les pieds à Rennes avant hier. Personne ne le connaît. Et même si je trouvais étrange que lui, d'habitude si rêveur et distrait, prenne les choses en main, j'ai mis ça sur le compte de l'urgence de notre situation. Je ne me doutais de rien, jusqu'à ce que j'entre ici.

— Même quand j'ai repoussé mère ? s'étonna Sophie.

— Moi aussi, après ce qu'on vient de vivre, j'aurais pu la repousser. Et si, il y a quelques minutes, tu avais répondu à mes provocations, tu ne m'aurais pas paru aussi suspecte.

Elle lui offrit un sourire taquin, si rare que sa cadette ne répondit rien. Alors, Louise utilisait le même procédé qu'Étienne pour la convaincre ? Elle aussi était bien une Kerdelec…

— Je te l'assure, insista Louise. Personne ne devinera la supercherie. Le physique délicat d'Étienne va jouer à ton avantage. Tant que tu ne te comportes pas étrangement, tout se passera bien. Allez, lève-toi.

Cette fois, Sophie obtempéra.

— Je couvrirai ton absence, promis.

— Pourquoi fais-tu tout ça ?

Sophie se laissa déshabiller, mais cacha tout de même sa poitrine, gênée.

— Parce que même si nous avons de nombreux différends et que nous ne nous comprenons pas, nous demeurons des sœurs.

20

Sophie avait refusé que Louise appelle une voiture. Étienne était déjà censé être à l'extérieur, leur mère et leur tante auraient trouvé la demande étrange. De plus, les deux sœurs n'avaient pas d'argent à dépenser. Certes, elles auraient pu en subtiliser dans le bureau de leur père, mais la culpabilité étreignait suffisamment Sophie pour ne pas en ajouter.

Si elle avait su qu'un jour sa propre sœur l'encouragerait à se travestir en homme ! Au lieu de s'en réjouir comme c'était le cas au château, elle en conservait une vive inquiétude : c'était bien la preuve que leur vie sombrait dans le chaos. Et pourtant, comme elle se sentait à l'aise dans les habits de son frère ! Ils lui collaient comme une seconde peau, et la liberté que lui permettaient de telles coupes la ravissait. Avec un peu de chance, elle pourrait même monter à cheval.

Bon sang, Sophie ! La honte la gagna de nouveau. Se faire passer pour un homme était inconvenant, insultant pour Étienne et… juste ciel, ses tenues étaient tellement plus confortables que les robes !

Marcher comme un homme ne la troublait pas. En revanche, la ville la décontenançait. Le quartier de la cathédrale pullulait de monde. Les échoppes d'artisans débordaient sur la chaussée, des crieurs proposaient des produits à la sauvette, des ménagères balayaient leur trottoir et s'arrêtaient pour discuter avec leurs voisines… Le bruit, et plus encore les odeurs – un mélange de nourriture, d'urine et d'eau sale – agressaient ses sens.

Par chance, Louise savait comment se rendre chez le notaire Delville. Sophie avait enregistré ses instructions, tout comme ses recommandations : « Ne marche pas en plein milieu de la route, une voiture pourrait t'écraser » ; « Évite de croiser le regard des autres hommes, montre-toi pressée, mais jamais impolie » ; « Ne cherche pas à aider ton prochain » ; « Évite la foule, mais ne t'engage jamais dans une rue déserte ».

Sophie n'avait pas retenu les autres. À en croire les propos de sa sœur, elle risquait moins à traverser une forêt que quelques pâtés de maisons.

Elle ne s'égara pas, et atteignit sans encombre la demeure du sieur Delville : une habitation étroite à colombages colorée, construite sur trois étages. Elle monta les quelques marches, frappa deux fois à la porte. Un jeune garçon d'environ douze ans, les cheveux en bataille et les yeux fort rouges, l'accueillit.

— Bonjour, qui êtes-vous ?

— So… (Sophie se mordit la langue, voilà qu'elle allait déjà fauter !) Serait-il possible de m'entretenir avec le sieur Delville ? Étienne de Kerdelec, je suis en retard pour notre rendez-vous.

Le jeune garçon la dévisagea, puis lui ouvrit plus grand la porte.

— Veuillez patienter, je vais voir si mon maître peut vous recevoir.

La jeune femme entra dans un vestibule exigu et retira son tricorne. Un instant, la surprise la gagna. Cet endroit ne ressemblait guère à un cabinet d'études. Elle discernait déjà une grande cuisine sur sa gauche, ainsi qu'un salon… L'adolescent disparut, et elle se rendit compte que les battements de son cœur s'étaient accélérés.

— Étienne, je suis Étienne, se répéta-t-elle à demi-mot.

Oui, il fallait qu'elle cesse de penser en tant que femme. À cet instant, Sophie n'existait plus. Si les professeurs du château ne découvraient jamais la supercherie, c'était parce qu'ils connaissaient mal les jumeaux. Sinon, l'impétuosité de Sophie, qui contrastait avec la continuelle retenue d'Étienne, leur aurait mis la puce à l'oreille. Ce n'était pas important si ses maîtres le croyaient lunatique. Mais ici, dans le monde, Sophie devait toucher au plus près de son caractère. Elle ne faisait qu'emprunter sa peau, et il devrait la retrouver sans pâtir d'un comportement qui n'était pas le sien.

Oui, elle était Étienne.

— Monsieur de Kerdelec, suivez-moi.

Étienne suivit le garçon d'un pas leste jusqu'à une pièce pleine d'étagères. Une odeur de cire, mélangée à de la poussière, chatouilla aussitôt le nez du jeune homme.

De gros ouvrages, couverts de dates, y reposaient sur la gauche, et des livres de droit et de jurisprudence à l'opposé. Seule une fenêtre illuminait la pièce, devant laquelle un large bureau en bois avait été installé. Et devant, un homme portant une perruque en laine de mouton, tombant jusqu'à ses épaules, était en train d'écrire.

— Maître, monsieur de Kerdelec.

Les yeux du notaire se levèrent vers lui, mais il ne sembla d'abord pas le voir. Il cligna à plusieurs reprises puis fronça les sourcils, avant d'attraper une paire de binocles et de les placer sur son nez.

— Ah, le jeune monsieur de Kerdelec !

— Toutes mes excuses pour ce retard, maître Delville, déclara respectueusement Étienne. Je vous remercie d'accepter de me recevoir.

— Ne vous en faites pas, votre tante avait annulé notre rendez-vous. Je suis toutefois soulagé que vous vous présentiez.

Le jeune apprenti s'était installé à un coin de la table. La langue pendue sur le côté, il se concentrait à recopier un document aux nombreuses ratures sur un gros ouvrage.

— Pierre, laisse-nous. Va demander une collation à mon épouse, tu l'as bien méritée.

Les yeux du garçon s'illuminèrent et il s'inclina, avant de filer hors de la pièce. Étienne et le sieur Delville se retrouvèrent seuls.

— Asseyez-vous, monsieur de Kerdelec.

Le nouveau venu prit place en face du bureau, la gorge sèche. Louise avait eu raison : le notaire ne voyait que du feu sur son imposture. Sa jambe se balança, et il l'arrêta tout juste pour ne pas paraître impoli. Il ne savait pas par où commencer et le notaire prit les devants :

— Je suis désolé pour votre père. Comment va-t-il ?

— Il doit se reposer. Et il me semble… que vous connaissez parfaitement bien son état.

Étienne planta son regard dans celui de Delville. Le cinquantenaire ouvrit des yeux surpris, puis retira ses binocles avant de soupirer. Zut, Sophie avait recommencé... Elle était Étienne, bon sang ! Étienne n'était pas aussi direct !

— Alors, vous savez aussi... (Le notaire posa ses mains bien à plat sur son bureau.) Je comprends que cette nouvelle vous perturbe. Dois-je comprendre que vous êtes là aujourd'hui pour reconsidérer notre conversation d'hier ?

Sophie faillit se mordre la lèvre. De quoi avaient-ils discuté la veille ? À son retour à l'hôtel particulier, le vrai Étienne était sorti du carrosse sans un regard pour le baron. Il fuyait, comme à chaque fois qu'il se sentait blessé ou en colère. Sauf que le faux Étienne n'avait pas la moindre idée de ce qui avait pu provoquer cet état.

— Le voyage m'avait fatigué, prétexta-t-il. Je n'étais pas dans de bonnes dispositions pour vous écouter. Au risque de paraître discourtois... J'aimerais que vous repreniez depuis le début, afin d'être sûr d'avoir tout bien saisi.

Le sieur Delville toussota et se releva de sa chaise. Une vague de panique saisit la jeune travestie. Avait-elle contrarié l'homme de loi ?

— Bien entendu, c'est mon rôle, le rassura le notaire. Avant de signer quoi que ce soit, il est bien normal que vous compreniez tous les tenants et les aboutissants. Où ai-je déposé les documents ? Ah, ici.

Étienne avança le buste. Les documents... Se pouvait-il que, par hasard, celui que cherchait son père s'y trouvât ? La mâchoire serrée, il se retint de ne pas sauter sur le bureau pour en avoir le cœur net.

— Voici le testament de votre père.

Au mot « testament », Étienne pâlit.

— Par ce document, qu'il a déjà signé en présence de deux témoins, il fait de vous son héritier légitime, en lieu et place de Charles.

La copie d'Étienne s'étrangla. Pardon ? Qu'avait-il dit ? Le sieur Delville esquissa un sourire contrit et poursuivit :

— Il y déshérite Charles pour abandon et négligence de son devoir familial (Étienne se laissa tomber contre le dossier du fauteuil) à la condition que vous honoriez plusieurs de ses souhaits.

Ses yeux se fermèrent. C'était insensé ! Charles n'avait pas abandonné leur famille ! Certes, il était allé à l'encontre de la décision de leur père. Il avait choisi la mer plutôt que la politique et le domaine. Mais c'était pour eux, pour les aider à se relever financièrement. Comment leur père pouvait-il le déshériter ?

— Vous devrez assurer une rente annuelle à votre mère, vous engager à ne pas envoyer votre grand-mère paternelle dans un hospice et subvenir à ses besoins, doter vos sœurs d'une somme considérable, ventilée dans l'acte en fonction de l'héritage effectivement reçu ou non de monsieur d'Épiniac.

Le notaire désignait du doigt les différentes lignes relatives à ses énumérations.

— Vous devez aussi acheter un bon office à votre petit frère afin qu'il puisse s'installer, vous engager à ne jamais vendre le domaine de Kerdelec, même si vous choisissez de ne plus y résider. Ah oui, j'oubliais, fournir une rente appréciable à Charles s'il réapparaissait…

Une tendre affection remplit le cœur de Sophie. Alors, même à l'article de la mort, leur père prenait soin de leur avenir. Même s'il n'avait soigné l'éducation que de ses aînés, il se souciait des derniers.

— Un instant, marmonna Étienne, soudain circonspect. Pourquoi ne pas prévoir ces dispositions directement dans le testament et me demander de m'engager sur ces points ?

— Parce que la loi de Bretagne est ce qu'elle est, expliqua patiemment le notaire. Louise étant votre aînée, elle aura, quoi qu'il arrive, le droit à une belle part, testament ou non. Toutefois la règle est limpide, deux tiers de l'héritage vous reviennent de droit, tandis que le reste devra être partagé entre vos cadets.

Sophie écarquilla les yeux. Jamais encore elle ne s'était intéressée aux règles des héritages. Ils étaient six. Cela signifiait qu'un tiers de leur fortune devait être partagé en cinq, alors qu'un seul prendrait les deux autres parts ? L'iniquité du procédé la révolta. Elle comprenait mieux pourquoi nombre de cadets devaient apprendre un métier et disparaissaient de la noblesse.

— Raison pour laquelle ce testament est tout à votre avantage, expliqua le sieur Delville. Vous voilà rehaussé au rang de premier fils.

Le faux Étienne soupira. Au fond, le testament de leur père s'avérait bien plus équitable que ne le prévoyait la loi. Du moins, si Étienne ratifiait l'accord. La manœuvre était d'ailleurs habile. Une place d'héritier contre la certitude d'un avenir pour les autres enfants. Charles, leur frère aîné, n'étant pas là, il ne pouvait s'engager à la même chose. Et d'ailleurs, pourquoi le ferait-il, puisqu'il était assuré de recevoir les deux tiers de leur fortune ? De plus, le baron, s'il le privait d'un titre, ne le plongeait pas dans l'indigence.

Dans ce cas, même si le vrai Étienne aimait profondément son grand frère, pourquoi n'avait-il pas accepté l'accord ? Si leur père mourait et que Charles ne réapparaissait pas, il serait de toute façon considéré comme l'aîné. Toutefois, cela ne lui ressemblait pas de vouloir amasser le plus de gains possible. Le véritable Étienne était bon, altruiste, généreux.

Il aurait tout fait pour Pilou, Héloïse et Sophie. À moins que vraiment, ses remords envers Charles ne l'aient retenu ?

— Puis-je poursuivre ? questionna le sieur Delville. Ou souhaitez-vous que je revienne sur ces premiers points ?

— Non, je les ai bien entendus. Je vous en prie.

La copie d'Étienne se redressa, les nerfs à fleur de peau. Ainsi donc, elle avait raison. Leur père avait fixé des conditions supplémentaires.

— Ceci (l'homme de loi lui présenta un nouveau document) est le contrat de mariage que vous devrez également honorer.

Une pierre tomba brutalement dans son estomac. Le contrat de… mariage ? Sans égard pour les bonnes manières, le jeune homme s'avança vers la table et attrapa l'acte que lui glissait le sieur Delville.

Leur père voulait marier son jumeau. Mais avec qui ? Pourquoi ? Un sifflement dans ses oreilles l'empêcha d'entendre quoi que ce soit. Ses yeux se posèrent sur l'écriture ronde et Sophie commença à lire : « L'an mille sept cent soixante-neuf, le trente et un octobre, devant moi, Gaston Delville, notaire soussigné… » Son regard balaya les formules protocolaires jusqu'à trouver le nom tant chéri de son frère et celui… de Constance Lambert.

Lambert.

La fille du rustre qui avait menacé sa famille au matin ! Les souvenirs fusèrent comme des éclairs : la nuit du bal, Étienne qui pâlissait devant un homme habillé de bordeaux… Sophie n'avait pas fait le lien, mais il s'agissait bien de monsieur Lambert. Ainsi donc, son jumeau avait appris les arrangements du baron, rencontré son futur beau-père, ainsi que sa fiancée… à laquelle il avait refusé la moindre danse.

En quelques heures, la destinée d'Étienne avait été tracée, sans qu'il eût à émettre son avis. Le baron avait balayé ses rêves et détruit dans l'œuf toute l'assurance que ce voyage à Rennes avait fait naître. Étienne, qui rêvait d'affection paternelle et de reconnaissance, s'était vu devenir l'objet de tractations. Tant de pression et tant d'affliction avaient dû le saisir ! Et il avait dû les affronter seul, car Sophie ne lui avait même pas accordé cinq minutes alors qu'il avait terriblement besoin d'elle…

— Excusez-moi.

Le masque sur son visage menaçait de se fendre. Sophie réapparaissait sous les traits d'Étienne. L'émotion l'emportait telle une mer déchaînée. Elle se leva. Au lieu de quitter la pièce, comme elle l'aurait souhaité, elle se contenta de faire face à la fenêtre. La lumière l'aveuglait, mais elle devait se ressaisir. Aussi stupide que puisse être cette règle sociale, un homme ne pleurait pas en public.

— Je suis navré que cette condition vous trouble toujours autant, murmura Delville.

Sophie, toujours dos à lui, ferma les paupières. Elle n'avait aucun doute sur l'effet qu'une telle annonce avait eu sur son jumeau.

— Nous n'avons pas eu le temps d'en discuter hier, ajouta le praticien, mais maintenant que votre père est au plus mal vous devez le savoir. Monsieur Lambert possède l'une des plus grandes fortunes bancaires de Rennes. Il a investi dans plusieurs projets de votre père, notamment des échanges commerciaux avec Saint-Domingue.

— Pardon ? s'étonna Sophie.

Elle inspira, puis se recomposa une expression neutre, avant de se retourner.

— C'est récent. Votre père a souhaité acheter ses propres navires…

L'homme de loi hésita, et la jeune travestie termina pour lui :

— Ce n'était pas pour conquérir de nouveaux marchés, n'est-ce pas ? Il les a achetés parce que le bateau de Charles a disparu dans ces eaux ?

Le notaire baissa les yeux, son silence confirmait cette supposition. Étienne fronça les sourcils, un mal de crâne le lancinait. Comment en vouloir à son père ? Néanmoins, la situation n'allait pas en s'arrangeant. Pour avoir mis son nez dans les comptes du domaine, Sophie savait à quel point leurs finances étaient serrées. Jamais le baron n'aurait pu investir une telle somme sans un prêt…

— Votre domaine est hypothéqué, ajouta le sieur Delville.

— J'ai besoin de m'asseoir.

Étienne regagna son fauteuil, et le notaire sortit une bouteille. Il en remplit un verre, et le poussa vers lui.

— Buvez.

Le jeune homme l'accepta, mais dès la première gorgée il toussa. Ce n'était pas du vin, et encore moins de l'eau ! L'homme de loi se retint heureusement de se moquer. Ou malheureusement. Car la situation était bien trop grave pour cela.

— Votre père a parié sur les mauvais navires. Son commerce ne rapporte pas, mais monsieur Lambert accepte d'effacer vos dettes si vous épousez sa fille.

— Qu'a-t-il à y gagner ? grommela Étienne. Sait-il pour l'armateur de Saint-Malo ?

— Ils ignoraient son existence lorsqu'ils se sont mis d'accord sur le contrat.

Sous son masque, Sophie était de plus en plus perdue.

— Monsieur Lambert ne convoite pas votre argent. Mais votre titre.

— Et père accepte une telle mésalliance ? balbutia Étienne, de plus en plus surpris.

— Nous ne sommes plus au début du siècle.

Le notaire joignit les mains et ajouta d'une voix patiente, comme un professeur :

— Les temps ont changé. Et vous êtes un homme. Là où votre sœur perdrait en statut en épousant un bourgeois, vous garderiez votre titre. Mademoiselle Constance deviendrait baronne, et tout son passé roturier disparaîtrait. De nombreux fils de la noblesse de robe cherchent d'ailleurs à épouser des filles de financier. On en voit même de très vieille noblesse, et même à Paris.

Et l'amour dans tout ça ? Sophie conserva ses pensées pour elle. Les énoncer aurait paru bien pathétique à cet instant.

— Le contrat est très avantageux, insista le notaire. Vous ne m'avez pas laissé le temps de vous l'expliquer hier, mais mademoiselle Constance est l'unique enfant de monsieur Lambert. Par ce contrat, votre fils héritera d'un empire financier.

Son mal de tête empirait. Elle appuya son coude sur la table et marmonna :

— Quelles sont les autres options ?

Une petite quinte de toux lui fit lever les yeux vers son interlocuteur.

— En tant que conseiller et ami de la famille, je vous incite à accepter cette offre qui assurera votre avenir et celui de toute votre famille, présente comme future.

— Et en tant que notaire seulement ? l'interrompit presque le jeune homme.

— Eh bien, l'héritage de Saint-Malo permettrait de rembourser le sieur Lambert. Et il est vrai qu'après cela il resterait assez pour vivre confortablement avec votre famille, à condition d'opérer les bons choix commerciaux.

L'espoir regagna Sophie. Alors, rien n'était perdu !

— Néanmoins, vous vous feriez de monsieur Lambert un ennemi. Et je ne le souhaite à personne.

Sophie n'émit aucun commentaire. Tout ce qu'elle retenait était cet héritage qui pouvait sauver l'avenir de son jumeau.

— Et les autres documents ?

Le sieur Delville lui présenta des constitutions et d'autres papiers inintéressants. À chaque fois, la poitrine du faux Étienne se crispait, espérant découvrir LE document qui assurerait la légitimité de sa famille dans l'héritage de Saint-Malo. Et à chaque fois, la désillusion devenait plus amère.

— Alors, allez-vous signer ? conclut le notaire.

— J'ai besoin d'encore y réfléchir.

Le visage du cinquantenaire se referma. Il se contenta de hocher la tête, malgré sa déception plus qu'apparente.

— À la suite de la missive de votre tante, j'ai réussi à obtenir un délai auprès de monsieur Dartois, le notaire délégué à l'héritage de monsieur d'Épiniac. Vous avez deux jours, et si Charles – pardon, monsieur le Baron – ne se présentait pas, il faudrait que vous le remplaciez. De ce côté, ne vous inquiétez pas, votre père a prévu une constitution en votre nom afin que vous puissiez signer à sa place.

— N'est-il pas possible d'attendre que père se rétablisse tout à fait ?

— Non, soupira l'officier public. Monsieur Dartois retourne à Saint-Malo à la fin de la semaine. Il était déjà mécontent de différer cette affaire. Si cela ne tenait qu'à lui, il confierait l'héritage au premier qui se présenterait. Je serai présent pour vous assister. Ne vous inquiétez pas, je défendrai vos intérêts, comme j'ai toujours défendu ceux de votre père.

— Merci, monsieur Delville.

Étienne se releva et salua le praticien, des pensées plein la tête.

— Monsieur de Kerdelec, l'appela le cinquantenaire, avant qu'il ne franchît la porte. Je sais que toutes ces affaires sont soudaines et que vous ne vous attendiez pas à tant de responsabilités. Vous êtes jeune, et vous marier si vite a quelque chose d'intimidant. Cependant, si je puis me permettre… offrez à mademoiselle Constance sa chance. Apprenez à la connaître, et peut-être que votre cœur se joindra à la raison.

La copie d'Étienne se contenta d'acquiescer. Que répondre à cela ? Sophie quitta l'étude, la mine sombre, et entreprit de retourner chez elle. Avec les explications du sieur Delville, la défection du vrai Étienne prenait tout son sens. Lui, qu'on avait toujours considéré comme un cadet, se retrouvait d'un coup héritier et fiancé. Soit beaucoup trop de changements et de responsabilités pour un jeune homme qui ne rêvait que de visiter de belles bibliothèques. La tristesse l'envahit, ainsi qu'un profond désespoir lorsque d'un coup quelque chose le heurta de plein fouet.

Une main attrapa son poignet, ce qui lui permit de retrouver son équilibre. Face à lui se trouvait un jeune homme aux cheveux blonds, habillé comme un gentilhomme.

— Étienne ? s'étonna le promeneur.

Le masque de Sophie se fissura et ses joues virèrent aussitôt au rose.

— Monsieur de Chevigné !

21

Un beau sourire illumina le visage de son ami d'enfance.

— Quelques jours en ville, et ça y est, vous ne m'appelez plus par mon prénom ?

Par tous les saints ! Il était vrai que la fois dernière Étienne ne s'était pas formalisé des titres. Par prudence, elle s'écarta légèrement.

— Comprenez ma surprise, je ne m'attendais pas à vous voir… Mathieu.

L'énonciation de son prénom agit comme une douce caresse sur les lèvres de Sophie. Elle s'en sentit ridicule, et essaya de retrouver la jovialité de son jumeau.

— Oui, je comprends. Mais il s'agit d'un heureux hasard ! s'enthousiasma le vicomte. Par où allez-vous ? Je dois rejoindre ma tante chez le tailleur, elle m'étripera si je suis en retard. Voulez-vous marcher avec moi ?

Elle déglutit. Comment résister à un tel sourire ? Sophie acquiesça. Côte à côte, ils avancèrent dans la rue.

— Vous auriez dû me dire que vous partiez pour Rennes, poursuivit Mathieu. Nous aurions pu faire le chemin ensemble.

Allez, il fallait que le faux Étienne vienne à la rescousse ! Sophie ne pouvait laisser son trouble prendre le dessus. Elle renfila son masque et offrit un sourire qui ressemblait à une grimace :

— Toutes mes excuses, nous l'ignorions nous-mêmes. Père nous préparait la surprise.

— Ne vous en faites pas (Mathieu réajusta son chapeau qui, dans leur bousculade, avait glissé sur le côté), je suis heureux pour vous. D'ailleurs, votre sœur aînée a organisé un bal hier soir. Il paraît qu'il était très réussi !

— Vous n'avez pas reçu d'invitation ? s'exclama Étienne, d'un coup soucieux.

— Si, mais ma tante ne se sentait pas bien. Je n'avais pas le cœur à l'abandonner.

— Oh, j'espère qu'elle ira vite mieux.

— Je vous remercie. Et comment va Sophie ?

La chaleur regagna les joues de la jeune femme. Le regard lointain, et un vague sourire sur les lèvres, le vicomte de Chevigné continua :

— Je regrette de ne pas avoir été présent lors de sa première apparition. Elle devait être magnifique.

Sophie faillit s'étouffer. Elle, magnifique ? Le vicomte le pensait-il réellement ? Du calme, elle ne devait pas se trahir !

— Pardonnez-moi, je ne voulais pas me montrer discourtois envers votre jumelle.

— Non, non, bredouilla Étienne. Vous devriez passer, elle en serait ravie.

Mathieu de Chevigné tourna un visage surpris vers lui, et Étienne ajouta avec maladresse :

— Rennes est pleine d'inconnus. Un visage familier lui fera du bien.

— J'essaierai, mais je ne vous promets rien. Ma tante requiert toute mon attention. Je tenterai de m'échapper de ses griffes. Ah, nous sommes arrivés. Souhaitez-moi bonne chance, Étienne. Et mon bonjour à votre famille !

Le jeune homme le salua et regarda son ami disparaître derrière la porte d'une boutique de tailleur. À travers une vitre composée de plusieurs carreaux, des femmes discutaient avec véhémence. Se querellaient-elles ? Mathieu se dirigea vers l'une d'entre elles et déposa un baiser sur sa joue…

Le cœur de Sophie manqua un battement. Il fallait qu'elle se ressaisît et vite. Il y avait des sujets bien plus importants que Mathieu de Chevigné ! Elle opéra un demi-tour. Malgré tout ce que le notaire Delville lui avait appris, cette rencontre imprévue avait réussi à adoucir son cœur.

Mathieu de Chevigné était persuadé que Sophie avait été belle lors du bal.

C'était futile. Mais ciel que ça la rendait heureuse !

*

À peine rentrée à l'hôtel particulier, Sophie, toujours sous les traits d'Étienne, avait dû souffrir sa mère. Celle-ci refusait de laisser son fils se reposer tant qu'il n'aurait pas avalé quelque chose. Après une série d'obligations plus pénibles les unes que les autres, le prétendu jeune homme parvint à s'isoler dans sa chambre. Pilou jouait avec Cannelle sur le lit, et il leva un regard inquiet lorsque la porte s'ouvrit.

— J'espère qu'il ne laisse pas de petits cadeaux sur les draps, déclara Étienne.

Pilou s'empressa de reprendre son lapin dans les bras. Un joli collier ornait désormais le cou de l'animal, lié à une laisse en cuir.

— Héloïse et Nanou ont trouvé ça pour moi. Je suis désolé, j'ai dû leur avouer que tu m'avais aidé à le cacher dans le carrosse.

— Ce n'est rien. Peux-tu me laisser ? Et aller quérir Louise ?

— Sophie ne se sent pas bien, elle se repose.

— Louise, pas Sophie, insista Étienne.

— Ah.

Le petit garçon gagna la porte, puis s'arrêta et contempla son lapin. Alors il fit demi-tour, ouvrit la penderie et y cacha l'animal dans un panier en osier avant de détaler.

Enfin seule, Sophie retira son masque. Elle soupira et se laissa tomber sur le lit. Louise avait dû voir le lapin en prenant un des vêtements. Toutefois elle n'était pas prête à aborder un autre problème pour le moment.

Sa sœur ne tarda pas à arriver et Sophie lui raconta tout dans les moindres détails. Louise ne l'interrompit pas un seul instant, attentive jusqu'au bout. À la fin, la jeune femme se sentit vide, libérée d'un poids, et sans plus aucune énergie.

— Donc, récapitula son aînée, si nous voulons sauver notre famille de la ruine, il faut soit qu'Étienne épouse mademoiselle Lambert, soit que nous obtenions cet héritage.

— Oui, concéda Sophie. Sauf qu'Étienne a disparu, ainsi que le document.

Louise s'assit sur le lit à côté d'elle et commença à s'arracher les cuticules.

— Quoi ? s'inquiéta Sophie.

— J'ai volé ça, tout à l'heure, avant que tante Rosaline ne récupère le courrier.

Louise sortit d'une poche de sa jupe deux missives écrites des mêmes belles lettres rondes. Le souffle de Sophie se coupa : elle reconnaissait cette graphie ! D'un geste brusque, elle récupéra celle qui lui était adressée et l'ouvrit.

Une seule phrase avait été griffonnée.

Ne me cherche pas. Je suis désolé. Promis, je t'expliquerai tout.

Sa sœur tendit le cou, et Sophie lui présenta le mot.

— Ce n'est pas signé, remarqua son aînée, déçue.

— Mais c'est son écriture.

Étienne ne lui adressait pas la moindre explication. Juste une phrase, une seule, qui lui apprenait qu'il était vivant, mais qu'il ne souhaitait pas qu'on le retrouve. Le sentiment d'abandon que Sophie éprouvait depuis ce matin s'accentua.

— Et l'autre lettre ?

— Elle est pour père, souffla Louise.

Sophie ne la brusqua pas. Son aînée avait déjà dû manifester beaucoup de patience pour l'attendre.

— En l'absence de notre père, le droit de l'ouvrir reviendrait à Étienne. Fais-le.

Louise lui tendit le document et Sophie se figea. Ouvrir une lettre adressée à son père ? N'était-ce pas mal ? En même temps, l'écriture ne laissait aucun doute : Étienne lui écrivait, et si quelqu'un d'autre la lisait… Toute la couverture de Sophie s'effondrerait.

Elle retint son souffle, et déplia le document.

Cher Père,

Cette lettre pour vous rassurer sur mon sort. Je suis encore jeune et il est temps que je voie du pays. Peut-être alors, seulement, pourrai-je penser à m'établir. D'ici là, je suis certain que l'héritage vous tiendra suffisamment occupé.

Pardonnez-moi de ne pas être le fils que vous auriez voulu que je sois. Je ne suis pas Charles et je ne le serai jamais.

Étienne

Sophie ferma les paupières, les larmes menaçaient de jaillir.

— Alors, Étienne ne reviendra pas de sitôt…, constata Louise d'une voix blanche.

Sophie secoua la tête.

— Et vu qu'il mentionne l'héritage, il n'a pas emporté le papier que nous cherchons.

Sophie laissa tomber la lettre sur ses genoux. Un silence lugubre s'installa entre les deux sœurs. Ni l'une ni l'autre ne pleuraient, mais un chant de désespoir s'était abattu sur elles.

— Nous sommes fichues, gémit Louise.

Sa sœur grimaça et se pinça les lèvres pour les empêcher de trembler. Une fois encore, Sophie la voyait sans garde-fou, et elle tenta de la réconforter.

— Il nous reste deux jours pour trouver une solution.

Elle lui attrapa la main.

— Réfléchissons. On a fouillé toute la maison, le document n'est pas là. Et Étienne ne l'a pas pris.

Louise déglutit, avant d'ajouter :

— Père a relu le document juste avant le bal. Avant de remarquer sa disparition au matin…

Elle se redressa et s'exclama :

— Quelqu'un a dû le subtiliser durant la soirée !

— Oui, forcément, approuva Sophie.

Une idée commençait à germer. Elle avait chaud, son cœur s'affolait, tandis que son esprit suivait le fil d'une pensée qui semblait totalement folle et sensée à la fois. Sa sœur maugréa :

— Il y avait tellement d'invités !

— Louise, apostropha Sophie avec enthousiasme. Qui, parmi eux, bénéficierait le plus de la disparition du document ?

Son aînée fronça les sourcils puis ouvrit de grands yeux ébahis. Les deux sœurs se dévisagèrent, et dans un souffle, elles prononcèrent en même temps :

— Carnac !

22

« Sophie, tu es complètement folle ! Si Carnac te découvre, il te tuera ! »

Les paroles de Louise tournaient en boucle dans sa tête tandis que Sophie, déguisée en Étienne, patientait en face d'un immeuble transformé en gentilhommière. Gustave avait été d'un bon secours : comme il avait dû remettre une invitation au bal à Carnac, il savait où le comte logeait. Hélas, Sophie n'avait pas pu mettre immédiatement son plan à exécution : son « vrai moi » avait dû réapparaître dans la maison pour ne pas susciter les soupçons. Si personne ne cherchait querelle à Étienne, qui avait le droit de se reposer autant qu'il le voulait, elle, en revanche, avait dû essuyer brimades et réprimandes de la part des femmes de la famille. Même Héloïse semblait lui en vouloir.

Bref, ce n'était pas le moment d'y penser. La nuit tombait, et la tension croissait dans son ventre.

« Si seulement il ne s'agissait que de ses manières, avait insisté Louise, on le dit également querelleur et fieffé libertin. De grâce, Sophie, n'y va pas ! »

Néanmoins, Sophie n'avait rien voulu entendre. Plus les minutes passaient, plus elle se demandait toutefois si Louise n'avait pas raison. Sophie, ou plutôt Étienne, portait le manteau de son père, un peu grand pour lui. À force de fixer la maison, caché à l'ombre d'une ruelle, des gens commençaient à le remarquer. Sacrebleu ! Pourquoi un libertin resterait-il chez lui en soirée ? La nuit n'était-elle pas idéale pour les bassesses et autres plaisirs honteux ?

Gustave sortit soudain de la grande maison. Oui, car là aussi Louise avait refusé que sa sœur sorte seule si tard. Elle avait tellement joué de chantage que Sophie avait accepté la présence de ce pauvre Gustave. Comme le baron demeurait au lit, son service était désormais attaché à la personne d'Étienne. Alors autant le mettre à contribution.

Le domestique de son père le repéra et trottina vers lui.

— La logeuse m'a assuré que monsieur de Carnac était sorti. Comme vous me l'avez demandé, j'ai prétexté que le colis était trop lourd, et elle m'a ouvert sa chambre pour que je l'y dépose. C'est la troisième à l'étage, sur la droite, une qui donne sur le jardin.

Une vague d'excitation emporta Sophie, qui en oublia son personnage.

— Et est-ce que…

Elle suspendit sa phrase, tandis que le serviteur baissait la tête. Puis, avec lenteur, il sortit une clé en laiton de sa manche.

— Vous êtes formidable, Gustave !

Sophie se retint de l'embrasser et se recomposa le visage de son frère. Dans sa jeunesse, Gustave avait connu une phase de cleptomanie. Avec une telle réputation, aucun maître ne voulait de lui. Seul le baron de Kerdelec avait eu le cœur généreux.

Depuis son établissement, ce cher Gustave n'avait plus jamais rien volé. Du moins, jusqu'à aujourd'hui.

— J'avais prêté serment à votre père..., gémit le domestique.

— Il n'en saura rien, je vous le promets. Gustave, vous venez peut-être de nous sauver la vie à tous.

Étienne lui tapota gentiment l'épaule.

— Attendez-moi, je reviens dès que j'ai terminé.

— Monsieur, le retint Gustave, toujours embarrassé. Pourquoi ne pas me dire ce que vous cherchez ? Si l'un de nous devait se faire prendre, il vaudrait mieux que ce soit moi.

Étienne demeura surpris. Le domestique de leur famille était plus que sérieux !

— Je cherche un document bien spécifique...

— Et je ne sais pas lire, avoua l'homme, confus.

— Non, j'allais dire que j'ignore à quoi ressemble le comte de Carnac. Par conséquent, j'ai besoin que ce soit vous qui fassiez le guet, pour le retenir si jamais il revenait. Je peux compter sur vous ?

— Oui, monsieur. Mais... êtes-vous sûr ? Tout ce que j'ai entendu de ce monsieur...

— Ne perdons plus de temps. Finissons-en et rentrons nous coucher.

— Bien monsieur.

Étienne traversa la chaussée, essayant d'ignorer le regard inquiet du domestique de leur père. Au fil des ans, Sophie avait appris à l'apprécier, et heureusement, il était trop proche de leur paternel pour avoir le temps de s'occuper des enfants. Il ne voyait pas la différence entre Étienne et Sophie. Néanmoins, même s'il n'avait jamais passé beaucoup de temps avec eux, son inquiétude la touchait.

D'un pas sûr, Étienne monta les marches du perron, puis entra dans un vestibule ouvert sur un placard où s'entassaient déjà manteaux, chapeaux et épées. Il se rendit compte alors qu'il s'était promené aujourd'hui sans aucune arme pour se défendre. C'était dangereux… et les passants trouveraient sans doute cela étrange. S'il devait encore sortir, il faudrait y remédier.

L'air de rien, il alla accrocher à son tour ses affaires, puis pénétra dans un salon bien décoré, avec un clavecin et de nombreux fauteuils. De jeunes gentilshommes y discutaient ou jouaient aux cartes, un verre à la main. Aucune femme ne les accompagnait. Quelques regards curieux se posèrent sur lui, et il salua ces messieurs d'un air naturel. Pourvu que la comédie fonctionne ! Madame de Longroy louait des chambres aux gentilshommes de passage. Les locataires ne pouvaient pas tous se connaître et tant qu'Étienne ne croisait pas la maîtresse de maison, tout irait…

— Messieurs, qui désire un verre un peu plus fort ?

Une décharge d'adrénaline saisit Étienne. Sans réfléchir, il accéléra le pas vers le seul escalier à sa vue. Une main contre sa tempe pour qu'on ne distingue pas son visage, il monta les marches quatre à quatre.

« Troisième chambre à droite. »

Un jeune homme à la tignasse rousse passa à côté de lui.

— Bien le bonsoir.

— Bonsoir, se força-t-il à répondre d'une voix naturelle.

Il toussota puis adressa un signe de tête à l'inconnu qui, heureusement, poursuivit son chemin. Étienne y était… La chambre de Carnac !

Des bruits de pas ainsi qu'une voix de femme lui parvinrent de l'escalier. C'était bien sa veine ! Vite, il glissa la clé dans la serrure, la tourna. Sans vérifier à l'intérieur, il pénétra dans la pièce et referma derrière lui.

La paume contre le battant, Sophie essaya de calmer les battements affolés de son cœur. Les pas résonnaient désormais dans le couloir… et s'arrêtèrent à son niveau.

Pour enfin s'éloigner.

La jeune femme inspira une grande goulée d'air frais. Ce n'était pas passé loin !

Plus à l'aise de ne plus avoir à adopter la démarche et l'attitude de son jumeau, elle délia ses épaules, puis se retourna. Elle dut plisser les yeux pour se repérer dans l'obscurité de la chambre. Un léger feu brûlait dans la cheminée et lui permit de distinguer où poser les pieds. Cette pièce ne ressemblait pas du tout à ce qu'elle se serait imaginé de la chambre d'un comte. La sobriété résumait le mobilier : on y comptait un lit simple, avec des draps propres, mais aucune soierie. La table qui servait de secrétaire était sculptée dans un bois brut, sans aucune fioriture, tout comme la chaise qui devait à peine être confortable.

— Allez, du nerf ! s'encouragea-t-elle.

Elle se saisit d'une bougie en cire d'abeille dans un coin, et l'alluma dans la cheminée, avant de commencer à vérifier les quelques documents à sa portée. Sophie se rappelait très exactement à quoi ressemblait celui prouvant la légitimité de sa famille. Elle parcourut rapidement les feuillets sans les lire.

— Où les a-t-il cachés ?

Retrouver leur acte avait viré à l'obsession. Bientôt, ses gestes devinrent plus confus, plus brutaux. Elle vérifia qu'aucun tiroir secret ne se dissimulait sous la table, puis ouvrit le coffre, sortit tous les vêtements avant de les y remettre… sans le moindre respect pour l'intimité de leur propriétaire.

Cet acte devait se trouver ici, il ne pouvait en être autrement ! Dépitée, jurant contre son manque de chance, Sophie s'assit sur le lit. Une nouvelle idée germa dans son esprit, et elle s'accroupit pour vérifier en dessous. Non, là non plus, il n'y avait rien.

Le matelas !

Elle posa la bougie par terre, puis souleva le duvet… et y dénicha une serviette en cuir.

Ses membres se paralysèrent. Elle avait trouvé. Ses doigts commencèrent à trembler. Avec délicatesse, elle récupéra la liasse de documents à l'intérieur.

— Je vous en prie, faites que ce soit ce que je cherche…

Lentement, elle examina un à un les papiers. Des actes de constitution, un arbre généalogique… Mais pas la preuve qui liait les Kerdelec à l'armateur de Saint-Malo. Une profonde déception envahit Sophie et les larmes lui montèrent aux yeux. Non, ce n'était pas possible ! Carnac devait forcément les posséder ! À part lui, qui aurait intérêt à les déshériter ?

Les épaules basses, Sophie laissa son regard divaguer sur l'arbre généalogique réalisé pour lier la lignée des Carnac à celui des Épiniac. Les derniers noms, surtout, retinrent son attention : François, Antoine, Pierre et René.

Uniquement des garçons… Pas de filles dont assurer l'avenir. Ses doigts se crispèrent sur le document, lorsqu'une flamme crépita dans la cheminée. Bien sûr, il lui restait une option. Si les Carnac ne disposaient plus non plus de leurs documents…

Elle s'avança vers le feu. Elle devait gagner du temps. Sauver sa famille. Sa main se tendit, mais s'arrêta avant de commettre l'irréparable. Non, elle ne pouvait pas faire ça… Malgré la réputation de Carnac, elle ne lui vouait aucune inimitié. Qu'ils se disputent un même héritage ne relevait que de la malchance. Étienne ne s'abaisserait jamais à une telle vilenie. Et Sophie non plus. Ils avaient l'un comme l'autre de l'honneur.

— Père, pardonnez-moi, gémit Sophie.

Le cœur lourd, elle retourna derrière le lit et entreprit d'y ranger les documents.

Un bruit dans la serrure lui fit aussitôt tourner la tête. Pas de doute : quelqu'un y enfilait une clé ! Bon sang, Sophie était perdue ! Elle lâcha le matelas et pénétra dans la penderie le plus vite possible, juste au moment où la porte s'ouvrait.

Malheureusement, elle n'avait pas eu le temps de refermer tout à fait le battant du meuble, aussi se cala-t-elle le plus possible contre la paroi du fond, derrière plusieurs chemises sans doute fraîchement lavées vu leur odeur. Néanmoins, l'interstice était suffisamment grand pour voir une partie du lit, la cheminée et… l'homme qui venait d'entrer. La lumière des flammes était trop faible pour permettre de distinguer son visage. D'ailleurs, le locataire portait toujours son manteau et son chapeau. Carnac avait-il oublié quelque chose dans sa chambre ?

Patience, il allait régler son problème et aussitôt repartir. Sophie n'avait pas mis le bazar, elle ne se ferait pas…

La bougie !

Elle avait laissé la bougie allumée derrière le lit !

Son cœur fit un bond dans sa poitrine, et elle s'efforça de conserver son calme. La chance pourrait peut-être encore lui sourire. Son regard restait rivé sur l'homme.

« Trouve ce que tu cherches et repars vite », répéta-t-elle en prière dans sa tête, comme si cela pouvait influencer le cours des choses.

Le locataire de la chambre lança alors son chapeau sur le lit, dévoilant des cheveux bruns légèrement bouclés attachés derrière la nuque. Il retira son manteau.

Sophie retint de justesse un gémissement de désespoir : Carnac rentrait-il pour de bon ? Pourquoi Gustave ne l'avait-il pas retenu ?

Contre toute attente, l'homme, qui faisait dos à la jeune femme, ne s'arrêta pas là. Sa veste et son gilet suivirent ses autres vêtements, puis ce fut au tour de sa chemise… Le souffle manqua à Sophie, qui perdait d'un coup tous ses repères. Elle plaqua une main paniquée contre sa bouche pour s'empêcher de commettre un impair. Elle aurait dû faire de même sur ses yeux, mais elle n'y parvint pas. Le tissu blanc remonta du bas du dos de l'homme, jusqu'à ses épaules. Dans le mouvement, il se décala sur le côté, présentant à sa vue son ventre plat et la naissance de son aine…

La chaleur monta au visage de Sophie, et un millier de tambours choquèrent dans sa poitrine. Jamais encore elle n'avait vu un homme torse nu, excepté Étienne, et encore cela datait de plusieurs années. Sophie savait que c'était mal, qu'elle aurait dû se cacher les yeux, ou au moins les détourner… L'homme glissa alors ses doigts vers son bas… Cette fois, ses paupières réussirent à se fermer, et elle les serra très fort. Elle tendit l'oreille, mais son souffle saccadé lui semblait incroyablement sourd.

Un bruit étouffé lui parvint, mais elle garda les yeux clos. De toute façon, elle était coincée. Elle devait simplement ne plus bouger et attendre qu'il s'en aille… Toute la nuit, s'il le fallait. Un souffle d'air caressa ses joues, et la força à regarder.

La porte de la penderie ! Elle s'ouvrait ! Elle se recroquevilla un peu plus. C'en était fini d'elle ! Son dos se plaqua contre le bois, et le battant révéla le locataire de la chambre. Toujours torse nu, les deux bras écartés d'avoir ouvert la penderie, il demeurait immobile, son regard planté dans le sien.

Sophie crut défaillir, et elle ne sut ce qui était le pire en le dévisageant.

Était-ce de s'être fait prendre, de se retrouver face à un homme à moitié nu… ou bien que le comte de Carnac… ne fût autre que l'impudent de la fontaine ?

23

Des iris chocolat, mis en valeur par de longs cils noirs, la fixaient sans ciller. Sophie demeurait figée, paralysée au plus profond de sa chair. Carnac allait-il la reconnaître ?

L'obscurité ne lui permettait pas de distinguer précisément les traits de son visage. Malheureusement, il ne faisait pas assez sombre pour que lui ne la distingue pas à travers ses chemises.

L'homme tendit une main bandée vers elle. Il aurait fallu qu'elle se défende, en gestes ou en paroles, mais elle n'y parvenait pas. La surprise était beaucoup trop grande. Incapable de bouger, elle déglutit, prête à se faire extirper de sa cachette et rouer de coups.

La main dévia alors vers une chemise. D'un geste rapide, Carnac la retira de la penderie avant de s'éloigner. Il lui présenta de nouveau son dos, et enfila le vêtement par la tête, faisant rouler les muscles de ses bras. Sophie en demeurait encore plus sidérée. Le locataire de cette chambre était-il… aveugle ? Que devait-elle faire ? Bouger ? Rester plantée là ?

Son cerveau ne parvenait plus du tout à réfléchir. À la place, elle observa ces doigts, longs et habiles, finir de l'habiller.

— Avez-vous besoin d'aide pour sortir de l'armoire ? questionna soudain le comte de Carnac.

Il avait parlé d'une voix égale, d'où n'émanait aucune tension ni colère. La confusion redoublait en Sophie, mais une chose était sûre : il n'était pas aveugle. Avec maladresse, elle se dégagea de la penderie, puis humidifia ses lèvres. Son interlocuteur remettait déjà son gilet. Vite, une excuse… Toutefois, aucun prétexte vraisemblable ne lui venait. S'être trompée de chambre ? Pourquoi alors se dissimuler ?

Carnac enfila une manche de son manteau.

— Je…, commença-t-elle.

— Je suis pressé, l'interrompit-il sans un regard. Merci de verrouiller derrière vous lorsque vous aurez fini votre affaire.

Sophie se décomposa un peu plus. Avait-elle mal entendu ? Elle esquissa un pas vers lui, mais il ouvrait déjà la porte de la chambre.

— Attendez ! s'exclama-t-elle d'une voix tendue par l'angoisse. Pourquoi…

Le comte s'arrêta dans son mouvement, une main sur la poignée. Les mots avaient échappé à Sophie sans qu'elle y réfléchisse, et voilà qu'elle n'arrivait plus à formuler une phrase intelligible.

— Je vous l'ai dit, je suis pressé.

Le comte de Carnac pivota légèrement, dévoilant son visage de profil. Un éclat malsain illuminait son regard.

— Si vous êtes un homme d'honneur, vous viendrez lorsque je vous appellerai.

Il baissa la tête et y replaça son tricorne, avant de partir et de refermer la porte derrière lui.

Sophie prit appui contre le lit, secouée. Ce qui venait de se produire n'avait aucun sens ! Ses yeux balayèrent la pièce et les vêtements délaissés sur la couche. Un frisson la gagna et elle serra ses bras contre elle.

Un besoin urgent de fuir la saisit. Elle n'aurait jamais dû mettre les pieds ici. Si Carnac avait détenu son document, il aurait eu peur de laisser quelqu'un fouiller sa chambre.

Alors qu'elle gagnait la porte, le souvenir du regard sombre du comte la heurta de plein fouet.

« Si vous êtes un homme d'honneur, vous viendrez lorsque je vous appellerai. »

Qu'avait-il voulu dire ?

Une douche glacée s'abattit sur elle.

Dans quel pétrin venait-elle de plonger le vrai Étienne ?

24

Sophie n'eut pas le cœur de disputer Gustave lorsqu'elle le découvrit au sortir de l'hôtel, la lèvre fendue et ses habits chiffonnés. Elle-même avait oublié de récupérer le faux colis, vide, de la chambre.

— Toutes mes excuses, monsieur. Une querelle avec un portefaix…

— Vous allez bien ?

— J'en ai vu d'autres. Avez-vous trouvé satisfaction ?

L'espoir dans les yeux du domestique acheva de plonger Étienne dans le désarroi.

— Rentrons.

L'esprit plein des paroles du comte de Carnac, le faux Étienne demeura silencieux durant tout le retour. Par chance, la maisonnée semblait déjà dormir. Il regagna sa chambre, espérant ne pas réveiller Pilou. Avec précaution, il commença à retirer son déguisement : d'abord sa veste, son gilet, puis tira sur sa chemise.

— Alors ?

Le cœur de Sophie bondit dans sa poitrine et elle fit volte-face. Hélas, l'obscurité ne lui permettait pas de voir qui venait de parler, mais la voix féminine ne trompait pas.

— Tu es où ?

— Assise sur le lit.

— Et me faire peur t'amuse ?

— Qui de nous deux s'amuse à faire peur à l'autre ? pesta Louise à demi-mot. Je t'avais dit de ne pas y aller !

Un goût amer emplit la bouche de Sophie, et elle se dépêcha de se débarrasser de ses derniers habits d'homme.

— Tu as un broc d'eau propre sur la commode. Depuis le temps, ça doit être froid, mais je suppose que tu n'es plus à ça près.

— En effet.

La perspective de se laver devant sa sœur ne la réjouissait pas.

— Peux-tu me laisser à mon intimité ?

— Pas avant que tu m'aies dit ce que ça a donné. As-tu pu fouiller sa chambre ?

La voix de Louise était devenue plus rauque. Elle ne prononça plus rien, retenant son souffle. Sophie se mordit la lèvre. Elle était fatiguée et n'avait pas du tout envie d'en discuter. Cependant, Louise avait le droit de savoir. Et surtout, elle ne la laisserait pas en paix avant d'avoir obtenu une réponse.

— Oui, je suis entrée. Et non, il n'y avait pas notre document.

— Tu es certaine d'avoir bien cherché ? Il a pu le cacher sous son lit, dans un soulier…

— J'ai cherché partout, Louise. Partout…

Les cordes vocales de Sophie se nouèrent et elle ne parvint plus à prononcer le moindre mot.

— Excuse-moi... C'est juste que j'espérais..., bredouilla sa sœur, avant d'inspirer à fond. Repose-toi, demain, nous réfléchirons à une solution.

Les paupières de Sophie se fermèrent. Une solution ? Quelle solution ? Au lieu d'améliorer les choses, la jeune femme les avait aggravées ! Mais elle ne pouvait pas se confier à son aînée. C'était son problème.

— Je me suis arrangée pour que Philippe dorme avec notre grand-mère et Héloïse.

Sophie ouvrit grand les yeux et chercha à distinguer Louise, soudain paniquée.

— Et moi ? Bon sang, elles ont dû...

— Ne t'en fais pas (la voix de son aînée était étonnamment calme), j'ai dit que tu avais décidé de veiller sur papa. J'ai même fait installer un lit de fortune dans sa chambre.

— Mère ne s'y est pas opposée ?

— Non, et tante Rosaline non plus. Je suppose que cela les rassure, en un sens.

Sophie esquissa un sourire triste. Est-ce que leur mère s'inquiétait seulement pour autre chose que leur situation financière ?

— Demain, en fin de matinée, nous irons sur la promenade de la Motte avec mademoiselle Lambert, puis nous en profiterons pour déjeuner. Reste Sophie jusqu'à notre départ, je dirai qu'Étienne est rentré tard et qu'il faut le laisser se reposer. Puis rejoins-nous en tant que lui.

— Louise, j'ai tout sauf envie de jouer les galants. N'avons-nous pas assez de préoccupations...

— Tu l'as promis à son père, assume.

La jeune femme se retint d'émettre une remarque acerbe. À la place, elle grommela :

— J'ai besoin de dormir.

— Oui, moi aussi.

Un froissement de tissu lui indiqua que sa sœur se relevait, puis le bruit de la porte qu'elle était partie. À tâtons, Sophie gagna la commode. L'eau était froide, mais ce n'était en rien comparable à la température de son cœur. Comment Louise pouvait-elle garder un tel calme ? N'était-elle pas déçue que Sophie rentre bredouille ? Et voilà qu'au lieu d'élaborer un nouveau plan pour les documents, elle prévoyait loisir et repas ! Avait-elle le sens des réalités ? Après-demain, Étienne devrait réclamer l'héritage ! Ils n'avaient pas le temps pour des bagatelles !

Une fois propre, Sophie retira le ruban qui retenait ses cheveux et les tressa. Ses doigts glissèrent sur les couvertures du grand lit, mais elle n'avait pas envie de s'y coucher. À la place, les pieds nus, elle retourna dans le couloir, puis poussa la porte de la chambre de leur père.

Les tentures avaient été mal tirées, et elle distinguait le grand lit et son occupant. Celui-ci respirait profondément, ce qui la rassura. Un lit d'appoint avait été posé sur le côté, les draps chiffonnés, comme si la personne censée l'occuper en était sortie. Louise avait vraiment pensé à tout. Le cœur lourd, Sophie s'y glissa. C'était moins confortable que le lit d'Étienne, mais à cet instant elle souhaitait s'éloigner le plus possible de cette identité.

N'être que Sophie, de qui on n'attendait jamais rien. Cette Sophie impétueuse et insolente qui n'avait jamais peur. Hélas, à cet instant, elle ne la retrouvait pas. Elle aurait aimé se lover dans les bras de Nanou, que sa grand-mère lui chuchote que tout irait bien, ou même qu'elle lui parle de ses satanées pommes. Être dans leur château aux murs froids, mais à l'ambiance chaleureuse, plutôt que dans cet hôtel splendide, mais sans âme.

— Étienne, gémit-elle, avant de sombrer dans le sommeil.

*

— *Je ne veux pas aller me promener sans toi,* signa Héloïse. *Je vais t'aider avec papa.*

Le plan de Louise avait fonctionné sans problème, du moins jusqu'à maintenant. Car leur plus jeune sœur, à la générosité aussi vaste qu'un océan, refusait de partir avec les autres femmes de la maison. Même Nanou et Pilou avaient été conviés à la balade. La journée était belle, un grand soleil inondait les rues, comme s'il se moquait des nuages gris dans le cœur de Sophie.

— *Tout ira bien,* tenta de la tranquilliser sa sœur. *Cette fois, c'est toi qui me raconteras comment c'était.*

Sophie lui adressa un clin d'œil coquin.

— *Chacune son tour.*

Héloïse fronça les sourcils.

— *Est-ce que tu me caches quelque chose ?*

La tension engloba Sophie, qui tenta de garder un sourire franc sur les lèvres.

— Si Héloïse ne descend pas tout de suite, nous partons sans elle !

La voix de la baronne s'était faite sèche et sans aucune aménité.

— Attendez, elle arrive ! s'exclama Sophie.

La main fraîche d'Héloïse se posa alors sur son front. Son expression inquiète lui serra le cœur. Aussi, la jeune femme saisit délicatement son poignet et sourit de plus belle.

— *Vas-y, s'il te plaît. Tu sais bien que je ne supporterai pas mère. Et puis, ça me permettra de passer un peu de temps avec Étienne lorsqu'il sera réveillé.*

Mentir lui coûtait, mais avait-elle le choix ?

— *N'oublie pas que tu peux compter sur moi,* insista Héloïse.

— *Je sais, merci beaucoup.*

La benjamine se décida enfin à descendre l'escalier. Sophie l'observa jusqu'aux bas des marches. Toute la famille s'en allait. Louise, qui se tenait en retrait vêtue d'un bel ensemble bleu et d'une cape de la même couleur, lui lança un regard lourd de sens avant de franchir elle-même la porte.

Après la visite du médecin, qui lui certifia que leur père pouvait demeurer sans surveillance, Sophie se pressa de changer de peau. Même si sa famille avait déserté les lieux, elle resta discrète : les domestiques étaient bien capables de la surprendre, ce qu'il valait mieux éviter.

Se repérer au sein de la ville n'était pas une mince affaire. Heureusement, Louise lui avait dessiné un plan qui la conduisit à la promenade de la Motte. Un instant, elle s'arrêta devant ce qui ressemblait à un grand square arboré. L'automne revêtait les arbres de leur plus belle ramure brun et or. Gentilshommes et dames, mis sur leur trente-et-un, marchaient en discutant et en se saluant avec respect.

Un aboiement attira son attention : Phœbus avait réussi à se sauver et gardait les deux pattes avant sur le tronc d'un arbre. Il aboyait et hurlait comme un fou. Philippe se rua sur lui et tira d'un coup sec sur la laisse. Lui qui adorait les animaux, cela ne lui ressemblait pas. Étienne pressa le pas, tandis que tante Rosaline se précipitait vers son petit-neveu et son chien.

— Petit coquin, laisse donc ce pauvre Phoebus ou je te…

— Ma chère tante, je vous retrouve enfin ! s'exclama le jeune homme.

Tante Rosaline leva ses yeux de glace vers lui, tandis que Pilou se réfugiait derrière son frère. Phœbus, quant à lui, recommençait à aboyer vers la cime de l'arbre.

— Veuillez saluer correctement votre tante, toussota-t-elle. Nous ne vous avons pas vu ce matin au petit déjeuner.

— Pardonnez-moi, j'ai veillé une bonne partie de la nuit pour régler notre affaire.

Le cœur au bord des lèvres, Étienne baisa la main à sa grande-tante, puis se tourna vers son petit frère, avant de le décoiffer.

— Tu me conduis vers Nanou et Héloïse ?

Sans prononcer le moindre mot, l'enfant le tira, tout guilleret, et ils abandonnèrent leur grand-tante qui eut juste le temps de prononcer un « Oh ! » outré.

Bien vite, Étienne se retrouva face à une baronne fort gaie – un peu trop d'ailleurs vu l'état de leur père –, accompagnée de Nanou et d'Héloïse. Étienne les embrassa sur la joue, puis elles s'écartèrent pour lui laisser découvrir deux jeunes femmes du même âge.

Le contraste entre Louise et sa compagne saisit Étienne de plein fouet. Là où Louise présentait une peau nacrée parfaite, Constance avait aussi le teint pâle, mais parsemé de taches de rousseur. Sa tenue, un fourreau à l'anglaise cintré avec un caraco simple gris perle, ne mettait absolument pas en valeur son corps anguleux et sec. Son visage, non plus, n'avait rien de remarquable : un nez droit, des lèvres quasi inexistantes, ainsi qu'un regard fuyant à peine maquillé. Constance avait-elle été prévenue de leur promenade ? Même sa coiffure demeurait des plus classiques : un chignon strict, très serré, qui empêchait la moindre mèche rousse de s'échapper de son petit chapeau, gris, lui aussi.

Louise toussota et la baronne de Kerdelec intervint :

— Étienne, cessez donc de faire le sot ! Vous vous souvenez de mademoiselle Lambert, n'est-ce pas ?

— Oui, mère.

— Louise, venez donc aider votre grand-mère à marcher. À force de s'appuyer sur moi, elle réveille de vieilles douleurs.

La jeune femme sourit à sa compagne, puis l'abandonna. Étienne hésita : qu'attendait-on de lui exactement ? Louise le frôla et lui indiqua du regard Constance. Le jeune homme se retint de soupirer. Pourvu qu'elles aient vite faim et que cette comédie ne dure pas trop longtemps !

Il se rapprocha de la jeune femme, retira son chapeau et la salua.

— Mademoiselle Lambert, accepteriez-vous de marcher un peu en ma compagnie ?

La demoiselle acquiesça sans le regarder et se fendit d'une révérence très raide. Étienne réinstalla son chapeau sur sa tête et chacun reprit la balade. Toutefois, sa mère accéléra le pas, de sorte qu'environ trois puis cinq mètres les séparèrent du petit groupe. Sophie, sous le masque d'Étienne, garda ses réflexions pour elle, mais se promit que Louise ne s'en sortirait pas ainsi. Sa sœur aurait pu la prévenir qu'en plus de supporter cette promenade elle devrait mener la conversation seule ! Mais à bien y réfléchir, ce n'était pas étonnant de la part de la baronne. Henriette de Kerdelec devait forcément connaître les projets de mariage de son mari. Sinon elle ne réagirait pas de la sorte.

— Nous avons de la chance, il fait bon aujourd'hui.

— Oui, c'est agréable, répondit en un souffle Constance.

Elle gardait la tête basse, et se tenait les mains comme si elle ignorait où les mettre.

— Je suis content d'être arrivé à Rennes avant que les arbres ne perdent toutes leurs feuilles. Leurs couleurs ajoutent de la beauté à cette promenade.

Sophie retint une grimace. Ses paroles étaient d'un niais ! Constance lui jeta un coup d'œil en biais et prononça d'une voix si faible, qu'elle dut se pencher vers elle pour l'entendre :

— Vous aimez vraiment ces couleurs ?

Quelle drôle de question !

— Oui, sachez que je dis toujours ce que je pense.

Le rouge monta aux joues de la jeune femme, si bien que ses taches de rousseur faillirent se confondre avec son teint. Elle porta une main maladroite à son chignon, comme pour s'assurer que tout tenait bien en place et le cœur de Sophie manqua un battement. Est-ce que Constance avait pris sa réflexion futile sur les arbres comme un compliment ? Il était vrai que le roux était bien le dernier critère de beauté de leur société. Elle ne devait pas avoir l'habitude que quelqu'un trouve cette teinte plaisante.

Ils continuèrent d'avancer l'un à côté de l'autre, sans se toucher, comme l'exigeaient les convenances. La copie d'Étienne avait beau chercher des sujets de conversation, elle n'en trouvait aucun. Trop de choses la préoccupaient. Divertir une jeune femme était le cadet de ses soucis. Et puis, comment les hommes divertissaient-ils les femmes, quand ils ne dansaient pas ? Voilà bien un sujet que Sophie ignorait, qu'elle soit dans sa propre peau ou dans celle de son frère.

— Pardonnez-moi, déclara-t-elle alors. Vous devez m'estimer d'une bien piètre compagnie. La vérité est que je n'ai jamais été très bavard.

— Oh, ne vous excusez pas, bredouilla Constance avec un sourire timide. J'ai l'habitude du silence, et marcher me suffit.

Sa réponse troubla Sophie. Elle se prit alors à détailler sa camarade plus amplement, ce qui accentua le rouge de son visage. Elle qui s'attendait à devoir supporter une fille capricieuse du fait de son statut d'enfant unique découvrait une jeune femme calme lui faisant penser par beaucoup d'aspects à Héloïse. L'apparence physique mise à part, car sa benjamine était la plus belle des trois sœurs Kerdelec.

— Et puis… c'est moi qui souhaite m'excuser.

Constance s'arrêta, Sophie remarqua que ses mains tremblaient. Elle n'osait toujours pas regarder le faux Étienne.

— Mon père n'aurait jamais dû vous faire une scène. Je vous prie de bien vouloir excuser son comportement.

— Constance…

À son nom, la demoiselle afficha un visage surpris et releva la tête. L'espace de quelques secondes, Sophie put se plonger dans ses yeux couleur d'ambre, avant qu'elle ne les détourne, comme si elle pouvait se brûler aux siens.

— Votre père tient à vous, et je comprends que mon comportement lui ait déplu. Je ne me suis pas montré correct. Celui qui a le plus à présenter ses excuses, ici, c'est bien moi. Vous n'auriez pas dû subir ma mauvaise humeur, dont vous n'étiez absolument pas responsable.

La jeune travestie posa sa main sur celles de Constance. Les voir ainsi trembler lui était douloureux. Depuis son enfance, Sophie n'avait jamais supporté les injustices. Constance n'était peut-être pas sourde, mais son handicap dans la société se situait ailleurs : son absence de beauté, mais aussi sa naissance roturière. Si le vrai Étienne l'avait négligée lors du bal, des jeunes hommes l'avaient-ils au moins invitée ? Oui, les excuses de Sophie pour son frère étaient sincères : Constance avait souffert injustement de la situation. Elle les méritait.

La jeune femme dénoua prestement ses mains pour rompre le contact, puis s'exclama, avec une voix un peu trop aiguë pour être naturelle :

— Votre famille est déjà loin ! Rattrapons-les avant de les perdre.

Ses doigts s'agrippèrent à ses jupes, et elle accéléra le pas. Sophie remarqua alors que de nombreuses personnes les fixaient. Elle étouffa les jurons qui lui venaient à l'esprit, et la rattrapa.

*

Plus aucun moment d'intimité ne se présenta, ce qui soulagea Sophie. Leur mère menait la conversation pour tous, et même la collation, dans un charmant salon public, s'avéra *presque* agréable. Pourquoi la baronne ne se montrait-elle jamais aussi avenante en présence de Sophie ? Celle-ci aurait peut-être pu l'apprécier dans d'autres circonstances.

Enfin, l'heure de ramener mademoiselle Lambert arriva, sans que cette dernière ait prononcé plus que quelques phrases. À la porte de l'hôtel particulier, le faux Étienne regretta de s'être fait si mauvaise opinion d'elle sans même la connaître.

— Mère, pouvez-vous nous accorder juste deux minutes ?

Les yeux de la baronne étincelèrent tandis qu'elle hochait la tête.

— Nous vous attendons un peu plus loin.

Sophie, qui s'efforçait toujours d'imiter la démarche de son frère, se dépêcha de rejoindre le perron. La jeune femme choisie par son père le remontait déjà.

— Mademoiselle ? questionna-t-il.

Constance se retourna, surprise, avec cette même couleur qui lui rehaussait le teint.

— Oui, monsieur de Kerdelec ?

— Vous ne m'avez pas répondu tout à l'heure : pardonnez-vous mon si grossier comportement ?

Un fin sourire, peut-être son tout premier de la journée, naquit sur les lèvres de la rouquine.

— Non, car il n'y a rien à pardonner. Bonne journée, monsieur de Kerdelec.

Sophie demeura tout étonnée, et la regarda passer la porte, avant que celle-ci ne se ferme. Quelle étrange fille… Tout à ses réflexions, elle pivota pour opérer un demi-tour. Les sourcils froncés, Étienne, ou plutôt Sophie demeurait troublée par ces dernières heures. Son jumeau avait-il seulement pris le temps d'échanger quelques mots avec Constance ? Bien sûr, il ne pouvait pas tomber amoureux au premier regard. Toutefois, la douceur de celle-ci, son tempérament calme et introverti… lui correspondait tout à fait. Ou en tout cas ne méritait pas un tel mépris de sa part.

Bon sang, mais pourquoi ses pensées tournaient au reproche ?

— Reprends-toi ! se morigèna-t-elle.

Voilà qu'elle commençait à penser comme sa mère ! Quelle que soit la prétendante, son frère avait le droit de refuser le mariage. Leur père n'aurait pas dû le mettre au pied du mur. Comment pouvait-elle un seul instant lui reprocher son départ ? Il ignorait le désarroi dans lequel le vol de document les avait plongés. Étienne avait pris la meilleure décision pour lui sur le moment même. De plus, elle ne pourrait rien changer à ce qui était fait… Alors, autant cesser d'y penser.

Elle inspira profondément, et accéléra le pas vers sa mère et sa famille, qui continuaient à avancer, le sourire aux lèvres. Même Héloïse semblait avoir pris plaisir à cette promenade.

— Pardonnez-moi, monsieur ?

Un jeune garçon, à peu près du même âge que Pilou, l'intercepta d'un air hésitant. Ses vêtements sales et usés trahissaient son indigence, de même que sa figure pleine de suie.

— On m'a dit de vous donner ça.

Il tendit un papier de bonne qualité plié en deux, sur lequel il avait malencontreusement laissé des traces de doigts noires. Sophie, curieuse, récupéra le document.

— De qui…

Elle n'eut pas le temps de finir sa phrase que le garçon s'enfuit à toutes jambes. Sophie n'y comprenait rien. D'un geste vif, elle ouvrit le document sur le verso duquel il n'y avait ni nom ni cachet. Ses yeux coururent sur les premières lettres, écrites dans une graphie rapide et inclinée.

Le cœur de Sophie remonta jusque dans sa gorge. Elle inspecta des yeux les alentours, à la recherche d'un visage en particulier. Toutefois, s'il y avait bien des gentilshommes de tout rang, aucun n'était celui qu'elle redoutait de voir.

Sa main trembla, et elle relut le funeste message :

Cinq heures du matin, à cinq kilomètres de la porte sud.

*

— Alors, tu vois, ce n'était pas la mer à boire ! lui souffla Louise avec un sourire satisfait, tandis qu'ils rentraient chez leur tante.

Pilou, excité par la journée, faisait tellement de bruit à lui seul qu'on risquait peu d'entendre les messes basses de son aînée. De plus, le reste de la famille avait ses propres préoccupations.

— Comment va mon époux ? demanda la baronne à une domestique, captant un instant l'attention de Sophie, qui conservait les traits d'Étienne.

— Toujours pareil, madame. Il a des moments d'éveil, mais il demeure très confus et se rendort.

— Jacqueline, veuillez laver Phœbus, ajouta tante Rosaline.

Vu que personne ne prêtait attention à elles, Louise tira Sophie par le bras et chuchota :

— À bien y réfléchir, monsieur Lambert était présent au bal. Il a pu craindre que le mariage soit annulé si l'héritage nous apportait une indépendance financière.

Sophie demeurait perdue. Trop de choses s'accumulaient, et la lettre dissimulée dans sa poche n'améliorait pas son humeur.

— Oui, peut-être. Mais je ne peux pas fouiller chez…

— Redescends sur terre ! Tu as déjà fait ce qu'il fallait : tu as été parfait avec Constance. Si monsieur Lambert est rassuré, il fera réapparaître le document. C'est le genre d'homme qui souhaite toujours plus, il ne passerait pas à côté d'une telle richesse. Nous n'avons plus qu'à attendre. Je vais m'assurer que sa fille reçoive un bouquet de ta part d'ici quelques heures.

La mine rayonnante, Louise s'écarta. Sophie lui saisit à son tour le bras.

— Tu n'en fais pas trop ?

Ses yeux coururent sur les membres de leur famille. Nanou criait désormais comme Pilou, et Héloïse essayait de calmer leurs ardeurs tandis que leur mère se répandait en commentaires de désespoir.

— Ne la laisse pas se faire de fausses idées. Elle ne mérite pas de souffrir, insista Sophie.

Les sourcils de Louise se froncèrent.

— Parfois, dans la vie, il faut prendre des décisions difficiles. Tu préfères les intérêts d'une fille que tu n'as vue qu'une seule fois à ceux de ta propre famille ?

La copie d'Étienne la lâcha. Aussi imparable que soit la logique de son aînée, Sophie n'aimait pas ça.

— Monsieur, veuillez m'excuser, toussota le majordome de leur tante sur un air solennel. Un gentilhomme vous cherchait.

Tout l'agacement de Sophie fondit comme neige au soleil.

— Un gentilhomme ?

— Oui, il a assuré que vous le connaissiez, et qu'il repasserait…

Les nerfs à vif, Sophie faillit attraper le domestique par le bord de sa livrée.

— À quoi ressemblait-il ? A-t-il laissé son nom ? Non, dites-moi plutôt par où il est parti !

Le serviteur eut un mouvement de recul, surpris. Des voix féminines résonnaient autour d'eux, mais Sophie ne les entendait pas. Seule importait la réponse de son interlocuteur.

— Il a parlé d'une affaire dans le quartier de la cathédrale.

— Ne vous occupez pas de moi !

Sophie faillit trébucher dans sa précipitation et franchit la porte. Se pouvait-il que le comte de Carnac soit assez fourbe pour se présenter ainsi devant sa famille ? Personne ne devait être informé de leur différend !

Reprenant le rôle de son frère, elle détala dans la rue à toute allure et bouscula quelques passants.

— Toutes mes excuses ! Veuillez me pardonner !

Des insultes fusèrent à son encontre, mais ses jambes avançaient sans que son cerveau parvînt à fonctionner. Étienne devait retrouver le comte de Carnac. Que ferait-il une fois face à lui ? Il l'ignorait, mais improviserait le moment venu.

Enfin il déboucha sur la place de la Cathédrale, et bouscula une énième personne. Sauf que cette fois-ci, c'est lui qui rebondit sur la silhouette gigantesque et atterrit au sol.

— Non, mais, regarde un peu où tu vas, gringalet !

Étienne releva la tête et découvrit un homme massif, portant un tablier à la propreté douteuse. Était-ce du sang ? L'inconnu glissa sa main sur le côté, et Étienne pâlit… Un énorme couteau, à la lame aussi longue que son avant-bras, se retrouva dans la paume de l'homme.

— Si j'étais vous, j'en resterais là, déclara une voix grave et menaçante. Une bousculade pour une chute, n'est-ce pas équitable ? Mais nous pouvons régler cela autrement…

Ébahi, Étienne se tourna vers la personne qui venait de parler. Son cœur s'envola aussitôt. Mathieu de Chevigné s'était avancé, la main sur la garde de son épée, et ne quittait plus des yeux l'inconnu. Celui-ci grommela des propos en patois, puis s'en alla, non sans accorder un regard assassin à Étienne.

Le vicomte le suivit des yeux, jusqu'à ce qu'il disparût au coin d'une rue.

— Vous allez bien ? s'enquit alors Mathieu.

Il lui tendit la main et Étienne prit conscience qu'il se trouvait toujours par terre. Encore plus embarrassé, il accepta l'aide et manqua de percuter le corps de son sauveur quand il le tira vers lui. Sa main resta d'ailleurs accrochée plus longtemps que nécessaire à celle de Mathieu.

— Merci, balbutia Étienne en reculant.

Il fallait que Sophie se reprenne ! Son embarras ne devait surtout pas la trahir.

— J'ai de l'affection pour vous (le cœur de Sophie manqua un bond), et pour cette raison je vais me permettre d'être franc. Évitez de vous faire des ennemis, surtout dans la corporation des bouchers. Même si notre rang nous accorde une certaine immunité en plein jour, la nuit toutes les figures se ressemblent et les coupe-gorge sont nombreux.

Le jeune homme déglutit. Bon sang qu'il regrettait la quiétude du domaine familial ! Il acquiesça, penaud, de se faire réprimander par le seul homme dont il souhaitait obtenir l'estime.

— Venez, allons prendre un café, proposa Mathieu en ouvrant le bras vers la place de la Cathédrale.

— Je ne veux pas abuser de votre temps.

Étienne luttait pour ne pas baisser la tête, toujours mortifié.

— Vous n'abusez pas. Je sors justement de chez vous, et je…

Le jeune homme n'entendit pas le reste. Ses oreilles se mirent à bourdonner. Alors, le visiteur n'était pas Carnac, mais monsieur de Chevigné ? Quelle idiote ! Sophie s'était encore jetée dans une situation périlleuse, et cela par manque de discernement !

Étienne suivit Mathieu dans un établissement rempli d'hommes autour de petites tables rondes couvertes chacune d'une nappe bien blanche. Les clients dégustait une boisson de couleur noire qu'il ne connaissait pas.

— Vous n'avez jamais bu de café auparavant ?

Étienne fit non de la tête.

— Le breuvage est encore rare, mais c'est à la mode. Goûtez, je vous invite.

Sophie s'exécuta, cependant elle conservait le silence. La présence de Mathieu de Chevigné provoquait toujours le même effet sur son cœur. Hélas, aujourd'hui, sa présence n'apaisait pas ses tourments. Au moins, cela l'empêchait de fixer son compagnon d'un air énamouré qui aurait pu la trahir. Le vicomte, s'il remarqua son mutisme, ne s'en formalisa heureusement pas.

Un serveur leur apporta à chacun une tasse fumante. Une odeur forte, mais agréable en émanait : on aurait dit un mélange de céréales trop cuites et de noisettes. Une vapeur incolore s'en élevait, et Étienne se perdit dans son observation, l'esprit vide.

— Vous me le promettez ?

Le jeune homme releva la tête, surpris. Mathieu de Chevigné le fixait avec attention, deux plis barrant son front. Le faux Étienne se mordit la lèvre : jusqu'où se montrerait-il irrespectueux ? Lui demander de répéter, et donc lui avouer qu'il ne l'écoutait pas alors que le vicomte l'avait sorti d'une situation délicate…

— Votre épée, reprit Mathieu de Chevigné. Promettez de ne plus sortir sans, ou si vous êtes à ce point pacifiste sans au moins une canne.

— Oui, je vous le promets.

— Me voilà rassuré.

Cette chaleur, à la fois douce et embarrassante, saisit derechef Étienne.

— Mathieu… Êtes-vous vraiment mon ami ?

La tasse de son interlocuteur s'arrêta à quelques centimètres de sa bouche, et il la reposa, avant de relever ses yeux vers Étienne. L'appréhension et l'espoir faisaient palpiter le cœur de ce dernier.

— Je vais être franc avec vous, même si ma réponse doit vous décevoir, déclara Mathieu. Nous n'avons pas passé assez de temps ensemble, dans notre vie adulte, pour que vous puissiez me qualifier ainsi. Vous rencontrerez beaucoup d'individus qui se prétendront votre ami et vous poignarderont ensuite dès que l'occasion se présentera.

La gorge serrée par la déception, Étienne écoutait attentivement. Mathieu de Chevigné soupira, regarda par la fenêtre qui donnait sur la place, puis poursuivit avec un sourire triste :

— Un ami, un vrai, s'obtient avec le temps. Certes, une inclination est nécessaire au départ, mais ce sont les moments de joie, comme les pires épreuves, qui vous permettent de forger une amitié.

Étienne comprenait. Même s'ils avaient passé du temps ensemble gamins, ce n'était pas trois rencontres imprévues qui le lieraient à Mathieu.

— Je comprends, assura-t-il.

— Toutefois, enchaîna le vicomte, Charles est un ami très cher. Jamais je ne le trahirai, ni lui ni sa famille. Pour cette raison, Étienne, vous pouvez me faire confiance. Et avec le temps, peut-être que nous aussi, nous forgerons une belle amitié.

La sincérité de ses propos toucha profondément Sophie, cachée derrière ces vêtements d'homme. Mathieu de Chevigné n'était pas seulement agréable et beau, il possédait une grandeur d'âme qui forçait l'admiration et… un sentiment plus profond encore, qui lui provoqua des frissons agréables.

— Je l'espère aussi, ponctua-t-elle sans parvenir à soutenir l'intensité de son regard.

Sa bouche la démangeait. Plus que jamais, elle avait besoin de se confier, d'alléger le fardeau qui pesait sur ses épaules. Néanmoins, Mathieu avait raison : il était l'ami de son frère, non celui d'Étienne. Et encore moins celui de Sophie.

— Puis-je vous demander une faveur ? céda-t-il en baissant la tête. En tant qu'ami de Charles ?

— Bien sûr.

— Notre père est… souffrant.

Mathieu reposa sa tasse, plus qu'attentif. Au lieu de commencer à s'en désoler et à proférer les mots de convenance, il conserva le silence, ce qui convainquit Étienne de la justesse de sa démarche.

— S'il m'arrivait quelque chose, pourriez-vous prendre soin de ma famille, le temps qu'il se rétablisse ?

— Pourquoi vous arriverait-il quelque chose ?

Le ton de Mathieu de Chevigné s'était fait plus dur. Un instant, Sophie eut envie de tout lui avouer : l'acte disparu – le vicomte ne pouvait pas être le coupable, puisqu'il était absent du bal –, Carnac, le duel que celui-ci lui avait lancé… Néanmoins, elle ne voulait pas l'impliquer dans une situation qui pourrait lui nuire, moralement, comme physiquement. Mathieu serait-il capable de combattre en duel à la place d'Étienne ? La lueur dans ses beaux yeux bleus lui assurait que oui. Il le ferait, car il se sentait redevable envers Charles. Or, Sophie ne pouvait pas risquer la vie d'un homme pour ses propres bêtises, et surtout pas… la vie de cet homme-là.

— Car je bouscule les mauvaises personnes ? tenta Étienne avec un demi-sourire.

Pour se donner bonne contenance, il trempa ses lèvres dans le liquide encore chaud. Un goût amer lui saisit les papilles et il ne put retenir une grimace.

— Et que vous ne savez pas jouer la comédie ? Même lorsqu'on vous invite à déguster une boisson aussi rare que dispendieuse ?

— Mais c'est très bon ! protesta Étienne, en reprenant une nouvelle gorgée.

Il essaya cette fois de réprimer la grimace que lui arrachait le goût du breuvage.

— Ne jouez pas à être une autre personne en ma compagnie, Étienne, lui dit en souriant avec chaleur le vicomte. Je vous apprécie tel que vous êtes. Et oui, vous pouvez compter sur moi. S'il vous arrivait quelque chose, je veillerais sur votre famille jusqu'à ce qu'un autre homme puisse s'en charger.

— Merci, répondit Étienne.

Il se sentait un peu mieux. Il fixa la tasse de café, et d'un ton hésitant, demanda :

— Dois-je vraiment finir ?

— Oui, confirma Mathieu, les yeux brillants. Vu que vous m'obligez à ravaler ma frustration de ne pas savoir les véritables raisons qui vous poussent à me faire une telle demande (Étienne voulut protester, mais son interlocuteur secoua la tête), le moins que vous puissiez faire c'est de supporter cette amertume pour me faire plaisir.

Étienne tenta de masquer sa surprise, et s'empressa de reprendre sa tasse.

— Vous verrez, on s'y habitue, lui assura Mathieu.

Étienne vida le précieux nectar et tenta de sourire. Sa conversation avec le vicomte l'avait aidé à prendre sa décision. Son regard demeura quelques instants rivé sur sa tasse vide. Oui, il s'habituerait sûrement au goût à force d'en boire. Mais en aurait-il seulement le temps ?

25

Étienne ne traîna pas pour rentrer. Il voulait éviter une mauvaise rencontre, et surtout redevenir Sophie au plus vite.

— Avez-vous retrouvé monsieur de Chevigné ? l'interrogea sa tante.

Il était à peine parvenu à la première marche de l'escalier que leur hôtesse l'avait abordé. Il ne parvint pas à cacher sa surprise, et elle s'avança avec un sourire qui n'atteignait pas ses yeux.

— Si vous aviez attendu trente secondes de plus, vous auriez su son identité.

— J'ai cru…

Étienne se tut. Il n'avait pas à se justifier.

— Que les choses soient claires entre nous, siffla-t-elle. Vous êtes peut-être le seul homme en bonne santé de la maison, mais vous logez sous mon toit. J'attends de votre part de la décence et de la bonne tenue. Et aussi que vous me teniez informée de tout…

— Sauf votre respect, l'interrompit Étienne d'une voix qu'il tenta de ne pas rendre trop venimeuse, vous êtes au fait de ce qui se déroule dans votre maison et même plus. Après tout, n'est-ce pas vous qui avez invité le comte de Carnac, ici ?

Une bile amère se répandit dans sa bouche.

— Que sous-entendez-vous ? rétorqua sa tante d'un air pincé.

— Rien, reprit Étienne avec un sourire narquois. Je dis juste qu'il était sous votre toit quand le document a disparu.

— Comment osez-vous ! Même s'il avait pu…

— Vous vous êtes montrée orgueilleuse, s'agaça-t-il. Alors, ravalez votre fierté le temps que j'arrange la situation. (Les yeux de Rosaline de Verteuil s'écarquillaient de plus en plus.) Et ne vous méprenez pas : je vous suis reconnaissant de vos bienfaits. Toutefois, ceux-ci auront été inutiles si nous ne nous redressons pas vite. Gardez votre fiel pour nos ennemis, et non pour mes sœurs ou pour moi. Nous jouons du même côté de l'échiquier.

Sans se soucier d'une éventuelle réplique, Étienne remonta au petit trot l'escalier.

— Vous n'êtes pas Charles ! s'exclama alors madame de Verteuil.

Étienne s'arrêta et pivota vers la rambarde. Sa tante le fixait avec un regard brillant d'animosité. Qu'essayait-elle de lui faire comprendre ? Qu'il n'était pas son père ou son frère aîné ?

— Et vous ne le serez jamais, ajouta-t-elle d'un air satisfait.

Sans attendre de réponse, elle regagna le salon, d'où sa mère arrivait.

— Mon cher fils, vous êtes rentré !

Étienne étouffa une réplique mordante et lui adressa un mouvement de tête.

— Oui mère, j'ai rencontré le vicomte de Chevigné. Il souhaitait présenter ses hommages à notre famille.

— Oh, s'agit-il du camarade de votre frère ?

Étienne acquiesça, surpris des souvenirs de sa mère. Il ajouta :

— Accueillez-le comme notre ami s'il revient à passer.

— Oui, bien entendu. Mais dites-moi, tout va bien ?

La baronne avait posé une main sur la rambarde, prête à monter à son tour. L'inquiétude sur son visage noua l'estomac d'Étienne. Ce n'était pas l'expression qu'il était habitué à voir, ou plutôt à laquelle Sophie était habituée.

— Oui, mère. Je vais me reposer, et sans doute ressortir. Qu'on ne me dérange pas, je dînerai une nouvelle fois dehors.

Au contraire de leur tante, la baronne ne protesta pas.

— Prenez soin de vous, Étienne…

Il acquiesça et franchit les dernières marches d'un pas lourd. Dans cette peau, Sophie venait à en détester leur tante plus encore que leur mère. Là où la baronne lui semblait être une idiote égoïste, tante Rosaline… lui évoquait une vipère.

« Vous n'êtes pas Charles. Et vous ne le serez jamais. »

Madame de Verteuil avait raison. Étienne ne serait jamais leur père ou leur frère aîné.

Cependant… Elle ignorait que la personne qu'elle avait face à elle n'était pas Étienne.

*

Redevenue elle-même, Sophie tenta d'afficher une bonne humeur qu'elle n'éprouvait plus depuis longtemps. Louise, contrariée, semblait l'éviter, ou bien jouait-elle simplement son rôle habituel ? En temps normal, il était vrai qu'elles se côtoyaient peu.

En revanche, Héloïse ne cessait de lui demander si ça allait, et même Nanou semblait plus distante.

Bien sûr, Sophie pouvait compter sur le comportement égal de la baronne et de leur charmante hôtesse. Même si, il fallait l'avouer, elles y allaient plus doucement avec elle. Était-ce parce que leurs propres tracas les préoccupaient trop ? Ou bien Sophie parvenait-elle à se rendre suffisamment invisible ? À bien y penser… elle n'avait plus prononcé de pique depuis le malaise de leur père. À croire que son jumeau avait investi sa propre peau tandis qu'elle volait la sienne.

À l'heure du coucher, elle rejoignit la chambre de Louise, ou plutôt celle de Nanou, Héloïse et Pilou, comme leur aînée dormait avec leur tante.

— Je peux te brosser les cheveux ? demanda-t-elle à Héloïse.

Sa jeune sœur lui offrit un sourire, un de ceux qui lui faisaient battre le cœur. Elle s'installa sur un tabouret rembourré en face de sa commode, et avec délicatesse, Sophie dénoua sa coiffure. Sans plus aucune épingle, les mèches blondes tombèrent jusqu'aux fesses d'Héloïse. Ses cheveux avaient toujours fasciné sa grande sœur, qui ne conservait les siens jamais plus bas qu'aux épaules, pour une question de praticité. Avec attention et soin, Sophie commença à démêler le bas.

— *J'aurais aimé que tu nous accompagnes en balade*, signa Héloïse avec lenteur, afin que Sophie puisse suivre tout en lui brossant les cheveux. *Ce n'est pas du tout comme se promener dans la campagne. D'abord, je n'avais pas peur de mettre de la boue sur mes jupes, le chemin était bien plat et praticable.*

Sophie sourit, elle n'y avait même pas prêté attention.

— *Il y avait plein de gens ! Que de belles personnes qui prenaient le temps de savourer l'air frais.*

— *Et le décor ? Ce n'est pas étrange de voir un bout de jardin au beau milieu d'une ville ?*

— *Si, sans compter que certaines plantes m'étaient totalement inconnues. Crois-tu qu'ils ont planté des espèces exotiques ? J'ai hâte d'être au printemps pour découvrir leurs fleurs !*

Sophie remonta doucement la brosse et la passa sur le cuir chevelu de sa sœur. Celle-ci ferma les yeux et à travers le miroir, son aînée put se délecter de son air serein. La voir ainsi calme et détendue réchauffait le cœur de Sophie après ces derniers jours de chaos.

Soudain, un doux contact à la tête la fit se retourner. Nanou lui souriait, une brosse en main. Sophie ne dit rien, et se laissa choyer par leur grand-mère tandis qu'elle terminait avec sa petite sœur. Nanou, malgré ses doigts raidis par son âge avancé, faisait preuve d'une extrême douceur. Bientôt, Pilou se rapprocha. D'un ton très sérieux, il prononça et signa en même temps :

— *Moi aussi, je peux avoir une brosse ?*

Était-ce une impression, ou était-il jaloux ?

— *Tiens, j'ai fini.*

Sophie lui tendit la sienne, et attrapa le bonnet de nuit de sa petite sœur. Néanmoins, Héloïse et elle ne purent s'empêcher de suivre des yeux le jeune garçon, qui commença à brosser Cannelle.

— Voilà, toi aussi tu mérites d'être tout beau ! s'exclama-t-il.

Les deux sœurs se retinrent de rire, au contraire de Nanou qui gloussa. Néanmoins, le jeune Kerdelec ne remarqua pas qu'il était à l'origine de cette hilarité. Philippe était si mignon !

— *Ça va, personne n'a remarqué le lapin ?* questionna Sophie.

— *Si, Louise, mais elle semble s'en moquer. Si tu savais les trésors d'imagination dont je dois faire preuve pour que les domestiques, ou pire, le chien, ne tombent pas sur lui ! J'ai peur que ça ne soit qu'une question de jours avant qu'une catastrophe ne survienne.*

— Les Kerdelec se soutiennent, commenta Nanou d'une voix nasillarde. Qu'ils aient deux ou quatre pattes !

Héloïse lança un regard interrogateur à sa sœur. Le reflet du miroir ne lui donnait pas un bon accès aux lèvres de leur grand-mère.

— *Nanou ne veut pas qu'on abandonne Cannelle.*

— *Jamais !* assura Héloïse. *Je crains juste la réaction de tante Rosaline quand elle le découvrira. Et puis, on va finir par se rendre compte des disparitions de légumes.*

Sophie esquissa un sourire triste pour tenter de masquer les angoisses qui la saisissaient derechef. Ah, si seulement elle n'avait qu'à se soucier de la disparition de quelques feuilles de chou !

— *J'ai une sœur formidable,* signa-t-elle.

Elle se retourna et toucha les mains douces de Nanou.

— Et une grand-mère tout aussi formidable.

— Tu n'oublies pas quelqu'un ? protesta d'un coup Pilou en abandonnant sa brosse.

Sophie, les cheveux démêlés, se rapprocha de lui. Son petit frère demeurait assis sur le lit avec Cannelle. La jeune femme s'accroupit face à lui et répondit :

— Oui, et un lapin formidable !

Pilou devint tout rouge et gronda :

— Sophie !

La jeune femme bondit sur lui et commença à le chatouiller, vite rejointe par le reste de sa famille, excepté Cannelle qui préféra gagner la tête de lit, plus tranquille. Ils se mirent à chahuter et à rire, comme si plus rien d'autre ne comptait.

*

La nuit tombée, le silence régnait sur l'hôtel particulier de Verteuil. Blottie sous les couvertures dans son lit d'appoint, Sophie ne parvenait pas à trouver le sommeil. Quand la pendule du salon sonna trois heures, elle avait à peine fermé les yeux. Pourtant, son esprit était plus vif que jamais.

Elle quitta la chambre de son père et gagna celle de Louise. Avec délicatesse, elle ouvrit le battant et y pénétra sur la pointe des pieds. Hélas, l'obscurité ne lui permettait pas de discerner les visages de ceux qu'elle aimait tant. Ses yeux se fermèrent et elle se concentra sur le son de leur souffle régulier. Sa poitrine lui faisait mal, mais elle avait besoin de ces derniers instants pour rassembler la force qui lui serait nécessaire.

— Je vous aime, murmura-t-elle.

Elle repartit en silence et se trouva dans le couloir. Sophie avait plus que jamais conscience du froid des dalles sous la plante de ses pieds. D'un pas sûr, elle avança vers la porte d'Étienne. Elle fit le vide dans son esprit et, emplie d'une certitude encore plus glacée que la pierre de cet hôtel, elle réitéra les gestes qu'elle connaissait par cœur.

Sa chemise glissa sur ses hanches, puis sur ses chevilles. Elle l'enjamba avant de se saisir d'un bandage qu'elle enroula autour de sa poitrine, sans trop le serrer afin de pouvoir bien respirer. Maîtriser son souffle serait nécessaire à sa survie.

Elle enfila les vêtements qu'Étienne portait au château, plus vieux mais bien plus confortables. D'abord une chemise sans dentelle, puis des bas blancs et une culotte courte resserrée au niveau des cuisses. Elle glissa la chemise à l'intérieur, et enfila un gilet sombre sans manches. Elle y ajouta une veste bien ajustée en haut, qui s'évasait jusqu'aux genoux.

De grosses bottes noires vinrent achever sa préparation, et elle attrapa le manteau de son père, qu'elle avait délibérément gardé, avant de retourner dans la chambre paternelle.

Le baron de Kerdelec respirait profondément. Elle prit garde à ne pas faire de bruit. Ses doigts longèrent la lame en métal glacé du coffre, puis ouvrirent celui-ci en grand. Il ne lui fallut pas bien longtemps pour dénicher ce qu'elle cherchait. Elle identifia le cuir rêche du vieux baudrier de son père, puis ce qui y était accroché.

Ses mains glissèrent sous l'objet, et le sortirent du coffre avec un respect tout religieux. Un éclair illumina soudain la pièce et l'épée de cour du baron.

Néanmoins, Sophie n'avait pas besoin de ça pour la voir dans l'obscurité. Elle la connaissait par cœur. Sa main droite s'enroula autour de la poignée en bois brun, et de l'autre elle caressa la garde et les quillons courbés en laiton doré. Elle continua son exploration sur le fourreau en bois gainé de cuir, avec des raccords en laiton. Puis elle se saisit de ce dernier et le tira sur une dizaine de centimètres, révélant une lame triangulaire. Les éclairs continuaient de zébrer le ciel, mais on ne les entendait pas, comme si eux aussi respectaient ce moment sacré.

La lame, large à la base, se rétrécissait au fur et à mesure, pour se terminer en pointe. Des frissons remontèrent le long de son échine. Combien d'hommes son père avait-il occis avec cette épée ?

Le ciel laissa cette fois échapper un grondement lointain. Sophie referma vivement le fourreau, installa le baudrier sur son épaule droite, puis son épée dans l'étui prévu à cet effet, avant de faire demi-tour, le manteau sous le bras. Toutefois, au pas de la porte, elle se figea. Une boule lui obstruait la gorge.

Au dernier moment, elle revint auprès du baron endormi. Elle se pencha vers lui et du bout des lèvres embrassa son front humide de sueur.

— Vous serez fier de moi, père. Je vous le promets.

Cette fois, elle quitta définitivement la pièce. Tel un fantôme, elle longea en silence le couloir, glissa le long de l'escalier et disparut.

26

Sophie essayait de se vider la tête. Si elle réfléchissait trop, elle risquait de rebrousser chemin, ce qu'elle ne pouvait pas se permettre. Cette nuit, elle devait sortir son frère du guêpier dans lequel elle l'avait plongé. Elle n'avait pas le choix, elle seule disposait des compétences nécessaires pour y parvenir.

Pour ce faire, elle avait emprunté une monture au relais le plus proche. Elle qui trépignait d'impatience de remonter en selle à la manière d'un homme ne l'aurait pas été si elle avait su que c'était pour aller vers la mort.

Vers sa mort, ou celle du comte de Carnac.

Non, rectification : celle du comte de Carnac, pas la sienne.

Elle avait toujours suivi avec attention les cours d'escrime au château. Elle désarmait Étienne en moins d'une minute, et leur maître d'armes en deux. Elle était agile, savait esquiver, parer et donner des coups d'estoc.

Oui, Sophie gagnerait à coup sûr. Et l'épée de son père l'aiderait.

À la sortie de la ville, elle lança son cheval au galop et put s'éloigner de l'orage. L'humidité de ce début d'automne accrochait ses cheveux et cristallisait de fines gouttes sur le long manteau en cuir du baron. Elle craignit de se perdre, mais heureusement le chemin ne proposait pas d'intersection.

Au bout d'environ cinq kilomètres, alors que l'horizon commençait à se parer d'une fine couleur rose, elle repéra deux cavaliers en bordure de la route. Était-ce Carnac ? Si oui pourquoi n'était-il pas seul ? Était-ce un guet-apens ?

Suffit, elle devait faire taire ses pensées, et redevenir Étienne. Du moins, un Étienne qui ne soit pas aussi lamentable que Louise à l'épée.

Étienne ralentit l'allure. À cette distance, il était difficile de distinguer l'identité des cavaliers : le col de leur manteau remontait jusqu'au nez, et leur tricorne cachait leurs yeux.

L'un d'entre eux lui adressa alors un signe et Étienne dévia la trajectoire de sa monture. Il capta immédiatement le regard sombre du premier cavalier, qui abaissa son col pour révéler un sourire narquois.

— Alors, vous êtes venu !

— Vous m'avez lancé un défi, monsieur. Et je ne suis pas homme à me cacher.

Étienne releva le menton d'un air hautain. Puis son attention dériva sur le second jeune homme, qu'il n'avait encore jamais vu. Du moins… Si Sophie avait pu danser avec lui, elle ne s'en souvenait pas. L'humidité avait assombri des cheveux qu'elle devinait roux, et ses yeux verts pétillaient de curiosité.

— Monsieur de Kerdelec, déclara-t-il d'une voix aux accents chantants, je suis ravi de vous rencontrer.

Du moins, je le serais si ce n'était pas dans de si tristes circonstances. Je me nomme Kaerell.

Il porta l'index et le pouce à son chapeau en guise de salutation. Étienne fronça les sourcils. Qu'était-ce pour un nom ? Et surtout… que venait-il faire là ?

— Où est votre témoin ? trancha d'une voix froide le comte de Carnac.

— Je n'ai pas besoin de témoin.

La voix d'Étienne était devenue rauque, mais il ne dévia pas les yeux. En son for intérieur, il se morigéna. Il savait peut-être se battre, mais il ne connaissait rien aux duels. De toute façon, à qui aurait-il pu demander de l'accompagner ? Mathieu de Chevigné ? Ce dernier aurait tout fait pour l'en dissuader.

— Vous êtes bien téméraire, s'amusa le comte. Ou idiot.

Étienne voulut répondre, mais son adversaire talonna son cheval qui partit dans la campagne.

— Veuillez l'excuser, grimaça le dénommé Kaerell. Antoine… euh, je veux dire monsieur de Carnac est toujours de mauvaise humeur le matin.

— Y a-t-il vraiment un moment de la journée où il est de bonne humeur ? grommela Étienne.

Kaerell toussota, mais ne réussit pas à cacher son sourire.

— Suivez-moi, il y a un bois près d'ici, et une clairière où vous serez à l'abri des…

Étienne n'attendit pas que le jeune homme finisse sa phrase et lança son propre cheval au galop. Il était temps que cette comédie cesse. Le comte de Carnac paierait cher ses insolences !

Il ne leur fallut pas plus de quinze minutes pour rejoindre le lieu du combat. En d'autres circonstances, Étienne aurait peut-être admiré les arbres, ainsi que les gouttes de pluie qui fendaient de cercles concentriques la surface de l'étang. C'était beau, et triste à la fois.

Le comte de Carnac descendit de cheval, et Étienne l'imita.

Kaerell se plaça entre eux, s'éclaircit la gorge avec grand bruit, puis ouvrit les bras d'un geste théâtral :

— Aujourd'hui, nous nous réunissons pour assister au duel d'Antoine de Carnac, second fils du comte de Carnac, et d'Étienne de Kerdelec, second fils…

Le rouquin eut un instant d'hésitation.

— Vous êtes bien le second fils ?

— Kaerell, gronda son compagnon.

— Oh, de grâce, tu m'as tiré des bras d'une charmante personne, tu peux bien me laisser faire les choses dans les formes, pour une fois ! rouspéta le jeune homme avec emphase.

Le comte de Carnac leva les yeux au ciel et retira son chapeau pour le poser sur la souche d'un arbre.

— Alors ? reprit Kaerell, se recomposant une figure aimable.

— Oui, ronchonna Étienne.

Qu'était-ce que cette comédie ? Ne pouvait-on pas en finir ?

— Je disais donc : et Étienne de Kerdelec, deuxième fils du baron de Kerdelec, qui a accepté de répondre au duel lancé, à la suite de l'affront qu'il a osé commettre. (Interrompant son discours, Kaerell se retourna vers son ami.) Tiens, d'ailleurs, quel est cet affront ? Tu ne me l'as pas…

— Concentre-toi !

— Oui, pardon.

Étienne se sentait de plus en plus déstabilisé. Était-ce une ruse pour lui faire perdre ses moyens ?

— Bien, bien. Donc, où en étais-je ? Ah oui, le duel se fera à l'épée selon les règles… Bla bla. Et bla bla

bla bla. Bref, ceci sera un combat à mort ! Messieurs, tenez-vous prêts !

Antoine de Carnac jeta son manteau sans plus de cérémonie sur une souche d'arbre, et Étienne l'imita… sauf que le sien tomba avec moins de prestance au sol. Les deux combattants se débarrassèrent également du baudrier qui risquait de gêner leurs mouvements. La tension venait de grimper en flèche.

Étienne planta son pied droit dans la terre et recula le gauche, à l'horizontale, avant de fléchir les genoux. Légèrement de profil, il maintint la lame de son père en diagonale, paume vers le ciel, coude bien rentré. Sa position de sixte, parfaite, lui avait mainte fois valu les félicitations de son maître.

Le comte, au contraire, conservait une position droite et de face, qui laissait à découvert de nombreux points faibles. C'était la chance d'Étienne : son adversaire ne possédait pas une aussi bonne technique que lui !

— Que le duel commence ! s'écria Kaerell, en bondissant en arrière.

Étienne n'eut pas le temps d'exploiter l'ouverture qu'on lui offrait. L'assaut arriva, aussi prompt et rapide qu'un cheval au galop. Grâce à sa garde et ses bons réflexes, le jeune homme para l'estoc de son adversaire, mais la force de celui-ci l'obligea à reculer. Ses bottes s'enfoncèrent dans la boue et il se décala sur le côté moins vite qu'il ne l'aurait fait sur les dalles du château. Il n'avait pas l'habitude d'un tel début de combat. Généralement, le premier coup servait toujours à ouvrir la garde, à tâter le terrain… Mais aujourd'hui, il ne s'agissait pas d'un jeu.

Il n'attendit pas de retrouver ses appuis pour tenter un coup d'estoc sur le flanc gauche. Le comte esquiva et Étienne ne lui laissa pas le temps de répliquer.

Ils échangèrent plusieurs coups, leurs lames s'entrechoquant dans un tintement aigu. Le temps semblait lui-même d'humeur guerrière : la pluie redoubla et les éclairs recommencèrent à fendre le ciel. Quelques mèches de cheveux s'échappèrent du ruban qu'Étienne avait pourtant solidement noué dans sa nuque, mais la pluie les colla sur ses joues. Un seul geste pour les remettre derrière son oreille aurait pu lui coûter la vie.

Sophie agissait à l'instinct, son cœur pompant le sang à toute allure. Elle jouait ici plus que sa vie : son honneur, celui de sa famille tout entière, mais aussi la possibilité d'obtenir un délai pour présenter le document concernant l'héritage si Carnac disparaissait. Oui, ça ne concernait pas qu'Étienne, mais l'avenir de tous les Kerdelec.

La copie d'Étienne se fendit dans un cri martial sur son adversaire et la pointe de son épée transperça sa manche. Sophie ne put ravaler un sourire : elle se rapprochait de son objectif ! Son ennemi avait peut-être plus de force, mais elle rivalisait en vitesse, et sans aucun doute en technique.

— Alors, on fait moins le fier ?

Énerver l'ennemi, le pousser hors de ses retranchements et vers la faute faisait partie de sa stratégie. Les prunelles brunes du comte se posèrent sur Étienne et un sourire cruel étira ses lèvres.

— Je me demandais quand vous parviendriez enfin à me toucher.

Sophie cilla, surprise, et l'attaque fut brutale : le comte lança un coup d'estoc sur sa poitrine. *In extremis*, la jeune Kerdelec fit un pas en arrière, et dévia la trajectoire. Le comte réagit aussitôt en avançant derechef et en roulant sa lame autour de la sienne. Ils se retrouvèrent face à face, leur épée bloquée, et leurs visages à quinze centimètres l'un de l'autre. Le comte ne se départait pas de son sourire.

D'un coup, son front heurta celui d'Étienne. La douleur fusa, brutale, telle que Sophie ne l'avait jusque-là jamais expérimentée. Son corps bascula en arrière et seul un réflexe de survie lui fit relever son épée. La lame du comte heurta celle-ci de plein fouet, si violemment qu'Étienne tomba à genoux. Un coup de botte au poignet l'obligea à lâcher son arme.

Étienne n'eut pas le temps de réagir qu'une pointe acérée se plaqua contre sa jugulaire.

— Vous ne vous battez pas avec honneur ! cracha-t-il, écœuré.

Un liquide chaud coulait de son nez et se répandait sur sa lèvre supérieure, dans un goût métallique. La lame piqua sa peau, le forçant à relever la tête. Le comte de Carnac le fixait avec une expression neutre. Il avait même l'air ennuyé.

— Un duel n'est pas une danse, monsieur de Kerdelec. L'oublier vous coûtera la vie.

Étienne déglutit, le pouls affolé. La peur s'infiltrait désormais dans ses os comme un froid glacial. Sa vessie le tiraillait. Sophie revenait sous les traits d'Étienne. Elle n'en revenait pas. Elle avait… perdu. Bel et bien perdu. Devait-elle faire tomber le masque ? Jamais un homme ne s'abaisserait à tuer une femme…

Non.

Elle détestait les différences dont elle faisait l'objet à cause de son sexe, et elle refusait de les alimenter. Elle avait voulu être homme, elle l'assumerait. L'amertume la gagna, d'autant plus qu'elle estimait qu'Antoine de Carnac n'avait pas combattu à la loyale. Sophie, non, Étienne, ne tenterait pas de convaincre son adversaire de l'épargner. Il mourrait avec honneur.

— Un dernier mot, avant d'embrasser la terre ?

Aucune émotion ne perçait la voix du comte. Combien d'hommes avait-il tués pour ne plus rien ressentir à cet instant ? Étienne avait compté sur la colère et l'amour de sa famille pour lui insuffler la force nécessaire. Mais cet Antoine de Carnac... n'était qu'un monstre.

— Oui, articula-t-il tout de même. Faites en sorte que mon corps ne soit jamais retrouvé. Jetez-le avec des pierres au fond de cet étang, et qu'on n'en parle plus.

Quelque chose passa dans le regard de Carnac. Était-ce de la surprise ? De la curiosité ? Dans tous les cas, ce n'était pas de la compassion. Cet homme en était dénué.

— Vous ne voulez pas d'enterrement ? s'étonna Kaerell, qui s'était rapproché. Si votre corps ne rejoint pas une terre consacrée, alors votre âme...

— Ma famille ne doit rien savoir, l'interrompit Étienne, tout en fixant le comte.

Avec un peu de chance, le véritable Étienne reviendrait. Quand ? Il l'ignorait. La disparition de Sophie, bien qu'elle provoquerait le chagrin de ses proches, ne nuirait pas à sa famille. En revanche, si son corps de femme était retrouvé avec les vêtements de son frère... Non, elle ne voulait pas y songer.

— Promettez.

— Je promets à une condition, souffla tout bas le comte.

Étienne contracta les mâchoires. Son adversaire n'avait décidément aucune pitié ! Il l'humilierait jusqu'au bout. La morsure de la lame s'accentua et, comme il ne répondait pas, son ennemi poursuivit :

— Dites-moi ce que vous cherchiez.

Le sang d'Étienne monta jusqu'à son crâne, et il entendit plus qu'il ne vit Kaerell reculer, comme si cette affaire ne le concernait pas. Le comte continuait à le fixer, il ne céderait pas. Une bile nauséeuse emplit la bouche du perdant.

— Si vous ne me le dites pas, ajouta Carnac d'un ton calme, je déposerai votre corps sur la place de la Cathédrale, là où tout le monde aura le loisir de le voir, et de le dépouiller.

Il fit glisser légèrement sa lame, mais la morsure des mots suffit à convaincre Étienne.

— Je cherchais un document volé.

— Dans ma chambre ? se moqua le comte en secouant la tête.

Le regard d'Étienne se posa sur l'épée de son père, au sol, à un mètre de son bras. Le combat n'avait pas été équitable, dès lors pourquoi s'embarrasser de convenances ?

— Il va falloir trouver meilleure excuse, pourquoi se serait-il…

Carnac s'interrompit et, tout à sa réflexion, fronça des sourcils. Étienne profita de la distraction : il saisit la lame ennemie avec sa main gantée et la dévia de sa trajectoire, avant de fondre sur sa propre épée au sol. Lorsque ses doigts se refermèrent sur la poignée, la joie et l'espoir éclatèrent dans son cœur.

Une lourde botte lui écrasa soudain la main, dans une douleur qui remonta jusque dans son coude. La seconde vint heurter son flanc, l'obligeant à rouler sur le dos. La pression sur les doigts d'Étienne se relâcha alors, mais une autre, encore plus violente, lui coupa le souffle.

Le comte de Carnac enfonçait son pied contre son plexus. La jambe légèrement fléchie, son ennemi inclina le buste. Le bras appuyé sur son genou, il observa Étienne en pivotant la tête sur le côté. Celui-ci voulut se défaire, mais son adversaire appuya un peu plus son pied sur lui, lui coupant le souffle. La honte suintait par tous les pores de la peau d'Étienne.

— Tuez-moi, prononça-t-il difficilement. Et respectez… votre parole.

Le contact glacé de l'épée regagna sa gorge. Son regard se porta vers la cime des arbres, et le ciel qui avait désormais des teintes rose et or derrière les nuages de pluie. Héloïse et Nanou adoraient les levers de soleil. Ses yeux le piquèrent, mais il se retint de pleurer. Il ne donnerait pas cette satisfaction à Carnac. Il partirait avec comme dernier souvenir non le visage de son bourreau, mais celui de ce ciel teinté de l'amour de ses proches.

La pression disparut soudain de son buste et la douleur reflua. Le comte avait-il frappé sans qu'il le sente ? Le froid engourdissait chacun des membres d'Étienne, et semblait vouloir l'emporter vers le sommeil. Était-ce la mort qui enveloppait ses bras autour de lui ?

— Vous ne méritez pas que je salisse ma lame.

La phrase, prononcée d'un ton sec et acide, ramena l'esprit du jeune homme dans son corps. Il tourna la tête et ne vit d'abord que des bottes s'éloigner. Le comte de Carnac enfilait son manteau et son chapeau, tandis que Kaerell remontait en selle.

N'y comprenant plus rien, Étienne se redressa sur les avant-bras. La douleur le ramena alors à son environnement et à la boue dans laquelle il baignait. Sans un regard vers lui, les deux cavaliers disparurent de la clairière, le laissant seul.

Seul, avec lui-même, et son humiliation.

Au prix de nombreux efforts, Étienne parvint à rouler sur le côté. Sa nausée s'amplifia, des spasmes douloureux lui comprimèrent l'estomac. Une bile épaisse et jaunâtre se répandit sur le sol, tandis que le flot d'émotions qu'il avait tenté d'étouffer se déchaînait.

Carnac avait gagné sur tous les fronts. Mais cela ne lui avait pas suffi. Il avait fallu qu'il traite Étienne comme de la vermine. Non content de l'avoir battu, il avait déchiré en lambeaux sa fierté. Étienne voulait juste disparaître. S'il s'écoutait, il se jetterait dans l'étang, pour oublier tout. Était-ce ce que Carnac avait voulu provoquer en l'abandonnant ainsi ?

Une haine aussi amère que la bile qu'il vomissait lui donna la force de se relever. Il ramassa son épée et la rangea dans son fourreau, puis tituba vers son cheval. Arrivé à un mètre de celui-ci, ses genoux lâchèrent et il s'écroula dans la boue. Ses bras serrèrent l'épée contre sa poitrine meurtrie et les larmes se mêlèrent à la pluie qui recommençait à tomber.

Le ciel gronda et pleura à chaudes larmes comme Étienne, dont l'armure se fendait petit à petit pour ne plus laisser que Sophie.

Une femme, aussi inutile que pathétique.

27

Étienne ne conserva aucun souvenir du chemin de retour, ou encore d'avoir traversé le hall et monté l'escalier menant à sa chambre. Lui avait-on parlé ? Un domestique lui avait-il réclamé ses bottes ou son chapeau ?

Impossible à dire.

Ses yeux fixaient le plafond du lit à baldaquin. Il se sentait vide, sans vie. Aucune pensée rationnelle ne traversait son esprit. Ses yeux étaient secs et le brûlaient, mais ce n'était rien en comparaison du reste de son corps. Tout son visage l'élançait, ses doigts semblaient être passés sous un chariot, et son ventre devait être couvert d'hématomes.

La lumière baigna d'abord faiblement la pièce, puis l'illumina en son entièreté. Différents sons lui parvinrent, des bruits de portes, de pas, des voix aussi… Plus rien ne lui importait. Une caresse sur ses cheveux l'apaisa, et ses paupières se fermèrent. Rêvait-il ? Le doux contact se réitéra et une odeur de lavande caressa ses narines, comme durant son enfance.

Une impression froide et humide au visage lui fit soudain ouvrir les yeux. Nanou le nettoyait avec un linge. La panique afflua en Étienne et toutes ces dernières heures lui revinrent d'un coup. Il redressa le buste, avant de grimacer.

— Chut, doucement, murmura sa grand-mère d'une voix tendre, mais ferme. Tu es encore montée à un arbre malgré l'interdiction de tes parents. Et tu es tombée. Voilà ce qui arrive quand on se montre désobéissante.

Étienne remarqua alors la bassine d'eau propre sur le lit. Comment était-elle arrivée là ? Nanou avait-elle demandé à un domestique de l'apporter ?

— Ne t'inquiète pas, je n'ai rien dit, décréta-t-elle, comme si elle lisait dans ses pensées. Pas besoin d'en plus te faire gronder.

Étienne la dévisagea, le cœur battant. À cet instant, Nanou ressemblait à la femme qu'il avait connue enfant. Ses mains calleuses ne tremblaient pas, et agissaient sans la moindre hésitation. Elle avait même apporté un baume, d'où l'odeur de lavande qui avait attiré son attention. Il réalisa alors qu'il ne portait plus le moindre vêtement. Ses habits, à la fois boueux et poisseux de sang, gisaient au sol. Avait-il eu le réflexe de les retirer avant de se coucher sur le lit ?

Qu'importe. Le principal était que Sophie demeurait allongée sur le lit, et non Étienne. Ces dernières heures avaient été si bouleversantes que la jeune femme s'était perdue dans le rôle qu'elle jouait.

— Tu ne bouges pas ou je me fâche ! gronda Nanou en appuyant sur l'épaule de la blessée.

Se faire ainsi réprimander la ramena plus d'une dizaine d'années en arrière. Les larmes montèrent jusqu'à ses paupières. Même si Nanou avait conclu à une chute, elle était là, c'était bien elle !

— Nanou, tu me reconnais ?

La grand-mère fronça ses sourcils tout blancs.

— Serais-tu en plus tombée sur la tête ? Bien sûr, comment veux-tu que j'oublie ma petite-fille adorée ?

Sophie ne put plus se retenir. Elle ouvrit les bras, et malgré la douleur, enlaça Nanou de toutes ses forces. Des sanglots incontrôlables soulevèrent sa poitrine et elle pleura tout son saoul.

— Là, là. Je sais que ça fait mal, mais tu n'as rien de bien méchant.

Nanou lui frotta le dos et Sophie referma un peu plus fort ses doigts sur la chemise de sa grand-mère.

— Je ne vou… voulais pas en… en arriver là, hoqueta Sophie. Je suis dé… désolée.

— Chut, tu es encore sous le choc. Cela ira mieux sous peu. Tu dois juste te reposer. Allez, laisse-moi achever ta toilette.

Sophie obtempéra, et sa grand-mère passa ses pouces sur ses joues avant de sourire. La jeune femme lui sourit à son tour. Elle retombait en enfance, et ses yeux grands ouverts demeuraient rivés sur le visage serein de la vieille femme. Elle aurait voulu que ces instants durent une éternité.

— Dors maintenant, décréta Nanou quand elle eut fini.

Elle se pencha et embrassa tendrement son front. Une boule comprima la gorge de Sophie. Elle ne voulait pas que Nanou parte.

— Dors, répéta sa grand-mère, du ton impérieux dont elle usait jadis.

Sophie se glissa sous les draps. Qu'on l'y trouve lui était bien égal, de toute façon. Nanou laissa sur la commode la bassine sale, et récupéra les vêtements en boule sur le sol.

— Tu es vraiment un petit porcelet.

Un rire triste, doublé d'un reniflement peu élégant, saisit Sophie. Nanou lui accorda un énième sourire rempli de chaleur, puis ouvrit la porte de la chambre.

— Ma chérie, je ne peux pas t'interdire de monter aux arbres, déclara sa grand-mère dans un moment d'hésitation. Tu serais trop malheureuse. Continue, mais s'il te plaît, quand tu tombes… relève-toi toujours.

Nanou referma le battant derrière elle et les lèvres de Sophie tremblèrent. Les larmes recommencèrent à couler, sauf que cette fois une chaleur aussi réconfortante qu'un feu de cheminée en plein hiver se diffusa dans sa poitrine. Son poing se crispa contre son cœur et elle murmura :

— Merci, ma Nanou.

*

— Sophie ? Sophie, lève-toi !

La jeune femme gémit, l'esprit embrumé.

— Sophie, pour l'amour du ciel, réveille-toi !

Elle ouvrit des paupières lourdes et découvrit Louise, déjà habillée face à elle. La lumière se répandait à travers les fenêtres de la chambre d'Étienne. Sa sœur avait-elle tiré les tentures sans que cela la réveille ?

— C'est pas l'heure, ronchonna-t-elle.

— Lève-toi ! gronda Louise en arrachant les draps. La calèche de monsieur Lambert vient de se garer dans la cour !

Le nom du négociant agit comme un coup de fusil. Sophie sauta du lit pour rejoindre l'armoire de son frère. Une vive douleur la saisit au ventre, et l'obligea à se courber en deux, mais elle fit mine de trébucher pour ne pas alerter sa sœur.

— Que fait-il là ? balbutia-t-elle en attrapant une chemise. Crois-tu qu'il sait que le rendez-vous pour l'héritage a lieu cet après-midi ? Va-t-il faire une nouvelle scène ?

— Sophie…

L'intéressée se retourna. Sa sœur s'était rapprochée et lui serra fort les mains. Au lieu de présenter un visage soucieux, elle avait les joues roses et les yeux brillants.

— Peut-être… que tes efforts envers Constance vont être récompensés. Peut-être… qu'il nous ramène le document manquant !

Le cœur de Sophie bondit dans sa poitrine. Est-ce qu'après tout ce qu'ils avaient enduré, la chance allait enfin leur sourire ? Non, elle ne parvenait pas à y croire…

— Vite, habille-toi. Je vais essayer de te faire gagner du temps !

Sans lui laisser l'occasion de réagir, Louise gagna la porte. Elle l'ouvrit de quelques centimètres, vérifia d'abord que personne ne se trouvait dans le couloir, puis disparut. L'espace de quelques secondes, Sophie demeura hébétée, puis se dépêcha de retirer sa chemise. Elle grimaça, un gros hématome colorait le dessus de son ventre. Néanmoins, elle ne s'y attarda pas et se dépêcha de s'habiller.

Un dernier coup d'œil dans le miroir la rassura sur l'état de son visage : même si elle avait une mine épouvantable, le comte ne lui avait laissé aucune marque de ce côté-ci. Et puis… un goût de revanche la gagna. Si le banquier leur apportait effectivement le document, le coup qu'elle administrerait à Carnac serait bien plus douloureux que celui qu'il lui avait donné.

Ragaillardie, la jeune femme reprit les traits de son jumeau et descendit quatre à quatre les marches. La grosse voix de monsieur Lambert déclarait déjà :

— Non, inutile. Je ne reste pas.

— Vous êtes sûr ? minauda tante Rosaline. Vous êtes toujours le bienvenu…

— Ah, vous voilà !

Le banquier, habillé de ses beaux habits et de sa perruque en catogan impeccablement poudrée, se rapprocha de l'escalier sans plus accorder la moindre attention à leur hôtesse. Louise se tenait à côté de celle-ci et lui saisit gentiment le bras face à son air courroucé. Tante Rosaline ne supportait vraiment pas cet homme !

— Monsieur Lambert, bien le bonjour ! s'exclama Étienne d'une voix qu'il espérait chaleureuse.

— Monsieur de Kerdelec, êtes-vous libre ce matin ?

Étienne cligna des yeux, ne s'attendant pas à cette question.

— Oui, bien sûr, toussota-t-il.

— À la bonne heure ! s'exclama le banquier. Venez, accompagnez-moi.

Sans attendre l'assentiment d'Étienne, il gagna la sortie. Leur mère apparut alors, comme si elle s'était cachée tout ce temps.

— Étienne, soyez prudent.

— Vite, qu'on lui apporte ses affaires ! rugit tante Rosaline.

Un domestique s'exécuta, et le jeune homme fut surpris de constater qu'il ne restait plus la moindre trace de boue sur le manteau de son père. Nanou avait vraiment été fantastique ! La baronne s'empressa de l'aider à se vêtir, tandis que madame de Verteuil regardait par la fenêtre d'un air mauvais, Phœbus collé à sa jambe et la queue droite.

— Mère, ma tante, Louise…, les salua Étienne.

Louise lui adressa un sourire crispé, mais ses yeux pétillaient. Étienne discerna alors Héloïse et Nanou en haut de l'escalier, et son estomac se contracta.

*

Monsieur Lambert l'avait fait monter dans son carrosse, qui ne ressemblait en rien à celui de madame de Verteuil. Sur un bois noir, de fines moulures dorées rehaussaient les bords de la portière, le toit, et toutes les extrémités possibles. En plus du cocher, à côté duquel se tenait un domestique, un adolescent avait grimpé à l'arrière.

Quant à l'intérieur du monstre… il aurait pu accueillir quatre personnes de la largeur de monsieur Lambert, et on pouvait y allonger les jambes sans avoir peur de cogner celles de son voisin d'en face. Des rideaux de dentelle cachaient l'ouverture de la portière. D'autres, plus épais, en velours rouge, permettaient d'occulter tout à fait la vue extérieure.

Mais il y avait mieux encore : une douce chaleur se répandait dans l'habitacle. Y avait-on placé des briques tout juste sorties du four ?

— Je suis un homme très occupé, monsieur de Kerdelec.

— J'en ai conscience, monsieur Lambert, répondit Étienne sur un ton tout aussi solennel.

Le banquier le fixa un long moment, lorsque le carrosse s'arrêta. Il n'avait pas roulé cinq minutes. Monsieur Lambert descendit, et Étienne le suivit. Ils étaient arrivés face à un bâtiment de plusieurs étages, à la façade richement ornée de stucs et de sculptures, au fond d'une cour où plusieurs calèches pouvaient s'arrêter. Des grilles dorées demeuraient ouvertes, comme à l'entrée d'un petit château.

L'homme de finance s'avança vers la lourde porte en bois, qui s'ouvrit à son passage. Un brouhaha parvint immédiatement aux oreilles d'Étienne… qui disparut à peine monsieur Lambert à l'intérieur.

— Bonjour, monsieur Lambert, déclara un employé assis devant un comptoir.

Une dizaine d'individus, habillés de vêtements sombres et d'une perruque, s'inclinèrent bien bas. Chacun se trouvait derrière un bureau, parfois avec un client. Néanmoins, aucun de ces derniers n'appartenait à la noblesse ou à la bourgeoisie, comme en témoignaient leur mise. Face à l'attitude des employés, les ouvriers et artisans se levèrent et se courbèrent avec tout autant de respect. Tous, sauf un homme très massif, avec des vêtements pleins de taches et une ceinture de couteaux.

— Ah, monsieur Chartrot ! s'exclama le banquier avec une mine joviale. Comment prospère votre affaire ?

— Bien, et c'est grâce à vous.

Étienne s'immobilisa pour leur laisser de l'espace, d'autant plus qu'il venait de reconnaître l'individu qu'il avait bousculé dans la rue.

— La corporation des bouchers aimerait…

Le regard de l'homme vira vers Étienne, et celui-ci le salua d'un hochement de tête.

— Mais bien entendu ! s'exclama monsieur Lambert avec une chaleur que le jeune homme ne lui connaissait pas. Je règle une question urgente, et je suis à vous. Vous n'allez pas conclure votre affaire ici. Les clients importants passent toujours dans mon bureau.

Étienne capta le regard venimeux du banquier adressé à son employé.

— Je suis à vous tout de suite.

— Prenez votre temps, assura le boucher.

Monsieur Lambert gagna une pièce dans le fond et Étienne ne s'étonna pas de la découvrir encore plus riche en ornements que la précédente.

— Monsieur, déclara alors un jeune homme en livrée qui les avait suivis. Monsieur Tallenay a fait livrer les trois dernières perruques que vous lui avez commandées.

Trois perruques ? Étienne tâcha de ravaler sa surprise. Leur mère ne cessait de harceler le baron pour qu'il en achète une nouvelle, ce qu'il se refusait à chaque fois vu leur prix prohibitif.

— Laissez-les dans mon bureau et refermez la porte derrière vous.

Le domestique s'exécuta et monsieur Lambert attrapa une feuille avant de commencer à la lire. L'agacement pointait son nez, mais Étienne se retint d'émettre le moindre commentaire. Il se contenta de fixer celui qui était censé devenir son beau-père.

— Constance a bien reçu vos différents bouquets, l'informa-t-il alors.

Comment ça « vos » ? Combien Louise en avait-elle envoyé en à peine vingt-quatre heures ?

— Elle m'a aussi assuré avoir passé une excellente matinée en votre compagnie.

— Le plaisir était partagé.

Même si la situation ne lui plaisait pas, Étienne disait la vérité et se sentit obligé d'ajouter :

— Constance est une jeune femme remarquable.

— N'est-ce pas ? Si les bien-nés ne restaient pas à cheval sur leurs principes et l'invitaient à leur bal, ils s'en rendraient vite compte.

— Si la noblesse se transmet par le sang, ce n'est hélas pas le cas de l'intelligence.

Monsieur Lambert cilla, puis d'un coup, éclata de rire.

— Je vous aime bien, Étienne.

Celui-ci croisa les bras dans son dos et retint un sourire. Gagné, il remontait dans l'estime du banquier !

— Mais la question est surtout : est-ce que vous aimez ma fille ?

Aïe, sujet délicat ! Les yeux perçants de l'homme d'affaires se plantèrent dans ceux d'Étienne. Les épaules de son vis-à-vis semblaient immenses, comme celles d'un rapace qui aurait déployé ses ailes pour fondre sur sa proie. Si le jeune homme détournait le regard… il ne donnait pas cher de sa peau.

— Monsieur Lambert, répondit-il sur un ton posé, quelle est véritablement votre question ?

Le sourire du banquier était devenu venimeux.

— Vous avez pu vous-même constater les qualités de ma fille. Elle n'est certes pas très belle, mais elle est éduquée, docile et en bonne santé.

Sophie, sous le masque d'Étienne, se sentit décontenancée : monsieur Lambert parlait-il de sa fille ou d'un cheval ?

— En l'épousant, vous aurez tout ça (le banquier désigna le bâtiment) et bien plus. Alors, si ce n'est de tomber amoureux qui vous retient, qu'est-ce ?

Ainsi toute cette ostentation… C'était pour mieux l'amadouer, voire l'intimider ? La colère se substituait à la gêne. Toutefois… les visages de sa grand-mère et de ses sœurs s'imposèrent à elle. Elle devait se contrôler.

— Non, je n'aime pas votre fille, monsieur Lambert.

Le cou de son interlocuteur s'allongea sous l'effet de la surprise et le rouge commença à lui monter au visage.

— Ne me confondez pas avec ce que je ne suis pas, enchaîna Étienne, sentant qu'il risquait vite d'être interrompu. Je ne suis pas un rêveur qui cherche la passion et le grand amour. Votre fille a certes toutes les qualités d'une bonne épouse (rien qu'à dire cette phrase, Sophie avait envie de vomir) mais elle mérite que son futur mari la courtise et la fasse se sentir au-dessus des autres femmes. Des autres femmes, et notamment de celles qui comptent sur leur naissance pour leur assurer un avenir avantageux. Voudriez-vous lui retirer cette joie, ainsi que cette fierté de la voir de plus en plus briller en concluant dès à présent nos fiançailles ?

Étienne avait parlé vite afin d'être certain de pouvoir terminer. Monsieur Lambert le considérait à présent autrement, comme un banquier qui aurait mal évalué un investissement.

— Vous me reprochiez de ne pas poser directement mes questions, monsieur de Kerdelec, mais vous aussi vous prenez des détours. Ne vous cachez pas derrière de beaux principes, signez ce papier et…

— Croyez-vous vraiment que cette situation me plaise ? gronda Étienne en se rapprochant.

Monsieur Lambert l'intimidait, mais la mise était trop importante pour reculer. Ils déviaient trop du sujet qui lui importait : l'héritage.

— Ma famille n'a pas un sou et vous êtes bien placé pour le savoir. Voulez-vous que notre mariage soit l'objet de rumeurs dans toute la Bretagne ? Qu'on dise que j'ai épousé votre fille seulement pour son argent ? Je n'ai peut-être pas d'amour pour Constance, mais j'ai du respect pour elle. Alors, laissez-moi lui offrir des cadeaux, l'inviter pour la divertir jusqu'à ce que mes finances s'épuisent s'il le faut. Qu'elle soit fière d'épouser un homme comme moi !

— Eh bien voilà ! ricana le banquier en faisant le tour de son bureau. Il s'agit en réalité d'une question d'honneur masculin mal placé. Vous ne supportez pas qu'on vous voie faible et démuni.

Il s'assit devant son bureau, un sourire de plus en plus large collé sur les lèvres. Sophie déglutit, ce n'était pas vraiment ce qu'elle avait dit… Et elle éprouvait de plus en plus de mal à jouer la comédie.

— Si vous étiez plus nanti, cela changerait-il quelque chose à la situation ?

Monsieur Lambert fixait désormais un point sur son espace de travail, songeur. Le cœur de la jeune femme galopa dans sa poitrine.

— Oui, avoua-t-elle à contrecœur. Je me sentirais moins… diminué, et plus méritant pour lui demander sa main.

Le banquier s'enfonça sur sa chaise, et soupira, comme en proie à un dilemme. Louise avait-elle eu raison ? Est-ce que monsieur Lambert avait volé le document le plus important de leur héritage ?

— Êtes-vous un homme de parole, monsieur de Kerdelec ? enchaîna le banquier en joignant les mains. Épouserez-vous ma fille, que vous soyez riche ou non ?

Sophie se tendit. Comment formuler une réponse sans nuire à l'avenir de son jumeau lorsque celui-ci réapparaîtrait ?

— L'absence ou non de fortune ne jouera jamais sur ma décision. Je le jure sur mon âme.

Sophie retint son souffle. Elle avait joué sur les mots, avait engagé la personne qui se trouvait bel et bien devant le banquier, et non le véritable Étienne. Le procédé n'était pas honnête, mais de quel autre choix disposait-elle ?

Un long soupir échappa à monsieur Lambert, et elle en profita pour réinvestir son rôle.

— Soit. Dans ce cas…

Il ouvrit un tiroir de son bureau et en sortit une pochette.

— J'espère que vous ne m'en tiendrez pas rigueur, monsieur de Kerdelec, et que cela restera entre nous. Votre père ne doit rien savoir.

Les yeux du banquier s'étaient rapetissés et Étienne se rapprocha. Il se trouvait trop loin pour discerner ce qu'elle contenait, mais l'espoir palpitait en lui plus que jamais.

— Bien entendu, affirma le jeune homme.

— Parfait.

Monsieur Lambert tapota l'index et le majeur sur son espace de travail. La décision semblait beaucoup lui coûter, comme s'il jouait gros. Comme s'il jouait… l'avenir de sa fille et le sien ?

— Je vous fais confiance, monsieur de Kerdelec. Soyez certain qu'en cas de trahison je saurai me venger.

Le regard glacé de son interlocuteur aurait dû inquiéter Étienne, ou au moins lui provoquer des frissons. Toutefois, son esprit restait focalisé sur une seule et unique chose. Le plus urgent était cet héritage qui se jouait cet après-midi même. Sa famille et surtout son père, qui se rétablirait vite une fois le document récupéré, trouveraient une solution à ce mariage.

Avec lenteur, monsieur Lambert ouvrit la pochette et dévoila des documents. Vu la couleur du papier, ils devaient être très anciens, et le pouls d'Étienne redoubla en intensité. Tout son corps était tendu comme un arc et il se retenait de ne pas se jeter sur le bureau !

— Ceci vous appartient.

Les mots du banquier, prononcés à contrecœur, provoquèrent une embardée dans la poitrine d'Étienne, et il tendit la main pour se saisir des documents présentés.

Sa gorge était sèche, il essayait d'empêcher son bras de trembler. Puis, ses yeux se baissèrent sur l'écriture nerveuse, commencèrent à la lire…

Il eut l'impression que le sol s'ouvrait pour le faire chuter en enfer.

28

Quel crétin ! Comment Étienne avait-il pu un instant penser que si monsieur Lambert détenait l'acte de l'héritage il le lui aurait donné si facilement ?

— Je ne peux accepter, marmonna-t-il entre ses dents.

La déception qu'il ressentait était aussi vive que l'espoir qui avait de nouveau germé en lui.

— J'insiste, décréta le banquier en se relevant. Ne prenez pas ces grands airs. Je vous l'ai dit : cela vous appartient. En tant que futur beau-fils.

— Je vous avoue que ma situation financière me fait honte et vous, vous me donnez de l'argent ?

Étienne jeta plus qu'il ne posa les feuillets sur le bureau. C'était irrespectueux, mais le rouge lui montait jusqu'aux oreilles. Monsieur Lambert essayait-il de l'acheter ?

— C'est la première fois que je vois un homme s'emporter quand on lui propose une telle somme, ricana presque le banquier.

Cependant, il retrouva bien vite son sérieux.

— Votre fierté va vous conduire à la ruine, Kerdelec. Mais si vraiment, vous ne voulez pas utiliser cet argent pour vous, alors considérez qu'il s'agit de quoi faire plaisir à ma fille. Fleurs, tissus, spectacles… Faites-lui honneur, puisque c'est ce que vous souhaitez. Soignez-la et faites rougir d'envie les autres demoiselles à marier ! Que votre inclination pour elle s'ébruite jusqu'à Paris et je m'assurerai que votre mariage ait les mêmes fastes qu'à Versailles !

Monsieur Lambert avait levé les bras d'un air théâtral. Il s'y voyait déjà : bal, musique, décorum et tout le tintouin. Étienne tombait des nues. Son futur « beau-père » en profita pour se rapprocher et enfoncer les papiers dans la poche du jeune homme.

— Comme je vous l'ai dit, cela reste entre nous. Nul besoin d'avertir votre père ni de négocier avec votre tante pour garder la face.

La face… Étienne la perdait totalement. Il ne parvenait qu'à fixer le banquier avec des yeux ronds.

— Quoi ? se moqua celui-ci. Pensiez-vous que je ne savais pas que, sans madame de Verteuil, votre famille resterait pour toujours à la campagne ?

Étienne voulut répliquer, mais monsieur Lambert lui tapota l'épaule. Ils étaient désormais bien trop proches l'un de l'autre, ce qui mettait en péril la couverture de Sophie.

— Je ne vois pas ce geste comme la charité, mais comme un investissement. Vous êtes un gendre prometteur, Étienne.

Il serra un peu plus fort son épaule, à lui en faire mal, puis le poussa vers la sortie.

— Maintenant, si vous voulez bien m'excuser, un client m'attend. Mon cocher vous ramènera à bon port.

Trop choqué pour réussir à répondre, Étienne se laissa mettre à la porte. D'un pas machinal, il franchit la salle pleine d'employés et ne réagit même pas lorsqu'un vent froid et glacé lui fouetta le visage.

Il repartait, certes avec de l'argent plein les poches, mais le cœur bien vide.

29

— Tu es certaine que tu n'as rien dit qui aurait poussé monsieur Lambert à douter de toi ?

— Par tous les saints, Louise ! Que crois-tu ? Je sais me taire quand il le faut !

Les échos de leur dispute tournaient dans l'esprit de Sophie. Déguisée en Étienne, elle avançait à grands pas dans les rues de Rennes. Ni les crieurs ni le brouhaha des conversations ne lui parvenaient. La fatigue s'ajoutait à l'énervement, et surtout au désespoir.

— Si ce n'est pas lui, qui détient ce maudit papier ?

— Je crois qu'il préférerait perdre un bras plutôt que de ne pas accéder à notre titre ! avait craché Sophie tandis qu'elle cachait l'odieux argent de monsieur Lambert sous une pile de vêtements.

— Alors, il ne reste plus qu'une seule solution.

Louise lui avait adressé un regard chargé de sous-entendus. Et puis tout avait explosé entre elles, du moins, jusqu'à ce qu'Héloïse toque à la chambre d'Étienne et les surprenne. Pour une fois dans sa vie, elle fut contente que sa cadette n'ait rien pu entendre.

Car Sophie savait que Louise avait raison…

Le mariage d'Étienne avec Constance constituait la seule solution pour sauver leur famille de la ruine. Sauf que le vrai Étienne était absent. Sophie pouvait-elle prendre cet engagement à sa place ? Il avait fui pour l'éviter. Si elle osait… alors elle commettrait la pire des trahisons. Elle perdrait à tout jamais son frère, son jumeau, son autre moitié.

Mais Étienne n'avait-il pas abandonné sa famille en faisant un tel choix ? N'avait-il pas été égoïste ? Non. S'il avait su la disparition du document et la maladie de leur père, il n'aurait jamais osé. Tandis qu'elle marchait, un pâle sourire étira ses lèvres. « Oser. » Ce mot ne convenait tellement pas à son frère. Non, Étienne n'avait rien osé. Étienne avait fui, comme à chaque fois qu'il avait fallu s'opposer à quelqu'un. Plutôt que de se faire entendre, il esquivait le conflit.

Il ne lui restait plus qu'à traverser une rue, et elle se retrouverait dans la taverne où serait signé le document. Elle devait prendre sa décision, et vite. D'un côté se trouvait Étienne, de l'autre Louise, Héloïse, Pilou et Nanou. Son cœur se déchirait tandis que dans sa tête la balance penchait immanquablement d'un côté plutôt que de l'autre…

Quelle que soit sa décision, son cœur finirait en charpie, ainsi que sa famille.

— Bien le bonjour, monsieur de Kerdelec ! lança le notaire Delville, qui arrivait dans le sens opposé.

Ils se saluèrent devant la taverne, et Étienne ajouta, hésitant :

— Je devrai peut-être vous toucher deux mots après cette rencontre. Auriez-vous du temps ?

L'homme eut le bon goût de ne pas sourire et se contenta de hocher la tête.

— Vous prenez la bonne décision.

Si seulement !

Ils entrèrent dans un bâtiment en vieilles pierres plongé dans la pénombre à cause des minces fenêtres qui perçaient les murs. Des badauds buvaient à une table et riaient grassement, tandis qu'une femme d'une cinquantaine d'années servait les clients qui réclamaient à boire. Le notaire désigna le fond, où un homme en vêtements noirs, une perruque posée à côté de lui, dégustait les restes d'un poulet.

— Voici monsieur Dartois. Attention, il n'est pas commode.

Étienne et le notaire s'approchèrent. Le premier tenta de ne pas détailler le crâne gras de l'individu, ni les quelques cheveux qui se battaient en duel sur sa tête, ni les petites plaques rouges qui devenaient de plus en plus visibles au fur et à mesure qu'ils approchaient.

— Vous êtes ? siffla l'individu.

— Monsieur Delville et le fils du baron de Kerdelec, s'inclina le notaire.

— Le baron s'estime trop important pour nous offrir sa présence ?

Leur interlocuteur parlait du nez, un long nez fin et crochu comme Étienne se le serait imaginé d'une sorcière.

— Hélas, mon père est souffrant. Je vous prie de bien vouloir l'en excuser, intervint le jeune homme.

Monsieur Dartois émit un claquement de langue agacé et arracha un morceau de chair avant de le mâcher bruyamment.

— Asseyez-vous et montrez-moi vos documents.

Étienne s'exécuta, et s'installa en face de lui, tandis que le notaire Delville se mettait sur sa gauche, à l'écart.

— C'est que… Comment dire…

Le moment de vérité arrivait ! Que pouvait-il inventer comme excuse ? Que Cannelle avait grignoté le plus important d'entre tous ? Si cela ne convainquait pas ses professeurs particuliers, cela ne convaincrait pas ici non plus.

— Peut-être devrions-nous attendre monsieur de Carnac ? proposa le notaire Delville, toujours soucieux des procédures.

Dartois leva les yeux au ciel, puis porta ses doigts sales à une montre à gousset attachée à son costume.

— Il est en retard. Je déteste quand quelqu'un…

— Non, je suis extrêmement ponctuel. Et je dirai même… que j'ai quelques secondes d'avance.

Étienne et les deux individus attablés se tournèrent d'un même mouvement vers le nouveau venu. Habillé d'un long manteau noir, le chapeau toujours sur la tête, Antoine de Carnac les jaugeait avec une désinvolture presque insultante. Les cloches de la cathédrale choisirent cet instant pour carillonner, donnant raison au comte.

Le sang d'Étienne quitta son visage. Un goût de terre lui emplit la bouche, et les événements de la nuit lui revinrent avec force. Il ignorait ce qui lui faisait le plus mal : sa défaite à l'épée, ou bien la manière dont son rival l'avait « épargné ». Antoine de Carnac avait laissé plus que des bleus : la blessure d'orgueil infligée à Étienne se rouvrait et s'infectait. Lui avait-il laissé la vie sauve pour mieux savourer son triomphe en public ?

Étienne inspira, il ne devait pas se laisser déstabiliser, surtout pas maintenant. Son cerveau fonctionnait à toute allure, à la recherche d'une solution.

— Très bien, asseyez-vous donc, qu'on en finisse.

Monsieur Dartois essuya ses doigts sur ses vêtements, puis saisit sa perruque pour la replacer sur sa tête.

— Montrez-moi chacun vos preuves.

Son ton péremptoire déplaisait à Étienne, mais monsieur Dartois avait tous les pouvoirs. Pire, il détenait le destin des Kerdelec. Étienne se désintéressa de son ennemi et, du ton le plus poli possible, s'éclaircit la gorge :

— À la vérité…

Le notaire Delville se pencha en avant, sourcils froncés. Juste ciel, Étienne aurait dû lui expliquer la situation en arrivant ! En plus de ridiculiser la famille, il allait nuire à leur fidèle allié.

— J'ai besoin d'un délai supplémentaire, annonça Étienne. Mon père est souffrant, et j'ignore où il a rangé les documents.

Le jeune homme retint son souffle. Son regard demeurait rivé sur celui de monsieur Dartois. Il refusait de baisser les yeux. Il devait garder la face pour la famille, si stupide que soit cette justification. Les paupières de Dartois se plissèrent, si fort qu'elles cachèrent ses pupilles.

Un frôlement sur sa droite détourna l'attention d'Étienne. Carnac avait pris place à côté de lui d'une manière pour le moins incongrue. À califourchon sur le banc, il se retrouvait face à Étienne et de profil par rapport au notaire chargé de l'héritage. Une étincelle amusée brillait dans ses prunelles presque noires, de cette lueur qu'ont les gagnants qui s'apprêtent à fanfaronner.

— Je vous ai accordé un délai, Kerdelec, pesta Dartois. Si vous n'avez aucun document à me présenter maintenant, je ne prendrai en compte que ceux de monsieur le comte.

La voix, incisive, glaça un peu plus les sangs à Étienne. Un sourire discret étira le coin des lèvres de son ennemi, et le jeune homme tourna vite la tête pour éviter un geste malheureux. La rage et le désespoir se disputaient en lui : néanmoins frapper son adversaire au visage, ne serait-ce que pour avoir la satisfaction de le voir ravaler son petit air mesquin, n'arrangerait rien à la situation.

— De grâce, si vous…

— Je me porte garant des documents de monsieur de Kerdelec, intervint alors Delville. J'ai pu les examiner dans mon office. Ils sont authentiques et marquent la primauté de sa famille sur celle des Carnac.

Le notaire familial avait parlé d'une voix toute professionnelle. Une bouffée de reconnaissance envahit le jeune homme. Il gratifia le praticien d'un hochement de tête, mais monsieur Dartois l'ignora superbement pour tendre la main vers Carnac.

— Vos preuves. Après quelques signatures, vous pourrez investir l'hôtel de Rennes, et un employé vous attendra à Saint-Malo pour la gestion des vaisseaux.

Le désespoir se déchaîna en Étienne. Il fixa cette main qui allait sonner le glas pour sa famille. Il voulait bondir dessus, y mettre n'importe quoi, sauf les documents qui annonceraient sa perte. Hélas, il était aussi impuissant qu'un nouveau-né.

Carnac tendit à son tour la main et serra celle de monsieur Dartois.

— Merci mon brave. Hélas, impossible de retrouver les titres de ma famille. J'ai dû les égarer, ou ma logeuse les déplacer quand elle faisait le ménage dans ma chambre. Par conséquent, décalons plutôt cette entrevue. Je vous retrouverai à Saint-Malo dès que je les aurai en ma possession.

Il secoua le bras du notaire devenu raide puis, sans un regard pour Étienne ou un autre des attablés, se dégagea du banc. Chacun des trois individus resta figé. Le rouge montait au visage de monsieur Dartois, à un point tel qu'on l'aurait cru victime d'une insolation.

— Je reviens, balbutia Étienne, en quittant la table à son tour.

Carnac poussait déjà la porte de la taverne. Des exclamations parvinrent au jeune Kerdelec dans son dos, mais il n'en fit aucun cas. Son cœur cognait jusque dans ses oreilles. Pourquoi son rival mentait-il ? Étienne avait vu les actes !

— Attendez ! s'exclama-t-il en gagnant à son tour l'extérieur.

Soit Carnac ne l'avait pas entendu, soit il l'ignorait délibérément. Déjà, il s'engageait dans une rue adjacente.

— Carnac ! s'écria Étienne.

Il se mit à courir, et attrapa le bras de l'homme pour l'obliger à s'arrêter. À peine ses doigts se posèrent sur son manteau, que Carnac se retourna, une expression glacée sur le visage.

— Souhaitez-vous une nouvelle déculottée ? Celle d'hier ne vous a pas suffi ?

Étienne retira vivement sa main. La chaleur lui monta jusqu'aux oreilles, tandis que l'humiliation refaisait surface, encore plus vive.

— Pourquoi mentir ? parvint-il à articuler. L'héritage peut être à vous dès aujourd'hui…

Étienne baissa le regard. Les mots avaient du mal à sortir de sa bouche. Néanmoins, il devait savoir ce que Carnac tramait.

— N'avez-vous donc pas eu vent de ma réputation ?

Le jeune homme releva la tête, surpris. Les traits de Carnac s'étaient détendus, mais Étienne restait sur ses gardes. De plus, il ignorait quoi répondre à cette question, qui n'en était pas une. Son rival se rapprocha et ajouta :

— J'aime les intrigues. De plus, j'ai toute confiance dans les titres de ma famille. Si je les montrais maintenant, je n'aurais aucune satisfaction à gagner contre vous. Les Carnac ne peuvent pas perdre face à de petits hobereaux.

Ses lèvres s'étirèrent avec insolence. Quel orgueil démesuré ! Sophie serra les dents : que ne donnerait-elle pas pour lui faire ravaler ce sourire ! Non, non, de la maîtrise : elle devait profiter de ce répit pour retrouver le document et battre à plate couture cet impudent !

Étienne fit volte-face pour s'éloigner, lorsque la voix de Carnac perça :

— Ce n'est pas tout !

Le jeune homme s'immobilisa, et lorsqu'il voulut se retourner percuta presque son interlocuteur qui s'était rapproché. Leur proximité troubla un instant Sophie, d'autant plus que Carnac réduisait la distance entre son visage et le sien, toujours avec son air prétentieux.

— Plus que les intrigues, ajouta le comte, j'aime les jeux.

Étienne voulut se dégager, mais son vis-à-vis lui saisit l'épaule, l'immobilisant d'une force que lui ne possédait pas. Les lèvres de Carnac dévièrent vers son oreille et son souffle le chatouilla :

— Si vous ne voulez pas que mes documents apparaissent de sitôt… (Étienne ne bougea pas, plus attentif que jamais) vous serez mon obligé. Vous et moi allons bien nous amuser.

Des sueurs froides envahirent Sophie. Le comte relâcha sa pression sur son épaule, et lui administra une tape pleine de promesses. Il s'éloigna, le sourire aux lèvres, sans plus lui prêter attention. La jeune femme, en revanche, demeurait glacée jusqu'aux os.

Au lieu de se réjouir d'avoir la possibilité de réclamer l'héritage, elle sentit la peur s'infiltrer dans son corps comme un poison venimeux. Le ciel ne lui accordait pas un espoir miséricordieux. Non. Si elle voulait sauver sa famille et le véritable Étienne, elle devait accepter les conditions de Carnac.

Sauf que les histoires l'avaient démontré à maintes reprises : on ne gagnait jamais contre le diable.

30

Apaiser le sieur Dartois se révéla au-dessus des forces d'Étienne. Le bonhomme jurait qu'il trouverait d'autres héritiers et que les deux jeunes gens ne méritaient pas qu'il ait fait le déplacement. Il essuya de multiples remontrances, jusqu'à ce que le notaire Delville lui enjoigne de quitter la taverne. Étienne n'avait eu d'autre choix que de s'en remettre à l'ami de leur famille.

Les nerfs à vif, et le poids du monde sur le dos, il n'eut pas posé un pied dans l'hôtel particulier de Verteuil qu'une multitude de paires d'yeux apparaissaient du salon. La baronne de Kerdelec demeurait figée, un poing contre son cœur comme si elle attendait une mauvaise nouvelle. Héloïse tenait la main de Philippe, qui conservait le silence. Tante Rosaline gardait Phœbus dans ses bras, mais avait cessé de le caresser. Quant à Louise, oh, son regard posait un millier de questions auxquelles Étienne ne souhaitait pas répondre.

— Tu as retrouvé les pommes que tu cherchais ? s'enquit une voix guillerette.

Nanou émergea à son tour du salon et trottina vers Étienne avec enthousiasme. Ses bras s'accrochèrent autour de son cou et elle déposa un doux baiser sur sa joue. Le jeune homme, surpris, en oublia un instant sa détresse.

— Non, Nanou, mais je ne désespère pas.

— Les pommes c'est bon, mais les poires aussi.

Elle le serra contre lui, puis s'écarta.

— A-t-on encore des fruits ?

Sa grand-mère continua son monologue, se dirigeant vers les cuisines. Le reste de la famille ne bougeait toujours pas. Ce petit interlude eut l'avantage de permettre à Sophie de se ressaisir. Le faux Étienne retira son manteau et le tendit à un domestique.

— Je n'ai toujours pas le document, articula-t-il distinctement pour Héloïse, mais monsieur de Carnac ne disposait pas non plus des siens. Nous bénéficions d'un délai pour le retrouver.

— Merci, Seigneur tout-puissant ! s'exclama Henriette de Kerdelec avec emphase.

Pilou interrogea Héloïse du regard, qui signa :

— *C'est une bonne nouvelle.*

Le petit garçon sourit, mais Étienne n'eut pas le temps de profiter de cette jolie image que sa tante s'imposa :

— Ne criez pas victoire trop vite. Nous comptons sur vous pour le retrouver au plus tôt.

— Oui, ma tante, répondit-il.

— Henriette, repoudrez-vous, nous recevons bientôt des invités.

— Oui, bien sûr. Je me dépêche !

— Si vous voulez bien m'excuser, s'inclina Étienne.

Il ignora le regard appuyé de sa sœur aînée pour disparaître dans l'escalier. Il se sentait toujours aussi vide et perdu. Et surtout il avait besoin de repos.

Chaque rencontre avec Carnac le mettait dans tous ses états et le laissait sans plus aucune force.

À peine ouvrit-il la porte de sa chambre que Cannelle bondit vers lui. D'un geste du pied, il referma la porte, et tous ses mensonges avec elle.

Sophie attrapa l'animal. Sa laisse avait été sectionnée en deux, et portait de nombreuses traces de dents.

— Toi alors…

La jeune femme le serra dans ses bras et laissa sa tête se perdre dans sa fourrure. La chaleur du lapin l'apaisa, même si elle était loin de valoir celle d'Électre, sa jument. Soudain, la porte s'ouvrit. Cannelle s'agita tandis que Louise entrait sans s'être fait inviter, et le lapin alla se cacher. Il demeurait craintif, Louise était après tout une étrangère pour lui.

— Bravo, tu as joué ton rôle à la perfection ! s'enthousiasma-t-elle.

Comment ne pouvait-elle pas voir que ça n'allait pas ? Sophie esquissa un sourire dénué de chaleur. Non, ça n'avait rien de surprenant. Elles n'avaient jamais été proches. Sa sœur aînée n'était pas son jumeau. Lui aurait tout de suite compris.

— J'ai réfléchi aux personnes susceptibles d'avoir volé le document, enchaîna-t-elle avec concentration. Monsieur Lambert est toujours un suspect, aussi nous allons continuer à soigner nos relations avec lui. Toutefois, il se peut que père ait des ennemis ailleurs. Il faudrait investiguer du côté de sa charge aux États…

— Est-ce que tu peux me laisser souffler, rien que deux minutes ?

Interdite, Louise le fixa sans comprendre. Puis, son visage se referma.

— Tu n'as pas tout dit, n'est-ce pas ?

La lèvre inférieure de Sophie se mit à trembler et elle détourna la tête. Même si Louise et elle étaient dans le même bateau, Sophie continuait à avoir du mal à se confier à sa sœur. Son attitude contradictoire l'agaçait : Sophie espérait que Louise la comprenne, et en même temps elle ne voulait pas de son réconfort. Hélas, avait-elle vraiment le choix ?

— Carnac n'a pas égaré ses documents.

— Comment ça ? balbutia Louise avant d'écarquiller les yeux. Est-ce que, la dernière fois, tu les aurais…

Elle suspendit sa phrase et Sophie ferma les yeux. Si seulement ! Si seulement elle les avait brûlés…

— Non, je veux dire qu'il les a bien à sa disposition, mais qu'il *ne voulait pas* les montrer.

Elle avait insisté sur les mots, comme si cela suffisait pour tout faire comprendre à son aînée. Face à sa mine interrogatrice, elle s'emporta :

— Il sait que nous n'avons pas les nôtres et il a décidé de jouer avec moi ! Tant que je ferai ce qu'il veut, il ne réclamera pas l'héritage. Il… il me tient entre ses griffes !

Les mains de Louise se plaquèrent sur ses lèvres. Sa réaction, et surtout le fait qu'elle ne remette pas en question ses propos adoucit quelque peu la colère de Sophie.

— Est-ce que tu crois qu'il sait… que tu n'es pas le vrai Étienne ?

— Impossible.

La jeune femme secoua la tête pour chasser cette idée. Elle n'avait laissé aucun indice et jamais une femme n'aurait combattu en duel.

— Tu as raison, et ça correspond à la réputation qui m'est parvenue de lui. Sophie, c'est trop dangereux. Tu dois tout arrêter. Si jamais il apprenait que tu es une femme…

Elle se leva et se rapprocha.

— Je n'ose imaginer ce qui arriverait, surtout si vous êtes seuls tous les deux.

Louise ne développa pas son explication. Elle n'en avait pas besoin. Même si Sophie ne connaissait pas grand-chose aux hommes, elle n'avait aucun mal à imaginer les vices d'un libertin. L'inquiétude sincère sur le visage de sa sœur la toucha.

— Il n'en saura rien. Personne n'en saura…

Le battant de sa chambre s'ouvrit en grand, l'empêchant de finir sa phrase. Madame de Verteuil se trouvait derrière, le port droit, et l'œil aussi acéré que celui d'un oiseau de proie.

31

— Ma tante ! s'exclama Louise d'une voix suraiguë. Je demandais à Étienne s'il avait besoin de quoi que ce soit… Étienne, n'hésitez pas à m'appeler…

— Suffit ! gronda madame de Verteuil.

Elle franchit en quelques enjambées l'espace et referma la porte sans un bruit. Puis, elle s'immobilisa et détailla le faux Étienne comme si elle le voyait pour la première fois. Qu'est-ce que leur hôtesse avait bien pu entendre ?

— Jamais de ma vie je n'aurais cru assister à quelque chose d'aussi scandaleux.

Des sueurs froides enveloppèrent Sophie, et Louise intervint :

— Ma tante, j'ignore de quoi…

— Et vous, vous me décevez. Profondément.

Louise devint aussi blanche qu'un linge, toute sa belle assurance disparue.

— Laissez-moi seule avec Sophie.

Son prénom lui fit l'effet d'un boulet de canon. Alors, madame de Verteuil avait tout entendu. Absolument tout.

— Ne faites pas cette tête ! ricana la vieille femme comme aucune ne bougeait. Pensiez-vous pouvoir me duper longtemps ? Sophie et Étienne ne sont pas réapparus ensemble depuis des jours. Si votre mère est assez sotte pour ne pas s'en soucier, ce n'est pas mon cas.

— Louise n'y est pour rien.

Sophie, toujours déguisée en Étienne, sortait enfin de son mutisme.

— C'est moi qui ai pris cette décision.

— Et votre sœur a choisi de ne pas m'en parler, cingla madame de Verteuil. Louise, sortez.

— Oui, ma tante.

La jeune femme garda les yeux rivés au sol, et salua la maîtresse de maison. On aurait dit un chien qui venait d'essuyer une sévère réprimande. Sophie, qui ne voyait plus de raison de jouer la comédie, tenta de capter son regard, mais sa sœur fuyait la queue entre les jambes.

— À nous deux !

Madame de Verteuil s'avança d'un pas rapide et leva la main. Sophie se figea, prête à encaisser la gifle. Cependant, les doigts de sa tante se posèrent sur ses épaules, et elle ajusta son vêtement.

— Le mal est fait. Vous allez continuer à vous faire passer pour Étienne le temps qu'on parvienne à le retrouver.

— Le retrouver ? répéta bêtement sa copie, sans oser bouger.

— Que vous imaginez-vous ? Que je vais rester là les bras croisés, à attendre qu'il revienne ? Il existe des professionnels pour ce genre d'affaires. D'ailleurs, si Louise et vous ne m'aviez pas caché la situation, le problème serait déjà réglé.

Sophie se mordit l'intérieur de la joue. Elle regrettait de ne pas avoir pensé à lancer quelqu'un sur les traces de son frère… D'un geste sec sur le tissu, Rosaline de Verteuil acheva de la rendre présentable.

— Sachez toutefois que si vous êtes découverte… ni Louise ni moi ne vous soutiendrons.

La jeune femme se tendit encore plus. Sa tante examinait désormais sa mise comme une mère qui voudrait présenter son enfant. Les sourcils légèrement haussés, elle continua sur le ton de la conversation :

— Lambert est un rustre, je n'ai jamais aimé l'idée de lier notre famille à la sienne. Toutefois, nous devons soigner nos relations, sans pour autant conclure ce mariage. Nous ignorons quand votre frère sera parmi nous. Même s'il est possible de faire traîner des fiançailles, votre supercherie cesserait lors de votre nuit de noces.

— Où voulez-vous en venir ?

Une expression amusée et froide envahit le visage de madame de Verteuil.

— Vous devez vous soumettre aux exigences du comte de Carnac tant que nous n'avons pas retrouvé le document. Cet héritage est notre meilleure option.

Sophie n'en revenait pas. Sa tante voulait vraiment qu'elle devienne l'esclave de ce nobliau ?

— Vous n'avez jamais trouvé votre place dans cette famille, Sophie. Vous avez désormais l'occasion de prouver votre valeur.

Les protestations se bloquèrent dans sa gorge. Rosaline de Verteuil venait de toucher une corde sensible. Et vu son petit air satisfait… elle le savait très bien.

— Et s'il venait à comprendre que je suis une femme ? cracha Sophie, acide.

— Alors vous n'auriez que deux possibilités.

La jeune femme fronça les sourcils, ne comprenant pas les sous-entendus de sa grand-tante. D'un ton calme, celle-ci l'éclaira :

— Vous devrez soit le tuer, soit devenir sa maîtresse.

Sophie recula, comme si elle venait de recevoir un mauvais coup. Toutefois Rosaline de Verteuil n'en avait pas fini.

— Faites en sorte que votre déshonneur ne rejaillisse jamais sur cette famille. Vous voulez sauver votre père, vos sœurs et votre petit frère ? Alors, prouvez-le, et soyez prête à vous sacrifier.

Son sourire s'éteignit et, son discours terminé, elle quitta la chambre sans un regard en arrière. Sophie vacilla et se retint au lit avant de tomber. Un poids immense accablait sa poitrine, elle éprouvait les plus grandes peines à respirer.

Se sacrifier.

Devenir la maîtresse de Carnac ou le tuer.

Sophie attrapa *in extremis* le pot de chambre et se mit à vomir.

32

Sophie se sentait comme un condamné à mort qui n'attendait que la date de son exécution. Une semaine avait passé au sein de l'hôtel particulier de Verteuil sans qu'aucune piste s'ouvre sur le document volé, et sans qu'Antoine de Carnac se manifeste. Elle s'en voulait terriblement que sa tante ait découvert son travestissement, aussi s'était-elle juré que plus aucune de ses émotions ne se manifesterait lorsqu'elle revêtait la peau de son frère. Si cela lui permettait de ne pas être démasquée, elle investirait son rôle jusqu'à se convaincre d'être véritablement Étienne. L'important était de sauver sa famille.

Les rumeurs au sujet de l'héritage avaient enflé, de sorte que tout Rennes connaissait à présent la bataille qui s'était prétendument engagée entre les Kerdelec et les Carnac. Les invitations s'étaient multipliées, à tel point que la baronne ne savait plus où donner de la tête. Elle trépignait d'impatience à chaque sortie. Louise l'accompagnait systématiquement, tandis que Sophie tentait de limiter ses apparitions. Écouter sa mère parler pendant des heures avec d'autres maîtresses de maison, et devoir elle-même faire montre de qualités qu'elle ne possédait pas – elle chantait faux, ne connaissait pas trente-six langues ni le moindre instrument de musique – constituait pour elle une véritable torture. C'était horrible à dire, mais par moments elle enviait la surdité d'Héloïse, qui lui permettait d'ignorer les cancans. Des cancans qui ne présentaient aucune utilité à son problème.

Même Étienne recevait de jolis cartons d'invitation, mais il était convié à se déplacer seul. Hélas, tante Rosaline le poussait à les accepter, par politesse et respect envers les grandes familles de Rennes. Il ne comptait plus le nombre de jeunes femmes qui lui avaient été présentées. Et il devait en outre entretenir sa relation avec Constance. Grâce au ciel, il n'avait pas à rester tout un après-midi dans un salon avec elle. La jeune femme, malgré son extrême pâleur, aimait marcher, et ils profitèrent des derniers beaux jours. Ils ne parlaient pas, ce silence se révéla vite une bénédiction.

L'état du baron s'était amélioré. Il demeurait parfois éveillé de longues heures, mais ne semblait pas reconnaître sa famille. Le médecin était toutefois confiant : Charles avait subi un fort choc émotionnel et il finirait par reprendre ses esprits. En attendant, Sophie, à travers Étienne, demeurait le seul homme valide de la famille. Le poids du monde pesait sur ses épaules. Elle ne pouvait pas se confier à Louise, qui la fuyait depuis la découverte de leur tante, et encore moins à cette dernière, qui ne voyait Sophie que comme un instrument pour parvenir à ses fins.

Heureusement, Héloïse, Nanou et Pilou avec Cannelle lui rappelaient constamment pour quelles raisons elle devait se battre. Se battre et gagner. Les visites régulières de Mathieu de Chevigné, que ce soit pour voir Étienne en privé ou pour distraire toute la famille, l'aidaient aussi à rester à flot.

Le chantage tant redouté débuta un dimanche, en revenant de la messe.

— Monsieur, un courrier pour vous, déclara Gustave en tendant un papier sans nom, ni même cacheté du moindre sceau.

Étienne capta le regard inquisiteur de sa tante et l'ignora.

— Merci, Gustave.

Le jeune homme se mit légèrement à l'écart. Cette lettre anonyme ne pouvait provenir que d'une seule personne. D'un geste nerveux, il l'ouvrit. Dès les premiers mots, il sentit son sang fouetter ses veines.

Cher ami,

J'espère que vous avez profité de ce répit pour mettre vos affaires en ordre.

La mâchoire d'Étienne se contracta. Carnac avait-il fait exprès de formuler sa première phrase comme s'il allait conduire Étienne au pilori ?

J'ai bien réfléchi à ce que vous pourriez faire pour m'être agréable. Il me plairait d'apprendre à connaître votre sœur, dont j'ai entendu vanter les qualités. Faites en sorte qu'elle soit présente à la salle de jeu de paume dont je vous joins l'adresse, cet après-midi. Des places dans la galerie seront réservées à votre nom.

Les battements dans la poitrine d'Étienne redoublèrent, tandis qu'il finissait la lecture.

Ne vous sentez pas obligé d'y assister. Je prendrai grand soin de votre sœur. D'ailleurs, je compte sur vous pour lui dire tout le bien que vous pensez de moi.

Vous savez qui.

Étienne ferma les yeux et essaya de calmer la nervosité qui le gagnait. Antoine de Carnac était malin… Il n'avait laissé aucun indice sur le destinataire ou l'auteur de la lettre. Aucune preuve permettant de dénoncer la pression qu'il exerçait sur lui.

— Alors ?

La voix ferme et claquante de sa tante le ramena à lui. Étienne n'attendit pas que leur hôtesse lui prenne la missive des mains, et préféra la lui tendre. Elle fronça les sourcils. Au fur et à mesure de la lecture, ceux-ci se haussèrent. Louise se glissa dans le petit salon à cet instant, la mine inquiète.

— Louise, décréta leur tante sans accorder la moindre attention à Étienne. Préparez-vous, nous assisterons cet après-midi à un jeu de paume.

— Un jeu de paume ? répéta l'aînée des Kerdelec, surprise.

— Oui, avec votre petit frère et vos sœurs. Veillez à ce que Sophie… soit bien habillée.

Sophie déglutit lorsque Rosaline de Verteuil lui lança un regard étincelant. De quelle sœur Carnac parlait-il ? Vu qu'il mentionnait un certain nombre de qualités, cela ne pouvait être que Louise… Néanmoins, leur tante avait raison de ne pas avancer de conclusion hâtive. Rien n'était sûr avec un vaurien pareil.

— Il serait préférable qu'Héloïse et Pilou restent…

— Ils viennent. Dépêchez-vous de déjeuner et de vous préparer. Phœbus !

Le chien aboya et sortit de la pièce avec sa maîtresse, tandis que Louise attrapait la lettre abandonnée sur une table basse. Son visage pâlit de plus belle, et elle décréta la première :

— Qu'importe ce qu'en dit notre tante, nous ne devons pas nous laisser faire.

Étienne papillonna des cils. Sa sœur se rapprocha de lui, et posa ses mains sur les siennes. Le jeune homme enlaça ses doigts, une douce chaleur se répandant dans sa poitrine.

*

Sophie avait déjà assisté à des parties de jeu de paume à la campagne, mais jamais dans une salle prévue spécialement à cet effet. Le plafond, dont on voyait la charpente, culminait à environ une quinzaine de mètres et une galerie en bois bordait la longueur du terrain, délimité de l'autre côté par un mur lisse, sans aucun apparat. Des carreaux recouvraient le sol, et un filet incurvé partait du mur jusqu'à la galerie où se pressait déjà un nombre incroyable d'hommes et de femmes.

Tante Rosaline retroussa le nez devant l'agitation, tandis que Pilou, impressionné, se collait à Sophie. Celle-ci avait choisi une jupe et un manteau de robe court vert d'eau, à défaut du noir qui représentait son humeur. Les deux aînées portaient des couleurs pour attirer l'attention et la détourner de leur jeune sœur. Héloïse, trop heureuse de sortir, avait accepté d'enfiler un ensemble gris qui lui remontait jusqu'au cou, telle la pensionnaire d'un ordre religieux. Sophie n'avait pas bronché lorsque leur tante avait annoncé que Nanou resterait à l'hôtel. Tout ce tumulte l'aurait perturbée. Qui plus est, leur mère, prise d'une subite migraine, lui tiendrait compagnie.

— Voyez-vous une place quelque part ? questionna d'un ton aigre madame de Verteuil.

— Hélas, non.

Sophie gardait une main sur l'épaule de Pilou, comme si elle craignait de le perdre. Se pouvait-il que Carnac les ait attirés dans un piège afin de mieux les ridiculiser ?

— Un monsieur fait de grands signes, là !

Philippe pointa du doigt un jeune homme penché à l'extérieur de la galerie. Ayant capté leur attention, il sauta au-dessus de la palissade en bois et trottina vers eux. La tension enveloppa Sophie lorsqu'elle aperçut ses cheveux roux sous son chapeau.

Kaerell, le second et ami d'Antoine de Carnac, s'approchait avec un enthousiasme qui contrastait avec la froideur de leur tante. Il dut zigzaguer entre plusieurs personnes, avant de les atteindre. À un mètre d'eux, il se figea, son regard rivé sur Sophie. Il lui fallut quelques secondes pour se reprendre de sa surprise, mais elle ne s'en formalisa pas. Tout le monde réagissait ainsi la première fois qu'il constatait sa ressemblance avec son jumeau. Même si, en l'occurrence, il s'agissait plutôt de sa ressemblance avec elle-même…

— Merci d'avoir accepté cette invitation. Je me nomme Kaerell.

Le jeune homme s'inclina bien bas.

— Madame de Verteuil, informa leur tante. Mes nièces : Louise de Kerdelec, Sophie et Héloïse. Ainsi que le benjamin de la famille, Philippe de Kerdelec. Hélas, Étienne avait d'autres obligations cet après-midi.

Tous le saluèrent, et le sourire du rouquin s'élargit. Malgré la franche bonne humeur qui émanait de lui, Sophie gardait ses distances.

— Permettez-moi de vous conduire jusqu'à vos places. Vous verrez, il n'y a pas meilleur point de vue.

Il leur indiqua une petite porte en bois au milieu de la galerie, qui leur permit d'atteindre facilement l'emplacement le plus proche du terrain. Un tabouret y reposait, sur lequel tante Rosaline prit place.

— On peut dire que vous tombez à pic ! s'exclama Kaerell par-dessus le bruit avec son éternel sourire.

Aucun des invités ne répondit, et le sourire de leur guide se transforma en grimace.

— « Tomber à pic », répéta-t-il. Vous savez, quand la balle tombe au pied du mur du fond…

— Monsieur de Carnac se joindra-t-il à nous ? le coupa d'un ton mielleux madame de Verteuil.

— Plus tard, répondit-il sans prendre ombrage. N'hésitez pas si vous avez besoin de quoi que ce soit. Aaaahhh, les premiers concurrents entrent sur le terrain !

Une salve d'applaudissements jaillit de la galerie et Héloïse posa sa main contre la rambarde en bois. L'engouement des spectateurs provoquait des vibrations tout autour d'eux, et à défaut de les entendre elle les ressentait dans sa chair. La découvrir toute guillerette apaisa Sophie. D'autant plus que Carnac n'apparaissait pas, et que Kaerell, malgré son amitié pour leur ennemi, se montrait prévenant.

Deux gentilshommes que Sophie avait déjà vus mais dont elle n'avait pas retenu les noms prirent place de chaque côté du filet, armés d'une raquette en bois avec un long manche et des cordes en chanvre, légèrement incurvée d'un côté. Ils remontèrent la raquette devant leur visage et se saluèrent.

Le concurrent avec la balle déclara alors :

— Monsieur de Lalanville, êtes-vous prêt à recevoir le service ?

— Allez-y, Rougemont !

Le premier lança la balle en direction de la galerie. Héloïse se cacha par réflexe le visage, mais l'objet percuta le toit, avant de retourner sur le terrain. Lalanville courut pour la réceptionner et la renvoya vers le mur d'en face.

— Sais-tu comment on joue ?

Kaerell s'était penché sur Pilou qui observait les échanges avec de grands yeux.

— Oui, répondit celui-ci tout content d'être interrogé. Il faut faire passer la balle de l'autre côté du filet, et s'arranger pour que l'adversaire ne la renvoie pas !

— Tout à fait. La balle, qu'on appelle aussi l'éteuf, ne peut toucher qu'une fois le sol, contre une infinité sur le toit et les murs. Et… comment change-t-on de service ?

Le petit garçon se mordit la lèvre.

— Il faut faire des chasses, expliqua Kaerell. C'est-à-dire que l'éteuf doit rebondir deux fois au sol. D'où l'expression « qui va à la chasse perd sa place » !

Le jeune homme se redressa pour sourire au reste des Kerdelec. Louise et leur tante l'ignoraient totalement, Héloïse aussi, mais pour une autre raison. L'assurance de Kaerell se craquela et Sophie pinça les lèvres pour ne pas rire. Le pauvre !

Les échanges se poursuivirent, Sophie les suivit d'un œil distrait. Elle cherchait Carnac dans la galerie. Se cachait-il pour mieux les observer à leur insu ? L'impression d'être épiée ne la mettait pas à l'aise. Aussi tentait-elle de conserver un regard impénétrable, tout en veillant sur ses cadets. La foule, pleine d'entrain, laissait échapper des exclamations lorsque les joueurs gagnaient des points, et Kaerell intervint à plusieurs reprises lorsque des badauds avançaient trop près d'eux.

Enfin, le match prit fin, avec une victoire pour monsieur de Lalanville.

Sophie applaudit comme les autres, les nerfs à vif. Le comte de Carnac allait-il enfin les rejoindre ? Aucun individu ne faisait mine d'entrer dans la galerie. Les spectateurs étaient trop occupés à s'échanger des billets, sans doute issus de paris.

— J'en connais qui vont encore « paumer » leur argent…

Cette fois, Kaerell tenta une œillade vers Sophie, qui perdit patience :

— Monsieur, à quoi cela rime-t-il ? Où se trouve…

— Veuillez accueillir nos prochains invités : Mathieu de Chevigné et Antoine de Carnac !

Les mots moururent sur ses lèvres et elle bondit presque face au terrain.

— Hé, Sophie, tu m'écrases ! rouspéta Pilou.

Elle recula, elle n'avait pas eu conscience de s'être autant avancée vers l'ouverture de la galerie. Deux hommes avaient fait leur entrée, l'un blond comme les blés, l'autre aussi brun que le charbon. Ni l'un ni l'autre n'accorda d'attention aux cris de la foule. Ils se saluèrent, la raquette face au visage, puis Antoine de Carnac déclama :

— Êtes-vous prêt, monsieur, pour ce service et à essuyer une fameuse raclée ?

L'enthousiasme autour d'eux redoubla et Kaerell tendit les bras pour qu'on ne vienne pas les bousculer. Sophie se mordit la langue. Quel toupet ! Ses doigts s'enfoncèrent dans le bois et elle se retint d'encourager Mathieu. Qu'il lui fasse ravaler sa fierté !

— Voyons voir si vous êtes aussi bon que vous le prétendez, répondit le vicomte sans se démonter. Je suis prêt !

Le coup partit sans attendre, tellement vite que Sophie n'eut pas le temps de suivre des yeux la balle. Un bref son au-dessus de sa tête lui indiqua qu'elle avait bien touché le toit de la galerie, et Mathieu la rattrapa avant même qu'elle ne touche terre.

Les échanges devinrent de plus en plus rapides, jusqu'à ce qu'Antoine de Carnac manque l'éteuf.

— Oui ! s'exclama, enchantée, Sophie.

Elle se figea, et jeta un coup d'œil vers Kaerell. Heureusement, celui-ci semblait trop absorbé par le jeu pour la remarquer. Seule Héloïse l'observait.

— *Moi aussi je suis pour monsieur de Chevigné. Mais l'autre monsieur se débrouille bien.*

Une légère rougeur envahit Sophie, mais après tout… pourquoi le nier ? Mathieu était venu à plusieurs reprises les saluer, et s'était montré très prévenant envers leur famille. Alors qu'Antoine… incarnait son exact opposé.

— *Il va gagner,* précisa Sophie.

Héloïse se contenta de sourire pour se réintéresser au jeu. Sophie coula alors un regard vers le reste de sa famille : Pilou était tout fou, tandis que Louise et tante Rosaline affichaient le même calme impénétrable. Sophie s'était-elle trompée ? Plus que leur mère, Louise tentait-elle de devenir comme madame de Verteuil ? Des exclamations détournèrent son attention : monsieur de Carnac venait de faire égalité.

Une bile amère lui remonta dans l'œsophage et elle serra encore plus fort la rambarde de la galerie. Elle mourait d'envie d'encourager Mathieu, mais elle savait aussi que, vu le chantage de Carnac, il valait mieux se tenir à carreau.

Ce dernier, un sourire carnassier aux lèvres, retira alors sa veste qu'il jeta négligemment sur le côté. Puis vint le tour de son gilet.

— Alors, un peu chaud ? s'amusa Mathieu.

Lui aussi suait à grosses gouttes, ce qui ne l'empêchait pas de garder ses vêtements.

— Vous devriez vous mettre à l'aise, vicomte. Je m'échauffais juste.

Des rires montèrent dans l'assemblée. Sophie avait envie de lever les yeux au ciel. Le duel reprit, encore plus intense et rapide. Pilou enchaînait les « oh ! » et les « ouah ! » Héloïse et elle durent à plusieurs reprises l'obliger à reculer du filet qui obstruait l'ouverture de la galerie, afin qu'une balle ne le percute pas. Le vicomte et le comte semblaient jouer leur vie, et aucun ne prenait longtemps l'ascendant sur l'autre.

La sueur inondait leur visage et leurs vêtements. Tous deux poussaient des râles rauques à chaque fois qu'ils frappaient l'éteuf, en particulier lorsqu'ils s'élançaient à l'autre bout du terrain. Sophie, qui suivait d'abord la balle du regard, se perdit dans l'admiration d'un des joueurs.

Pas Carnac. Oh non.

Malgré quelques mèches blondes plaquées sur ses joues par la sueur, Mathieu demeurait toujours aussi beau. La force dans chacun de ses coups révélait l'homme qu'il était devenu. Aujourd'hui, Sophie le voyait sous un autre jour, celui d'un combattant féroce qui ne voulait pas perdre. Son énergie et sa hargne contrastaient avec la prévenance et la douceur auxquelles il l'avait habituée. Et elle adorait ça. Un léger frisson remonta le long de son échine, qui s'accentua lorsque Mathieu marqua une nouvelle fois.

Le vicomte s'appuya sur ses cuisses pour reprendre son souffle, et son regard dévia vers leur place. Il cligna des yeux, comme s'il était surpris, puis sourit. Le rouge s'intensifia sur les joues de Sophie lorsqu'il lui sembla capter son regard. Hélas, cela ne dura qu'une fraction de seconde et la partie recommença de plus belle. Mathieu mit encore plus de volonté à gagner, mais Carnac ne lui facilitait pas les choses. Les coups devinrent plus courts et retors de chaque côté.

Était-il possible que le vicomte donnât le meilleur de lui… maintenant qu'il savait que Sophie le regardait ? La chaleur de la jeune femme redoubla. Elle eut soudain besoin d'air, mais pour rien au monde elle n'aurait abandonné la vue de ce spectacle.

La confrontation touchait à sa fin, avec une égalité parfaite entre les deux joueurs. Leurs épaules se levaient et s'abaissaient au rythme de leur respiration, tant ils étaient essoufflés.

— Prêt ? questionna Carnac, qui allait ouvrir le service.

Monsieur de Chevigné confirma et le comte abattit sa raquette de toutes ses forces sur la balle. Celle-ci percuta le toit de la galerie et rebondit contre le mur opposé avec une célérité époustouflante. Mathieu courut pour l'atteindre, tendit le bras… l'éteuf vint se loger dans le creux de sa raquette… Sophie retint son souffle.

Le vicomte frappa la balle contre le mur, manqua de chuter en arrière. Celle-ci percuta la surface plane et se dirigea droit vers Carnac. En un mouvement habile, le comte sauta en arrière et renvoya la balle en ligne droite sur son adversaire. Mathieu se fendit sur le côté pour l'éviter, et parvint à la frapper. L'éteuf percuta le toit de la galerie, roula même sur plusieurs mètres…

Tout le monde gardait les yeux rivés vers le haut, jusqu'à ce que Carnac coure vers eux, la récupère au moment où elle allait toucher terre, et la renvoie vers Chevigné.

Ou plutôt, vers le carrelage.

Le vicomte se rua vers elle. La balle toucha le sol une fois.

Il tendit son bras à l'extrême, glissa, et… s'échoua face contre terre sans avoir pu la rattraper.

Des sifflements mécontents et des exclamations de joie retentirent dans les tribunes. Kaerell sauta à pieds joints et s'exclama, tout guilleret :

— Ça, c'est ce qui s'appelle « rester sur le carreau » !

Mathieu se relevait, une main posée sur l'un des fameux carreaux du sol. Sophie trouva cette expression pour désigner la défaite d'un joueur particulièrement stupide. Héloïse et Pilou applaudissaient avec entrain, Louise et tante Rosaline avec plus de retenue, et elle recula, amère. Elle n'avait pas envie de féliciter le comte, mais plutôt de lui arracher les yeux !

— Venez ! leur intima Kaerell.

Il poussa quelques personnes pour libérer le chemin jusqu'au terrain. Déjà, de jeunes hommes et des demoiselles bien habillés entouraient les joueurs pour les féliciter. Sophie se décala derrière les silhouettes de Louise et de tante Rosaline. Elle attrapa même Pilou qui voulait courir vers les deux joueurs.

— Reste près de moi, toi.

Sa main appuya sur son épaule et face à la grimace de son frère, elle fronça les sourcils. Elle avait beaucoup d'arguments à lui opposer s'il ne coopérait pas. Malheureusement, ce rempart ne l'aida pas à éliminer son nervosité. Malgré ce qu'elle avait affirmé à Louise… Se pouvait-il qu'Antoine de Carnac ait compris la supercherie ?

— Antoine, vous avez été magnifique ! s'exclama Kaerell, bras écartés.

Le jeune homme recula avant d'étreindre son ami. La sueur maculait la chemise d'Antoine de Carnac, qui accepta un linge que quelqu'un lui tendait pour essuyer son visage.

— Madame de Verteuil, heureux que vous ayez accepté mon invitation.

Le comte gardait les yeux braqués sur leur tante. Il esquissa une révérence bien basse qui laissa entrevoir l'intérieur de sa chemise. Sophie détourna les yeux. Déjà que le tissu blanc était devenu quasi transparent…

— Bonjour, monsieur de Carnac, répondit tante Rosaline sur un ton légèrement pincé. Félicitations pour votre victoire.

— Je ne pouvais pas perdre sachant que vous me regardiez. Votre présence m'a motivé.

Il se saisit de la main de la doyenne, et y déposa ses lèvres. La consternation envahit Sophie, plus encore lorsqu'elle crut voir sa tante retenir un sourire. Se laissait-elle donc charmer par ses manières ? Oubliait-elle qui était l'ennemi ? Elle ne distinguait pas le visage de Louise, juste devant elle, mais elle devait partager l'avis de sa sœur. Du moins, elle l'espérait.

— Je ne pense pas qu'on vous ait déjà présenté Sophie, la cadette de la famille. Ainsi qu'Héloïse, la benjamine.

Le cœur de l'intéressée bondit dans sa poitrine, et Louise se décala. Sophie conserva son bras contre son petit frère pour qu'il ne bouge pas, tandis que le regard sombre de Carnac se posait sur elle.

Elle retint son souffle.

L'attention du jeune homme ne s'arrêta qu'une fraction de seconde sur elle, et il s'inclina, pour ensuite saluer Héloïse.

— Hélas, Étienne avait un empêchement, il vous prie de bien vouloir l'excuser, ajouta leur tante.

— J'en suis navré. Néanmoins, ma déception se trouverait apaisée si votre famille et vous acceptiez une promenade dans le parc. Mademoiselle de Kerdelec…

Il pivota – Sophie se sentit tout affolée –, jusqu'à s'arrêter face à Louise.

— Si votre tante n'y voit pas d'inconvénients, accepteriez-vous de marcher à mes côtés ?

Si Louise était surprise, elle n'en montra pas le moindre signe. Elle acquiesça d'un air affable et se tourna vers sa tante, qui hocha la tête à son tour. Un profond soulagement envahit Sophie. Alors… la sœur qui l'intéressait, ce n'était pas elle, mais Louise ? Peut-être qu'enfin le destin jouait en sa faveur !

— Permettez-moi de vite me changer avant de vous accompagner, déclara le comte.

— Bien…

Tante Rosaline ne put finir sa phrase qu'Antoine de Carnac retirait sa chemise au vu et au su de tous avec un grand sourire. Si le voir torse nu dans la pénombre était déjà quelque chose, ce n'était rien en comparaison de la lumière du jour. Le comte était bâti comme un Adonis, avec des muscles finement ciselés qui indiquaient qu'il s'entretenait bien. Sophie détourna les yeux alors que Louise faisait une volte-face très prononcée et poussait Héloïse à faire de même.

— Monsieur, voyons, ne soyez pas inconvenant, tempéra madame de Verteuil.

— L'inconvenant, madame, serait de vous faire attendre.

Du coin de l'œil, Sophie vit le comte passer un linge sur son torse. Elle décida de se rapprocher de ses sœurs, qui étaient devenues aussi rouges que des pivoines. Son regard se perdit plus loin, et rencontra celui de Mathieu de Chevigné. Il semblait à la fois surpris et décontenancé.

Constatant que toute l'attention demeurait focalisée sur le gagnant, elle se faufila jusqu'à lui.

— Vous avez bien joué, commenta-t-elle en s'arrêtant à moins de deux mètres de lui.

Mathieu baissa la tête.

— J'ai perdu.

— Pas à mes yeux.

Il cilla et Sophie se mordit la lèvre. Qu'est-ce qui lui prenait de se montrer aussi hardie ?

— Merci, mademoiselle de Kerdelec. Cela me touche.

Elle lui sourit, et il l'imita. Le silence s'installa entre eux. Elle se sentit bête, mais elle n'avait pas envie de s'écarter. Et était-ce fou de penser que lui non plus ?

— Je ne savais pas votre famille proche de monsieur de Carnac.

Mathieu de Chevigné désigna du menton le petit attroupement et Sophie ne put se retenir de lever les yeux au ciel.

— Il a envoyé une invitation à Étienne pour que nous assistions au jeu. Il aurait été grossier de refuser.

— Une invitation ?

Il récupéra ses affaires laissées de côté, avant de revenir vers elle.

— Oui, et nous allons ensuite nous promener.

— Avec le comte ?

Le vicomte semblait de plus en plus ahuri. Elle hocha la tête.

— Sophie…

Mathieu se rapprocha, près, trop près pour ne pas voir la roseur sur ses joues. Se rendant compte de sa familiarité, il esquissa un pas en arrière et ajouta :

— Me permettez-vous de me joindre à vous ?

Se joindre à eux ? La journée allait vraiment de mieux en mieux !

— Avec plaisir !

*

Le comte de Carnac avait accepté la proposition de son opposant. Il se montrait beau gagnant et son attitude insolente agaçait prodigieusement Sophie. Par chance, elle n'avait pas à le supporter. Il avançait en tête de la promenade avec Louise, suivi ensuite de Sophie et Mathieu, et enfin, encore un peu plus loin, de tante Rosaline au bras de Kaerell, avec Héloïse et Pilou. Dans d'autres circonstances, Sophie aurait tout fait pour jouer les indiscrètes et savoir ce que pouvaient bien se dire son ennemi juré et sa sœur.

Toutefois, à cet instant, une seule chose lui importait : Mathieu.

Mathieu qui gardait un air soucieux quand il fixait Carnac, mais qui s'apaisait dès qu'il la regardait.

— Est-ce que Rennes vous plaît ? lui demanda-t-il après avoir discuté de la pluie et du beau temps.

— C'est une belle ville, mais la campagne me manque.

— Notre chez-nous nous manque toujours, où que nous soyons. Avez-vous dû y laisser des êtres… chers ?

Sophie faillit s'arrêter à cette question. Par « chers », entendait-il un potentiel prétendant ? Elle rougit et bafouilla :

— Électre, ma jument. Elle va bientôt pouliner.

— Je suis certain que tout se passera bien, affirma Mathieu. La nature l'aidera.

Le jeune homme lui sourit et ses yeux se baissèrent vers ses jupes. Dans un murmure, il se rapprocha :

— Je n'ai pas pu le dire avant par peur de vous trahir : je suis rassuré que votre cheville aille mieux.

Sophie faillit avaler sa salive de travers. Une légère odeur de sueur émanait du vicomte, mais elle ne s'en formalisait pas. Au contraire, elle aurait préféré qu'il s'avance encore. Pourquoi se sentait-elle toujours aussi fébrile en sa compagnie ?

— Sophie, Sophie !

Elle se retourna sur Pilou qui fondait droit sur elle.

— Kaerell a une balle. Tu savais que le jeu de paume se jouait au départ avec les mains ? Il veut bien nous montrer ! On peut s'arrêter et jouer ? Allez, s'il te plaît !

Sophie croisa le regard acerbe de sa tante. Pilou aurait dû requérir la permission de cette dernière, pas celle de sa sœur… Les habitudes du jeune garçon au domaine revenaient en flèche.

— Je ne serais pas contre une pause, avoua Louise qui revenait sur ses pas.

Son visage aussi rouge qu'une tomate, elle ne semblait pas du tout à l'aise. En revanche, le comte de Carnac offrait un sourire courtois. Oh, ce sourire allait si mal avec sa véritable personnalité ! Si Louise s'avérait fatiguée, c'était sans nul doute de le supporter !

— Mathieu, vous jouez avec nous ?

— Philippe ! rouspéta leur tante.

Le petit garçon l'ignora, des étoiles plein les yeux. Mathieu laissa échapper un petit rire et se frotta la nuque, gêné.

— Il peut m'appeler par mon prénom. C'est d'accord.

— Youpi !

Pilou attrapa le jeune homme par la main. Madame de Verteuil leva les yeux au ciel, mais n'émit aucun commentaire.

— Et moi, je peux jouer ? questionna Carnac d'un air taquin.

Le petit garçon afficha une expression renfrognée et Sophie eut envie de l'embrasser. Ah, même son petit frère comprenait qu'il fallait se méfier de cet homme !

— Non, vous êtes trop fort. Vous allez gagner avant même que je marque.

Et il tira sur la main d'un vicomte de Chevigné encore plus embarrassé.

— Philippe, surveillez votre langage ! le houspilla madame de Verteuil en s'éloignant avec eux.

Sophie se retrouva d'un coup en retrait avec le comte. Leurs regards se croisèrent, Antoine de Carnac ouvrit les lèvres et… elle se dépêcha d'avancer sans lui laisser le temps de parler. Déjà, Pilou et Mathieu s'étaient placés d'un côté, face à Kaerell et Héloïse. Le jeune homme leur expliquait le jeu, et madame de Verteuil choisit de s'installer avec Louise à côté d'une dame et de son enfant sur un banc. Hélas, il n'y avait plus de place pour Sophie.

Tant pis, elle s'assiérait par terre.

— Permettez.

Le comte de Carnac l'avait rattrapée et avait retiré son manteau. D'un geste du poignet, il le fit s'envoler et le déposa galamment sur l'herbe. Quand il se tourna pour l'inviter à prendre place, Sophie avait déjà ramené ses jupes sous elle pour s'asseoir sans protection. La jeune femme gardait les yeux rivés sur sa famille qui s'amusait, à une dizaine de mètres d'eux. Pour une fois, elle aurait préféré être à côté de tante Rosaline à la place de Louise. Mais, après tout, son aînée venait de supporter Carnac, chacune son tour.

Le port droit, elle ne chercha ni à faire la conversation ni à se montrer agréable.

— Ma veste était pour vous, pour éviter que vous ne salissiez votre robe.

Le ton du comte s'était fait égal, il ne semblait guère contrarié. Dommage.

— Vous sentez la sueur, décocha-t-elle sans réfléchir. Cela m'aurait importunée.

Un bruit de tissu lui indiqua que Carnac s'asseyait à côté d'elle, à la place même qu'elle avait boudée.

— Vous préférez donc la terre à mes fluides corporels. Toutefois, sachez qu'aucune jeune femme n'a regretté d'y avoir goûté.

Sophie s'étrangla et toussota. Elle n'était pas certaine d'avoir saisi le sens exact de ces propos. Néanmoins, elle aurait pu parier que c'était inconvenant !

Elle tourna un visage horrifié vers lui, mais il ne la regardait pas. Il demeurait assis, les jambes étendues, appuyé sur ses bras légèrement en arrière du corps. Sophie entreprit de se relever. Il était hors de question qu'elle le supporte une minute de plus !

— La ressemblance avec votre frère est fascinante, ajouta-t-il sur le ton de la conversation.

Sophie se figea dans son geste. Que voulait-il dire ? Avait-il… compris ? Le comte sourit, et elle hésita. Le plus simple était de conserver la même attitude qu'après leur rencontre à la fontaine.

— Et votre constat est aussi fascinant que sa stupidité, tacla-t-elle en se réinstallant.

Non, elle ne partirait pas la première. Héloïse et Pilou s'amusaient bien, elle ne voulait pas leur gâcher ce moment. De plus, si une personne devait quitter ce mètre carré d'herbe, ce n'était pas elle !

Antoine de Carnac ne répondait pas, aussi risqua-t-elle un coup d'œil vers lui. Mal lui en prit, car il la fixait de manière insistante, son éternel sourire amusé collé au visage. Rêvait-elle ou aimait-il être insulté ?

— Généralement, seules les vieilles filles se montrent aussi aigries. Vos lèvres connaissent-elles seulement la douceur ? Avez-vous besoin… d'un professeur ?

Son buste s'avança et Sophie sentit une pierre tomber dans le creux de son estomac.

— Un bain ne vous a pas suffi ? siffla-t-elle entre ses dents. Si vous osez, ce ne sera plus dans de l'eau que vous vous noierez, mais dans votre propre sang.

Ces paroles ne ressemblaient pas à Sophie. Hélas, toute la haine et la tension qu'elle retenait depuis des jours éclataient. N'avait-elle pas assez de la maladie de leur père, de la fuite d'Étienne et de la disparition de l'acte de baptême pour en plus y ajouter un libertin qui se croyait tout permis ? À cet instant, elle n'avait qu'une envie : se jeter sur lui et lui crever les yeux ! Des yeux, qui s'écarquillaient de plus en plus tandis qu'elle le fixait d'un air assassin.

Contre toute attente, le comte éclata de rire. Il se détourna et plaqua sa main sur sa bouche pour tenter de se maîtriser. Ce qu'elle venait de prononcer le mettait dans tous ses états. Et pas dans le bon sens. Le rouge monta jusqu'aux oreilles de Sophie. La honte l'enveloppa, mais à la place elle se mit à rire de manière exagérée et fausse. Elle ne perdrait pas la face contre lui !

— Je retire ce que j'ai dit, ajouta le comte. Si physiquement vous ressemblez à votre frère, pour le reste, vous êtes totalement différents.

Une bouffée de joie emporta la jeune femme, qui se garda bien de le montrer. Elle avait réussi, Carnac ne se doutait pas de la supercherie !

— Vous ne vous emportez pas que je vous compare à un homme ? ajouta-t-il vu qu'elle ne réagissait pas.

— Je me fiche royalement de ce que vous pensez de moi, monsieur de Carnac.

— Alors vous vous fichez également de savoir que je trouve votre frère empoté, sot et lâche ?

— Pardon ?

Tout le soulagement qu'elle venait de ressentir s'envolait en fumée.

— Vous m'avez très bien entendu.

Le comte se pencha vers elle, sauf que son sourire amusé avait disparu. Il ne restait plus que son regard sombre. Le même que lorsqu'il avait ouvert l'armoire et l'avait découverte. Le même que lors du duel. Comment pouvait-il un seul instant penser ça d'Étienne, ou plutôt d'elle ? Jamais elle n'avait fui face à l'adversité. Pardi, elle l'avait même affronté à l'épée !

Les mots s'entrechoquèrent sur ses dents :

— Étienne est le meilleur des frères.

— Raison pour laquelle il a envoyé ses sœurs au front sans daigner les accompagner et s'inquiéter de leur sort ?

Sophie serra les poings. À cette distance, elle aurait pu le gifler, mais ils étaient en public. Comment défendre Étienne sans se révéler ? Comment se venger de tant d'impertinences sans que cela se retourne contre elle ?

— Vous oubliez une chose importante, Carnac, articula-t-elle avec mépris. Je suis une femme, pas une demoiselle en détresse. Je sais me défendre seule. Et surtout…

Elle rapprocha à son tour son buste de lui. Leur regard ne se détachait pas l'un de l'autre.

— Surtout ? répéta-t-il, très attentif.

Sophie sourit mauvaisement.

— Surtout, je n'ai pas peur de v…

— Attention !

La jeune femme tourna la tête au cri de son petit frère. Un projectile se dirigeait droit vers son visage. Ses yeux s'écarquillèrent et d'un coup, elle reçut le choc. Ses paupières se fermèrent par réflexe, mais aucune douleur n'éclata.

À la place, elle ressentit une pression contre sa nuque et une surface ferme contre elle. Son nom lui parvint au loin et elle rouvrit les yeux. Son cœur manqua un battement, et ses paumes appuyèrent contre le torse du comte de Carnac qui venait de faire barrage de son corps. Il gardait son bras autour d'elle, comme s'il voulait former un cocon pour la protéger de l'extérieur.

Jamais encore Sophie n'avait été si proche d'un homme, pas même de Mathieu lorsqu'il l'avait aidée à descendre de cheval. Une telle proximité la paralysa, sans qu'elle comprenne pourquoi. Elle détestait Carnac, elle détestait absolument tout de lui. Et pourtant, à cet instant, elle ne parvenait pas à se détacher de ses yeux sombres. Ses yeux sombres qui lui faisaient l'effet d'un trou noir capable d'absorber toutes ses réticences.

La main appuyée contre sa nuque se retira aussi soudainement qu'elle s'était posée et le jeune homme s'écarta d'un mouvement vif. Un courant d'air chatouilla la gorge de Sophie, tandis que le comte pivotait de profil pour ne plus la regarder, comme si l'avoir touchée le révulsait.

Un froid terrible s'insinua jusque dans les os de la jeune femme. Son cœur continuait à battre à toute allure. Des silhouettes se pressèrent autour d'elle, et elle baissa les yeux, ne comprenant pas la complexité des émotions qui manquaient de la faire chavirer.

Non, Sophie n'avait pas peur de Carnac. Ce qui lui faisait peur, c'était elle-même.

33

— Vous allez bien ?

— Je suis tellement désolé !

— Vous avez été touchée ?

Face à la foule de questions qui s'amoncelait, Sophie prononça enfin :

— Je vais bien, ne vous inquiétez pas.

Pilou passa ses bras autour de ses épaules et la serra fort. D'une voix chevrotante, il gémit :

— C'est de ma faute, je n'ai pas réussi à rattraper la balle. Pardon Sophie !

La jeune femme lui tapota gentiment le dos. Héloïse, Louise, Mathieu et Kaerell l'entouraient, inquiets.

— Mademoiselle de Kerdelec, commença ce dernier, ce n'est pas de la faute de votre frère, mais de la mienne. J'ai mal évalué mon lancer, veuillez me pardonner…

Philippe s'écarta en reniflant. Malgré le chaos d'émotions dans son ventre, Sophie sourit.

— La balle ne m'a pas touchée. Monsieur de Carnac, en revanche…

Tout le monde se tourna vers lui. Debout, il avait récupéré son manteau et en retirait l'herbe. Quand il remarqua les regards tournés sur lui, il haussa un sourcil insolent.

— Vous allez bien ? tenta son camarade.

— Kaerell, vous me décevez. Il faudrait bien plus qu'une balle pour venir à bout de moi.

Son ami éclata d'un rire gêné et l'attention dévia fort heureusement vers eux. Pilou semblait rassuré et récupérait déjà l'arme du crime qui avait roulé plus loin.

— *Tu es sûre que ça va ?* questionna Héloïse, avec discrétion.

— *Oui, juste un peu surprise. Retourne t'amuser.*

Sa jeune sœur s'exécuta, tandis que Louise, silencieuse, gardait son regard rivé à côté de Sophie. Par réflexe, celle-ci se tourna légèrement et découvrit le vicomte de Chevigné.

— Permettez.

Il lui tendit la main, le visage soucieux. Une vive émotion comprima la poitrine de Sophie. Qu'avaient-ils tous vu exactement ? Et surtout qu'avait pensé Mathieu ? Elle sentit son visage la brûler. Dans sa vision périphérique, Louise s'éloignait à son tour.

— Je peux me relever…

— S'il vous plaît, Sophie, murmura Mathieu si bas que seule elle pouvait l'entendre.

Était-ce de l'inquiétude ou de la contrariété qu'elle lisait dans ses beaux yeux bleus ? La main de la jeune femme rejoignit la paume du vicomte. Celui-ci referma ses doigts sur les siens, puis l'aida à se relever avec douceur, comme si elle risquait de se briser à tout moment. La jeune femme n'osa pas le fixer, et encore moins regarder autour d'elle : elle se sentait toujours chamboulée. Après son discours, monsieur de Carnac devait bien se moquer en constatant qu'elle acceptait de l'aide !

— De grâce, regardez-moi, souffla monsieur de Chevigné.

Emplie de gêne et de honte, Sophie s'exécuta. Désormais debout côte à côte, elle discernait encore mieux les traits crispés de Mathieu.

— Êtes-vous certaine que vous allez bien ?

Le jeune homme détailla son visage, comme à la recherche d'une blessure. Il n'avait toujours pas lâché sa main. Une chaleur réconfortante en émanait, et elle ne chercha pas à s'en défaire.

— Oui, monsieur.

— Louise, Sophie, il est temps de rentrer ! cingla madame de Verteuil.

Leur tante avait quitté son banc et semblait prodigieusement agacée.

— Non, pas déjà !

Pilou leva la tête au ciel tout en laissant tomber bien bas ses épaules, ce qui irrita encore plus leur chaperon. Mathieu profita de la distraction pour poser la main de Sophie sur son bras.

— Appuyez-vous sur moi, je vous raccompagne à votre calèche.

La gorge de Sophie devint sèche. Comment lui faire comprendre que, vraiment, elle allait bien ? Elle humidifiait ses lèvres, cherchant ses mots, lorsque la pression du vicomte sur son bras s'accentua, si bien qu'elle sentit son bras frôler sa poitrine.

Il tourna la tête vers elle. Ses yeux brillaient et Sophie perdit toutes ses objections. Les convenances demandaient-elles qu'elle le repousse ? Peut-être, mais elle n'en avait aucune envie. Sa présence lui semblait tellement… naturelle. Sophie se contenta d'acquiescer, et le vicomte la ramena vers sa tante. Ils passèrent devant Kaerell et le comte, qu'elle gratifia d'un mouvement de tête, et surtout sans un regard. À la place, elle fixa ses pieds, plus que jamais consciente du contact de monsieur de Chevigné contre elle.

— Madame de Verteuil, mesdemoiselles de Kerdelec…, entendit-elle derrière elle.

Kaerell les saluait, mais elle ne se retourna pas. D'ailleurs, Mathieu ne lui en laissait pas l'occasion. Il s'arrêta pour attendre madame de Verteuil, puis, une fois celle-ci à leur niveau, quitta la pelouse pour gagner le petit chemin qui les conduirait hors du parc. Il marchait avec précaution, comme s'il craignait que sa protégée trébuche au moindre instant. Bien vite, ils dépassèrent le reste de la famille. Sophie entendait à peine les jérémiades de son petit frère. Les battements de son cœur résonnaient jusque dans ses oreilles. À plusieurs reprises, elle osa jeter un coup d'œil à son compagnon. Celui-ci gardait le regard rivé droit devant lui, comme plongé dans ses pensées.

Ne ressentait-il pas le même trouble d'être si près d'elle ? Ou bien était-ce sa manière de le dissimuler ? Non, elle se posait bien trop de questions… Il s'inquiétait pour elle, rien de plus.

Une fois en bordure du parc, monsieur de Chevigné l'aida à monter dans la calèche, et fit de même avec madame de Verteuil, Louise, puis Héloïse et Pilou.

— Merci pour votre galanterie, monsieur de Chevigné, déclara madame de Verteuil, une fois bien installée.

Le jeune homme s'inclina bien bas et leur tante donna le signal au cocher d'avancer. Sophie aurait voulu prononcer un mot, une parole pour ne pas quitter le vicomte en silence, mais elle ne savait quoi dire. La voiture se mit en branle. Elle serra le poing, et ce fut plus fort qu'elle. Tant pis pour ce qu'on dirait !

Elle se pencha hors de la calèche. Mathieu n'avait pas bougé. Il se tenait, élégant et droit, dans ses beaux vêtements. Une légère brise soulevait ses cheveux blonds derrière lui. Hélas, il ne regardait plus la calèche.

Non, il avait détourné son visage vers un autre individu. Un individu qui se tenait lui aussi immobile, à la sortie du parc. Trop loin, Sophie ne pouvait lire leur expression, mais elle n'eut aucune difficulté à identifier le sujet d'attention de Mathieu.

— Sophie, je ne le répéterai pas deux fois !

Une pression contre son bras la força à se remettre droite, et elle croisa le visage désapprobateur de sa sœur aînée. Sauf que superposé à son regard, son esprit en voyait un autre.

Celui, sombre et ténébreux, de monsieur de Carnac.

34

— Dieu merci, vous voilà enfin rentrés ! s'exclama la baronne de Kerdelec. Je ne la supporte plus !

— Je vous en prie, c'est dangereux, gémit une voix féminine.

— Puisque je vous dis qu'il a une crotte de nez !

Sophie ne perdit pas de temps et courut dans la pièce. Sa grand-mère tendait le bras vers l'énorme portrait d'un homme à l'air sévère et au nez aquilin fixé au-dessus de la cheminée.

— Oh, il vient d'éternuer et elle est tombée sur ton doigt ! s'écria la jeune femme.

Sa grand-mère se tourna vers elle, vers le portrait, examina son index… et sourit, apaisée. Pilou se dépêcha d'aller l'enlacer, tandis que la domestique qui s'occupait de leur aïeule soupira discrètement. Tante Rosaline arriva avec un sourcil haussé, suivie de Louise et surtout… de la baronne de Kerdelec.

— Elle a été comme ça durant toute votre absence, se lamenta celle-ci avant de poursuivre. Est-ce qu'Étienne était avec vous ? Je ne l'ai pas vu de la journée.

La jeune femme se mordit la lèvre.

— Il avait à faire ce matin, répliqua par chance la maîtresse de maison.

— Je m'inquiète…

Leur mère geignit.

— Il ne prend quasiment aucun de ses repas avec nous. Est-ce qu'il s'alimente au moins correctement ?

— Henriette, soupira leur tante avec exagération. Étienne doit gérer les affaires du baron. Soyez plutôt fière qu'il y mette autant de zèle.

La baronne opina du chef, mais son regard soucieux dévia vers Sophie. Celle-ci se crispa. Est-ce que sa mère avait deviné la supercherie ? Non, même si les absences répétées d'Étienne pouvaient paraître louches, grâce à l'assistance de leur tante, elle ne serait pas démasquée. Et puis, surtout, sa mère ne s'inquiéterait pas de la sorte si elle savait qui revêtait le masque d'Étienne chaque jour.

— Sophie ne se sent pas bien (aux mots de sa tante, l'intéressée ouvrit de grands yeux surpris), elle ne vous accompagnera pas au bal ce soir.

— Encore ?

L'inquiétude de la baronne se mua en désapprobation. Depuis la maladie de son père, Sophie n'avait plus assisté au moindre bal au profit d'Étienne… Les convenances sociales réclamaient non seulement qu'il visite les différentes familles qui l'invitaient, mais aussi qu'il soit présent aux bals de l'aristocratie. Si seulement Constance avait pu y être conviée, Sophie aurait pu faire d'une pierre deux coups… Au moins, sa tante lui permettait de ne pas devoir chercher de nouvelles excuses.

— Vous devriez prendre exemple sur votre frère, Sophie. Même fatigué, il fait des efforts pour sa famille.

La main d'Héloïse pressa la sienne en guise de soutien. Au lieu de la rassurer, son geste raviva sa frustration. Il lui faudrait encore inventer un prétexte pour laisser sa petite sœur seule avec Nanou et Pilou. Les mensonges devenaient trop nombreux… elle détestait cela.

— Je suis désolée, mère…

— Ou prenez exemple sur Louise, ajouta la baronne, qui se rapprocha d'un pas ferme. (Était-elle en train de se décharger sur Sophie de toute la frustration accumulée d'avoir dû rester avec leur grand-mère ?) Votre famille ne sera pas toujours là pour répondre à vos besoins. Tenez-vous bien et trouvez un prétendant…

— Du calme, Henriette.

Sophie releva des yeux étonnés vers sa tante. Celle-ci caressait Phœbus qui avait pris place dans un des nombreux fauteuils. Son calme contrastait avec l'agitation de sa nièce.

— Je sais qu'elle est jeune, rouspéta la baronne, mais…

— Se laisser désirer a ses avantages. Et puis… il ne faudrait pas que Sophie reçoive des demandes avant son aînée.

La voix était devenue doucereuse, et la jeune femme frissonna. Recevoir des demandes en mariage avant Louise ? Quelle idée incongrue ! La baronne ouvrit de grands yeux. Puis, d'un coup, elle laissa échapper un petit rire étudié.

— Ma tante, allons, ce n'est pas bien de taquiner mes filles de la sorte !

Madame de Verteuil se permit un sourire, et Sophie se sentit de plus en plus mal à l'aise. Elle remarqua alors que le reste de la famille la fixait avec un regard neuf, comme s'ils essayaient d'évaluer la dose de plaisanterie dans les propos de la maîtresse de maison. Louise, en particulier, conservait la mâchoire serrée.

— J'ai faim, annonça Nanou.

— *Je vais l'emmener grignoter quelque chose,* signa Héloïse.

— Moi aussi j'ai faim, je te suis ! s'exclama leur frère, trop heureux de quitter cette atmosphère pesante.

Ils dépassèrent tous les trois la baronne. Au dernier moment, Nanou se retourna et, d'un geste discret, essuya la crotte invisible sur son index sur la jupe de sa belle-fille. Puis, elle offrit un clin d'œil à Sophie. Celle-ci dut pincer les lèvres pour ne pas rire.

— Si vous le permettez, je vais aller me reposer.

Sophie se fendit d'une révérence, puis, n'ayant essuyé aucune contestation, quitta la pièce. La tension lui comprimait les entrailles. Après le jeu de paume et le parc, elle avait espéré que rentrer à l'hôtel particulier de Verteuil l'aiderait à souffler, mais il n'en était rien. Où qu'elle aille, et quelle que fût son identité, elle se sentait prise au piège.

— Sophie ?

Prête à ouvrir la porte de la chambre d'Étienne, la jeune femme se figea. Louise l'avait suivie et semblait ennuyée.

— Oui ?

Sa sœur se rapprocha et jeta un coup d'œil en arrière, comme si elle craignait qu'on les entende. Alors, Sophie l'attira entre les murs de sa chambre d'homme.

— Qu'y a-t-il ? questionna-t-elle, une fois la porte fermée.

— Tu… Je… Est-ce que ça va ?

Surprise, Sophie se contenta d'acquiescer. Est-ce que comme Mathieu Louise craignait que l'éteuf ne l'ait blessée ?

— La balle ne m'a pas touchée, le vicomte s'inquiétait pour rien.

— Oui… mais… comment dire…

Sophie n'avait jamais vu sa sœur chercher ses mots. D'habitude, elle n'hésitait pas à la critiquer et à la vexer.

— Oui ?

— Monsieur de Carnac. Il a réceptionné la balle à ta place, termina-t-elle très vite.

Sophie hocha la tête, et se détourna vers le lit. Oh ça, elle le savait, même trop bien.

— Et comment te sens-tu ? insista Louise.

— Que veux-tu que je te réponde ? grinça Sophie, qui sentait l'énervement la gagner.

Elle commença à préparer ses vêtements masculins.

— Que j'aurais mille fois préféré la prendre en plein visage plutôt que de lui être redevable ? Oui, tout à fait. Maintenant, il va se vanter de m'avoir sauvée !

Cette idée lui donnait envie de vomir ! Elle sentit alors un frisson dans sa nuque, comme lorsqu'il l'avait touchée, et elle repoussa le plus loin possible cette sensation.

— Sophie (Louise s'était rapprochée pour se poster sur son côté droit), est-ce qu'il a eu le moindre geste déplacé ?

Sa sœur aînée l'observait sans ciller. Alors… Louise s'inquiétait vraiment pour elle ? Sophie, émue, baissa la tête. Carnac l'avait-il touchée au-delà de la convenance ? Certes, il l'avait enlacée, mais son rejet avait été tout aussi soudain.

— Sophie ? Je ne dirai rien à personne, promis.

— Non.

La jeune femme releva la tête. Sa sœur fronça les sourcils comme si elle hésitait à la croire.

— Mais j'aurais bien aimé, afin de lui balancer mon poing dans la figure !

Un fin sourire éclaira le visage de son interlocutrice. Elle expira, soulagée, puis laissa échapper une petite exclamation rieuse. Intriguée, Sophie sourit à son tour.

— Quoi ?

— Rien, je t'imaginais juste avec une grosse bosse sur le front. Même si je ne le supporte pas, je suis bien contente que le comte ait reçu le coup à ta place. On aurait eu des difficultés à expliquer la même trace sur le visage d'Étienne.

— Ah.

Sophie se força à conserver son sourire pour donner le change. Toutefois, la déception la tenaillait. Louise se souciait-elle d'elle ou bien avait-elle juste eu peur que Carnac puisse découvrir leur supercherie ? Vu sa remarque… bien que très pertinente, elle craignait que ce ne soit la seconde possibilité.

— Excuse-moi, je dois me changer. Mademoiselle Lambert m'attend.

— Oui, oui.

Louise gagna la porte de la chambre, l'ouvrit, et au moment de la franchir s'arrêta.

— Dis-moi… Quelle est ton opinion sur le vicomte de Chevigné ? Plutôt agréable à regarder, non ?

Sophie faillit avaler de travers. Louise n'attendit pas sa réponse. Toujours avec un fin sourire, sa sœur referma le battant derrière elle.

35

Épuisé, mais le cœur léger, Étienne demeurait accoudé à la fenêtre du carrosse. Comme il faisait sombre, il ne discernait pas grand-chose du paysage. Même éclairé, il ne l'aurait de toute façon pas vu. Son esprit demeurait concentré sur la bonne nouvelle reçue quelques heures plus tôt.

Monsieur Lambert avait annulé sa visite chez Constance – celle-ci ne se sentait apparemment pas bien – et avait conclu sa lettre de la sorte :

J'ai constaté que vous avez pris au sérieux ma proposition et que vous vous occupez bien de ma fille. Puisque votre père n'est toujours pas remis, je vous laisse un délai supplémentaire. Une affaire urgente m'appelle à Paris et m'oblige à partir sur-le-champ. Poursuivez donc votre cour et vos attentions envers Constance. À mon retour, vous ne pourrez plus différer votre décision.

Certes, Lambert lui posait un ultimatum. Toutefois, il lui faudrait bien huit jours de carrosse pour atteindre Paris, et le banquier y séjournerait quelque temps. Avec un peu de chance, Étienne avait un mois devant lui pour trouver une solution. Le départ d'un potentiel suspect aurait dû l'inquiéter, mais si Lambert détenait vraiment le papier, Sophie n'avait aucune idée de comment faire pour le convaincre de le lui rendre. Et puis, elle le suspectait de moins en moins. Le savoir bientôt à des centaines de kilomètres apaisait son esprit. D'ici un mois, le vrai Étienne réapparaîtrait peut-être et pourrait lui-même s'occuper de ces fiançailles. Oui, même si Carnac posait toujours problème, Sophie avait enfin l'impression que la chance lui souriait.

La copie d'Étienne descendit du carrosse qui s'était arrêté devant une vaste propriété en bordure de Rennes. Ses chaussures bien cirées crissèrent contre le gravier, et il se retourna pour tendre sa main gantée de blanc à la baronne de Kerdelec. Celle-ci l'accepta avec satisfaction, et Étienne l'aida à descendre, pour ensuite réitérer la manœuvre avec Louise. Cette fois, madame de Verteuil n'avait pas tenu à les accompagner, ce qui avait largement détendu l'atmosphère.

Des flambeaux, enfoncés le long de l'allée, conduisaient les visiteurs vers un large perron terminé par une plateforme où des domestiques vérifiaient les invitations. De la musique se faisait entendre de l'intérieur. Les convives, tous habillés de leurs plus beaux atours, se pressaient pour gagner le lieu des festivités.

— Ne vous occupez pas de nous et amusez-vous, leur conseilla madame de Kerdelec.

Surpris, Étienne la fixa quelques instants. Sa mère avait encore eu la main lourde sur les fards et la poudre pour blanchir ses cheveux. Malgré tout, il ne parvint pas à ressentir cette animosité si habituelle en sa présence. La baronne ressemblait à une jeune femme qui avait hâte de s'amuser.

— Oui, mère. Mais faites-moi savoir si vous avez besoin de quoi que ce soit.

— Cela ira, profitez des charmantes compagnies de ce soir. Ce n'est pas parce que votre père désire vos épousailles avec mademoiselle Lambert que vous n'avez pas le droit de badiner avec d'autres jeunes femmes.

Étienne se raidit et elle ajouta :

— Dans le respect des convenances, bien entendu.

Les oreilles d'Étienne lui brûlèrent. Qu'est-ce que sa mère sous-entendait ? N'était-ce pas déplacé, d'autant que Louise les suivait ? Sophie avait beau endosser le rôle d'homme depuis peu, elle était certaine que son frère n'aurait pas apprécié que quelqu'un « badine » avec l'une de ses sœurs, surtout s'il ne comptait pas l'épouser. Cependant… leur mère partageait-elle son opinion ? Pire, est-ce qu'elle ne badinait pas avec d'autres messieurs ?

Il s'étrangla et une quinte de toux l'obligea à s'écarter de la baronne.

— Étienne ? s'inquiéta-t-elle.

Il sentit un contact à l'opposé de sa mère et découvrit les grands yeux bleus de Louise posés sur lui. Avec sa coiffure brune rehaussée vers le haut et une touche délicate de maquillage, sa sœur aînée possédait une élégance hors du commun. Son regard confiant le rassura et il se ressaisit, conduisant sa famille à l'intérieur.

Serviteurs en perruque et livrée, hommes et femmes sur leur trente et un, cette soirée avait tout des fastes de la cour. Du moins, Étienne le supposait. Il ignorait où porter son attention : sur ces gens, ou bien sur le mobilier en bois laqué et peint qui devait valoir une petite fortune, ou encore sur le grand lustre de cristal dans la salle de bal. Ou plutôt l'une des salles, car la demeure s'avérait si grande qu'on aurait pu en ouvrir plusieurs. Des tableaux plus grands que son lit présentaient des scènes de chasse au mur, ou encore des passages mythologiques. Toutefois, aucun convive ne semblait y prêter attention et, comme toutes les dernières fois dans ce genre de soirée, Étienne alla de salutation en salutation après avoir remercié les hôtes pour leur invitation.

— Madame de Kerdelec, me permettez-vous d'inviter votre fille ? questionna un charmant jeune homme qui avait choisi de revêtir une perruque blanche plutôt que de laisser ses cheveux apparents.

Était-ce là une preuve de fortune, ou bien cachait-il un début de calvitie ?

— Monsieur de Romblay, je vous en prie, répondit la baronne.

Louise offrit un des sourires de convenance qu'elle réservait à ses cavaliers. Étienne ignorait tout des sentiments de sa sœur aînée quant à ses prétendants. À force de l'observer, il se demandait même si elle s'amusait lors de ces soirées. Son regard ne divaguait jamais, et elle restait égale, sans jamais rire ou rougir. Parfois, il se demandait même si une âme habitait ce corps tellement elle maîtrisait ses émotions.

— Oh, je vois madame de Choiseul et sa fille. Venez-vous les saluer avec moi ?

Étienne retint une grimace.

— Merci mère, j'irai plus tard. Je vois moi aussi des amis à saluer.

La baronne ne put retenir une moue déçue. Étienne n'en avait cure, surtout après le discours qu'elle lui avait tenu. En outre, ils avaient rendu visite à madame de Choiseul à trois reprises durant la semaine, et il avait dû supporter les démonstrations d'italien, de chant et de musique de l'aînée. Au contraire de Constance, celle-ci avait tout pour plaire : des cheveux d'un blond doré, des hanches prononcées, et une poitrine qui menaçait de sortir de son corset. D'ailleurs, Étienne ne s'y trompait pas. Vu le nombre de jeunes hommes qui la fixaient ce soir, elle finirait fiancée d'ici le printemps. Toutefois il avait montré bonne figure, puisqu'il s'agissait aussi d'une occasion pour Louise de passer du temps avec le frère de celle-ci.

— Monsieur de Lalanville, monsieur de Rougemont, salua Étienne en se rapprochant de deux hommes qui buvaient ensemble.

— Ah, monsieur de Kerdelec ! Ravi de vous voir !

Étienne leur rendit leur révérence. Ils s'étaient croisés à plusieurs reprises dans des salons, en plus d'avoir dansé avec Sophie. Non qu'Étienne leur ait porté un quelconque intérêt, mais leurs visages lui étaient les plus familiers et il voulait absolument éviter les mères des demoiselles à marier.

— Oh, mais quelle charmante surprise, messieurs ! Je n'ai pas encore eu le plaisir de vous présenter mes filles…

Par tous les saints ! Une femme d'une quarantaine d'années, habillée d'un long manteau de robe presque rouge au tissu satiné, venait de les accoster avec deux jeunes femmes. La première chose qu'Étienne remarqua quand elles s'inclinèrent fut leur décolleté très ouvert… La gêne l'enveloppa au point de lui couper toute repartie. Heureusement, ses deux compagnons prirent vite le relais.

— Madame de Villeneuve, quels joyaux nous amenez-vous là !

Étienne cilla, pris au dépourvu par une impression de déjà-vu. Les deux hommes offrirent une révérence et les jeunes femmes rougirent. Il les imita de justesse pour ne pas paraître impoli. Monsieur de Rougemont roucoula :

— Permettez que nous dansions avec elles.

— Je dois encore les présenter à quelques amis, mais bien sûr mes filles seraient enchantées.

Avec un sourire fier, la mère s'éloigna, suivie de près par les deux demoiselles qui gloussaient. Messieurs de Lalanville et de Rougemont se rapprochèrent et murmurèrent :

— Je parie mes nouvelles bottes qu'il faudra à peine trois verres de vin à celle de droite avant de s'appuyer contre moi durant la danse.

— Je dirais plutôt deux. Pareil pour sa sœur.

— Monsieur de Kerdelec, vous pariez avec nous ?

Le jeune homme ne répondit pas et se contracta. Que ces messieurs cherchent à enivrer leur future cavalière pour se moquer d'elle – voire pire – le révulsait. Monsieur de Lalanville enchaîna :

— Ah, mais qui voilà !

Étienne profita de la distraction pour se retourner. Mal lui en prit, car son cœur s'envola dans sa poitrine. Mathieu de Chevigné, vêtu d'un fin habit bleu, les cheveux soigneusement peignés et attachés en arrière, s'approchait d'eux avec une expression joviale. Un ange tombé du ciel n'aurait pas pu faire plus d'effet à Sophie déguisée sous le masque d'Étienne.

— Mes amis, bien le bonsoir. Ai-je interrompu une plaisanterie ?

— Que nenni, mentit effrontément monsieur de Rougemont. Nous demandions à monsieur de Kerdelec si une des jeunes femmes de la soirée avait particulièrement attiré son attention.

Étienne ouvrit la bouche pour protester, mais le vicomte parla le premier :

— Surtout, n'en faites rien. Ces deux coquins s'amuseraient à danser avec elle pour vous taquiner.

— Vicomte, mais quelle mauvaise opinion vous avez de nous ! s'exclama d'un ton rieur Lalanville.

Mathieu sourit pour donner le change. Cette conversation troublait Étienne qui ne savait absolument pas quoi dire. Jamais il ne s'était imaginé que les hommes s'amusaient à de telles futilités. Est-ce que le vicomte aussi se plaisait à jouer avec les jeunes débutantes ?

— Monsieur de Kerdelec, l'apostropha Mathieu, pourrais-je vous entretenir seul à seul, plus tard dans la soirée ?

Monsieur de Chevigné gardait un sourire poli sur le visage, mais ses yeux brillaient d'une étrange lueur.

— Oh oh, une des sœurs de notre futur baron vous aurait-elle tapé dans l'œil ? plaisanta Rougemont.

À ces mots, Étienne s'empourpra, lorsqu'une tape dans le dos le fit se ressaisir.

— Voyons, ne faites pas cette tête, je plaisantais ! Ah, mais qu'entends-je, seraient-ce les premières notes d'un quadrille ?

Rougemont s'écarta d'eux, plein d'enthousiasme, et le vicomte secoua la tête avec un sourire pendant que le jeune homme disparaissait.

— J'ai promis cette danse à une demoiselle, expliqua Mathieu. Monsieur de Kerdelec, nous rediscuterons durant la soirée.

— Bien sûr, articula celui-ci maladroitement.

Le vicomte s'éloigna, et Étienne ne put s'empêcher de le suivre du regard.

— Alors ? souffla une voix trop proche de son oreille.

Le jeune homme découvrit l'expression enjouée de Lalanville. Celui-ci tenait deux boissons en main, et lui en tendit une.

— Combien de verres pariez-vous ?

Mais c'est qu'il commençait sérieusement à lui chauffer les oreilles ! Étienne accepta la boisson, et l'avala d'un trait sous son air ébahi. Il lui faudrait au moins ça pour supporter la soirée.

— Aucun. Je n'ai pas besoin de l'effet de l'alcool pour qu'une jeune femme me trouve agréable.

Il sourit d'un air espiègle, puis déposa la coupe sur le plateau d'un domestique qui passait par là, avant de rejoindre la piste de danse.

*

Danser jusqu'à en avoir mal aux pieds, supporter la pression des mères qui lui présentaient pour la énième fois chacune de leurs filles et se sentir obligé de les inviter pour ne pas les offusquer… Étienne n'en pouvait plus. Son sourire devenait crispé, de même que ses membres à force de tenter de toutes les satisfaire.

Hélas, dès qu'il quittait la piste de danse, il devenait la cible de tous les regards féminins. Ou bien n'était-ce qu'une idée ? Il avait déjà expérimenté ce sentiment aux autres bals auxquels il avait dû assister, mais aujourd'hui, plus que jamais, il avait l'impression d'être un morceau de viande qu'on se disputait. Était-ce à cause de l'héritage auquel était promis sa famille ? Plusieurs dames lui avaient posé des questions à ce sujet, et il s'était montré évasif. Ah, si elles savaient ! Peut-être ne l'ennuieraient-elles pas autant pour danser et discuter. Quoi qu'il en fût, ce n'était pas pour son physique d'Apollon. À moins que sa silhouette de jouvenceau plût davantage à ces demoiselles que les larges épaules d'hommes plus âgés.

De plus, Étienne se sentait mal à l'aise. Toutes ces jeunes demoiselles qui lui souriaient… Les tromper sur son sexe le dérangeait, même si, pour certaines, il avait moins de scrupule à jouer la comédie.

— Vous êtes très musclé, c'est agréable de danser avec vous, lui déclara une jeune femme un peu plus âgée que la moyenne.

Depuis combien de temps cherchait-elle un mari ?

— Un peu d'escrime et d'équitation, rien de plus, se contenta-t-il de prononcer, sur le ton de la conversation.

La brunette pouffa comme s'il venait de prononcer la blague la plus drôle au monde, et le jeune homme profita d'un demi-tour sur lui-même pour lever les yeux au ciel. Quand ceux-ci redescendirent sur la salle, ils se posèrent sur une silhouette familière et sombre. Monsieur de Carnac le fixait, appuyé contre le mur, un verre de vin à la main. Remarquant qu'il avait capté son attention, il leva sa boisson pour le saluer.

— Aïe ! s'exclama la cavalière d'Étienne.

Troublé, le jeune homme venait de lui marcher sur le pied.

— Pardonnez-moi.

La demoiselle lui offrit une expression polie, qui contrastait avec l'agacement dans ses prunelles. Par chance, la danse touchait à sa fin. Étienne n'attendit pas que sa compagne finisse sa révérence pour quitter la salle. La sueur perlait sur sa nuque, un étau lui compressait la poitrine. Il avait trop dansé et avait besoin d'une pause. Non, ça n'avait rien à voir avec l'apparition soudaine de Carnac.

Ses pas le menèrent à l'exact opposé de là où il avait aperçu le comte, comme si mettre de la distance entre eux aurait pu le dissuader de venir lui parler. Il attrapa le premier verre à sa portée et le descendit d'un trait pour se calmer.

— Étienne ?

Celui-ci sursauta si vivement qu'il recracha une partie du vin dans son verre. Mathieu de Chevigné recula, surpris. Le jeune homme ne sut soudain plus où se mettre. Le vicomte sortit un mouchoir de son gilet et le lui tendit. Étienne réalisa alors que son menton gouttait. Mort de honte, il s'empressa d'accepter le tissu et s'essuya, avant de balbutier :

— Je le ferai laver…

— Gardez-le, j'en ai d'autres, s'amusa le vicomte. Dites-moi, avez-vous assez dansé ? Si nous nous retirions ?

Se retirer ? Se pouvait-il que le vicomte pensât à la fameuse pièce interdite aux femmes où se regroupaient ces messieurs ? La curiosité dissipa la gêne d'Étienne. Que faisaient les hommes entre eux quand il n'y avait pas de demoiselles pour les observer ? Il acquiesça, et Mathieu le pria de le suivre.

Ils durent franchir plusieurs pièces en enfilade, interrompus par quelques individus, hommes comme femmes. À chaque fois, le vicomte trouvait le mot poli à dire pour ne pas s'attarder. Étienne enviait sa belle assurance et son tact. Enfin, ils pénétrèrent dans une pièce plus sombre, éclairée par un feu de cheminée et quelques bougies.

Une forte odeur de tabac saisit le nez d'Étienne, qui grimaça. Si face à lui se trouvaient des canapés pour profiter de la chaleur de la cheminée, au milieu s'amassaient trois tables où des messieurs fumaient le cigare ou la pipe, tandis que d'autres jouaient aux cartes. La plupart avaient la quarantaine ou la cinquantaine passée. Quelques jeunes hommes se mêlaient à eux, mais la plupart préféraient demeurer debout, dans un coin de la pièce, à discuter ensemble.

Mathieu le conduisit dans le fond, où des chaises en velours rembourrées donnaient sur une fenêtre. L'obscurité ne permettait pas de voir l'extérieur, excepté des flambeaux. Enfin un peu à l'écart, Étienne se détendit.

— Est-ce que vous appréciez la soirée ? demanda poliment monsieur de Chevigné.

— C'est agréable…

Face au haussement de sourcils du vicomte, il soupira et se laissa aller contre le dossier.

— À vrai dire, c'est fatigant.

— Bienvenue dans l'univers des hommes à marier.

Son compagnon adressa un signe à un domestique qui leur apporta de nouveaux verres. Étienne retint un soupir. Si autant de demoiselles s'intéressaient à Mathieu, comment Sophie pouvait-elle bien espérer se démarquer ? Un sentiment de défaite l'envahit : non, jamais elle ne pourrait se mesurer à autant de rivales. Pire, même si elle avait compris son attirance pour Mathieu, elle refusait de jouer à ce jeu avec lui.

— Alors, avez-vous gagné le pari contre monsieur de Lalanville et monsieur de Rougemont ?

La question du vicomte le décontenança et il réagit sans même réfléchir :

— Désolé de vous décevoir, mais ce genre de…

Mathieu lui offrit un large sourire, ce qui l'empêcha de poursuivre sa diatribe. Étienne baissa la tête, penaud.

— Vous gagnez les vôtres, d'habitude ?

— Je ne joue pas à ça non plus, et ces messieurs l'ont bien compris.

Oh, voilà pourquoi ils avaient si vite changé de sujet en sa présence ! Cette nouvelle le réjouissait. Quelques secondes de silence s'installèrent entre eux, Étienne savoura le moment. Ce n'étaient pas messieurs de Lalanville ou de Rougemont que Mathieu avait sollicités pour cette petite pause, mais bien lui. Quelqu'un qui partageait les mêmes valeurs. Il porta son verre à ses lèvres.

— Je n'ai pas vu Sophie ce soir, vous a-t-elle accompagnée ?

Étienne toussota, manquant une nouvelle fois de s'étrangler avec sa boisson. Il fallait qu'il se reprenne, sinon Mathieu le considérerait vite comme un empoté, pour reprendre les mots d'une certaine personne détestable.

— Non, elle préférait veiller sur notre père.

Le mensonge lui brûla aussitôt la langue. Étienne aurait pu prétendre qu'elle était fatiguée, mais autant en ajouter un petit peu, non ?

— Votre sœur a bon cœur. Et votre père a bien de la chance.

Mathieu fixa son verre dont il faisait tourner le contenu. Un certain malaise gagna Étienne. Que répondre à ça ? Est-ce que par hasard, Mathieu regrettait de ne pas pouvoir danser avec Sophie ? Rien qu'à cette pensée des papillons s'envolèrent dans son ventre.

— Étienne, prononça alors Mathieu avec un profond sérieux.

Il avança son buste vers lui, les sourcils froncés.

— Me permettez-vous d'être franc, au risque de tenir des propos déplacés ?

L'intéressé l'encouragea d'un signe de tête, tout en retenant son souffle. Est-ce que Mathieu… allait lui avouer une potentielle inclination ? Non, il devait faire taire son traître de cœur et écouter. Le vicomte jeta un coup d'œil à la salle, comme pour vérifier qu'on ne les écoutait pas, et continua, plus bas :

— Vos sœurs vous ont-elles narré ce qui s'est passé après le jeu de paume ?

Étienne s'attendait à tout sauf à ça.

— Vaguement, balbutia-t-il. Vous êtes allés vous promener au parc, et une balle a failli toucher Sophie.

— Oui, failli…

Le dos du vicomte s'enfonça dans son dossier, et son regard se perdit une fois encore dans son verre. Il semblait avoir du mal à trouver ses mots.

— Quoi que vous ayez à dire, je vous écoute, l'encouragea Étienne.

— Si je n'estimais pas autant votre famille, je ne me permettrais pas de vous en parler. Mais vu l'état de votre père… (il appuya son regard sur Étienne), je me sens obligé de vous prévenir.

Le prévenir de quoi ? Voilà que l'inquiétude commençait à le gagner. Mathieu soupira, et enfin se lança.

— Je crains que monsieur de Carnac ait des vues sur l'une de vos sœurs. Au départ, j'ai pensé à Louise, mais ensuite… la manière dont il s'est comporté avec Sophie…

Étienne soupira, tout ouïe. Ce qu'énonçait Mathieu ne le rassurait pas, mais n'était pas non plus surprenant. Il tenta :

— L'avez-vous vu… avoir un geste déplacé ?

Le vicomte secoua la tête, et soupira à son tour.

— Non, mais je n'ai pas bien distingué ce qui s'est passé quand il a pris la balle à sa place. Toutefois, Sophie avait l'air perturbée (Étienne frémit), et la manière dont il la regardait ensuite… ne m'inspire rien qui vaille.

La chaleur monta aux joues du jeune homme. Bon sang, il passait du chaud au froid en quelques secondes ! Était-il possible que cet épisode dans le parc ait rendu Mathieu jaloux ? Étienne tenta de faire taire l'élan de joie qui perçait son cœur.

— Je ne connais pas personnellement monsieur de Carnac, ajouta le vicomte encore plus bas. D'habitude, je ne me fie pas aux rumeurs pour établir mon jugement. Peut-être ai-je tort, peut-être a-t-il juste eu un élan de galanterie envers votre sœur…

La jambe de Mathieu s'agita et il se détourna un instant, avant de reprendre :

— Ce monsieur Kaerell… Je ne peux m'empêcher de me demander s'il n'a pas sciemment envoyé cette balle sur Sophie, afin que le comte… puisse jouer les chevaliers servants.

Les yeux bleus de Mathieu plongèrent dans ceux d'Étienne. Il y lut toute l'inquiétude et la culpabilité que suscitait cette idée en lui. L'émotion dans la poitrine du jeune Kerdelec devint encore plus vive. Au lieu d'en détester encore plus Carnac d'avoir fomenté un tel dessein, Étienne ne voyait que la considération du vicomte pour Sophie. Pour elle.

— Pardonnez-moi, s'agita monsieur de Chevigné. Je n'ai aucune preuve, et c'est très déplacé de ma part. Néanmoins, je n'aurais pas pu dormir cette nuit sans vous avoir averti. De grâce, ne laissez plus vos sœurs le rencontrer sans vous.

Étienne baissa la tête, toujours aussi touché, mais foncièrement ennuyé. Il aurait aimé accéder à cette demande. Hélas, il ne pouvait pas se dédoubler.

— J'ai confiance en mes sœurs.

— Louise est plus expérimentée et saura sans aucun doute le repousser. Mais Sophie… Elle est comme un oisillon tombé du nid. Elle ne connaît rien aux stratagèmes et aux jeux qui se font ici.

Étienne se mordit la lèvre. Les propos de Mathieu la blessaient, car il avait raison.

« Quel joyau nous amenez-vous là ? », « Combien de verres ? » Sophie s'était fait avoir en beauté lors de son premier bal. Lalanville et Rougemont l'avaient fait boire… Sans l'intervention de Louise, qui sait ce qui aurait pu arriver ? Néanmoins, elle ne connaissait alors pas les mauvaises intentions de ces jeunes hommes. Avec Carnac, c'était différent. Il était arrogant, vil et manipulateur. Sophie ne baisserait pas sa garde. Oh non, certainement pas avec lui.

— Merci, Mathieu. Je ne prends pas vos avertissements à la légère, et suis heureux que vous m'ayez communiqué vos inquiétudes.

Le vicomte baissa la tête et ses épaules se décontractèrent. Toute la tension qui l'habitait durant leur conversation s'évacuait enfin. Son intérêt pour sa famille, pour Sophie, n'était pas feint. Étienne ne put le considérer autrement qu'avec tendresse. Son regard dévia sur la main du vicomte posée sur l'accoudoir du fauteuil, et il eut envie de la saisir… Juste l'espace de quelques secondes…

— Ah ah, mais ne voilà pas notre cher vicomte de Chevigné ?

La réplique fit sursauter Étienne. Un homme à l'habit vert pomme, aux sourcils dessinés avec un large crayon noir, les regardait, debout face à une table de jeu.

— Trop fatigué pour supporter les dames, vous venez vous cacher ?

Son trait d'humour provoqua le rire des autres hommes attablés. Monsieur de Chevigné se contenta de lever son verre à leur endroit. Toutefois, le nouveau venu ne semblait pas vouloir s'en tenir là.

— Tiens, tiens, mais ne serait-ce pas là l'un des rejetons Kerdelec ?

« L'un des rejetons Kerdelec. » Étienne sourit pour masquer l'animosité que lui inspiraient le ton comme les mots employés. Qui était donc ce rustre ?

— Et vous êtes ?

Étienne s'avança sur sa chaise, sans se lever pour bien montrer qu'il ne se sentait absolument pas obligé de saluer l'homme. Toutefois, sa petite démonstration d'assurance fut malmenée par les regards surpris que lui lancèrent d'autres individus, y compris Mathieu.

— Eh bien, si votre mémoire vous fait déjà défaut à cet âge, je ne donne pas cher de votre peau !

L'homme au costume vert se mit à rire, imité par quasiment la moitié de la salle. Le rouge monta aux joues d'Étienne et Mathieu se leva de son fauteuil.

— Mon ami est nouveau en ville, monsieur de Harcourt. Il ne peut connaître tous les noms des gentilshommes de Rennes…

— Vous êtes également arrivé depuis peu, vicomte, ricana le sexagénaire. Mais ne nous querellons pas lors d'une si charmante soirée. J'aurai l'occasion de rediscuter avec le jeune Kerdelec, vu que son père n'ose plus franchir les portes des réunions de l'État noble.

Les rires se firent plus ténus, et l'homme s'installa à la table, les cartes en main. Étienne, quant à lui, fulminait. Harcourt ? L'État noble ? Il ne comprenait pas grand-chose, et seul le contact des doigts de Mathieu sur son bras le convainquit de ne pas relever l'affront.

— Venez, l'alcool échauffe souvent les esprits. Nous ferions mieux d'y retourner.

Les deux jeunes hommes passèrent à côté de la table, et Étienne entendit :

— Oui c'est ça, retournez-y. Et profitez bien de votre… héritage.

Étienne se figea. Sa main se mit à trembler. Qu'insinuait-il ? Il voulut se retourner, mais Mathieu de Chevigné le tira cette fois-ci complètement par le bras. Son contact parvint à suffisamment troubler Étienne pour le persuader de le suivre. Une fois hors de la pièce, et la main de Mathieu retirée, la contrariété le regagna.

— Qui était-ce ?

— Quelqu'un que vous ne devriez surtout pas contrarier, l'informa le vicomte.

Il salua d'un signe de tête de nouveaux individus qu'il n'avait sans doute pas encore croisés durant cette soirée interminable, puis ajouta :

— Le comte de Harcourt, le rival direct de votre père aux États. J'ai entendu dire qu'à chaque session il y en a toujours un pour contredire l'autre.

— La maladie de père est du pain bénit pour lui, grommela Étienne.

— Mon ami (troublé par cette appellation, le jeune homme se tourna vers le vicomte), oubliez-le. Je sais que vous devez gérer les affaires du baron, mais se mêler de politique n'a rien de réjouissant.

Étienne se mordit la lèvre. Mathieu semblait une nouvelle fois sincère, et pourtant il se sentit obligé de demander :

— Je sais que vous n'aimez pas écouter les rumeurs, mais vous êtes mieux au fait des réputations que moi. Que dit-on sur Harcourt ?

Le vicomte soupira, vérifia une nouvelle fois qu'on ne les écoutait pas et expliqua :

— Qu'il bénéficie de nombreux appuis et qu'il est prêt à tout pour parvenir à ses fins. J'insiste : évitez-le, il ne vous apportera que des ennuis.

— Monsieur de Chevigné, monsieur de Kerdelec ! les hélèrent messieurs de Lalanville et de Rougemont, tous deux le nez bien rouge. Le maître à danser va organiser une ronde, venez vous joindre à nous !

Mathieu leur sourit et les rejoignit. Étienne, en revanche, se retourna vers la porte qu'ils venaient de franchir, de nouveau fermée. « Il est prêt à tout pour parvenir à ses fins. »

« Profitez bien de votre… héritage. »

Était-ce possible que le voleur ne soit autre que monsieur de Harcourt ?

Étienne devait retrouver Louise et lui faire part de sa théorie. Et cela le plus vite possible, tant que le suspect se trouvait en ces lieux.

36

— Pardonnez-moi, auriez-vous vu ma sœur ?

Étienne circulait entre les convives, s'excusant auprès des personnes qu'il interrogeait. Tous lui répondaient que non, ce qui n'était pas bien étonnant dans cette marée humaine. Il se rendit alors compte qu'il ne connaissait rien des amies de Louise. Il l'avait certes vue parler plus fréquemment avec certaines jeunes femmes, mais il n'avait retenu ni leur visage ni leur nom.

Même sa mère demeurait introuvable. Où diantre se cachaient-elles ?

— Louise de Kerdelec est-elle passée par là ?

— Non, monsieur. Mais je veux bien la remplacer comme cavalière.

Étienne offrit à l'audacieuse un sourire crispé, et se pressa de s'en aller. Depuis combien de temps tournait-il en rond ? Et combien de pièces possédait donc cette demeure ? Se pouvait-il qu'à chaque fois qu'il se déplaçât sa mère et sa sœur en fissent autant ?

— Monsieur de Kerdelec ? Vous avez l'air perdu.

L'intéressé se retourna à l'énonciation de son nom. Une femme d'âge mûr lui sourit : madame de Choiseul !

— Vous cherchez votre sœur ?

— Si fait, l'avez-vous vue ?

— Elle est sortie prendre l'air avec ma fille, elles avaient un peu trop chaud…

— Merci !

Il se détourna, mais madame de Choiseul s'exclama :

— Attendez ! Pouvez-vous lui remettre son étole ? (Elle lui désigna un morceau de tissu en laine pourpre.) J'ai peur qu'elle n'attrape froid. Vous savez à quel point elle tient à sa voix.

Et comment ! Difficile d'oublier la chanson à l'eau de rose qu'Agnès de Choiseul fredonnait à chacune de ses venues. Il accepta avec une expression qui se voulut avenante et, l'étole à la main, se dirigea vers l'extérieur en se maudissant. Pourquoi n'avait-il pas pensé à y jeter un coup d'œil ?

Des couples et de jeunes gens en groupes se promenaient le long des flambeaux qui s'enfonçaient vers le jardin. Celui-ci était bien plus étendu que celui de madame de Verteuil et, hélas, le peu de lumière ne permettait pas d'identifier les visages ni la couleur des robes.

Décidément ! Étienne pressa le pas, et tenta de ne pas paraître trop insistant en dévisageant les jeunes femmes qui marchaient ensemble. Mais où pouvaient-elles donc bien se cacher ? Il s'enfonça, et bientôt le chemin de gravier devint plus étroit, pour ne plus être que de terre. Ne voyant plus aucun promeneur, il décida de rebrousser chemin, lorsqu'une lueur de l'autre côté d'une haie attira son attention.

Avec précaution, il enjamba quelques racines, dépassa un massif de fleurs sombres et découvrit une jeune femme de dos, en train de sentir les dernières fleurs de la saison. Une lanterne était posée à côté d'elle, à environ deux mètres d'un muret en briques recouvert de lierre.

— Louise ?

La jeune femme se retourna, et les flammes éclairèrent les traits surpris d'Agnès de Choiseul.

— Oh, mademoiselle de Choiseul. Toutes mes excuses. Je cherche ma sœur, n'est-elle pas avec vous ?

La demoiselle fit non de la tête. D'un geste nerveux, elle ramena une mèche de cheveux derrière son oreille, et Étienne se maudit de la situation.

— Je vais vous laisser…

— Est-ce mon châle ? demanda-t-elle soudain.

Ah oui, en effet. Le jeune homme s'avança vers elle et voulut le lui tendre, lorsqu'elle se retourna.

— Pouvez-vous le placer sur mes épaules ?

Les paupières d'Étienne se fermèrent quelques secondes. Il n'avait vraiment pas envie de jouer… Néanmoins, il gagnerait du temps s'il obtempérait. Sans délicatesse, il ramena la laine épaisse dans le dos de la demoiselle, et quand il s'apprêta à lui donner les pans pour qu'elle les tienne, ses doigts, dont elle avait retiré les gants, emprisonnèrent les siens.

— Monsieur de Kerdelec, gémit-elle comme si ce contact soudain provenait de lui.

Il voulut récupérer ses mains, mais la jeune femme raffermit sa poigne.

— Vous me troublez. Et ce depuis le premier jour de notre rencontre.

Elle recula et son dos frôla le jeune homme. Celui-ci tendit le buste en arrière. Malgré les bandages, le risque était toujours présent qu'on sente sa poitrine ! Et puis, qu'étaient-ce que ces façons ?

— Vous vous méprenez, mademoiselle…

— Je vous en prie, laissez-moi terminer.

Étienne n'en croyait pas sa malchance. En femme ou en homme, pourquoi devait-il attirer des individus dont il ne voulait rien savoir ? À moins qu'il ait envoyé des signaux inconscients à cette demoiselle ? Bon sang, il ne connaissait vraiment rien des manières de faire la cour à une femme ! Pourtant, lors des visites chez madame de Choiseul, il n'avait jamais laissé entendre qu'il appréciait sa fille. Si ? Ou alors un de ses compliments avait été mal interprété ? Grand Dieu, il n'avait voulu qu'être poli ! Rien de plus !

— Je sais que beaucoup de femmes vous tournent autour et que vous avez beaucoup d'affaires à régler. Mais sachez que vous êtes devenu le maître de mon cœur. Que…

Elle lâcha enfin ses doigts et se retourna, pour glisser ses bras autour de sa nuque. De nouveau, il se retrouvait emprisonné. La surprise et l'embarras l'empêchaient de réagir. Et puis, s'il lui avait fait croire quoi que ce soit, il ne voulait pas la blesser.

— Je vous aime !

Comment ?!

La poitrine d'Agnès frôla le costume d'Étienne et il s'éveilla enfin de sa stupeur. Il attrapa les mains de la jeune femme pour la faire lâcher, mais celle-ci insista tant et si bien qu'il finit par reculer. Son pied percuta la lanterne et en un bruit métallique, l'obscurité s'abattit sur eux. Déséquilibré, Étienne bascula en arrière avec mademoiselle de Choiseul. Celle-ci laissa échapper une exclamation de surprise et le libéra enfin. L'herbe amortit quelque peu leur chute, et surtout le jeune homme s'écarta le plus possible de l'endroit où elle était tombée. Ne pas l'aider était peut-être inconvenant, mais vu la manière dont elle venait d'agir… Il recula encore, puis se morigéna.

Il était un homme, oui ou non ? Sophie ne pouvait pas faire pâtir le vrai Étienne d'une mauvaise réputation de galanterie. Et puis, il s'inquiétait de ne plus rien entendre.

— Mademoiselle de Choiseul, vous allez bien ?

— J'ai mal ! gémit-elle.

La situation allait de mal en pis ! Allait-il devoir la porter jusqu'à la demeure ?

— Où avez-vous mal ?

Il appuya sur ses pieds pour se relever. Tout à coup, quelqu'un surgit dans son dos pour l'immobiliser.

Une main se plaqua sur sa bouche et, impuissant, il se retrouva entraîné en arrière.

37

Étienne battit des bras et tenta de donner des coups de pied en arrière, mais rien n'y faisait : son attaquant l'avait soulevé du sol et possédait bien plus de force que lui. Au bout de quelques secondes, il ressentit comme un choc. L'inconnu continuait à le maintenir immobilisé contre lui. Il voulut donner un nouveau coup de pied, mais son talon percuta une surface dure. La douleur remonta jusque dans son genou et il arrêta de s'agiter.

— Chut, c'est moi, lui murmura une voix grave à l'oreille.

Cette voix… Des frissons glacés remontèrent dans sa colonne vertébrale. Carnac ? Au lieu de la rassurer – il ne s'agissait ni d'un brigand ni d'un tueur –, cette nouvelle alarma la Sophie qui se cachait derrière Étienne. Que voulait-il ? Pourquoi agissait-il ainsi ? Le contact de son corps contre le sien devint encore plus brûlant. Elle sentait parfaitement son torse contre son dos, son bras enroulé autour de son ventre. S'il remontait un peu plus… il ne pourrait plus se méprendre sur son sexe. À moins qu'il ne le sache déjà ? Elle attrapa la main posée sur ses lèvres pour l'arracher lorsque des voix lui parvinrent.

L'espoir gagna Étienne et il tira sur les doigts pour pouvoir appeler à l'aide. Au lieu de le laisser faire, le bras du comte appuya sur son ventre à lui en couper le souffle.

— Écoutez plutôt.

Son souffle lui chatouilla l'oreille et Étienne ferma les yeux. Écouter, mais écouter quoi ? Agnès de Choiseul qui l'appelait ? Son cœur tambourinait si fort qu'il avait du mal à obtempérer et pourtant… lorsqu'il sentit le bras se desserrer, il chercha à calmer son pouls et se concentra.

Les voix… n'appartenaient pas à Agnès.

— Agnès, Agnès vous êtes là ! s'exclama sa mère. Que faisiez-vous ainsi à l'écart ?

La demoiselle ne répondit pas. Les bruits de pas ne laissaient place à aucune hésitation : plusieurs personnes l'accompagnaient.

— Vous allez bien ? Vous êtes tombée ?

Un rai de lumière passa sur le côté, éclairant la haie face à Étienne. Toutefois, les lanternes ne découpaient pas leur silhouette. Carnac et lui se trouvaient-ils adossés derrière le muret de brique qu'il avait vu plus tôt ? Pourvu que personne ne les voie dans cette position !

— Vous avez suivi quelqu'un ? insista madame de Choiseul comme sa fille ne répondait pas.

— Je, euh…

— Quelqu'un vous a-t-il attaquée ? s'enquit une voix masculine.

Contre Étienne, le corps de Carnac se tendit, lorsque la demoiselle bafouilla :

— Non, du tout, j'ai cru voir un animal, je l'ai suivi et je suis tombée. Je n'avais pas pris conscience de m'être aventurée si loin.

— Ma pauvre petite…

Les différents individus lui offrirent des paroles de réconfort et progressivement le son des voix diminua. Cependant, ce n'est qu'une fois qu'elles furent tout à fait estompées que Carnac relâcha Étienne. Aussi vif qu'un chat, le jeune homme s'écarta. L'obscurité ne lui permettait pas de discerner le comte, mais tant mieux : son ennemi ne verrait pas la teinte écarlate qu'avait dû prendre son visage.

— Comment osez-vous !? pesta-t-il à l'aveugle.

— Dans ces cas-là, l'usage est de dire merci, ricana Carnac.

— Merci ? Mais de quoi ? D'avoir essayé de me tourner en ridicule ? Vous rendez-vous compte des réactions si on nous avait vus ensemble derrière ce muret ?

— Êtes-vous véritablement simple d'esprit ou le faites-vous exprès ?

Étienne entendit comme une branche craquer et lorsque le comte de Carnac parla de nouveau, son souffle ricocha contre son front.

— Cette jeune femme vous tendait un piège. Comment auriez-vous expliqué à sa mère et à ses amis d'avoir roulé dans l'herbe avec elle ?

Étienne ouvrit la bouche… aucun son n'en sortit. La déclaration d'amour d'Agnès, ces personnes qui arrivaient justement peu de temps après que madame de Choiseul eut prétendu que Louise se trouvait avec sa fille dans le jardin… Des coïncidences ?

— Vous êtes si naïf ! Toute la société ne parle que du nouveau jeune premier sur lequel mettre la main.

La tête tourna à Étienne et il tenta de se stabiliser en faisant un pas en avant. Il percuta aussitôt le comte de Carnac qui lui saisit l'épaule.

Son contact l'électrisa, et le jeune homme recula violemment. Il avait vu un sentier le long de la haie, et il allait le suivre pour rentrer à la demeure. Trébuchant dans le noir, il mit son plan à exécution, sans un mot pour son prétendu sauveur. Carnac avait raison… Mais l'avouer, et pire, le remercier, était au-dessus de ses forces. Étienne ne pouvait pas croire qu'il s'était trouvé là, par hasard. Et si Mathieu avait raison ? Si Kaerell avait bien envoyé la balle sur sa version féminine ? Aurait-il pu demander à Agnès de l'attirer dans le jardin, pour ensuite jouer celui qui le tirait d'un mauvais pas ?

Enfin, de la lumière apparut.

— Si j'étais vous (Étienne sursauta, Carnac l'avait déjà rattrapé ?), je n'apparaîtrais pas ainsi seul, on se poserait des questions.

Le jeune homme eut envie de hurler, mais il se retint. À la place, il ralentit le pas, et il entendit Carnac se placer à ses côtés. Ils débouchèrent ensemble, le comte avec une fière allure, et lui, de l'herbe collée à ses vêtements. Il se secoua, la mâchoire crispée, lorsque le comte se tourna vers lui. Les flambeaux n'éclairaient qu'en partie son visage, ce qui donnait l'impression à Étienne de se trouver aux enfers.

— Et si nous terminions la soirée ailleurs ? À moins que vous ne préfériez réconforter cette demoiselle et sa mère ?

Étienne serra les dents. Il n'oubliait pas les propos du comte. S'il ne voulait pas qu'il réclame l'héritage, il devait lui obéir. Néanmoins, c'était bien la dernière chose dont il avait envie.

— Ai-je vraiment le choix ? Ou bien me posez-vous la question pour le seul plaisir de me torturer ?

Un sourire démoniaque étira les lèvres de son interlocuteur.

— Oh, monsieur de Kerdelec, je vais devoir me méfier de vous. Vous commencez enfin à me cerner.

Le comte lui offrit une révérence bien basse, puis ouvrit le bras vers la demeure pour l'inviter à le précéder. Étienne serra les poings, prodigieusement agacé. Hélas, entre la peste et le choléra, il n'y avait pas de bon choix. Et comme le lui signifiait Carnac il ne l'avait de toute façon pas.

*

Étrangement, personne ne les intercepta pour sortir de la demeure, du moins à partir du moment où Antoine de Carnac dépassa Étienne. Le regard planté droit devant lui, il ignorait chaque individu qui essayait de lui parler, tant et si bien qu'il ne leur fallut que quelques minutes pour parcourir une distance qu'Étienne avait mis trente minutes à franchir quand il cherchait Louise.

D'ailleurs, le jeune homme demeurait contrarié au sujet de sa sœur. Savait-elle qu'Agnès de Choiseul avait des vues sur Étienne ? Elle aurait pu le lui dire ! Non, le moment était mal choisi pour s'agacer.

Il récupéra son manteau et son chapeau, avant de retourner à l'air libre. Quitter cette demeure et les invités perfides qui y festoyaient lui ôta un poids. Il restait toutefois aux aguets.

— Pourquoi restez-vous planté là ? le héla le comte alors qu'il se dirigeait sur le côté, hors du chemin de gravier. Madame attend qu'on avance son carrosse ?

Étienne sentit ses joues chauffer, et il se pressa de le suivre, se gardant bien d'avouer que, oui, il attendait que le comte lui désigne la voiture avec laquelle il était arrivé. À la place, ils gagnèrent ce qui ressemblait à des écuries. Deux chevaux déjà sellés s'y reposaient, les rênes posées sur le côté.

— Occupez-vous de celui à la robe brune.

Étienne ne bougea pas. Était-ce une plaisanterie ? Ses vêtements de fête ne lui permettaient pas de chevaucher, du moins s'il ne voulait pas les abîmer. Ensuite, il n'avait pas de bottes et…

— Laissez-moi deviner… Vous vous inquiétez pour votre mise ?

Le jeune homme n'avait pas besoin de distinguer le visage de son interlocuteur pour comprendre qu'il se moquait de lui. Tout dans sa voix manifestait l'insulte. Étienne laissa échapper une expression moqueuse pour donner le change, et finit de préparer le cheval indiqué. Ses belles chaussures noires s'enfoncèrent dans la boue.

— Bien, allons-y.

Carnac passa à côté de lui et des gouttes sales parsemèrent les beaux bas blancs d'Étienne. Dans d'autres circonstances, il s'en serait moqué, mais il connaissait hélas le prix de ces vêtements. Et ce n'était pas comme si les Kerdelec avaient de l'argent à jeter par les fenêtres.

Son compagnon, déjà en selle, talonna son cheval qui partit au trot. La mâchoire serrée, Étienne monta à son tour et le rattrapa, décidé à ne pas se laisser distancer dans la nuit.

Bien vite, ils se mirent à galoper. L'air froid lui gifla le visage. Après toute une soirée dans une atmosphère lourde et pesante, Étienne se sentait revivre. Il n'ignorait pas à quel point il était dangereux de circuler de nuit, seul. Enfin, il ne l'était pas tout à fait, puisque le comte de Carnac le guidait Dieu sait où. Au moins, ce moyen de transport leur évitait d'avoir à parler, et Sophie, à travers Étienne, retrouvait sa passion pour l'équitation.

Bientôt, il distingua une lueur au loin, puis une large chaumière. Le comte de Carnac ralentit son cheval, ils étaient arrivés. Sans un mot, il entraîna sa monture dans une sorte d'écurie très rustique, descendit de selle et attacha sa monture. Étienne l'imita, nerveux. Où le conduisait-on ?

Toujours silencieux, monsieur de Carnac poussa la porte de la masure au toit de chaume. Aussitôt, des sons de tambours et de flûtes nasillardes enveloppèrent les oreilles d'Étienne. Son cœur fit un bond dans sa poitrine, ils entrèrent. Une chaleur étouffante, provoquée par le feu de cheminée et l'agitation des danseurs, l'envahit. Néanmoins, cela n'avait rien de désagréable.

Il connaissait ces musiques : des airs traditionnels bretons que les villageois du domaine s'amusaient à jouer durant l'été. Une musique entraînante, qui faisait battre son cœur au rythme des tambours et qui le ramenait chez lui.

Des hommes et des femmes du peuple dansaient une ronde endiablée, les hommes sautant en l'air et claquant leurs pieds à un rythme parfait sur le sol. Les femmes, quant à elles, virevoltaient autour d'eux ou se donnaient la main tout en laissant échapper de petites exclamations. Oui, c'était comme chez lui.

Comme chez Sophie.

Antoine retira chapeau et manteau qu'une femme, coiffée d'un bonnet blanc, et habillée d'un large tablier un peu sale, récupéra. Étienne l'imita. Ses joues bien rebondies et son sourire forçaient la sympathie. Elle leur désigna une table lorsqu'un cri perça au-dessus de la musique :

— Antoine !

Un jeune homme aux cheveux roux surgit d'entre les danseurs et trottina vers eux avec entrain. Sauf qu'au lieu de s'arrêter il attrapa les mains du comte de Carnac et le poussa à sautiller. Le visage rouge, les yeux un peu vitreux, Kaerell semblait ailleurs, sur un nuage de joie et d'allégresse que lui envia Étienne.

— Vous êtes là ! J'ai bien cru que je devrais fêter mon anniversaire seul !

Son anniversaire ?

— Oh, monsieur de Kerdelec ! Vous aussi ! Merci !

Kaerell lâcha le comte et donna une accolade amicale à Étienne. Celui-ci, surpris, ne parvint qu'à bafouiller :

— Euh… Joyeux anniversaire !

— Venez, dansons ensemble !

— Je… euh…

Le jeune homme, tout étonné, se tourna vers celui qui l'avait amené ici et qui retirait déjà ses hauts pour ne garder qu'une chemise. Une jeune fille apparut pour les lui récupérer également.

— Ne vous ai-je pas dit que la soirée continuait ? déclara Carnac avec une désinvolture désarmante.

— Demoiselle, une chope ! hurla presque Kaerell par-dessus la musique.

La même jeune fille revint avec un grand verre en terre cuite, et le rouquin désigna Étienne.

— Buvez, cela vous donnera des ailes.

— Non, je préfère éviter…

— Vous avez tort.

Le comte de Carnac se saisit de la chope et commença à boire. Un liquide un peu jaunâtre goutta sur son menton, et la petite serveuse revint cette fois avec deux autres pintes.

— Vous devriez en profiter, c'est Antoine qui offre, gloussa Kaerell.

Il se saisit d'une chope, lorsque le comte reposa la sienne pour récupérer la dernière. Étienne fut plus rapide : il la saisit et se tourna pour boire à grandes gorgées. C'était sucré et… bon sang, était-ce du cidre, comme on en faisait par chez eux ? Sophie cligna des paupières et se reprit. Non, elle devait retrouver le personnage d'Étienne et arrêter de penser à son foyer.

Le jeune homme eut à peine le temps de poser sa chope sur la table que Kaerell attrapa chacun des nouveaux venus par le poignet. Tout en sautillant sur le rythme des tambours, il les entraîna vers le centre de l'auberge. Le contraste entre la soirée de l'aristocratie et cette fête villageoise chamboulait Étienne. Personne ne semblait se soucier d'avoir des gentilshommes autour de soi. D'ailleurs, qui étaient tous ces gens ? Des amis de Kaerell ? Et pourquoi Antoine de Carnac l'avait-il emmené ici ?

— Alors, trop de rythme pour vos petits mollets d'aristocrate ?

Le comte, immobile comme Étienne au centre de la pièce, lui offrit une expression moqueuse. C'était donc ça ? Il cherchait à le ridiculiser avec des danses que ne pratiquait d'habitude pas l'aristocratie ? Eh bien, il allait être déçu. Sans le quitter du regard, Étienne retira ses gants blancs et dans un geste qui le surprit lui-même, les jeta vers les tables avant de crier par-dessus la musique :

— Le dernier debout a gagné !

Un éclair de surprise vrilla le regard de son adversaire. Sans lui laisser l'occasion de répliquer, Étienne saisit la main d'une jeune femme et plongea dans la danse.

38

Pourquoi les hommes s'enivraient-ils donc si c'était pour subir un effet aussi désastreux au réveil ? Sophie se le demandait bien. Elle se promit de faire attention désormais et de ne plus jamais au grand jamais boire de l'alcool.

Ou en tout cas, pas plus d'un verre ou deux.

Ses souvenirs de la soirée demeuraient flous. Quelques images se superposaient, notamment des chopes de cidre vides empilées sur la table, un bras de fer contre Kaerell, une ronde endiablée où Étienne avait fini par terre en riant… En revanche, elle n'oublierait jamais la consternation et la peur qui l'avaient saisie au réveil. La jeune femme avait retrouvé conscience dans l'étable, allongée entre Carnac et Kaerell, heureusement tout habillés. D'autres danseurs avaient fini leur soirée au même endroit. Rouge de honte, Sophie avait filé avant d'être remarquée.

Hélas, à son retour à l'hôtel de Verteuil, sa sœur l'attendait de pied ferme et n'eut aucune pitié pour elle. Même quand Sophie, n'y tenant plus, dut soulager sa vessie dans le pot de chambre.

« Où étais-tu ? C'est à cette heure-ci que tu rentres ? On se faisait un sang d'encre ! »

« Juste ciel, c'est toi qui sens cette odeur ? »

« Sophie, as-tu passé la nuit avec des hommes ? »

« Toi seule t'es mise dans cette situation. Je comprends que tu n'aies eu d'autre choix que de suivre Carnac, mais tu aurais pu moins boire. Et surtout tu aurais pu nous prévenir de ton départ. »

Le regard glacé de sa sœur lui avait évoqué celui de tante Rosaline. Grognon et vexée, Sophie n'avait pas arrangé la situation. Elle n'oubliait pas le coup en traître d'Agnès de Choiseul, la fameuse amie de sa sœur… Toutefois, elle avait trop mal au crâne pour commencer à aborder le sujet. Pire, elle n'avait pas le temps de se reposer, et devait présenter bonne figure pour son rendez-vous avec Constance Lambert.

Si Louise continua à lui faire bien comprendre qu'elle était fâchée quand Étienne, lavé et changé, descendit de l'étage, ce ne fut pas le cas de madame de Verteuil, qui l'ignora avec superbe. Quant à la baronne… peut-être aurait-il mieux valu qu'elle soit également contrariée.

— Oh, mon cher fils, regardez-vous ! Soirée trop arrosée ?

Étienne ne sut que répondre. Face à son embarras, sa mère laissa échapper un petit rire.

— Mon petit garçon qui se fait des amis…

Par chance, personne d'autre n'écoutait la conversation. Se rendait-elle compte à quel point elle le ridiculisait ? En tant que mère, n'aurait-elle pas dû au moins le gronder ? Si Sophie, et non Étienne, avait agi de la même manière… Non, surtout ne pas y penser.

— *Étienne, tu vas bien* ? s'enquit Héloïse avec un regard inquiet. *On dirait que tu es malade.*

— *Je vais bien,* signa-t-il sans grand enthousiasme. *Juste fatigué.*

— Tu n'as pas l'air « juste fatigué », mon enfant, tu as une tête de cadavre.

Nanou trottina jusqu'à Étienne et tira le dessous de ses yeux.

— Beurk, Nanou ! ronchonna Pilou qui tentait de lire un livre tenu à l'envers.

— Même le chien ne s'en approche pas !

Leur grand-mère éclata de rire. À la mention de Phœbus, tante Rosaline, assise dans un fauteuil avec un ouvrage à broder, se contenta de hausser un sourcil.

— Phœbus apprécie Étienne. Il gratte très souvent à sa porte, comme lorsqu'on lui apporte sa gamelle.

Peu discret, Philippe leva la tête au-dessus de son livre et lança un regard inquiet vers le jeune homme.

— Il se pourrait que j'aie gardé un peu de nourriture avec moi, toussota Étienne (si tante Rosaline découvrait le lapin de son petit frère, ce serait le pompon de la journée), je tâcherai de faire plus attention.

Tante Rosaline ne réagit pas à son explication. Après avoir pris des nouvelles de leur père, qui dormait hélas encore, Étienne entreprit d'accomplir son devoir.

— Attendez, les retint Louise.

La jeune femme apparut avec un bouquet de fleurs roses et blanches.

— Et souris un peu, ajouta-t-elle tout bas. On dirait que tu te rends à un enterrement.

Étienne lui offrit sa plus belle grimace avant de lever les yeux au ciel. Il aurait peut-être dû s'estimer content qu'elle ne lui reproche pas la perte de son chapeau et de son manteau, sans doute laissés dans cette auberge aux abords de Rennes.

Le bouquet en main, il entra dans la voiture et laissa sa tête retomber sur la cloison. Le ciel bleu contrastait avec son humeur sombre. Il ne pouvait même pas espérer un peu de pluie pour que leur pique-nique tombe à l'eau. Il sourit de son bête jeu de mots et ferma les yeux.

— Monsieur, nous sommes arrivés.

La voiture le fit sursauter. S'était-il endormi ?

— Merci, se contenta-t-il de prononcer en descendant de voiture.

Constance patientait déjà avec une domestique plus âgée au début de la promenade.

— Bonjour, monsieur de Kerdelec, le salua-t-elle dans une révérence.

— Bonjour, mademoiselle Lambert. (Il s'inclina.) J'ai quelque chose pour vous.

Il tendit le cadeau de Louise et la jeune femme rougit.

— Il ne fallait pas…

— On trouvera bien un petit espace vide dans votre chambre, mademoiselle.

La domestique des Lambert rayonnait en saisissant les fleurs pour débarrasser sa maîtresse. Un sourire gêné étira les lèvres d'Étienne. Combien de bouquets avait donc pu faire envoyer Louise ? Il faudrait qu'il lui en touche deux mots…

— Permettez ?

Étienne proposa son bras à Constance, qui le saisit avec délicatesse et la balade débuta, avec leur chaperon en retrait. La jeune femme tenait une ombrelle, là où Étienne se chargeait du panier de provisions.

— Vous semblez bien pâle, aujourd'hui, s'inquiéta-t-elle.

— Juste une mauvaise nuit. Vous, en revanche, comment allez-vous ? Vous étiez souffrante, hier, n'est-ce pas ? Le départ de votre père ne vous chagrine pas trop ?

Constance baissa la tête et ses taches de rousseur ressortirent encore plus.

— Je vais mieux, merci de vous en soucier. Quant à mon père, ne vous inquiétez pas, j'ai l'habitude de ses absences.

Étienne conserva un silence poli. Au fond, il s'interrogeait : est-ce que Constance n'affichait que de la fausse modestie ? Il repensa à Agnès de Choiseul, qui lui avait toujours paru innocente et timide dans leur conversation… Elle cachait bien son jeu ! Comment démêler le vrai du faux ?

Par bonheur, comme à son habitude, la fille Lambert ne chercha pas à faire la conversation. Rien que prendre l'air semblait la satisfaire et Étienne salua quelques aristocrates qu'ils croisèrent. Enfin, quand elle présenta des signes de fatigue, il déplia une grande couverture sur l'herbe et la pria de s'y asseoir. Sa domestique, en revanche, s'installa sur un banc à l'écart. Le soleil était bien haut et, comme toute demoiselle qui se respecte, Constance se plaça dos à lui, son ombrelle sur l'épaule.

Ils mangèrent du pain avec du fromage, se posant l'un à l'autre des questions futiles qui ne demandaient que des réponses courtes. Une fois de plus, Constance ne se démarquait pas par une vive intelligence ou un intérêt quelconque. Était-ce une stratégie de sa part pour le charmer ? Étienne en doutait, mais qui sait ce qui pouvait trotter dans la tête des jeunes femmes ? Il en avait eu une preuve hier.

— Mademoiselle Lambert, murmura-t-il, à la fois fatigué et peu patient. Me permettriez-vous une question qui vous semblera peut-être un peu étrange, mais à laquelle j'aimerais une réponse franche ?

— Oui, monsieur.

Elle posa sa tranche de pain, et ne le quitta pas du regard. Étienne toussota, un peu gêné, et se lança :

— Quel est votre rêve ?

La jeune femme battit des cils, surprise.

— Oui, à quoi aspirez-vous ? Que désirez-vous dans la vie ?

Constance l'observa quelques secondes, puis rougit avant de prononcer :

— Être une bonne épouse.

Les yeux d'Étienne s'écarquillèrent. Une bonne épouse ? Était-elle sérieuse ? Que cette réponse était fade et décevante ! Il ne s'attendait pas à quelque chose d'extravagant, mais ça… Il devait tout de même en avoir le cœur net.

— Non, pas ce que la société attend de vous. Ce que vous, vous désirez réellement.

Il se rapprocha :

— Qu'est-ce qui vous rendrait heureuse en vous levant chaque matin ? Quand tout va mal, à quoi pensez-vous ? Comment souhaiteriez-vous votre avenir, si on se moquait des convenances et du qu'en-dira-t-on ?

Étienne avait parlé avec passion, tant et si bien que les joues de mademoiselle Lambert devinrent toutes rouges.

— Je… je…

La pauvre jeune femme perdait ses mots. Lui avait-on jamais demandé de réfléchir par elle-même ? Constance lui sembla plus que jamais démunie, et Étienne soupira :

— Oubliez. Être une bonne épouse peut aussi être un rêve, même si je crois que vous devriez penser à votre bonheur avant celui des autres.

Son interlocutrice ne répondit pas, et il regretta de lui avoir posé la question. Encore une fois, il n'avait pu s'empêcher de la comparer à Héloïse. Toutefois, cette dernière possédait un riche caractère derrière ses airs de douceur. Elle aimait lire et se prenait de passion pour les études. À son âge, elle en savait bien plus que Sophie et Étienne réunis. Mais Constance ? Oh, et puis à quoi bon ?

— Cela vous dérange-t-il si je ferme les yeux quelques instants le temps que vous finissiez votre repas ?

— Non, faites.

— Merci.

Étienne allongea sa tête sur la couverture, laissant ses jambes dépasser dans l'herbe. Le moment était malvenu pour les interrogations, ou quoi que ce soit d'autre. Juste une fois, il aurait aimé que le temps s'arrête pour enfin se reposer.

*

Lorsqu'il rouvrit les yeux, il dut cligner à plusieurs reprises pour comprendre ce qu'était le tissu rose au-dessus de lui : l'ombrelle de Constance ! Le bras de la jeune femme tremblait quelque peu, et elle maintenait l'objet au-dessus du visage d'Étienne pour le protéger du soleil. Depuis combien de temps faisait-elle ça ? Sa peau était rouge, non de gêne mais pour être restée sans protection. Son teint de rousse ne l'avait pas supporté. Pourquoi avait-elle agi ainsi ?

Son regard ambré se tourna vers lui et elle ramena l'ombrelle à son épaule, surprise.

— Vous êtes réveillé.

Étienne se rassit, un peu hagard. À en croire la position du soleil, fort basse par rapport à leur arrivée, il n'avait pas dormi quelques minutes, mais bien plusieurs heures.

— Mademoiselle Lambert, pourquoi ne pas m'avoir réveillé ?

Toujours décontenancé, il se frotta le visage. Dormir lui avait fait du bien, mais il se sentait honteux de l'avoir ainsi abandonnée. Avait-elle seulement pris la peine de bouger un peu ?

— Vous sembliez épuisé. Vous sentez-vous mieux ?

Un réel intérêt se lisait dans ses prunelles. Non, Constance n'avait aucune commune ressemblance avec mademoiselle de Choiseul. Elle se souciait véritablement de lui. Même par convenance, aucune demoiselle n'aurait patienté autant de temps. Et si jamais elles s'y étaient soumises, elles auraient au moins manifester de la mauvaise humeur. Pas Constance.

— Oui, je vous remercie, dit-il en souriant d'un air penaud. Voulez-vous marcher un peu, à moins que vous préfériez éviter de rentrer tard comme votre père est absent ?

— Je vous remercie. En effet, il serait préférable que je ne m'attarde plus trop.

Étienne acquiesça et se releva. Constance voulut faire de même, mais elle bascula en avant, comme si ses jambes étaient devenues du coton d'être restée si longtemps assise. Par réflexe, le jeune homme la rattrapa et ils se retrouvèrent l'un contre l'autre. Un sentiment de déjà-vu étreignit Étienne, mais cette fois, c'était lui qui tenait le rôle de l'homme. Il ne put s'empêcher de détailler les traits délicats de Constance. Ses taches de rousseur lui parurent même jolies.

La jeune femme se détourna la première, et s'éclaircit la gorge.

— Un monsieur vous a rapporté le vêtement que vous aviez oublié chez lui.

Le trouble d'Étienne disparut, et il suivit du regard le geste de Constance. Un manteau bien replié reposait sur la couverture. Plus précisément *son* manteau.

Des sueurs froides le traversèrent. Est-ce que le comte de Carnac s'était approché d'eux durant son sommeil ? Sa gorge s'asséchа.

— Monsieur de Kerdelec ? Vous êtes sûr de ne pas être malade ?

Constance posa une main sur son bras, et la retira dès qu'Étienne la regarda. Il secoua la tête et déplaça le vêtement, avant de ranger la couverture.

— L'homme qui l'a apporté, à quoi ressemblait-il ?

— Il avait des cheveux auburn, moins vifs que les miens. Il m'a dit être votre ami… Ce n'est pas le cas ?

La chape de plomb dans son ventre s'atténua.

— J'aurais peut-être dû vous réveiller ?

La voix de Constance n'avait été qu'un souffle, comme si elle craignait une réprimande. Étienne lui sourit et récupéra le manteau.

— Non, ne vous inquiétez pas. Merci, mademoiselle Lambert, d'avoir veillé sur moi.

La jeune femme rougit, et Étienne ouvrit le chemin, sous le regard attentif de la domestique. La chaleur que celle-ci lui vouait au départ avait complètement disparu. Au contraire de Constance, elle n'avait pas apprécié l'attente.

Ils marchèrent en silence jusqu'en bordure du parc. Cette fois, autre chose accompagnait la balade. Pas une gêne ou un manque de conversation, non. Peut-être le début d'un sentiment plus fort encore que l'estime et la reconnaissance ?

Étienne aida la domestique à monter dans la calèche, puis donna la main à Constance pour faire de même. Ses doigts étaient glacés, et il regretta une fois encore de l'avoir ainsi délaissée. Au moment de fermer la voiturette, Constance se pencha.

— J'ai eu le temps de réfléchir. Pour répondre à votre question (elle jeta un coup d'œil en arrière, mais sa domestique ne leur prêtait pas attention), ce que j'aimerais, c'est être libre.

Quelque chose brilla dans son regard, comme de l'or liquide qui se répandait dans ses iris ambrés. La voiture démarra, et Étienne ne put s'empêcher de l'observer s'éloigner. Constance était bien plus qu'une demoiselle timide et réservée. Sa réponse... Bon sang, sa réponse lui remuait les tripes ! Elle trouvait un profond écho avec ses propres aspirations. La liberté. Plus que tout au monde, Sophie aussi, en rêvait.

Le jeune homme se détourna, prêt à rentrer, lorsqu'il distingua quelque chose dépasser de la poche du manteau qu'il venait de récupérer. Ses paupières se fermèrent et il soupira, avant de s'en saisir.

Ce soir, dix-sept heures. Soyez là si vous voulez revoir votre chapeau.

Une adresse y était ajoutée. Ses doigts chiffonnèrent le mot et ses mâchoires se contractèrent.

Oui, la liberté. Il la retrouverait, mais avant, il devait écarter Carnac de son chemin.

39

Étienne ne rentra pas chez lui, craignant d'être en retard. De plus, un mélange de colère et de haine bouillonnait dans ses entrailles. Si la nausée était passée, il conservait un mal de crâne qui n'améliorait en rien son humeur.

Le lieu de rendez-vous était un immeuble de trois étages, à la pierre claire, dotés de larges fenêtres. Des gentilshommes y entraient et en sortaient, discutant entre eux avec décontraction. Hélas, aucun indice ne permettait à Étienne de savoir quel piège Carnac lui préparait.

Prenant son courage à deux mains, il entra. Un long couloir clair, bordé de plusieurs ouvertures, lui fournit alors une indication : il captait à la fois des exclamations et des tintements métalliques.

— Monsieur, vous venez vous inscrire ?

Un homme en perruque d'une cinquantaine d'années, à la silhouette élancée et musclée, l'accueillit en désignant un registre posé sur le côté.

— Où sommes-nous ? questionna Étienne, légèrement nerveux.

— Dans une salle d'armes, pardi ! Venez-vous pour une démonstration, monsieur… ?

— Monsieur de Kerdelec.

— Ah, toussota l'homme. La salle à l'étage a été louée pour vous. Vous pouvez vous y rendre.

Louée pour lui ? Surpris, Étienne remercia le bonhomme en s'inclinant. Celui-ci l'abandonna vite pour rejoindre une salle, où il gronda :

— Baissez vos épées ! Vous n'êtes pas sur un champ de bataille !

Les questions commencèrent à se bousculer dans l'esprit d'Étienne. Pourquoi Carnac l'attirait-il ici ? Était-ce pour le ridiculiser une fois encore ? Inutile de se torturer, il le saurait très bientôt.

Sans attendre, il monta l'escalier de marbre qui menait à une grande salle parquetée. Il se figea, n'ayant encore rien vu de tel. De larges fenêtres trônaient sur les murs à gauche et à droite, offrant une magnifique lumière à la pièce. Des mannequins et autres engins d'entraînement avaient été poussés contre un troisième pan de mur. Plusieurs longs bancs alignés les léchaient, avec au-dessus d'eux toutes sortes de fleurets et d'épées. Et surtout… un homme y était allongé, mains en dessous de la nuque, avec un air de profond ennui.

— Alors, bien dormi ?

Carnac laissa tomber un pied botté contre le sol, puis redressa le buste pour s'asseoir nonchalamment. Un sourire moqueur étira ses lèvres et Étienne se racla la gorge, ignorant sa provocation.

— Pourquoi me faire venir ici ?

— Oh, je vois, vous préférez aller droit au but… Très bien. Mettez-vous donc à l'aise.

— Plaît-il ?

Antoine de Carnac se releva tout à fait. Il ne portait qu'une fine chemise pour tout haut, ayant délaissé le reste de son habit sur le banc. Sans un regard vers Étienne, il déclara :

— Prenez une paire de gants et un fleuret.

— À quoi jouez-vous ? s'agaça Étienne.

Même si l'envie de prendre sa revanche sur le comte de Carnac le démangeait, il se doutait qu'un élément lui échappait. Ses souvenirs demeuraient confus, mais il se rappelait s'être amusé à cette fête. Cela le déstabilisait. De plus, il ne se sentait pas en forme et leur duel lui avait prouvé qu'il ne pourrait pas gagner facilement contre lui.

Le comte ne perdit pas son sourire. Au lieu de lui répondre, il plaça son tricorne sur sa tête.

Non, pas son tricorne, celui d'Étienne !

— Ne voulez-vous donc pas récupérer votre chapeau ?

— Je n'ai pas envie de plaisanter.

Avec une voix aiguë, le comte de Carnac agita le couvre-chef devant lui.

— De grâce, sauvez-moi !

Étienne se détourna, contrarié au plus haut point. Un jeu, encore et toujours un jeu... Le comte de Carnac ne pouvait-il pas cesser de le martyriser ? De plus, rester à ses côtés lui faisait perdre du temps. Il avait un document à retrouver ! Cette fois, il ne lui donnerait pas satisfaction ! Le jeune homme descendit une première marche pour partir, lorsqu'il entendit :

— Vous avez la langue bien pendue quand vous buvez, Kerdelec.

L'intéressé se figea. D'aiguë, la voix de Carnac était devenue profondément grave. Et il ne comptait pas s'arrêter là :

— Vous m'avez appris des choses très, très intéressantes. Ne voulez-vous donc pas savoir lesquelles ?

Les ongles d'Étienne s'enfoncèrent dans la balustrade de l'escalier. Il ne s'agissait que d'une provocation, rien de plus. Et pourtant, l'inquiétude le saisit.

— Néanmoins, si vous êtes persuadé de ne pas être à la hauteur contre moi, fuyez, je vous en prie. Je me ferai un plaisir de dévoiler publiquement tout ce que vous…

— Assez !

Le jeune homme fit volte-face, la rage bouillonnait en lui. Le comte voulait se battre ? Très bien ! Il retira son manteau d'un geste hargneux et attrapa le premier fleuret sur le mur. Plus long que son épée de cour, il semblait également plus stable. Un bouton remplaçait la pointe effilée.

— N'oubliez pas les gants, ricana le comte.

Qu'il se gausse ! Bientôt, il lui ferait ravaler son sourire ! Le sol s'avérait ici bien plan. Étienne aurait l'avantage. Et surtout il savait désormais comment son adversaire se battait. Il attrapa une paire et les enfila, avant de froncer les sourcils.

— Et les vôtres ?

Le comte avait replacé le chapeau sur sa tête et, d'un mouvement habile du poignet, fit tourner le fleuret qu'il avait choisi dans sa main nue.

— Inutile. Vous ne risquez pas de me toucher.

Le rouge monta aux joues d'Étienne. Sans attendre le signal de départ, il se rua sur Carnac. Celui-ci, surpris, recula, mais para remarquablement bien le coup. Le jeune homme força sur leurs épées pour s'avancer et, de sa main libre, donna un coup sur le chapeau qui tomba à terre.

— Voilà qui est intéressant, roucoula presque son adversaire.

Il repoussa Étienne en arrière avec une telle force que celui-ci dut faire plusieurs pas pour retrouver son équilibre. Le comte en profita pour effectuer une roulade à terre et récupérer le chapeau qu'il remit avec habileté sur sa tête. Étienne ne se laissa pas impressionner. Quel prétentieux !

— Mais sachez que vous ne m'aurez pas deux fois.

Étienne se contenta de lui sourire et chargea à nouveau, tentant différents coups d'estoc que Carnac para ou dévia avec une facilité déroutante.

— Vous savez quel est votre problème ? énonça le comte sans la moindre trace d'essoufflement. C'est que vous ne savez pas vous contrôler. Vous attaquez en première intention sans rien construire. Un bon escrimeur ouvrira le jeu avec une première frappe et s'adaptera à la réponse de son adversaire pour le toucher. Faites des feintes, rusez… afin de déstabiliser votre adversaire. Et surtout, arrêtez de suivre du regard votre épée ! Vous m'indiquez d'avance le moindre de vos coups.

Étienne recula, essayant de digérer ce que Carnac venait de lui révéler. Non, ce n'était pas vrai… et pourtant…

— Regardez-moi dans les yeux, Étienne. À moins que soutenir mon regard ne soit trop difficile pour vous après cette nuit ?

L'inquiétude se mua en peur, mais il ne se laissa pas démonter pour autant.

— Je n'ai rien à me reprocher.

— Alors, peut-être pourrions-nous réitérer les bons moments que nous avons passés ensemble ? Peut-être même pourrions-nous y inviter votre charmante sœur ?

— Laissez mes sœurs tranquilles !

Étienne chargea, le chaud et le froid palpitant dans son corps et lui octroyant l'énergie qui l'avait abandonné au matin. Leurs épées s'emmêlèrent derechef, et le comte sourit avant de s'avancer. Le jeune Kerdelec recula et évita de justesse le coup de tête du comte.

— Moi non plus, vous ne m'aurez pas deux fois ! cracha-t-il.

Étienne administra un violent coup de pied dans le genou de son adversaire, qui vacilla. Malgré son essoufflement, il chargea derechef. Carnac para à l'horizontale mais dut reculer, à la plus vive satisfaction du jeune homme.

Soudain, son adversaire, épée toujours levée, fléchit les jambes et se laissa tomber en arrière. Étienne, qui avait mis toutes ses forces dans son coup, tomba en avant et amortit sa chute sur les mains. Sans réfléchir, il roula sur le côté opposé à son ennemi, et n'entendit qu'une lame claquer contre le sol. Vite, il se remit debout.

Une douleur terrible martelait son flanc. Le comte, quelques mèches barrant son visage, lui souriait. Au moins semblait-il un peu essoufflé.

— Alors, le petit Kerdelec n'aime pas qu'on touche à ses sœurs ?

Pour toute réponse, Étienne se remit en garde et le fixa droit dans les yeux. Le comte ricana et ouvrit grand les bras comme pour l'inviter à attaquer. Le jeune Kerdelec n'hésita pas, il feinta vers lui et attendit la parade de son ennemi qui ne tarda pas à arriver. Alors, du plus vite qu'il put, il lança un deuxième coup en visant le flanc. La pointe de l'épée vers le bas, Carnac para avec une célérité déconcertante.

— Votre regard ! Vous n'apprenez pas les leçons.

Il enroula la lame d'Étienne, avant de la rabattre au sol d'un geste sec du poignet. Carnac ne souriait plus. Il élança son fleuret une première, puis une deuxième fois, tant et si bien qu'Étienne ne parvint plus à contre-attaquer. Il devait reprendre le dessus, et vite !

Il choisit d'esquiver l'attaque suivante en plongeant à son tour vers le parquet. Une botte se dressa alors sur le chemin de sa jambe gauche et il atterrit douloureusement face contre terre. La douleur pulsa sur son nez, mais il se retourna, s'appuya sur sa jambe gauche et élança son bras vers l'avant.

Une lame lui chatouilla la gorge.

— Vous avez perdu, ronronna le comte de Carnac.

Étienne conservait son bras tendu.

— Je suis peut-être mort, mais vous avez perdu quelque chose au passage.

Le jeune Kerdelec sourit malgré le liquide au goût métallique qui coulait de son nez. Carnac suivit son regard sur la pointe qu'Étienne conservait tendue contre lui. Tendue contre son entrejambe. Si le jeune homme appuyait… Même avec un bouton de protection au bout de son fleuret, il jurait qu'Antoine le sentirait passer.

— Surprenant… Vous apprenez vite.

Il avait perdu son sourire et considérait Étienne avec un regard nouveau. Il abaissa son épée, mais Étienne ne l'imita pas.

— Laissez ma famille tranquille.

Carnac haussa un sourcil et son épée regagna sa position initiale.

— Pensez-vous vraiment être en mesure de me menacer ?

Il appuya sa lame pour joindre le geste à la parole et Étienne l'imita avec son propre fleuret.

— Oui. Vous savez très bien que me tuer ici ne vous attirerait que des problèmes. Au contraire, les accidents (il appuya encore, arrachant une grimace à Carnac) ne sont-ils pas fréquents ?

— Il s'agit plus souvent d'un œil crevé.

— Il faut bien un antécédent à tout type de blessure. Vous resterez dans les annales.

Le sourire d'Étienne redoubla, indifférent au sang qui gouttait désormais sur sa chemise.

— Je n'ai aucune mauvaise intention envers votre famille, annonça Carnac, le bras toujours tendu.

— Je ne vous crois pas.

— Sophie me plaît.

Étienne manqua d'abaisser le bras et se reprit juste à temps. Non, il ne devait pas se laisser distraire. En quoi Sophie pouvait-elle l'intéresser ? Elle s'était montrée grossière et l'avait rejeté de but en blanc.

— Je refuse que ma sœur soit un jouet pour satisfaire vos désirs honteux.

— Et si nous passions un pacte, monsieur de Kerdelec ?

Étienne commençait à avoir mal au bras à force de le garder tendu, mais il fit tout pour ne pas le montrer.

— Un pacte ?

— Permettez-moi de fréquenter votre sœur, et en retour je vous promets de ne jamais chercher à remonter ses jupes.

Le jeune homme le fixa, indécis. Qu'était-ce pour un pacte ?

— Alors ?

— D'accord, mais vous devez aussi me dire ce que je vous ai révélé hier soir.

— Alors, vous ne vous en souvenez…

Étienne appuya sa lame contre ses bijoux de famille et Carnac ferma les yeux avant de rire :

— Vous m'avez révélé tout le bien que vous pensiez de moi, la maladie de votre père (Étienne frissonna), ainsi que vos doutes sur Harcourt. Je n'aimerais pas être à votre place. Comment allez-vous vous sortir de cette si malheureuse situation ?

Le comte sourit et Étienne eut bien envie d'appuyer un peu plus. Néanmoins, il se soumettait enfin à ses questions. S'il n'y avait que ça… Alors son travestissement demeurait secret.

— Ne me forcez plus à boire. Je déteste perdre le contrôle.

— Pourquoi donc ? C'est tellement… jouissif, se moqua le comte.

Le jeune Kerdelec voulut répliquer, mais son adversaire ajouta :

— C'est quand on perd le contrôle qu'on se connaît vraiment, qu'on révèle des choses aux autres, mais également à soi-même. Tenez, vous, par exemple. Ivre, vous avez une fâcheuse tendance à parler de vous à la troisième personne.

Des frissons parcoururent l'échine d'Étienne et il ne vit pas le coup arriver. Son épée vola au sol sans qu'il puisse réagir. Au lieu de retourner sous sa gorge, la lame de son ennemi s'abaissa, en même temps que son buste.

— Qu'est-ce que cela est censé m'apprendre sur vous ?

Même si plus aucune lame ne le menaçait, le jeune Kerdelec se sentait encore plus paralysé. Carnac lui avouait-il qu'il avait tout compris ? Est-ce qu'il savait qu'Étienne était Sophie ?

Le comte retira son chapeau et, avec délicatesse, le déposa sur la tête de son propriétaire. Étienne le dévisagea : il ne comprenait pas.

— Qui êtes-vous vraiment ? ajouta son adversaire à mi-voix.

— Vous connaissez mon nom, marmonna Étienne, se faisant le devoir de ne pas dévier son regard du sien.

Le pouce d'Antoine de Carnac se posa soudain au-dessus de la lèvre supérieure du jeune homme, et ses doigts sur son menton.

— Laissez-moi reformuler, votre nom de naissance n'a aucune importance.

Son pouce longea doucement le dessus de sa lèvre, essuyant par là le sang qui s'y était logé. Troublé, par le geste, ses propos, ou peut-être les deux, Étienne ne le repoussa pas.

— Oubliez ce que les autres veulent de vous, oubliez celui qu'ils veulent que vous soyez.

Il retira ses doigts, puis se saisit de son avant-bras pour le relever. Étienne se redressa, mais Carnac le tenait toujours fermement.

— Ce qui compte, c'est la personne que vous, vous voulez être.

Il le relâcha, puis se détourna sans attendre de réponse

Étienne le considéra avec attention, le cœur battant. Le visage du comte de Carnac s'était fermé, il ramassait l'épée au sol pour la ranger. Il l'ignorait désormais comme s'il n'avait pas prononcé ces propos troublants. Le silence s'appesantit entre eux. Carnac se rhabilla, et une fois son manteau sur ses épaules se dirigea vers l'escalier.

— Vous vous entraînerez avec moi trois fois par semaine, à cet endroit précis.

Le jeune homme secoua la tête pour sortir de ses pensées.

— Jusqu'à quand ?

— Jusqu'à ce que vous retrouviez les documents de votre père ou que vous parveniez à me battre. Si j'étais vous, je me dépêcherais de mettre la main dessus si vous ne voulez pas me supporter jusqu'à votre mort.

Le comte lui décocha un regard qui en disait long, et Étienne avala sa salive pour ne pas répondre à la provocation. Une main contre la rambarde, Carnac commença à descendre l'escalier, et s'arrêta.

— Une dernière chose : votre sœur recevra prochainement une invitation de ma part. Comme la dernière fois, n'hésitez pas à lui dire tout le bien que vous pensez de moi.

— N'oubliez pas votre promesse, grinça Étienne.

Carnac afficha une expression amusée qui décontenança Étienne. Il s'appuya contre le mur pour mieux dévisager le jeune homme, puis déclama :

— Vous vous trompez sur deux points au sujet de votre sœur. Tout d'abord, elle n'a pas besoin qu'on la protège.

Étienne essaya de cacher l'étonnement que cette déclaration lui provoquait.

— Ensuite… comme je vous l'ai promis, je ne lèverai pas le petit doigt pour relever ses jupes.

Il reprit ses appuis, toucha son propre chapeau pour le saluer et conclut :

— C'est elle qui les remontera pour moi.

Le feu monta au visage d'Étienne et sans réfléchir il attrapa un fleuret contre le mur et le lança vers l'escalier. Trop tard. Le comte de Carnac s'était déjà enfui, ne restait plus de lui qu'un gloussement idiot couplé au bruit du métal qui heurtait les marches.

Le jeune homme s'assit sur le banc et laissa sa tête retomber entre ses mains, la rage au ventre. Carnac voulait qu'Étienne sache qui il était vraiment ? Eh bien, il le lui montrerait bientôt : homme ou femme, cela ne revêtait que peu d'importance. Il serait la personne qui lui ferait ravaler sa fierté.

La personne qui lui infligerait une blessure dont il ne pourrait jamais se relever.

40

Le trajet à pied ne permit pas à Étienne d'apaiser sa fureur. Les passants devaient le sentir, car vilains comme bien nés s'écartaient de son chemin.

À peine eut-il franchi le seuil de l'hôtel particulier de Verteuil que sa mère quitta le salon pour l'interpeller.

— Votre promenade s'est-elle bien déroulée ? Vous rentrez tout juste à temps pour notre dîner de…

— Ce sera sans moi, la coupa Étienne, sans lui accorder le moindre regard.

Sa mère voulait-elle lui présenter une autre demoiselle de Choiseul ? Non merci. Du courrier au nom de son père attira son attention, il l'ouvrit sans plus attendre. Quelques mots de créanciers mécontents, mais aussi… une invitation à participer à une séance de l'État noble. Son pouls s'accéléra.

— Mais j'ai déjà confirmé votre présence ! objecta Henriette de Kerdelec.

— Dites que je suis souffrant.

— Étienne, nous ne pouvons pas aller sans homme…

— Oh, de grâce, mère !

Il tourna vers elle un regard venimeux et la baronne posa une main sur son cœur, surprise.

— Vous n'avez pas besoin d'un homme pour vous défendre. Vous maîtrisez bien mieux que moi les stratagèmes de cette société qui vous plaît tant.

Sa mère cilla, la bouche ouverte. Étienne y allait peut-être un peu fort, mais à cet instant il était incapable de se retenir.

— Que se passe-t-il, Henriette ? Pourquoi un tel tumulte ? questionna tante Rosaline en faisant son apparition.

— Ce n'est rien, murmura l'intéressée, en baissant la tête.

— Je ne vous accompagne pas au repas ce soir, expliqua Étienne.

Madame de Verteuil donna un petit coup de langue agacé.

— La réponse est déjà parvenue aux Choiseul.

Car c'était chez les Choiseul ? Raison de plus !

— Dites-leur la vérité, que je n'ai pas envie de les voir.

Il se dirigea vers l'escalier, ignorant le petit cri choqué de leur mère.

— Dans ce cas, vous garderez un œil sur votre père, répliqua sur un ton égal tante Rosaline. Et Sophie va pouvoir nous accompagner.

Étienne serra le poing. Oh, que ces histoires l'agaçaient !

— Non, ma sœur restera à la maison, car il me plaît que cela soit ainsi. Est-ce bien clair ?

Il fit volte-face et tante Rosaline se guinda. Son regard devint encore plus venimeux et elle articula :

— Oh oui, très clair.

Étienne sentit une veine palpiter au-dessus de sa tempe. La menace était limpide, mais il n'en avait cure. Il gravit l'escalier et commença à déboutonner son manteau qu'il avait refusé de donner aux domestiques. Il avait chaud, et mourait d'envie de s'en débarrasser, tout comme de son chapeau.

Il ouvrit à la volée la porte de sa chambre, jeta manteau et chapeau sur le lit.

— Hé ! s'exclama une voix fluette.

Un lapin sauta du lit et Étienne s'empressa de refermer derrière lui pour qu'il ne s'enfuît pas. En de grands gestes maladroits, Pilou émergea du tissu.

— Oh, Étienne, tu es blessé ?

Le visage de son petit frère se tordit d'inquiétude et le jeune homme soupira :

— Non je vais bien.

— D'accord.

Philippe sourit et récupéra Cannelle qui s'était réfugié à côté de l'armoire. Il serra le lapin dans ses bras, l'embrassa puis se dirigea vers Étienne qui retirait ses chaussures, assis sur le lit. L'enfant croyait sur parole son grand frère, c'était merveilleux et inquiétant à la fois.

— Tu sais que se battre, c'est mal, hein ? C'est toi-même qui me l'as dit.

Pilou planta son regard dans celui d'Étienne avec tant de sérieux que le jeune homme craqua. Ses nerfs lâchèrent, et il se mit à rire. Étonné, le gamin sourit et Étienne lui ébouriffa les cheveux.

— Je sais, Pilou. Mais merci de me le rappeler.

— À ton service ! Dis, je peux rester encore jouer avec Cannelle ? S'il te plaît !

— Oui, mais pas de bruit, j'ai besoin de réfléchir.

— Promis. N'est-ce pas Cannelle ?

Il leva le lapin au-dessus de son visage, l'agita doucement et ajouta d'une petite voix :

— Promis !

Étienne pouffa et se laissa tomber sur le lit. Heureusement qu'il pouvait compter sur sa famille. Pas sa mère ou sa tante, mais ceux pour qui il faisait tout ça. Ceux qui l'aimaient et qu'il aimait plus que sa propre vie.

*

Le lendemain matin, Étienne s'arrêta devant l'énorme bâtiment du Parlement, l'un des rares à avoir survécu à l'incendie de 1720. L'architecture était de style classique. Le corps principal, rectangulaire, était encadré de deux pavillons qui avançaient sur la place. Il comptait deux étages, le rez-de-chaussée bâti en granit sombre, et l'étage en calcaire. De nombreuses fenêtres perçaient toute la surface, entrecoupée par des pilastres doriques. Un toit d'ardoise surmontait le tout.

Étienne hésitait à entrer. Il demeurait debout à côté d'une gigantesque statue de Louis XIV à cheval, qui trônait sur la place du Parlement. Les cloches sonnèrent alors onze heures, et une pierre lui tomba dans l'estomac. Vite, il devait se dépêcher !

Sans attendre, il gravit les marches qui menaient à l'intérieur du bâtiment et déboucha dans une cour intérieure plutôt sombre, occupée par des tonneliers et des marchands de vin. Drôle d'emplacement alors qu'on jugeait dans ce lieu les causes civiles et criminelles. Il ignorait vers laquelle des quatre ailes se diriger et en choisit une au hasard. Des messieurs en robe noire, manteau rouge et perruque tombant sur les épaules attirèrent son attention, et il décida de les suivre sans détailler les lieux : il valait mieux qu'il ait l'air sûr de lui.

Il monta à l'étage et son regard commença à divaguer vers plusieurs salles aux portes ouvertes : certaines présentaient de très belles boiseries, et des plafonds rehaussés de peintures. Les cheminées, tout en marbre, avaient été sculptées de bas-reliefs. Il n'osait pas imaginer le prix de telles œuvres et s'en sentit fort impressionné. Il se rapprocha de la pièce qui attirait le plus de monde.

— Halte-là, jeune homme. Qui êtes-vous ?

— Étienne de Kerdelec, annonça-t-il à l'un des soldats à l'uniforme impeccable et armé d'un fusil.

L'homme lança une œillade à son clone, qui pénétra à l'intérieur de la salle. Il discuta avec un homme d'une cinquantaine d'années particulièrement bien habillé, mais sans robe noire ou manteau rouge. Étienne pâlit : Harcourt !

Le soldat revint sur ses pas.

— Veuillez circuler.

Le jeune homme contracta la mâchoire tandis que l'opposant politique de son père lui offrait un sourire cruel. Il devait absolument entrer et découvrir l'objet de cette réunion extraordinaire.

— Étienne, que faites-vous ici ?

La voix, chaude et familière, rassura le jeune homme. Mathieu de Chevigné, qui avait conservé son habit de ville, le tira à l'écart.

— Mon père a reçu une invitation à cette séance, expliqua-t-il, je voulais le remplacer.

— Avez-vous un document de votre notaire précisant qu'il vous délègue cette charge ?

Mathieu conservait les sourcils froncés. Bon sang, monsieur Delville le lui avait expliqué ! Pourquoi Étienne s'était-il montré si peu soucieux des affaires de leur père ? Il se contenta de secouer la tête.

— Êtes-vous pressé ? s'enquit le vicomte.

— Non…

— Alors, retrouvons-nous dans la salle des pas perdus, dans une heure.

— Entendu. Merci.

Mathieu acquiesça et pénétra dans la pièce où se déroulait la séance. Néanmoins, Étienne ne parvenait pas à s'apaiser. Il n'avait jamais aimé les secrets et cette salle surveillée par des gardes le frustrait au plus haut point ! Que pouvait-il s'y dire ? Son père y passait-il beaucoup de temps quand il venait à Rennes ? Le jeune homme savait juste que le baron de Kerdelec ne possédait aucune charge au Parlement de Bretagne, seulement le droit de siéger aux États.

Mais quelle différence de toute façon ? Il regrettait de ne pas avoir été plus attentif aux cours des professeurs de son jumeau. Il avait retenu que le roi et sa cour résidaient à Versailles, mais hormis cela il ne connaissait pas grand-chose du fonctionnement de son pays. Il s'en trouvait bien puni.

Nerveux, Étienne se mit à arpenter le palais, et notamment la fameuse salle des pas perdus longue de plus d'une trentaine de mètres et large de douze environ. Nobles et manants y marchaient avec un air soucieux. Des arcades permettaient à la lumière d'entrer et tout était blanc, même les lambris au plafond, rehaussés de moulures dorées et d'un médaillon central.

Après une attente interminable, le vicomte apparut enfin.

— Juste ciel, monsieur de Kerdelec, que se passe-t-il pour que vous ayez l'air aussi soucieux ?

Son ton, plus solennel que d'habitude, fit comprendre à Étienne qu'ils devaient se montrer discrets. Il l'attira à l'écart et lui chuchota :

— De quoi cette séance traitait-elle ? Un rapport avec mon père ?

Mathieu écarquilla les yeux, puis inspecta les environs, avant de murmurer :

— Pourquoi cette réunion aurait-elle un rapport avec votre père ?

— Je ne sais pas, s'agita Étienne. Ne m'avez-vous pas dit, la dernière fois que nous nous sommes vus, que le comte de Harcourt était un de ses farouches opposants ?

Le vicomte soupira. Son index et son majeur vinrent appuyer sur son front, il semblait épuisé.

— Je ne siège aux États que depuis peu, mais oui, ils s'opposent bien en politique. Le baron de Kerdelec est ami avec Louis-René de La Chalotais, tandis que Harcourt soutient le duc d'Aiguillon.

Étienne le dévisagea. Son compagnon aurait pu parler une autre langue que ç'aurait donné le même résultat.

— Votre père ne vous a jamais parlé politique, n'est-ce pas ?

Mathieu lui sourit tristement.

— Je n'étais pas destiné à hériter de la charge, au contraire de Charles…

Le jeune homme baissa la tête, honteux de ses lacunes, et surtout de les montrer à quelqu'un dont il espérait l'estime.

— Alors, faisons simple : votre père défend les libertés bretonnes face aux tentatives centralisatrices du duc, qui est aussi et surtout le commandant de notre Province.

— Et donc le représentant du roi ?

— Oui. Il souhaite lever de nouveaux impôts, mais à chaque fois la noblesse pratique une politique d'obstruction. La dernière fois, il y avait bien cinq cents nobles, empêchant tout débat face à la proposition du duc. D'habitude, les États se réunissent au couvent des Cordeliers, mais cette réunion-ci s'est voulue plus discrète et informelle…

Étienne fronça les sourcils. La lumière commençait tout doucement à se faire jour dans son esprit.

— Quel rapport avec le Parlement ? Son rôle n'est-il pas de rendre justice ?

— Si, mais ses prérogatives législatives lui offrent une certaine autonomie par rapport au pouvoir royal. Il défend aussi les libertés bretonnes et les privilèges de la noblesse. Toutefois, selon les situations, il peut soutenir les États comme rivaliser avec leur pouvoir. Et aujourd'hui… sans opposition directe, Harcourt semblait avoir des oreilles attentives.

— Mais ils ne peuvent pas lever de nouvelles taxes ! s'indigna Étienne.

Sa famille ne s'en sortait déjà pas avec les finances du domaine, alors comment supporter plus ? Mathieu le contempla avec indulgence.

— Nous sommes l'une des dernières provinces à lutter contre le pouvoir royal. Le roi est clément, mais sa patience a des limites. Certains nobles et parlementaires craignent un conflit d'une plus grande ampleur… J'étais à Paris, et je vous assure que le comportement de la Bretagne agace, que ce soit à cause des impôts qu'elle refuse de payer, ou bien de l'opposition faite à l'enrôlement du peuple breton dans les armées.

Étienne passa une main dans ses cheveux, confus. Cela faisait trop d'informations d'un coup à digérer.

— L'absence de votre père, et donc d'un des principaux opposants à Harcourt tend à renforcer les hésitations. D'autant plus que…

Mathieu s'arrêta et détourna la tête.

— D'autant plus que quoi ? le pressa Étienne.

— Non, oubliez, ce ne sont que des inepties.

— Je vous en prie, ne me cachez rien.

Le regard bleu de Mathieu plongea dans celui d'Étienne, et ce dernier dut s'efforcer de ne pas s'y perdre.

— Ce ne sont que des rumeurs de couloir.

— Dites-les-moi quand même.

— Eh bien… certains prétendent que l'absence de votre père est due à Harcourt. Que ce dernier a trouvé une façon de nuire au baron, raison pour laquelle il demeure discret.

— Ce n'est que pure calomnie !

Étienne se figea. Non, ce n'était pas n'importe quoi. Le document manquant de l'héritage. Il n'y avait rien de politique, mais quoi de mieux que de ruiner la réputation et les finances d'un ennemi pour le forcer au silence ? De plus, leurs problèmes personnels préoccuperaient tellement le baron qu'il ne pourrait plus consacrer d'énergie à l'opposition. En fait, c'était finement joué.

— Je suis d'accord, finit par prononcer Mathieu, profondément ennuyé. Hélas, il joue de ça, comme j'ai pu le voir à l'instant. Quand certains ont demandé où était le baron de Kerdelec, il a répondu que celui-ci avait d'autres préoccupations… Même si vous tenez son état de santé secret, il semblerait que quelqu'un ait eu la langue bien pendue.

Ou bien que le comte de Harcourt ne parlait pas de sa santé, mais bien du document volé.

— Merci, Mathieu. Sincèrement.

Le vicomte afficha un visage surpris, puis sourit.

— Inutile de me remercier. Je suis heureux de pouvoir aider. À présent, pardonnez-moi, mais d'autres affaires réclament mon attention.

Étienne le salua, et regarda son ami s'éloigner. Sa prestance et sa maîtrise le fascinaient.

Le jeune homme secoua la tête. Trêve de divagation. Monsieur de Harcourt remontait dans sa liste de suspects potentiels. Il devait à présent vérifier si, oui ou non, sa famille l'avait invité au bal. Quoique… cela ne servirait à rien. L'homme devait avoir des appuis partout en ville, surtout si certains nobles demeuraient indécis. N'importe quel invité, la patte graissée, aurait pu commettre le larcin.

Il ne devait pas perdre de temps à chercher des preuves de sa culpabilité, mais plutôt à trouver comment le faire chanter afin qu'il leur restitue le document.

Hélas, que ce soit Étienne ou Sophie, ni l'un ni l'autre ne s'y connaissait en intrigues, qu'elles soient politiques ou sociales. Louise, sans doute, s'y serait sentie à l'aise, madame de Verteuil aussi, mais jamais des femmes ne siégeaient aux États ou au Parlement.

Et Mathieu s'avérait bien trop droit pour qu'Étienne lui expose son problème.

Non, il lui fallait quelqu'un de sournois et de perfide.

Cela lui faisait mal de l'avouer… mais il avait besoin de Carnac.

41

Des nouvelles de Carnac arrivèrent vite. Malheureusement, ce n'était pas Étienne qu'il conviait à passer du temps avec lui, mais Sophie. Cependant, si Carnac souhaitait vraiment séduire Sophie, alors peut-être pouvait-elle profiter de la situation et la retourner à son avantage ?

Elle déchanta vite en découvrant l'invitation : encore le jeu de paume ! Carnac avait-il si peu d'imagination ou bien son orgueil démesuré le poussait à encore se mettre en scène ? Il pouvait retirer sa chemise autant de fois qu'il le voudrait, Sophie ne succomberait pas à son charme.

— Louise et moi sommes invitées ailleurs, déclara madame de Verteuil.

L'aînée des Kerdelec détourna le regard à cette annonce et Sophie suspecta un quelconque mensonge. Est-ce que tante Rosaline se vengeait de la saute d'humeur d'Étienne ? Hélas, sans chaperon – et elle ne pouvait pas demander à Étienne d'intervenir –, elle ne pourrait que décliner l'offre. Voilà qui la plongeait dans une situation difficile.

— Je suis disposée à emmener Sophie et les enfants.

Tous les regards se tournèrent vers la baronne de Kerdelec, qui toussota, avant de quitter la pièce. Sophie tenta de cacher son étonnement. Sa mère n'avait jamais rien fait pour elle… alors, pourquoi ce revirement ? À moins qu'elle ne regrettât de ne pas avoir assisté au dernier jeu de paume ? Se pouvait-il qu'elle ait envie de voir de jeunes hommes transpirer ? Non, Sophie ne voulait pas y penser, encore moins obtenir de réponse.

Elle tâcha d'améliorer sa mise et de porter une robe ni trop austère ni trop printanière, ou, pour le formuler autrement, qui ne donne ni l'impression qu'elle sortait d'un couvent ni qu'elle cherchait à séduire un homme.

La baronne, ses deux filles, Pilou et, cette fois, Nanou qui semblait être dans une phase de bonne humeur, gagnèrent la salle de jeu de paume.

— Oh, mais, qui sont tous ces gens ? s'étonna la baronne.

En effet, le public qui se pressait à l'entrée différait de la fois précédente : il était de tout âge, et surtout de toute condition. Des roturiers, habillés proprement, mais aux vêtements de qualité médiocre, s'entretenaient avec enthousiasme. Des demoiselles à la mise plus sobre, un peu à la manière de Constance, attendaient également avec des gentilshommes.

— Sophie, murmura leur mère. Monsieur de Carnac vous a-t-il prévenue qu'il n'y aurait aucune famille de noble extraction ?

La jeune femme ravala sa surprise. Sa mère lui parlait peu, et jamais pour simplement converser.

— Non, mère. Mais comment le savez-vous ? Rennes est grande…

— Il n'y a que des bourgeois et de la nouvelle bourgeoisie de robe. Aucune personne de notre condition…

— Pourquoi diable parlez-vous de conditions ? piailla Nanou qui n'arrêtait pas de toucher à ses cheveux. Il n'y a pas de conditions pour entrer dans un bâtiment. Quoique si nous essayions tous d'entrer à cloche-pied, cela pourrait s'avérer amusant.

— Nanou, Sophie lui saisit le bras et lui sourit, j'ai hâte d'assister au jeu. Pas toi ?

— Moi aussi ! s'exclama Pilou, ne lui laissant pas le temps de répondre. La dernière fois, les joueurs ont sauté si haut qu'on aurait dit qu'ils volaient !

Nanou rebondit à sa réplique, disant qu'elle avait connu un capitaine de navire qui volait au-dessus des mers. Ils entrèrent avec enthousiasme, excepté la baronne qui conservait un regard soucieux.

La seconde surprise les attendait à l'intérieur. Des tissus opaques pendus à des tringles encadraient le terrain de jeu et empêchaient de voir ce qui se préparait à l'intérieur. Cette fois, Héloïse réagit la première :

— *Tu es sûre qu'ils vont jouer au jeu de paume ?*

— *Je ne sais pas,* avoua Sophie.

Les tissus bougèrent, des voix leur parvenaient de l'autre côté. Qu'est-ce qui s'y tramait ? Les visiteurs passaient devant un petit comptoir et donnaient de l'argent à un homme assis de l'autre côté. Quand leur tour arriva, la baronne sortit son petit sac lorsqu'une voix grave déclama :

— Laissez, ce sont nos invités.

Antoine de Carnac, le sourire aux lèvres, trottina jusqu'à eux. D'où venait-il ? Sophie ne l'avait pas vu dans la salle en entrant… Ils se décalèrent pour laisser entrer les autres personnes et leur hôte s'inclina bien bas.

— Madame de Kerdelec, heureux que vous ayez accepté mon invitation. Je ne me suis pas montré des plus agréables la dernière fois, et j'espère que ce petit présent pourra me faire pardonner.

Il saisit la main gantée de la baronne et la porta galamment à ses lèvres, sans toutefois effleurer sa peau. Cela n'empêcha pas la mère de Sophie de rougir et elle balbutia :

— Voyons, monsieur de Carnac, il n'y a rien à pardonner.

— Vous êtes trop généreuse. Permettez que je vous accompagne à vos places. J'ai choisi les meilleures afin que vous profitiez pleinement du spectacle.

Du spectacle ? Monsieur de Carnac s'inclina face aux autres Kerdelec, et Sophie dut se résoudre à lui rendre son salut, en gardant toutefois ses bras plaqués contre elle pour qu'il ne lui prenne pas la lubie de tenter un baisemain.

— Il a bien dit un spectacle ? roucoula Nanou en lui attrapant le bras. Ils vont jongler avec des pommes ?

Jongler avec des pommes ? Sophie papillonna des cils, puis comprit. Nanou avait insisté pour les accompagner, car elle avait cru entendre le mot « pomme » au lieu de « paume ». Elle se mordit la lèvre, soudain inquiète. Est-ce que sa grand-mère allait faire une crise d'hystérie en découvrant que ce ne serait pas le cas ?

— Je vous en prie, installez-vous.

Le comte de Carnac leur désigna l'avant de la galerie, soit les mêmes places que la fois précédente et qui leur donnaient une vue parfaite sur la salle. Des chaises y avaient été installées.

— Allez-vous jouer, monsieur le comte ? minauda la baronne.

— Hélas, je suis aussi médiocre comédien que bon joueur de paume.

Sophie se retint de lever les yeux au ciel. Voilà bien une déclaration qu'elle ne croyait pas ! Il n'y avait pas plus sournois que cet homme. Mais un instant… Il avait bien dit « comédien » ? Est-ce qu'ils allaient assister à une pièce de théâtre ? Son regard resta rivé sur les rideaux. Sophie n'avait jamais assisté à une vraie pièce… Au domaine, il n'y avait que celles organisées par leur professeur et qu'ils donnaient en famille.

— Sophie, après vous.

Sa mère la tira de ses pensées.

— Allez-y, mère, je vais rester à côté de Nanou.

La baronne lui fit les gros yeux, et les dirigea en arrière, où patientait le comte de Carnac. Cependant, Sophie n'avait nulle envie de s'installer à côté de lui. Leur grand-mère eut alors une réaction inattendue : elle attrapa le bras du jeune homme et se pressa contre lui.

— Je prends la place à côté de vous.

Le sang quitta en même temps le visage de Sophie et celui de la baronne.

— Voyons, bredouilla Henriette, monsieur de Carnac…

— Je me ferais une joie de tenir compagnie à une si charmante dame.

Les joues de Nanou se colorèrent et la mâchoire de Sophie faillit se décrocher. Quoi, sa grand-mère succombait au charme de ce gredin ? Sa mère, d'accord… mais Nanou !

— Hélas, je dois rester sur le côté de la galerie, au cas où on aurait besoin de moi, expliqua-t-il. Mademoiselle de Kerdelec, j'espère que vous ne m'en tiendrez pas rigueur ?

— Absolument pas.

Fichtre ! Elle avait parlé trop vite. La baronne la dévisagea, tandis que la bouche du comte se crispait. Retenait-il une grimace ou un rire ?

Puisque personne ne se décidait, Héloïse soupira et passa la première pour s'asseoir dans la rangée. Désappointée, Sophie la suivit, puis Pilou, et enfin la baronne et Nanou. Comme annoncé, le comte prit la dernière place, pour être au plus proche de l'ouverture de la galerie. Héloïse gardait les yeux grands ouverts et signa discrètement :

— *Est-ce que tu entends quelque chose ? Il y a de la musique ? Des gens qui parlent ?*

Elle non plus n'avait jamais assisté à une pièce de théâtre. Le cœur de Sophie se serra. Sa cadette n'était-elle pas trop loin pour lire sur les lèvres ?

— *Non, je suppose qu'il faut attendre que le public soit installé.*

Un sentiment amer la gagna : le comte de Carnac aurait dû se montrer plus explicite. Ainsi, Sophie aurait pu se renseigner sur la pièce et l'expliquer à sa sœur, avant que la troupe ne joue. Héloïse risquait d'être fort déçue, et Sophie détestait ça.

Des voix lui parvinrent sur le côté, et elle se pencha : Pilou avait du mal à tenir en place, et la baronne gardait une main sur sa cuisse pour l'obliger à rester assis. À côté d'eux, le comte parlait à l'oreille de Nanou, lui désignant de la main différents endroits de la pièce. Leurs regards se croisèrent, Carnac sourit, et Sophie se redressa.

Nerveuse, elle ne put s'empêcher de se mordre la lèvre. Pourquoi était-elle la seule à ne pas profiter du moment ? Même la baronne, malgré la roture qui les entourait, semblait impatiente.

— Mademoiselle de Kerdelec ?

Sophie sursauta. Elle n'avait pas vu leur hôte quitter sa place et se poster devant elle. Seule la balustrade les séparait. Enfin plus ou moins, puisque le comte avait appuyé ses avant-bras dessus et la fixait avec un sourire malicieux.

— Monsieur de Carnac ?

Sophie se redressa, l'air un peu guindé, et son interlocuteur dévia son attention vers Héloïse.

— Pouvez-vous traduire mes propos à votre sœur, s'il vous plaît ?

Sa cadette jeta un regard surpris à Sophie, et celle-ci sentit la méfiance la gagner.

— Très bien.

— *Sophie, dis-lui que je sais lire sur les lèvres.*

La jeune femme ignora Héloïse et accorda une expression faussement avenante au comte. Celui-ci leur tendit alors des feuillets écrits à la main. Tout au-dessus était écrit : *Le domestique à l'usure,* suivi de noms de personnages et d'une description succincte de leurs costumes.

— Voici les répliques qui seront dites et un aide-mémoire pour reconnaître chaque personnage, expliqua le comte de Carnac. Il n'existe pas de version imprimée, j'espère que l'écriture est assez lisible.

Étonnée, Sophie prit quelques secondes avant de traduire à moitié. Son regard demeurait rivé sur les documents sans qu'elle pense à s'en saisir. Héloïse les accepta et donna une petite tape à sa sœur pour la faire réagir :

— *Remercie-le et dis-lui que c'est très bien écrit.*

— C'est lisible, et elle vous remercie, balbutia Sophie, confuse.

Antoine de Carnac lui sourit et quitta son appui, avant de rejoindre les tringles. Sophie se tourna alors vers sa sœur. Ses joues avaient rosi et un immense sourire étirait ses lèvres jusqu'aux oreilles. Comme perchée sur un nuage de bonheur, elle lisait déjà avidement la première page. Jamais encore personne, en dehors de la famille, n'avait eu une telle attention pour Héloïse. Quand elle releva la tête, elle signa :

— *Monsieur de Carnac est vraiment très gentil. Pourquoi ne veux-tu pas qu'il sache que je lis sur les lèvres ?*

Sophie s'empourpra, et ne sut quoi répondre à cela. La main de sa cadette pressa alors la sienne, et Héloïse ajouta :

— *Est-ce que ce monsieur te plairait ?*

Sophie secoua vivement la tête.

— *Promis,* reprit sa sœur, *si je surprends une conversation te concernant, je te le dirai.*

La jeune fille lui adressa un clin d'œil malicieux.

— *Ce n'est pas du tout ça !* objecta Sophie, horrifiée à cette idée.

— *Il est pourtant très agréable à regarder.*

Sophie la dévisagea. Comment pouvait-elle tenir un tel discours à son âge ? Heureusement que personne ne pouvait les comprendre ! La jeune fille posa la main sur sa bouche pour cacher son rire, et Sophie se replaça droite face à la scène. Cette journée allait de mal en pis ! Voilà que Carnac gagnait des points avec Nanou, et maintenant Héloïse !

Le sournois jeune homme quitta l'espace délimité du jeu de paume, pour retourner vers la galerie.

— Madame de Kerdelec, puis-je vous emprunter Philippe ?

— Moi ? Pourquoi ? questionna le petit garçon, tout impatient.

Voilà qu'il s'attaquait à son petit frère ! Sophie voulut protester. Néanmoins, la baronne ne lui en laissa pas le temps, et accepta. Le comte souleva le jeune garçon par-dessus la balustrade, et l'attira à côté des tringles. Il lui tendit un grand bâton en bois. Du velours rouge maintenu par des clous recouvrait l'extrémité. Héloïse expliqua alors :

— *Il lui dit qu'il lui confie une grande responsabilité : qu'à son signal, il doit taper trois fois très fort.*

Pilou affichait un visage concentré, ses mains bien serrées autour du bâton. Antoine de Carnac se rapprocha des tringles, puis lui fit un geste de la main. Alors, le petit garçon brandit le brigadier et le cogna de toutes ses forces contre le sol, une première fois, puis une deuxième et une troisième. Le comte poussa l'une des tringles du milieu, qui s'avérait sur roulettes. D'autres individus émergèrent de l'intérieur pour se débarrasser des autres, et vite le comte et Pilou regagnèrent leur place pendant que le public faisait le silence.

Sophie gardait les yeux grands ouverts face au décor qui venait de s'ouvrir. Un salon avait été installé, avec sofas et table, où se tenaient cinq individus extrêmement maquillés. L'un d'entre eux attira particulièrement son attention : le teint poudré, les lèvres et les joues peintes, il portait un habit rouge de domestique, et demeurait à moitié couché sur la table. Il prit la parole :

Laissez-moi vous conter les folles aventures,
D'une famille étouffée par l'usure.
Et comment moi, leur grand et beau domestique,
J'ai pu leur éviter une fin tragique !

Tout le monde restait le regard rivé sur Kaerell et les autres comédiens. Sophie commença à tourner les pages du feuillet, mais Héloïse se débrouillait bien toute seule, aidée par les indications scéniques.

Bien vite, Sophie n'y pensa même plus, absorbée par la pièce de théâtre. Mieux, le jeu des acteurs lui fit complètement oublier où elle se trouvait et pourquoi. Elle éclata de rire à plusieurs reprises, en particulier quand Kaerell s'amusait à ses pitreries avec ses maîtres. Toute sa famille passait un agréable moment, même la baronne qui se cachait le visage derrière ses mains pour tenter de se contenir.

La pièce s'acheva hélas bien trop vite et le public remercia les comédiens avec une salve d'applaudissements. Puis on tira de nouveau les tringles et la troupe disparut.

Le brouhaha gagna vite la galerie, chaun avait son mot à dire sur la pièce.

— Ils sont vraiment très doués !

— Et tu as vu l'expression du maître quand il a découvert qu'il devait tout ça à son domestique ?

Les Kerdelec demeuraient les seuls assis, attendant que la foule se disperse. Antoine de Carnac demanda alors :

— Rencontrer la troupe vous plairait-il ?

— Oh oui ! s'enthousiasma Pilou.

Nanou, elle, n'avait pas répondu qu'elle bousculait déjà les genoux d'Antoine pour aller sur le terrain.

— Voyons, du calme ! protesta la baronne, en vain.

Content de son effet, Antoine de Carnac suivit la grand-mère, puis la devança.

— Kaerell ! lança-t-il. Ton public te réclame !

Un visage fort maquillé surgit de derrière une tenture, si brutalement que Pilou sursauta avant de rire.

— Cela vous a plu ?

Sophie le dévisagea : de près, tous ces fards lui donnaient une drôle d'expression et accentuaient des traits féminins qu'elle ne lui connaissait pas.

— C'était splendide ! s'exalta Pilou.

Héloïse lui sourit et tapota dans ses mains pour manifester son enthousiasme. La baronne toussota :

— Très distrayant. L'auteur de votre pièce a une imagination débordante !

— Kaerell n'est pas seulement comédien, mais également écrivain et metteur en scène, expliqua le comte avec fierté.

Son compagnon leva les yeux au ciel et agita la main en l'air dans un geste théâtral, comme pour signifier que ce n'était pas grand-chose.

— C'est vous qui avez monté tout ça ? s'étonna Henriette de Kerdelec.

Sophie conservait le silence, mais n'en était pas moins impressionnée. Les autres comédiens, deux femmes et deux hommes, se joignirent à eux, et Nanou se montra très intriguée par leurs vêtements scintillants et les décorations.

— Et vous, mademoiselle de Kerdelec, avez-vous apprécié ?

Malgré le maquillage, Sophie distingua sans difficulté les traits soucieux de Kaerell. Il semblait inquiet que quelqu'un ait pu ne pas savourer ses vers.

— Votre pièce était très réussie. Je dirais même (Sophie sourit, soudain taquine) que vous avez épaté la galerie !

La référence aux expressions tirées du jeu de paume n'échappa pas à Kaerell dont le visage s'illumina.

— Oh, mademoiselle de Kerdelec, vous n'imaginez pas à quel point cela me fait plaisir ! D'autant plus… formulé de la sorte.

S'était-il senti si mal à l'aise que personne n'ait ri à ses jeux de mots ? Le pauvre… Quitte à en faire trop, elle ajouta :

— Je ne voulais pas rester sur le carreau. J'ai donc pris la balle au bond.

Kaerell frappa sa main contre sa poitrine, comme si une flèche venait de le toucher en plein cœur. Les jeunes Kerdelec et Nanou se mirent à rire, tandis que la baronne souriait sans comprendre l'échange. Quant à Antoine, une lueur amusée brillait dans ses prunelles sombres.

— Merci aussi d'avoir écrit votre pièce sur papier pour Héloïse. Je vous en suis fort reconnaissante.

— Sur ce fait, je ne peux voler les lauriers qui appartiennent à un autre. Antoine a fortement insisté pour que je lui donne un exemplaire.

Sophie se mordit la langue. Zut, elle avait espéré que cette attention venait de Kaerell.

— Est-ce que je peux toucher ? s'enquit Nanou face à un gros coffre débordant d'étoffes colorées.

— Moi aussi ? s'enquit Pilou, tout heureux.

La baronne de Kerdelec protesta, mais Kaerell s'esclaffa :

— Allez-y, nous ne sommes pas pressés ! Et si vous avez des questions, n'hésitez pas.

Sophie fronça les sourcils en voyant sa famille s'agiter autour des acteurs et des décors. Nanou et Pilou n'étaient pas connus pour leur délicatesse et avaient le don de faire des bêtises…

— Je crains de ne pas avoir l'occasion de me promener avec vous, annonça monsieur de Carnac.

Sophie sursauta, elle ne l'avait pas entendu approcher. Face à sa réaction, le jeune homme recula d'un pas et passa ses bras en arrière.

— J'ai promis de les aider à ranger.

— C'est bien aimable de votre part.

Dans d'autres circonstances, elle s'en serait réjouie. Elle n'oubliait toutefois pas qu'elle avait quelque chose à lui demander.

— Sophie, déclara alors la baronne, allez donc discuter avec le comte dans la galerie. Mais ne vous éloignez pas trop, je veux vous voir.

Henriette de Kerdelec avait parlé d'un ton égal. Elle se détournait déjà pour empêcher Pilou, perché sur une chaise, de décrocher les tissus des tringles. Sophie jeta un regard embarrassé au comte, mais celui-ci ne la pressait pas.

— Nous pouvons aussi discuter ici si vous préférez garder un œil sur vos proches.

Tant de prévenance de sa part la décontenança d'abord, vu la manière dont il se comportait avec Étienne. Néanmoins, elle ne devait pas oublier à qui elle avait affaire : à un libertin qui savait manier l'art de la tromperie.

Ce rappel la ramena à la raison. La tête haute, elle retourna dans la galerie et choisit de s'installer le plus à l'écart de la salle de jeu de paume. Si le comte en fut surpris, il n'en montra rien et s'installa à côté d'elle, laissant l'espace d'un siège entre eux, comme s'il se souciait des convenances. Quel hypocrite !

— Je suis heureux que vous ayez apprécié la comédie.

— Pourquoi ici et pas dans une salle consacrée au spectacle ? tenta-t-elle, essayant de commencer la conversation de façon neutre.

— Rennes n'en dispose pas, répondit-il tout aussi laconiquement.

Sophie se morigéna : elle venait de perdre une occasion de se taire ! Encore une fois, elle montrait son ignorance.

— Mais attendez… Vous pensiez que je vous invitais à une nouvelle partie de jeu de paume ?

Elle sentit le regard de son interlocuteur se poser plus attentivement sur elle, mais elle décida de garder le sien sur la scène. Sa famille s'amusait, elle aurait préféré la rejoindre.

— Vu que vous semblez aimer être au centre de l'attention, en quoi cela aurait-il été étonnant ?

Elle tourna enfin la tête vers lui et lui offrit un sourire faux.

— Je…

— Cela aurait donné une nouvelle occasion à Kaerell de tirer sur moi, et à vous de jouer les chevaliers servants…

Elle détourna la tête. Pourquoi fallait-il qu'elle ouvre les hostilités ? Ce n'était pas son but, et pourtant c'était plus fort qu'elle. Le comte l'horripilait au plus haut point.

— Ne me dites pas, articula-t-il. Vous pensez que j'ai demandé sciemment à Kaerell de vous viser ?

Sophie ne répondit pas. Le comte s'agita sur sa chaise.

— Vous me vexez, mademoiselle, poursuivit-il d'une voix plus tranchante. D'une part, vous me sous-estimez : si j'avais voulu vous toucher, je m'y serais pris autrement. D'autre part, ne prêtez pas de vilaines intentions à mon ami. Vous pouvez médire de moi autant qu'il vous plaira, mais Kaerell ne le mérite pas.

Les doigts de Sophie se contractèrent sur ses genoux. Peut-être, en effet, avait-elle été trop loin en accusant Kaerell. Même si ses fréquentations laissaient à désirer… il avait l'air d'être un bon garçon. Carnac ajouta soudain :

— Je reconnais toutefois que je vous dois des excuses.

Surprise, elle le détailla. Le comte contemplait la troupe, le dos appuyé contre le siège et son bras gauche – situé à l'opposé de Sophie – reposant sur un dossier. Au lieu de se tenir droit comme un gentilhomme, il conservait l'attitude nonchalante qui le caractérisait. En revanche, son visage s'était assombri.

— J'ai agi par réflexe, avoua-t-il. Si j'avais eu le temps de réfléchir j'aurais laissé cette balle vous percuter.

— Pardon ? s'étrangla-t-elle presque.

Le comte tourna la tête vers elle, sourcils légèrement haussés, comme indifférent à ce qu'il venait d'énoncer.

— Vous m'avez dit ne pas vouloir être traitée comme une demoiselle en détresse. Laisser cette balle vous percuter aurait donc été le bon choix.

— Au risque que je sois blessée ? s'indigna-t-elle.

— Vous avez la tête dure, je ne me fais pas d'inquiétude là-dessus.

— Vous ne pouvez pas le savoir, j'aurais pu garder des séquelles !

— Vous plaisantez ? ricana-t-il. Des séquelles ? Et si vous y croyez tellement, n'auriez-vous pas dû, dans ce cas, me demander si cette balle m'avait meurtri ? Ou encore vous enquérir de l'état de ma main ?

— Alors c'est pour cela ? Vous êtes contrarié parce que je ne me pavane pas face à vous comme toutes ces femmes dont vous avez l'habitude !

— Et de quelles femmes ai-je donc l'habitude ? questionna Antoine de Carnac, qui semblait soudain fort intéressé.

Sophie leva les yeux au ciel, mais elle était trop heureuse d'avoir réussi à dévier la conversation de leur première rencontre.

— Je ne suis pas aveugle, monsieur de Carnac. Rien qu'ici même la manière dont les comédiennes vous regardent m'en dit long sur vos jeux de séduction. Prétendrez-vous n'avoir rien tenté avec elles ?

— Non, je n'ai rien tenté.

Sophie le dévisagea comme si elle ne le croyait pas. Antoine de Carnac sourit à s'en décrocher la mâchoire.

— Kaerell me l'interdit, il prétend que ça nuirait à la bonne entente de la troupe.

La jeune femme s'en doutait !

— Toutefois…

Le ton du comte devint plus doucereux, et d'un coup il s'installa sur la chaise qui maintenait la distance entre eux.

— Je suis flatté que vous vous intéressiez assez à moi pour le remarquer. Seriez-vous jalouse ?

Par réflexe, Sophie se décala d'une place et jeta un coup d'œil inquiet vers la scène. Par chance, personne ne leur prêtait attention. Ou peut-être malheureusement, car le comte prenait un peu trop ses aises.

— Vous délirez, mon pauvre monsieur. Et je vous prierai de bien vouloir conserver la distance entre nous.

— Pourquoi donc, vous craignez de succomber à mon charme ?

Il se releva, sans doute pour encore se rapprocher d'une chaise. Sophie n'en revenait pas de son culot ! Énervée, elle bondit sur le siège qu'il voulait occuper et ils se retrouvèrent chacun avec une fesse dessus. Leurs corps étaient désormais collés l'un contre l'autre. Antoine de Carnac avait perdu son sourire et Sophie retenait son souffle. Elle sentait sa cuisse collée à la sienne, ainsi que leurs épaules… Malgré le contact et son envie de fuir, elle ne bougeait pas et le fixait. Elle voulait lui prouver ses propos, lui montrer que ces jeux ne fonctionnaient pas sur elle.

— Pourquoi vous obstinez-vous à me provoquer ? murmura-t-elle, la gorge sèche.

— Et vous, pourquoi vous obstinez-vous à me repousser alors que vous ne me connaissez même pas ?

Le regard d'Antoine de Carnac dévia sur ses lèvres, avant de revenir emprisonner ses yeux. Lui aussi n'avait fait que chuchoter.

— Je connais votre réputation.

— Alors, vous préférez vous fier à des rumeurs plutôt qu'à votre propre jugement ?

— N'êtes-vous pas en train de badiner avec moi ?

Un sourire échappa au comte. Il se décala le premier, rompant le contact physique entre eux. Elle s'en sentit tout de suite mieux et retrouva son humeur combative.

— C'est vous qui venez de me toucher, pas le contraire, fit remarquer Carnac. J'ai plutôt l'impression que c'est vous qui badinez avec moi.

Quoi ? Mais quel toupet !

— Et c'est peut-être moi qui ai tenté de vous séduire, à la fontaine ?

Le comte appuya son bras contre le dossier avec une attitude toute désinvolte.

— Ce n'est pas moi qui ai rejoint un homme seul, et qui lui ai pris la main sans gants.

Sophie ouvrit grand les yeux, abasourdie par son culot. Il retournait complètement la situation !

— Vous étiez blessé ! À aucun moment je... je...

Les mots se bloquèrent dans sa gorge. Est-ce que, par hasard, le comte avait vraiment cru qu'elle lui faisait des avances ? Le sourire moqueur qu'il lui offrit alors lui fit comprendre qu'il se jouait d'elle.

— Je ne sais même pas pourquoi je parle avec vous.

Elle se releva et se rendit compte qu'elle devait passer devant lui pour quitter la galerie.

— Poussez-vous.

— Je n'en ai pas envie.

— Poussez-vous ou je crie !

— Je vous en prie.

Mais cet homme était impossible !

— Je vous déteste !

La phrase était sortie toute seule, et un court instant Antoine de Carnac eut l'air décontenancé.

— Pourquoi ? Parce que vous ne supportez pas d'être taquinée ?

— Taquinée ? répondit-elle, se retenant de hurler.

Elle ne voulait surtout pas attirer l'attention sur eux.

— S'il n'y avait que ça ! Vous torturez mon frère. Vous l'avez blessé, saoulé et Dieu sait quoi encore ! J'ignore les détails, mais je suis certaine que vous le tenez par du chantage.

Les sourcils du comte se froncèrent. Pourtant il conserva la même position décontractée sur sa chaise.

— Qu'en savez-vous ?

— Je le connais par cœur, tempêta-t-elle. Et je sais que jamais il ne tolérerait qu'un homme s'approche ainsi de moi s'il n'y avait pas une bonne raison.

— Peut-être a-t-il vu en moi ce que vous ne voulez pas voir.

À la bonne heure !

— Oh, épargnez-moi vos belles paroles. Vous savez que j'ai raison. Un peu de franchise vous tuerait ?

— C'est de la franchise que vous voulez ?

Le comte se redressa à son tour, lui faisant face. Sophie l'invita avec une expression insolente à parler.

— Tout va bien ? s'exclama alors la voix de la baronne.

— C'est le moment idéal pour vous en aller, murmura son ennemi d'un ton froid.

Sophie se tourna vers sa mère pour lui signifier qu'elle avait entendu, et bougea à peine les lèvres :

— Vous serez franc si je reste ?

— À condition que vous aussi.

— Tout va bien, mère ! cria-t-elle. Des fourmis dans les jambes.

Avec raideur, Sophie se rassit sur sa chaise. Le comte l'imita, mais garda cette fois le dos droit.

— Si votre frère se méfie autant de moi, pourquoi ne pas être présent quand je vous vois ? commença-t-il. Et ne prétextez pas une affaire importante. Une fois je veux bien, mais deux...

Sophie se mordit la langue. Bien évidemment ! Carnac exigeait de la franchise et c'est elle qui devait la lui fournir en premier. Ses lèvres s'étirèrent, mais sans chaleur. Elle avait promis de la franchise, eh bien, elle allait lui en donner.

— Parce que nous sommes des bêtes de foire.

— Vous ne jouez pas le jeu, soupira le comte.

Il s'appuya pour se relever, et elle ajouta :

— Je ne fais que répéter ce que j'ai entendu. Notre ressemblance physique, à Étienne et à moi, ne passe pas inaperçue et fait l'objet de railleries. Pour le bien de toute la famille, nous ne devons donc pas apparaître ensemble en public. Si mon père n'y avait pas obligé ma mère, je n'aurais d'ailleurs pas assisté au bal à l'hôtel de Verteuil. Si ça n'avait tenu qu'à elle, elle m'aurait enfermée dans ma chambre et aurait jeté la clé au fond d'un puits.

Sophie essuya ses mains moites sur sa jupe. Dire du mal de la baronne aurait dû la couvrir de honte, mais elle s'en fichait. Elle se fichait de ce que Carnac pouvait penser de sa mère, ou encore de ce qu'il pourrait conclure sur elle. Elle ne cherchait ni son estime ni son approbation.

— Je suis désolé, je n'y avais jamais songé.

Elle jeta un coup d'œil discret sur le côté. Son interlocuteur avait appuyé ses bras sur ses cuisses, songeur. La jeune femme en profita pour décocher :

— À votre tour d'être franc, qu'attendez-vous de ma famille ?

Son pouls s'accéléra et elle détourna le regard. Elle ne voulait surtout pas qu'il comprenne qu'elle attendait cette réponse avec appréhension et espoir.

— Et si je vous avouais que je l'ignore moi-même ?

— C'est vous qui n'êtes pas franc, Carnac.

— Non, je dis la vérité, soupira-t-il. Vous taquiner, vous et votre frère, m'amuse. Je ne le nierai pas. Néanmoins, je n'ai aucune mauvaise intention envers Étienne. J'essaie de faire en sorte qu'il devienne l'homme qu'il désire être. Alors, certes, je me montre dur, mais pas injuste. Si vous ne me croyez pas, demandez-le-lui, ou venez à une de nos séances d'escrime.

— Mon frère sait se battre, répondit-elle, un peu piquée dans sa fierté.

Le comte redressa le buste et se tourna vers elle.

— Votre famille a des ennemis, mademoiselle. J'essaie juste de faire en sorte que le corps d'Étienne ne soit pas retrouvé sans vie dans une ruelle sordide.

Le comte de Carnac ne souriait plus. Il avait ce regard sombre, ce fameux regard qui désarmait Sophie et lui vidait la tête, lui arrachant toute réplique mordante.

— Je ne sais plus quoi penser de vous.

Sophie se tut. Les propos de Carnac la décontenançaient. Si Mathieu avait proféré les mêmes, elle en aurait même été émue. Mais elle ne pouvait toujours pas oublier qui les prononçait. Le comte n'en avait toutefois pas fini.

— Vous avez raison, ajouta-t-il. Je me suis montré discourtois avec vous à la fontaine. Pour ma défense, et même si cela n'excuse en rien mon comportement, j'étais très en colère.

— En colère ?

— Oui, je venais d'apprendre votre implication dans l'héritage. Et au même moment je recevais l'invitation de votre famille, comme un vilain pied de nez.

Sophie baissa la tête. Elle ne pouvait lui donner tort sur ce point.

— Et puis, ma main me faisait souffrir. Une morsure de chien, que celui-ci soit petit ou grand, est toujours douloureuse.

Que venait-il de dire ? Antoine sourit.

— Attendez, ne me dites pas que vous n'aviez pas saisi comment je m'étais blessé ?

Sophie ne s'était même pas posé la question. Enfin si, elle avait supposé que Cannelle l'avait mordu... Mais si c'était le chien... Elle inspira profondément et passa ses mains sur son visage, se sentant soudain la dernière des idiotes.

— Vous avez sauvé Cannelle des crocs de Phœbus...

L'expression interloquée du comte l'obligea à reformuler :

— Vous avez sauvé le lapin de mon petit frère du chien de ma tante.

— Oh (il tourna la tête vers la scène), je comprends mieux pourquoi vous vous inquiétiez autant pour cet animal.

— Merci de l'avoir sauvé. Je... je n'avais pas compris.

— Vous avouez donc m'avoir injustement traité ?

Elle s'empourpra et objecta :

— Reconnaissez que vous l'avez tout de même cherché ! Si vous n'aviez pas tenté de m'embrasser...

— Vous n'auriez pas « douché » mes ardeurs ?

Le comte lui offrit un sourire de connivence et Sophie se tut. Elle ne savait vraiment pas sur quel pied danser avec lui. Antoine de Carnac inspira et poursuivit :

— Je reconnais avoir eu tort. Serait-il possible que vous et moi remettions les compteurs à zéro ? Après tout, j'ai quand même sauvé un éminent membre de votre famille d'une mort atroce.

Sophie ne savait quoi répondre. Pouvait-elle lui accorder le bénéfice du doute ? Il présentait tellement de visages différents… Mais est-ce qu'un homme qui sauvait la vie d'un animal ne devait pas posséder un fond de bonté ? Peut-être avait-elle été un peu trop dure avec lui ?

— Vous voulez me prouver votre bonne foi ? articula-t-elle, la boule au ventre. Alors aidez mon frère.

Cette fois, le silence provint de Carnac. Elle n'osa pas le regarder. Finalement, même après une conversation houleuse, elle en venait à la raison pour laquelle elle avait accepté l'invitation. Au lieu de s'en satisfaire, elle s'en sentit honteuse. Elle accusait son interlocuteur de tenter de la manipuler, et voilà que c'était elle qui sautait sur l'occasion d'obtenir ce qu'elle voulait.

— J'ai cru mal entendre. Est-ce que Sophie de Kerdelec réclame véritablement mon aide ?

Elle ferma les yeux. Au diable les scrupules !

— Ne m'obligez pas à me répéter…

Elle inclina la tête sur le côté, à la limite de l'exaspération.

— Entendu.

— Pardon ?

Elle ouvrit soudain les yeux et le dévisagea.

— Je suis d'accord pour lui prêter main-forte, si cela peut améliorer votre opinion à mon égard.

Le comte de Carnac avait abandonné toute expression moqueuse ou séductrice, et la fixait avec attention.

— Comment puis-je vous être utile ?

Sophie tombait des nues. Le comte, leur ennemi, voulait vraiment les aider ? Attendre qu'ils retrouvent l'acte était une chose, les soutenir dans leurs recherches, une autre. Était-il complètement fou ? N'en avait-il donc que faire, de cet héritage ?

— Mon opinion vous importe à ce point ? s'étrangla-t-elle presque. Pourquoi ?

— Ne posez pas une question dont vous ne voulez pas connaître la réponse, mademoisell de Kerdelec.

Sophie se racla la gorge et repoussa les frissons qui commençaient à lui chatouiller la nuque. Oui, après tout, peut-être valait-il mieux qu'elle en sache le moins possible sur ce qui se tramait dans l'esprit tordu de cet homme.

— Alors ? reprit-il, sans patience.

— Pouvez-vous expliquer à mon frère comment faire pression sur un homme ?

— Rien que ça ? répondit-il d'un ton faussement mielleux. Et puis-je connaître l'identité de cet homme ?

Devait-elle le lui révéler ? Face au silence de la jeune femme, Carnac se releva.

— Le comte de Harcourt. Il déteste notre père et tout porte à penser qu'il prépare quelque chose contre notre famille.

Son interlocuteur s'immobilisa, songeur. Sophie sentait son cœur battre à toute allure dans sa poitrine. Allait-il se défiler maintenant qu'elle avait répondu ?

— Je ne connais pas grand-chose au sujet de cet homme, avoua le comte, à la grande déception de Sophie. En revanche, je peux expliquer à votre frère comment trouver des informations sur lui. Néanmoins, il ne faudra pas m'en vouloir si le procédé n'est pas très… scrupuleux, pour ne pas dire illégal.

— Tant qu'Étienne n'est pas en danger ou ne se ridiculise pas, vous avez ma bénédiction.

— Seulement votre bénédiction ?

Les doigts du comte de Carnac s'enfoncèrent sur le haut du dossier de la chaise de Sophie. Penché en avant, il demeurait proche, très proche d'elle. Le pouls de la jeune femme s'accéléra, mais elle ne bougea pas. Elle était certaine qu'il n'attendait que ça : qu'elle se montre gênée ou, pire, violente, alors que sa famille pouvait être témoin de son comportement.

— Commençons donc par ça, et nous en reparlerons.

Un fin sourire étira la bouche de Carnac et il se pencha un peu plus, de sorte à placer son visage au niveau du sien.

— Vos désirs sont des ordres, madame. Absolument tous.

Ses yeux presque noirs se plongèrent dans les siens, comme s'il liait par là leurs deux âmes d'une promesse invisible.

Il s'écarta, et Sophie déglutit, incapable de bouger de sa chaise. Carnac fit quelques pas en arrière, puis revint sur ses pas.

— Juste pour être certain que vous m'ayez bien compris tout à l'heure au sujet de la balle. Si je regrette mon réflexe, ce n'est pas parce que je souhaitais vous voir blessée, mais bien parce que je vous respecte.

Sophia contempla son visage plus que sérieux et son traître de cœur se mit à battre la chamade. Le comte poursuivit :

— Je respecte vos décisions et qui vous voulez être, mademoiselle de Kerdelec. Et, même si je me doute que cela ne change rien pour vous (il s'appuya contre une des poutres de la galerie), je sais bien que vous n'êtes pas une demoiselle en détresse.

Il inclina la tête et quitta sa place pour retrouver son ami et sa troupe. Sophie, elle, demeurait perturbée par son discours. Ainsi donc Carnac l'estimait et avait compris son désir de ne pas être traitée comme une petite chose fragile. Pourquoi cela lui procurait-il cette étrange sensation ? Se pouvait-il qu'elle se soit complètement trompée sur lui ? Troublée, elle ne bougea pas, se contentant d'observer les siens qui continuaient à s'amuser.

Elle repensa à la scène de la fontaine, qu'elle avait mal interprétée, à la balade dans le parc, puis au cours d'escrime qu'il avait donné à Étienne… Il était vrai que Carnac n'avait pas d'intérêt à l'entraîner. Est-ce que la provoquer faisait partie de son plan pour qu'elle accepte son aide ? Le comte avait l'air d'avoir de l'honneur… Elle se surprit à sourire, lorsqu'une voix s'imposa dans son esprit.

La voix de Carnac, et son expression sournoise la dernière fois qu'il avait parlé à sa version d'Étienne.

« C'est elle qui les remontera pour moi. »

Sophie battit des paupières à plusieurs reprises, et elle se sentit étouffer. Bon sang, était-elle en train de tomber dans le piège qu'il lui tendait ? Ses ongles s'enfoncèrent dans ses paumes et, même à travers les gants, elle ressentit la douleur, vivifiante, qui lui permit de revenir à elle.

Carnac, à côté de Kaerell, lui offrit un sourire particulièrement séduisant.

Oh oui, il était fort ! Elle avait cru un bref instant à sa rédemption. Toutefois elle ne se ferait pas avoir par ce loup déguisé en agneau.

Sophie lui rendit un sourire, s'inspirant de ceux qu'elle voyait bien souvent chez Constance et Héloïse.

Non, elle ne se ferait pas avoir par lui. Mieux, elle le prendrait à son propre piège.

42

Une certaine routine s'installa durant les semaines qui suivirent à l'hôtel de Verteuil. Si le baron de Kerdelec avait donné de l'espoir à ses proches en commençant à tenir lui-même ses couverts pour manger, son silence les avait vite fait déchanter. Il ne quittait pas son lit et regardait toute la journée d'un air mélancolique vers la fenêtre. Sophie lui rendait souvent visite, mais elle n'osait paraître en Étienne et le duper. Depuis qu'elle était toute petite, elle avait toujours voué une grande affection à son père, et c'est avec tendresse qu'elle lui essuyait la bouche après ses repas, ou qu'elle le bordait quand il se recouchait.

Le médecin avait revu son diagnostic : peut-être qu'en plus du cœur la tête du comte était atteinte, bien loin de l'épuisement qu'il craignait. Toutefois, les larmes que cette nouvelle inspirait à la jeune femme ne la paralysèrent pas. Elles fortifiaient sa volonté de protéger sa famille.

Sophie craignait qu'on s'interroge de ne plus voir Étienne et Sophie apparaître ensemble. Mais l'emploi du temps de l'un et de l'autre était tellement chargé qu'ils ne se seraient de toute façon jamais croisés si Étienne avait été là. La jeune femme jonglait entre ses deux identités sans jamais s'arrêter. Les trois quarts du temps, elle était Étienne, qui devait continuer à fréquenter la bonne société de Rennes, participer aux bals, distraire Constance – sur ce point, elle devait se reconnaître chanceuse, tant la jeune femme était facile à vivre –, et suivre les cours d'escrime de Carnac.

Si elle avait cru que ces leçons lui poseraient le plus de difficultés, elle se détrompa vite. Certes, le comte ne ménageait pas Étienne. Il le contraignait à travailler, des heures durant, sans jamais lui accorder la moindre pause. Il l'obligeait à porter des choses lourdes, à s'accroupir et à se redresser, le tout prétendument, pour développer ses muscles et son souffle. Étienne souffrait physiquement, mais cette souffrance l'aidait à apaiser le feu de colère qui bouillonnait en lui à chaque réveil.

Parfois, Kaerell assistait à leur entraînement, et s'installait sur un banc proche des fenêtres, une plume et des feuillets en main. Il répétait alors en boucle des vers et leur demandait leur avis. Si au départ Étienne ne parvenait pas à lui répondre, le souffle trop court, il réussit au fur et à mesure à lui faire quelques suggestions.

Le jeune homme ne comprenait toujours pas pourquoi Kaerell, si agréable et joyeux, s'attachait autant à Carnac. Lui devait-il de l'argent ? Ou bien avait-il une dette d'honneur envers lui ? Quoi qu'il en soit, Étienne ressortait de ces entraînements tellement vanné et courbaturé qu'une fois redevenue femme, Sophie trouvait à peine la force de s'énerver contre Carnac. Celui-ci n'abordait jamais le sujet Harcourt, et elle craignait qu'il ne l'ait menée en bateau pour l'amadouer.

Car le temps filait, implacable. Même si monsieur Lambert demeurait toujours à Paris – Constance avait promis à Étienne de l'informer quand son père se remettrait en route –, les Kerdelec restaient dans une impasse. Tante Rosaline ne parlait jamais de l'héritage ou de l'avancement de ses recherches pour retrouver le véritable Étienne. Quand Sophie osa aborder le sujet, elle n'essuya qu'une vive réprimande :

— Occupez-vous de Carnac, le reste suivra.

Elle avait dû ravaler sa frustration, sans même pouvoir en parler avec Louise. Cette dernière s'était de nouveau éloignée, ou peut-être n'était-ce qu'une impression liée à leur emploi du temps respectif. Son aînée devait répondre à nombre d'invitations, auxquelles elle assistait parfois seule, parfois avec la baronne ou madame de Verteuil. Ces deux dernières espéraient d'ailleurs la marier d'ici la fin de la saison. Sophie aurait voulu interroger Louise sur le sujet, mais n'y parvenait jamais. Tantôt habillée en Sophie, tantôt en Étienne, elle courait dans tous les sens afin de respecter le programme de folie que lui imposait Carnac. Au moins les activités qu'il lui proposait en tant que femme lui permettaient-elles de passer du temps avec Héloïse, Pilou et Nanou. Leur présence la réconfortait, mais l'inquiétait aussi : le comte arrivait à se faire apprécier d'eux. Son charme ne semblait avoir aucune limite, sauf avec madame de Verteuil.

Peut-être était-ce parce qu'elle était la seule à connaître le chantage auquel il les soumettait. Si sa famille connaissait réellement ses intentions… À chaque fois, Sophie se sentait profondément coupable de ne pas pouvoir en parler.

Heureusement, le vicomte de Chevigné compensait tous ces moments de tension. Il venait régulièrement les visiter et les moments d'amusement qu'il passait avec sa famille n'étaient pas feints. Hélas, la majeure partie du temps, Sophie devait incarner Étienne, qui devait jouer les chaperons pour ses sœurs. Terrible ironie du sort, alors que son cœur ne battait que pour cet homme. Pire, les bals et soirées dansantes se succédaient, et pas une seule fois elle ne put apparaître en Sophie. Pas une seule fois elle n'eut l'occasion de danser avec Mathieu, à sa plus profonde frustration. Néanmoins, il n'oubliait jamais de s'enquérir de sa santé.

Mieux, Héloïse lui transmit des petites attentions en douce : une fois des gâteaux au miel, une autre fois des fleurs séchées qu'il avait ramassées lors d'une promenade.

— Dommage que Sophie n'ait pas pu nous accompagner, ce sont sans doute les dernières fleurs de l'année, avait déploré Mathieu auprès d'Étienne.

Le vicomte avait cueilli plusieurs de ces fleurs, et les avait glissées dans un ouvrage de fiction qu'il conservait sur lui. Étienne n'avait alors pas compris son intention, mais quand Sophie les découvrit elle ne put que faire le lien. Le rouge lui monta aux joues et Héloïse pouffa comme une enfant. Elle se demandait pourquoi Mathieu ne passait pas par Étienne pour ce genre de chose. Et puis, elle crut comprendre : ce n'était pas le type de cadeau qu'on offrait à une demoiselle devant son frère. Mathieu ne voulait pas qu'Étienne l'embarrasse avec ses questions.

Aussi, Sophie conservait précieusement les fleurs séchées dans le mouchoir du jeune homme, qu'elle avait lavé depuis. Non, elle ne l'avait pas subtilisé. Quand Étienne avait voulu le rendre au vicomte, il lui avait dit de le garder, et même s'il ne s'agissait pas d'un présent pour Sophie, elle le considérait comme un trésor. Ah, si Louise ou n'importe qui d'autre l'avait su, ils se seraient bien moqués d'elle ! La seule qui semblait se douter de quelque chose, Héloïse, se montrait indulgente. Mieux, elle semblait adorer jouer l'intermédiaire entre eux.

Tout s'accéléra lors d'un énième bal long et ennuyeux. Étienne n'attendait qu'une chose : pouvoir s'éclipser dans le boudoir au même moment que Mathieu qui, comme lui, devait supporter ces soirées.

— Je vous en prie, Étienne, marmonna la baronne en s'éventant l'air de rien. Invitez Agnès de Choiseul. Pourquoi la boudez-vous ainsi ? C'est inconvenant.

Henriette de Kerdelec sourit à deux jeunes hommes qui passaient à côté d'eux.

— Je vous l'ai déjà dit, ronchonna Étienne. Elle ne m'est pas agréable.

— Sa mère est une amie de longue date. De grâce, faites un effort !

— Je ne souhaite pas me marier avec elle.

Sa mère le fixa avec de grands yeux surpris.

— Ne jouez pas à l'enfant. Une danse, ce n'est pas un mariage ! De plus, pensez à Louise : elle apprécie monsieur de Choiseul. Vous montrer aimable avec sa sœur l'aidera à prendre le jeune homme dans ses filets.

Elle referma son éventail et lui administra un coup sec sur l'épaule. Il ne ressentit aucune douleur, mais son exaspération atteint son comble. Si Louise et monsieur de Choiseul étaient faits l'un pour l'autre – ce dont il doutait vu le peu d'enthousiasme de sa sœur en sa présence –, ils n'avaient pas besoin de son intervention ! Il attrapa un verre sur un plateau tenu par un domestique, et en vida la moitié. Peut-être qu'une haleine alcoolisée repousserait la mère et la demoiselle… Il avisa le liquide rouge, bien décidé à s'enivrer lorsqu'une main habile ne le lui extorque.

Surpris, il garda le bras levé, tandis qu'un jeune homme bien habillé, et aux cheveux roux, le vidait à sa place. Quand il eut fini, il fit un bruit de langue peu élégant, comme s'il évaluait le vin.

— Second choix. Pour une fois que je m'introduis dans une de vos soirées aristocratiques, il a fallu que je choisisse l'hôte qui n'avait aucun goût !

Étienne ne revenait pas de sa surprise. Certes, il avait compris que Kaerell ne possédait pas de sang noble, d'où le fait qu'aucune invitation ne lui parvînt. Et on ne pouvait pas dire que l'argent que lui procuraient ses pièces le haussait au rang de prétendant convenable.

— Vous faites une tête d'enterrement, déclara une voix plus grave, derrière Étienne.

Carnac apparut à son tour. Étienne comprit qu'il devrait abandonner tout espoir de s'isoler avec Mathieu. Le comte et le vicomte, quand ils se croisaient, n'échangeaient des propos que par obligation.

— Je n'ai pas envie de danser, se contenta de maugréer Étienne. Et encore moins de présenter bonne figure, *à quiconque.*

Il accentua ce dernier mot et Kaerell se détourna pour rire. Antoine de Carnac le considéra avec un sourcil haussé, puis sourit.

— Ah, je me demandais combien de temps il vous faudrait pour craquer.

— Plaît-il ? faillit s'étrangler Étienne.

— Il est temps que vous appreniez l'art de vous défendre, ici aussi.

— Antoine, tu permets ?

Le comte se saisit d'un verre et invita Kaerell à poursuivre la conversation d'un air nonchalant. Le jeune homme n'y comprenait absolument rien. Était-il tombé dans un guet-apens ? Kaerell se rapprocha alors, et posa un bras autour des épaules d'Étienne. Le geste l'embarrassa quelque peu, mais le rouquin regardait droit vers la piste de bal, une main en avant.

— Imaginez, mon cher monsieur de Kerdelec, que vous êtes au beau milieu d'une comédie. Chacun joue un rôle finement ficelé, avec ses codes. C'est à vous de les comprendre et de les tourner en votre faveur.

— Je ne comprends pas où vous voulez en venir.

— Observez ces dames, par exemple. Le mouvement de leur éventail et leur regard révèlent beaucoup sur leurs intentions.

— La profondeur de leur décolleté aussi, fit remarquer Carnac.

Étienne leva les yeux au ciel, lorsque Kaerell passa sa main sur son menton pour l'obliger à tourner le visage vers une jeune demoiselle blonde accompagnée de sa mère.

— Soyez plus malin qu'Antoine et ne vous arrêtez pas à leur poitrine.

Étienne se retint de rire, que n'aurait-il donné pour voir la réaction de Carnac ! Kaerell semblait toutefois sérieux et il essaya de se concentrer.

— Vous parlez de la demoiselle à la robe rose ?

— Oui, comment décririez-vous son décolleté ?

Non, vraiment, ils allaient jouer à ça ?

— Convenable, articula-t-il.

— Oui, elle est jeune, et sa mère la surveille étroitement. À présent, regardez sa manière d'agiter son éventail à chaque fois qu'un jeune homme passe à côté d'elle.

Étienne tenta de se concentrer et ils restèrent une bonne minute à la fixer. Heureusement, elle se trouvait assez loin pour ne pas le remarquer. Chaque fois qu'un damoiseau approchait, elle agitait un éventail aux couleurs rouge et or, qui attirait le regard. Son geste du poignet était lent, et quand l'éventail se baissait elle gardait la nuque légèrement penchée sur le côté…

— Oui, comme une invitation à être embrassée…

Le souffle de Kaerell contre son oreille le décontenança. Ou bien étaient-ce ses paroles ? Carnac tira alors par le col le facétieux jeune homme, qui fut obligé de se remettre droit. Le rouquin n'eut pas l'air de s'en formaliser, car il poursuivit :

— Si vous, vous souhaitez charmer une jeune femme et lui marquer votre intérêt, rien de plus simple : effleurez-la.

— Pardon ?

Cette fois, Kaerell cogna sa tête contre l'épaule du comte. Il semblait déchaîné ce soir, indifférent aux regards qu'il pouvait attirer sur sa personne.

— Comme ça.

Le jeune homme lui saisit la main et du bout des doigts lui caressa la peau.

— Bien sûr, avec les gants, vous ne ressentez pas aussi bien le contact. Frôlez-lui le coude, l'épaule, la nuque… Une pression délicate, tel un souffle…

Étienne se décomposait de plus en plus.

— Ce ne serait pas correct, toussota-t-il en récupérant sa main. Il est inconvenant de séduire une jeune femme si on ne compte pas l'épouser.

Kaerell lui offrit un large sourire, fixa Antoine et, en le voyant hausser les épaules, perdit des couleurs.

— Vous êtes sérieux ? bégaya-t-il.

— Je t'avais prévenu, Kaerell. Monsieur de Kerdelec a été élevé dans un monastère.

— Si élevé dans un monastère signifie que je respecte ces dames, alors oui.

Les yeux d'Étienne se plissèrent, et Kaerell lui attrapa le bras.

— Détrompez-vous, il s'agit d'un jeu de séduction réciproque. D'un moyen de signifier à la demoiselle que vous l'intéressez. Vous devez passer par ce genre d'échanges pour savoir si vous êtes compatibles. À quoi d'autre, sinon, servent les bals ? N'est-ce pas le moment par excellence pour toucher autrui, rapprocher les corps ? Et si cela ne vous suffit pas, pensez à toutes ces mères : ne font-elles pas leur possible pour que de jeunes hommes invitent leurs filles à danser ?

Étienne demeura silencieux, il n'avait jamais pensé à ces soirées ainsi. Néanmoins, il ne pouvait donner tort à Kaerell…

— Il faudrait l'emmener à une des soirées de madame de la Pommeraye, il comprendrait.

— Qui ça ?

— Oubliez, rétorqua Antoine. Contentez-vous des soirées avec les jeunes femmes à marier. Ce n'est pas de votre niveau.

Étienne se sentit aussitôt piqué dans sa fierté.

— Revenons au plus important, poursuivit Kaerell. Les jeunes gens sans expérience sont particulièrement sensibles aux contacts physiques. Retenez-le et vous aurez compris l'essentiel.

— Et si vous lui faisiez plutôt une démonstration ? proposa Carnac. Avec cette jeune femme, par exemple ?

Étienne voulut protester, lorsqu'il découvrit la cible : Agnès de Choiseul. L'hésitation le gagna. Taquin, Kaerell lui confia son verre avant de se jeter dans l'arène. Il la salua avec un grand sourire et, Dieu sait comment, il parvint à la convaincre d'aller sur la piste de danse.

— Mais ils n'ont pas été présentés, bredouilla Étienne.

— Pourtant il vient de réussir à lui faire croire que si, observa Carnac. Observez bien ses gestes.

Le jeune homme obtempéra. Kaerell se déplaçait avec une grâce et une élégance qui le différenciaient des autres jeunes hommes. Ses doigts glissaient sur la taille de la demoiselle quand ils se rapprochaient, et il gardait la tête baissée de sorte que son souffle puisse ricocher sur l'espace nu de son cou ou de ses épaules. Au lieu de s'éloigner à chaque passe, Agnès de Choiseul se rapprochait de lui de plus en plus, un sourire charmé sur les lèvres.

— Toutes les femmes ne sont pas ainsi, objecta Étienne.

Ce que venait de lui montrer Kaerell le contrariait. Est-ce que les hommes se comportaient de la sorte avec Louise ? Le feraient-ils avec Héloïse ? Non. Mathieu n'avait jamais rien tenté. Mais en même temps, Sophie n'avait jamais dansé avec lui.

— Vous avez raison, le surprit Antoine.

Étienne leva les yeux vers lui. Le regard de son compagnon demeurait rivé sur Kaerell, il ne semblait pas conscient d'être observé.

— Kaerell vous l'a dit, cela ne fonctionne qu'avec les jeunes gens sans expérience, hommes comme femmes. Les regards, les contacts… l'un comme l'autre croient vite être amoureux alors qu'il ne s'agit que d'une réaction primaire du corps, d'un désir de toucher et d'être touché.

Le ton sérieux du comte, associé à son regard sombre, troubla Étienne. Pourquoi Carnac ne prononçait-il pas ces propos avec son éternel air malicieux qui avait le don de le gêner ? Son interlocuteur n'en avait pas fini :

— Toute cette timidité bordée de gêne disparaît après avoir goûté au fruit interdit. Les jeunes filles douces disparaissent une fois mariées, et il est trop tard quand on prend conscience que cette attraction… ne relevait que du désir sexuel. Que rien d'autre ne les unissait. La plupart de ces femmes mariées deviennent arrogantes, amères et essayent de retrouver leurs premiers émois en trompant leur époux. Ces derniers cherchent dès lors leur réconfort ailleurs, bien souvent sous d'autres jupes ou dans l'alcool. Et ceux qui ne le font pas deviennent aussi aigris que des vieillards abstinents.

— Vous avez une bien piètre opinion du mariage.

Antoine de Carnac cilla, surpris, et enfin son sourire malicieux réapparut.

— Je n'énonce que la vérité. Toutefois, il y a des exceptions partout. Il faut juste apprendre à s'en prémunir.

Étienne arqua un sourcil perplexe, qu'allait-il encore inventer ?

— Pour ne plus confondre amour et plaisir, et être certain de bien choisir votre moitié, il n'y a hélas qu'une seule solution.

Carnac lui indiqua d'approcher et Étienne, intrigué, obtempéra. Le comte lui chuchota alors à l'oreille :

— S'adonner au libertinage.

Le jeune Kerdelec le repoussa des deux mains, et le comte se mit à rire, avant de s'éloigner. Quel idiot ! Il se détourna, en colère de s'être fait avoir, lorsqu'une pression sur son épaule le fit se retourner.

— Je n'ai pas envie…, commença-t-il avant de se figer.

Le vicomte de Chevigné le fixait de ses grands yeux bleus. Un pli inquiet barrait son front.

— Tout va bien ? Le comte de Carnac vous ennuie-t-il encore ?

Son attention se porta vers l'intéressé, qui ne s'était pas encore assez éloigné pour ne pas le voir. Avec un sourire espiègle, Carnac leva son verre vers eux.

— Non, tout va bien, le rassura Étienne.

La main du vicomte quitta son bras, et il prit conscience que ce simple geste manquait de faire chavirer son cœur.

— Mathieu, quel est le prochain bal auquel vous assisterez ?

— Sans doute celui des Blanchegarde, pourquoi ?

— Pour rien. Excusez-moi.

Il se détourna de son ami, le feu aux joues. Le moindre contact du vicomte le troublait, ce qui devenait de plus en plus dérangeant. Et après cette conversation… Il devait en avoir le cœur net. Il fallait que Sophie apparaisse lors du prochain bal et danse avec lui. Il fallait qu'elle sache comment il poserait ses mains sur elle.

Si Mathieu tenterait de l'effleurer.

Rien qu'à cette possibilité, des frissons voluptueux lui parcoururent le corps.

43

S'agissait-il d'une mauvaise blague ? Étienne relisait le mot qu'un gamin des rues lui avait confié. S'il n'était pas signé, il n'y avait aucun doute sur son expéditeur :

Rendez-vous à vingt-deux heures. Venez bien habillé.

Un plan avait ensuite été gribouillé à la hâte.

Un instant, Étienne avait espéré que Carnac ait des informations sur Harcourt, mais en entendant la musique et les rires qui provenaient du bâtiment lorsque la porte s'ouvrait, il déchanta vite. Prenant une grande bouffée d'air frais, il entra à la suite de plusieurs gentilshommes pour moins se faire remarquer.

Une femme d'une quarantaine d'années, habillée tout de noir, le cou et les mains couverts de bijoux, les accueillit dans le vestibule, fermé par de grosses tentures d'un rouge velouté.

— Messieurs, bienvenue à L'Oiseau de nuit ! Veuillez me confier vos affaires.

Les deux premiers messieurs donnèrent à la dame manteau, épée et chapeau, avant de disparaître derrière la tenture. Étienne déglutit et attendit qu'on revienne. La femme le détailla alors de haut en bas et, un peu méfiante, déclara :

— C'est la première fois que je vous vois ici, monsieur... ?

— Monsieur de Kerdelec, annonça-t-il en enlevant son chapeau.

La méfiance sur le visage de la femme fondit aussitôt et un grand sourire éclaira ses lèvres.

— Oh, vous êtes avec monsieur le comte, vous auriez dû le dire tout de suite ! Pardonnez mes questions, mais notre établissement tient à sa réputation.

— Ne vous inquiétez pas, madame. Je comprends tout à fait.

Il s'inclina respectueusement. Devait-il également lui présenter ses condoléances ? Il hésitait, car généralement, une veuve ne portait pas autant de bijoux.

— En voilà un charmant garçon !

Elle se saisit de ses vêtements et lui sourit avec chaleur.

— Allez donc vous amuser. Et ne vous inquiétez pas pour vos consommations, aujourd'hui c'est cadeau pour les amis du comte !

La dame le poussa gentiment vers les tentures rouges. Étienne, décontenancé, obtempéra. D'un geste de la main, il poussa la tenture et se pencha pour passer. Aussitôt, la chaleur de la pièce le saisit, tant par sa température que par ses couleurs. Du velours vermeil recouvrait le sol et les murs, bordés d'étoffes et ornés de peintures... plutôt suggestives.

Plus il avançait, plus il pâlissait, mais c'était dû à un autre type de tableaux… des tableaux vivants, incarnés par les gentilshommes présents et de jeunes femmes… Ô mon Dieu !

Étienne devint écarlate et fit volte-face pour rebrousser chemin lorsqu'une voix familière s'écria :

— Ah, voilà notre invité ! Venez, cher ami, ne soyez pas timide !

Carnac ! Une boule au ventre, Étienne dut prendre son courage à deux mains et obtempéra. Le comte se trouvait à une dizaine de mètres, assis dans un fauteuil, de jeunes femmes en petite tenue assises de chaque côté du dossier, et une… directement sur ses cuisses. Il tenait un verre d'alcool dans ses mains et souriait à Étienne.

Le jeune homme aperçut du mouvement dans son champ de vision : de jeunes femmes portant des tuniques comme dans l'Antiquité grecque – blanches et très transparentes – le toisaient d'un regard curieux. Du maquillage noir faisait ressortir leurs yeux, et il essaya de se concentrer sur ceux-ci plutôt que sur leurs seins… Il devint encore plus cramoisi. Dans quoi s'était-il encore fourré ?

Une demoiselle à la peau foncée lui saisit alors la main. Étonné par son apparence, Étienne ne la repoussa pas et se laissa entraîner vers Carnac.

— Ah, merci Narcisse de montrer le chemin à notre ami. Il a l'air tout perdu.

— Mais c'est avec plaisir, cher comte. Votre ami est à croquer.

Sa seconde main rejoignit la première, et elle pressa sa poitrine contre le bras d'Étienne avant de déposer ses lèvres dans son cou. Son contact l'électrisa aussitôt et il fit presque un bond en arrière. Des rires s'élevèrent dans la salle de la part des autres hommes présents, tandis que les yeux des demoiselles à proximité brillaient encore plus fort.

— Carnac, serait-il possible d'échanger un mot ? bégaya Étienne, en s'écartant d'une autre jeune femme qui lui touchait l'épaule.

— Je vous écoute.

— En privé.

— On peut venir aussi ? questionna la demoiselle blonde assise sur les genoux de Carnac.

Elle glissa sa main sur sa gorge et dévoila une épaule d'un blanc de lait.

— Mesdemoiselles, soyez indulgentes, c'est sa première fois.

La blonde se releva et se mordit la lèvre en passant devant Étienne. Heureusement, le comte de Carnac quitta son siège et d'un geste invita Étienne à le suivre.

Ils passèrent dans une seconde salle, tapissée de velours noir. D'autres femmes s'y trouvaient, cette fois entièrement nues, sur des messieurs au visage bien rouge. Était-ce l'effet de l'alcool ou d'autre chose ? Au moins, ils possédaient toujours leurs vêtements... Étienne détourna vite la tête. Non, celui-là n'avait conservé que sa chemise !

— Parlons plutôt dehors, proposa-t-il.

Il fit demi-tour, mais le comte l'attrapa par le poignet.

— Les chambres sont par-là, nous serons seuls.

Avait-il bien dit « les chambres » ? Sophie éprouvait des difficultés à garder le masque d'Étienne sur son visage. Cet endroit l'effrayait et, pire encore, l'intriguait. Elle avait peur, mais que pouvait-il lui arriver sous les traits d'un homme ? Elle se doutait plus ou moins de ce qui arrivait après le mariage et une curiosité qu'elle savait malsaine la taraudait. Enfin, ils débouchèrent dans un couloir. Carnac toqua à l'une des nombreuses portes et, comme aucune réponse ne lui parvint, y entra.

Alors seulement, il lâcha le poignet d'Étienne.

— Qu'est-ce qui vous prend ? s'enflamma alors celui-ci. C'était de ça, que Kaerell parlait ? Le fait de goûter aux soirées de madame de la Pommeraye ?

— Madame de la Pommeraye ? répéta Carnac, avec le sourire. Vous comparez ses soirées avec un bordel ? Il faudra que je le lui dise, je suis sûr qu'elle en rirait !

— Un bordel ? Vous avez osé m'amener dans un bordel...

Le comte gagna le lit et se laissa tomber dessus pour s'étirer. Étienne s'aperçut alors qu'il ne portait comme haut qu'une chemise, grandement ouverte sur son torse.

Le jeune homme commença à faire les cent pas. Il n'en revenait pas de la facilité avec laquelle il s'était fait piéger !

— Votre plan est donc de me transformer en libertin ? De me faire renoncer au mariage ? De me pervertir ?

— Oh, Étienne, si vous pouviez vous voir, s'amusa Carnac, toujours allongé, et la tête appuyée sur un bras.

— Vous vous moquez !

— Peut-être un peu.

— Moi, ça ne m'amuse pas du tout !

Il avait envie de le secouer et de lui faire disparaître ce petit sourire suffisant !

— Qu'avez-vous ressenti lorsque Narcisse vous a embrassé dans le cou ?

— Pardon ?

Malgré lui, des frissons le parcoururent à ce souvenir.

— Kaerell vous l'a dit : les jeunes gens peu habitués à être touchés réagissent souvent avec exagération. Avez-vous ressenti une chaleur vous envelopper ? Voire peut-être des frissons ?

Étienne vira au rouge.

— Ce n'est pas la question.

— Non, vous avez raison !

Carnac se rassit, puis sauta à pieds joints.

— La question est plutôt : avez-vous envie d'en découvrir plus ? Avez-vous envie de dévêtir complètement une de ces jeunes femmes, de…

Mais c'est qu'il insistait !

— N'avez-vous donc pas compris ? Je ne veux pas qu'elles me touchent !

— Mais c'est vous le maître, ici, Étienne. Vous pouvez garder vos vêtements et les toucher, ou juste regarder si vraiment vous êtes trop timide.

La gorge du jeune Kerdelec devint très sèche. Seulement… regarder ? Carnac se rapprocha et emprisonna son regard dans le sien.

— Je peux vous montrer. Vous montrer comment on caresse une femme (il commença à tourner autour de lui, et sa voix devint un peu plus rauque), comment on suscite son désir jusqu'à lui faire perdre la raison.

Il se retrouva derrière lui et chuchota encore plus bas :

— Vous seriez libre d'arrêter quand vous le souhaitez, ou de regarder jusqu'à la fin, jusqu'au moment où elle se perdrait en vagues de plaisir sous mes caresses, ou sous les vôtres.

Et joignant les gestes à la parole, il frôla le bout des doigts d'Étienne avec les siens. Le jeune homme retira sa main, comme s'il l'avait brûlée, et se décala.

— Non.

Il serra le poing, la poitrine compressée dans un étau abominable. À quoi jouait-il ? Le regard du comte devint encore plus sombre, et Étienne eut l'impression d'être devenu la proie. Ce jeu ne lui plaisait pas. Pas du tout.

— Je ne veux pas céder à votre débauche.

Son ton était devenu venimeux. Comment Carnac pouvait-il fréquenter ces lieux et oser sortir avec Sophie ?

— Vous êtes un hypocrite, lui cracha-t-il, prêt à sortir.

— Ah oui, et en quoi ?

Il devait quitter ce bordel, mais la colère bouillonnait, de plus en plus forte.

— Vous fréquentez des putains, Carnac ! Et vu ce qu'on m'a dit en entrant vous êtes même un client très assidu !

— Quel est le problème ? répliqua celui-ci sur un ton encore plus décontracté.

— Des putains ! réitéra Étienne. Des femmes qui vendent leur corps ! Ce n'est pas vous qu'elles veulent, mais votre argent !

— En quoi sont-elles différentes des femmes que vous fréquentez lors de vos bals ?

Une telle surprise submergea Étienne qu'il en perdit tous ses mots. Carnac comparait réellement les jeunes femmes à marier à des prostituées ?

— Réfléchissez-y, insista Carnac d'un ton plus sec. Pensez à tous les cadeaux qu'un soupirant offre à ces demoiselles : bouquets, bijoux, robes, sorties à des prix exorbitants… L'issue est la même. Elles prennent tout ce qu'il y a à offrir avant de donner leur faveur. C'est même pire quand elles ont plusieurs prétendants. Et bien sûr, n'oublions pas que la fortune du soupirant joue aussi beaucoup sur le choix final.

Étienne gardait la bouche ouverte, incapable de réagir.

— Au moins, ici, ricana Carnac, il n'y a aucune hypocrisie : ces femmes disent leur prix et l'affaire est aussitôt réglée. On ne se voile pas derrière de prétendus sentiments juste pour obtenir du sexe.

Étienne ferma les yeux, profondément choqué.

— Donc, vous comparez mes sœurs… à des prostituées ? À des femmes sans aucun honneur, sans aucun amour-propre et qui ont choisi de livrer leur corps…

— C'est vous qui ne comprenez pas, Étienne, l'interrompit Carnac en se rapprochant brutalement. Ces filles de joie n'ont pas choisi leur état. Elles n'ont simplement pas eu la chance de naître dans une bonne famille. Cela n'en fait pas moins d'elles des femmes qui méritent le respect. Et en ça, oui, je ne place pas vos sœurs au-dessus d'elles.

Étienne secoua la tête, dégoûté au plus profond de lui-même. Pire, la Sophie en lui se sentait profondément humiliée.

— Ne cherchez plus à fréquenter ma famille.

— Je ne vous pensais pas si obtus d'esprit. Vous me décevez, Kerdelec.

— Je n'ai que faire de votre opinion.

Étienne posa sa main sur la poignée, bien décidé à quitter ce lieu de débauche. La main de Carnac força toutefois sur la porte, qui se referma aussitôt. Étienne se retrouva ainsi emprisonné entre lui et le battant, une position fort désagréable, surtout à cet instant.

Il voulut s'en libérer, mais Carnac appuya le torse contre son dos.

— Ne bougez pas.

Et voilà qu'il lui donnait des ordres ! Le souffle du jeune homme chatouilla sa nuque et Étienne sentit des frissons glacés lui remonter l'échine. Son masque se craquelait et Sophie réapparaissait, brûlante de rage et de déception. Elle esquissa un pas sur le côté, mais il la bloqua.

— J'ai dit : ne bougez pas !

— Pourquoi ? Parce que vous ne supportez pas…

— Parce que je suis en colère, et que quand c'est le cas je fais bien souvent des choses stupides !

Sa réponse la déstabilisa, mais pas assez pour apaiser sa propre colère.

— Votre sœur m'a demandé de vous aider dans votre recherche d'informations compromettantes sur Harcourt.

La main de Sophie, ou plutôt d'Étienne, quitta la poignée.

— Et ?

— Et c'est le lieu idéal pour en glaner. S'il est client ici… ces femmes, sans aucun honneur, comme vous le dites, pourraient bien détenir la réponse à tous vos problèmes.

— Alors, posez-leur la question, et fichez-moi la paix !

Étienne fit volte-face, et de toutes ses forces poussa de ses deux mains contre le torse d'Antoine de Carnac. Celui-ci recula, suffisamment pour qu'il puisse ouvrir la porte et se faufiler à l'extérieur à la vitesse de l'éclair. Pensait-il vraiment pouvoir le retenir avec de tels prétextes ? Même s'il disait vrai, jamais ces femmes ne prendraient le risque de perdre un client ! Et même plusieurs clients, car la confiance ne serait plus de mise. Non, Antoine de Carnac se moquait de lui !

Il se retourna, le cœur battant, persuadé que son ennemi allait le poursuivre. Cependant il n'entendit qu'un énorme choc, comme si… on venait de frapper de toutes ses forces dans le mur.

Non, il se faisait des idées. Carnac n'était pas en colère à ce point.

Et puis, au fond, qu'est-ce que cela pouvait faire si c'était le cas ? Il avait été assez stupide pour lui demander son aide. Voilà ce qu'il récoltait. Et s'il avait été assez bête pour croire, même l'espace d'une minute, que Carnac possédait un bon fond, ce lieu – Étienne contempla avec mépris les hommes et les femmes présents – prouvait définitivement qui il était.

La rage au ventre au point d'avoir envie de pleurer, Étienne quitta l'établissement, se jurant de ne plus jamais y revenir et de ne plus jamais revoir Carnac.

44

Cette visite inopinée dans un bordel avait altéré la relation entre le comte de Carnac et Étienne. Et même Sophie. Aucun ne reçut plus d'invitations où que ce soit. Et même au cours d'escrime où Étienne avait envoyé Gustave en espion, Carnac n'apparaissait plus. Il jouait le mort, à moins qu'il le fût ?

Non. Pas du tout. S'il était mort de quelque chose, c'était de honte ! Comment avait-il osé un seul instant imaginer qu'Étienne allait se… se… se dévergonder avec ces filles ! Il était complètement fou !

Pourtant, au lieu d'être soulagée de son silence, Sophie était dans tous ses états. À chaque fois que quelqu'un sonnait à la porte, elle craignait une mauvaise nouvelle. À chaque fois que des lettres leur parvenaient, elle imaginait que le sieur Delville leur annonçait que l'héritage avait été réclamé par les Carnac. Elle avait finalement dû lui avouer qu'elle ne retrouvait pas le document et il patientait. S'il n'avait pas été un ami de la famille… Bref, c'était encore une autre histoire.

Et si Carnac avait tout simplement pris le chemin de Saint-Malo ? Cela aurait expliqué son silence, et… Dieu du ciel ! Pourquoi fallait-il qu'il l'ait emmenée dans un bordel ? Elle qui commençait enfin à saisir comment le caresser dans le sens du poil ! Elle enfonça son visage dans un des oreillers d'Étienne et cria de frustration.

La porte de la chambre de son frère s'ouvrit alors et elle se retrouva nez à nez avec Héloïse qui la fixait avec de grands yeux. Si elle n'avait rien pu entendre, la position de sa sœur – allongée sur le lit de leur frère – avait de quoi surprendre.

— *Cela ne va pas ? Étienne est encore parti ?*

— *Je suis juste contrariée,* avoua-t-elle. *Et oui, Étienne est sorti.*

— *Tu es souvent contrariée en ce moment. C'est parce que le comte de Carnac ne vient…*

Sophie lui décocha un regard si meurtrier qu'Héloïse recula.

— *D'accord, je te laisse.*

Elle fit demi-tour, et Sophie remarqua alors seulement le petit feuillet imprimé dans sa main.

— Héloïse !

Elle leva les yeux au ciel. Même après toutes ces années, il lui arrivait d'oublier la surdité de sa sœur. Elle attrapa l'oreiller et le lança dans le dos d'Héloïse. Ce n'était pas très gentil, mais elle n'avait pas la force de se lever. Sa cadette s'arrêta, les sourcils haussés, puis regarda le coussin à terre.

— *Désolée,* signa Sophie, avec une moue boudeuse. *Qu'as-tu en main ?*

— *Monsieur Kaerell tient une nouvelle représentation. Je me disais que, peut-être, comme il est ami avec le comte de Carnac, tu pourrais l'y voir… Mais puisque ta contrariété n'est pas due à ça…*

La jeune femme bondit presque sur le document. La représentation avait lieu le soir même, à vingt et une heures, à l'éternelle salle de jeu de paume. Était-ce un coup du destin ? Elle n'avait absolument pas envie de croiser Carnac, mais si elle pouvait l'apercevoir dans le public… Au moins pourrait-elle apaiser l'inquiétude qu'il soit parti pour Saint-Malo.

— Merci Héloïse, mais la représentation est trop tardive. J'en parlerai à Étienne quand il rentrera. Tu peux me le laisser ?

— D'accord, mais demande-lui si monsieur Kaerell serait d'accord pour me communiquer une nouvelle pièce. Tu veux bien ? J'ai vraiment adoré la précédente.

Sophie acquiesça. Sa petite sœur, un sourire un peu malicieux sur les lèvres, referma derrière elle.

*

Étienne ignorait si c'était dû à l'heure avancée, mais la foule se pressait plus que la première fois aux portes du jeu de paume. Kaerell et sa troupe rejouaient *Le Domestique à l'usure* et, sans invitation, il dut cette fois-ci payer l'entrée.

Tendu à l'extrême, le jeune homme s'installa au fond de la galerie, à une place qui lui permettait de voir chaque spectateur arriver. Hélas, quand les trois coups retentirent, il n'avait pas vu Carnac, en public ou sur scène. Trop tard pour partir, il dut donc attendre que la représentation finisse. Malgré le jeu des acteurs qui faisaient rire la populace, il ne parvenait pas à se détendre. Sa jambe s'agitait, tant et si bien qu'il récolta des regards malveillants de son voisin.

Quand la pièce fut terminée, il se dépêcha de rejoindre la scène improvisée.

— Pas de visiteurs dans les coulisses, monsieur, l'arrêta soudain un homme musculeux, dans un costume un peu trop petit pour lui.

— Je suis un ami de monsieur Kaerell.

— Oui, moi aussi, répondit l'inconnu avec le sourire.

Non, sérieusement ? Il allait lui faire ce coup-là ? Une crinière rousse dépassa d'une tenture et Étienne cria :

— Kaerell, c'est Étienne ! Puis-je vous parler ?

L'homme musculeux posa une paume gigantesque sur l'épaule d'Étienne en grognant. Par chance, l'auteur de la pièce repassa sa tête maquillée vers l'extérieur.

— Étienne ? Patrick, laissez-le passer.

— Vous devez avoir vidé la salle d'ici quinze minutes. Pas le temps de bavasser !

Kaerell leva les yeux au ciel.

— Il y a une taverne à deux ruelles après la place : Le Pot d'Or. Allez-y. Je vous rejoins dès que possible.

Étienne accepta et lança un regard satisfait au dénommé Patrick. Celui-ci grogna pour toute réponse. Le jeune homme, un peu intimidé, ne demanda pas son reste et quitta les lieux. Trouver Le Pot d'Or ne s'avéra pas compliqué, mais il dut prendre sur lui-même, la main posée sur le pommeau de son épée, pour avancer dans la ruelle sombre qui y menait. La musique et les rires guidèrent ses pas, et il se décala juste à temps pour ne pas ramasser sur les pieds le jet d'urine d'un gentilhomme qui, semblait-il, avait déjà bien bu.

Assis à une table dans le fond, il commanda deux chopes de cidre et, les deux mains autour de la sienne, attendit. Il regretta alors de ne pas avoir de montre, car les secondes lui parurent des minutes, et les minutes des heures.

Enfin, une tignasse rousse franchit la porte de la taverne, et Étienne lui fit signe. Kaerell lui sourit, mais il dut saluer plusieurs individus – pas des gentilshommes, si on s'en fiait à leurs vêtements – avant d'arriver jusqu'à lui.

— Félicitations pour la représentation.

— Merci d'être venu et pour le verre ! Néanmoins, quelque chose me dit que ce n'est pas pour mes beaux yeux que vous êtes là.

Étienne toussota. Kaerell allait droit au but, c'était déconcertant, mais assez pratique. Quoique le jeune Kerdelec ignorât comment formuler les choses… Le rouquin demeurait avant tout l'ami de Carnac, et non le sien. Le fait qu'il ait été présent au théâtre, et plus encore qu'il ait réclamé à discuter avec lui dans cette taverne parviendrait forcément aux oreilles du comte. Et hors de question qu'il pense qu'il s'inquiétait à son sujet. Oh, oui, Étienne avait une idée !

— Héloïse est particulièrement friande de vos pièces, elle aimerait savoir si vous seriez d'accord pour lui confier d'autres de vos feuillets. Vous pouvez lui faire confiance, ma sœur est d'une fiabilité à toute épreuve.

Pour se donner de la contenance, Étienne se saisit de sa chope et commença à boire. Kaerell sourit d'un faux air désabusé.

— Eh bien, votre sœur doit véritablement être impatiente pour vous convaincre de venir me trouver après une représentation.

— Je ne savais pas où vous trouver, fit remarquer Étienne.

— J'ai une chambre chez la même logeuse qu'Antoine. Désormais vous saurez.

— Très bien, parfait.

— Vous pourrez venir y chercher les feuillets demain, si vous le souhaitez.

Étienne se figea. Quel idiot, pourquoi n'avait-il pas surveillé la gentilhommière ?

— Merci, Kaerell, et désolé de vous avoir dérangé pour si peu.

Il finit sa chope et, un peu mal à l'aise, se leva. Son interlocuteur se saisit alors de son poignet et leva des yeux brillants vers lui.

— Que s'est-il passé entre Antoine et vous ? Et ne prenez pas votre air de biche traquée, je sais très bien que vous vous êtes disputés.

Le rouquin ouvrit grand les yeux d'un air entendu. Abattu devant l'insistance de Kaerell, il se rassit.

— Il n'y a pas grand-chose à dire.

— Il est allé trop loin, c'est cela ? soupira Kaerell, en relâchant la pression sur son bras.

Étienne posa ses mains sur ses cuisses, interdit. En fait, il ne savait pas du tout sur quel pied danser avec Kaerell. Sa jovialité et son caractère franc lui avaient toujours plu, mais à cet instant il doutait de tout et de tous. Était-ce aussi une façade ? N'était-il pas une sorte d'espion de Carnac ? Le comte lui avait peut-être demandé de surveiller le moment où Étienne le contacterait et…

— Antoine est maladroit dans ses relations aux autres, expliqua Kaerell. C'est un passionné, il agit à l'instinct et parfois le regrette amèrement. D'habitude, il ne craint pourtant pas de présenter ses excuses. C'est en cela que je suis étonné.

— Peut-être est-ce moi qui l'ai déçu.

Kaerell leva des yeux étonnés vers Étienne.

— Vous ? Qui vous montrez toujours si honorable ? dit-il, tandis qu'Étienne rougissait. Et parfois un peu stupide, il est vrai.

Le rouquin lui offrit un clin d'œil et Étienne baissa la tête.

— Allez, je l'ai été aussi. Personne n'aurait tenu debout après avoir bu plus de dix chopes !

Dix chopes ? Étienne avait vraiment bu dix chopes ?

— Et puis, sans ça, nous n'aurions pas pu apprécier vos fabuleux pas de danse ou votre belle voix.

Étienne cacha son visage entre ses mains. Il ne désirait pas en savoir plus.

— Pouvons-nous revenir au sujet qui nous intéresse ?

— Oui, bien sûr, roucoula Kaerell. Quelle est votre inquiétude au sujet d'Antoine ?

— Est-ce qu'il est toujours chez votre logeuse ? Est-il parti… ?

Il se tut et contempla son interlocuteur. Un coude sur la table, et la tête appuyée sur sa main, il fixait Étienne avec un sourire enjôleur.

— Vous êtes fourbe, siffla le jeune Kerdelec.

Sa déclaration ne fit qu'accentuer son sourire.

— Oui, il passe son temps entre sa chambre et…

Son sourire s'éteignit soudain.

— L'Oiseau de nuit ?

Kaerell ne feignait pas l'étonnement.

— Comment connaissez-vous… ? balbutia-t-il avant de s'interrompre, tout pâle. Oh, il vous y a emmené.

La mine sombre d'Étienne répondait pour lui.

— Ah, Antoine… Tu n'écoutes jamais rien ! s'agaça Kaerell en se relevant. Tavernier, deux autres cidres !

Il se rassit et posa ses paumes bien à plat sur la table.

— C'est pour cela que vous vous êtes disputés. Il a franchi vos limites.

Étienne haussa les épaules et croisa les bras. Il n'avait pas spécialement envie de parler de ça avec le meilleur ami de son ennemi.

— Il n'y a pas de honte à avoir. Moi-même, je ne l'y accompagne jamais.

Cette fois, Kaerell avait piqué sa curiosité.

— Ah ? Pourquoi ? Vous… Enfin, il ne me semblait pas que vous fréquentiez quelqu'un.

Il s'interrompit en voyant une serveuse leur apporter les deux chopes. Le rouquin fit un petit signe de tête en direction de son compagnon, et Étienne mit la main à la poche.

— Désolé, être auteur sans mécène ne rapporte que très peu. Et pour répondre à votre question, non, je n'ai pas de fiancée. Pour faire simple, sachez que ce n'est juste pas de mon goût.

Étienne sourit, rassuré. Au moins, il ne passerait pas pour un cul béni face à Kaerell. Celui-ci ajouta :

— Et c'est votre droit de ne pas non plus aimer les filles de joie.

— Tout à fait. Et le comte n'aurait pas dû me prendre par surprise là-bas.

— En effet.

— Merci.

Étienne se sentit mieux d'avoir exprimé ce qu'il avait sur le cœur. Ça, et le fait de savoir qu'Antoine de Carnac se trouvait toujours à Rennes.

— Et du coup, comment allez-vous faire pour vous rabibocher ?

— Pour nous… quoi ? bredouilla Étienne.

— Eh bien, quand deux amis se fâchent, il est normal de tenter de se réconcilier.

— Nous ne sommes pas amis.

Kaerell haussa ses sourcils.

— Vous êtes amants ? Je n'ai jamais vu Antoine avec un homme, mais…

— Non ! s'étrangla presque Étienne. Nous ne sommes ni amis ni amants.

— Et pourtant, il vous a pris sous son aile dès votre arrivée à Rennes. Il se soucie d'où vous allez, de votre famille et de vos préoccupations.

C'était pour mieux le manipuler et jouer avec lui, mais ça, il ne pouvait pas le lui dire.

— Écoutez, monsieur de Kerdelec. Je connais Antoine depuis longtemps, très longtemps.

Kaerell marqua une pause puis soupira :

— Il m'a tiré de bien des mauvais pas. Je lui dois tout : la vie, et cette chance de réaliser mon rêve. D'accord, il a mauvaise réputation auprès des femmes, mais vous ignorez son histoire.

— Oh, Kaerell, de grâce, ne me sortez pas les violons.

— Ce n'était pas mon intention, s'amusa-t-il. Je veux juste dire que vous pensez le connaître, mais qu'au fond vous ne comprenez pas un dixième de lui. Alors oui, c'est un fieffé libertin, un joueur invétéré, et un jean-foutre entêté. Mais en amitié il n'y a pas plus fidèle que lui.

— Puisque je vous dis que nous ne sommes pas amis !

— Et vous êtes aussi têtu que lui.

Kaerell se redressa et, d'un geste vif, vint lui ébouriffer les cheveux. Le mouvement surprit Étienne et la tête qu'il tira fit éclater de rire son compagnon. Penaud, il rougit et se passa une main dans les cheveux.

— Rentrons, il se fait tard, proposa le rouquin. Les rues ne sont pas sûres la nuit, allons louer une calèche.

— Vous ne cherchez pas à me convaincre de me réconcilier avec lui ? s'étonna Étienne.

— Non, si ce n'est pas ce que vous souhaitez. Je suis certes son ami, et, même si la réciproque n'est peut-être pas vraie, je vous considère aussi comme le mien. S'il vous a blessé, c'est à lui de vous présenter des excuses, non l'inverse.

Étienne en demeurait bouche bée.

— Allons ! s'esclaffa Kaerell, sinon j'ai peur que vous vidiez tout un tonneau.

L'esprit plus léger, ils quittèrent l'auberge. Cette conversation avait fait du bien à Étienne. Si Carnac n'était certes pas un ami, peut-être que Kaerell… Oh, et puis pourquoi se torturer avec des questions ? Il verrait bien ce que l'avenir lui réservait.

— Pardonnez-moi, permettez que je lâche l'eau, je ne me suis pas soulagé depuis des heures.

Étienne se dépêcha de se retourner en découvrant Kaerell se rapprocher d'un mur. Il y avait des choses auxquelles il ne s'habituerait jamais en tant qu'homme. Gêné, il préféra avancer dans la rue pour laisser plus d'intimité à son ami. Son « ami ». Oui, ce mot sonnait vraiment bien à ses oreilles.

— Laissez-moi ! s'écria alors une voix féminine.

— Allons, on sait que tu aimes ça.

— Fais pas ta mijaurée !

Étienne pressa le pas. Il faisait sombre, mais au détour de la ruelle il distingua parfaitement deux gentilshommes qui encerclaient une jeune femme seule. Ses cheveux clairs, détachés, retombaient en cascade sur une cape dont il ne distinguait pas la couleur.

— Allez !

L'un des hommes arracha son vêtement, et elle recula, percutant le second individu qui l'attrapa par les épaules. Elle commença à se débattre, mais celui qui lui avait pris sa cape plaqua sa bouche contre elle.

Le cœur d'Étienne bondit dans sa poitrine.

— Suffit ! cria-t-il en se précipitant vers eux, tout en gardant un minimum ses distances.

Les deux hommes portaient l'épée à la ceinture, il devait rester prudent.

— Ceci ne vous concerne pas, l'ami !

— Monsieur, je vous en prie, aidez-moi ! s'écria la jeune femme avec une voix suraiguë.

— Ferme-la !

Le premier homme lui administra une gifle et Étienne tira son épée du fourreau.

— Lâchez-la immédiatement !

Il la pointa vers eux. L'indignation et la colère faisaient trembler son bras. Le premier homme se retourna tout à fait et avança, disposé à dégainer son arme. Étienne se tenait prêt, lorsque l'individu baissa la tête d'une drôle de façon.

— Monsieur de Kerdelec ?

L'intéressé cilla, mais ne baissa pas son épée. L'agresseur releva alors son tricorne et Étienne découvrit le visage de monsieur de Rougemont. L'étonnement le saisit.

— Mon ami ! Rangez donc votre arme. Vous vous méprenez sur la situation. Il ne s'agit pas d'une demoiselle, mais d'une putain. D'ailleurs, souhaitez-vous vous amuser avec nous ?

Le jeune homme ne ressentait plus de la surprise mais de la consternation.

— Une prostituée ? répéta-t-il, plus poli, en abaissant son épée.

— Oui, nous l'avons vue sortir de la maison d'un vieillard. Et si on lui montrait un peu ce que vaut la vigueur de la jeunesse ?

Étienne tourna son attention vers la jeune femme. Il la reconnaissait désormais, c'était la blonde qui s'était assise sur les genoux de Carnac à L'Oiseau de nuit. Des larmes avaient fait couler son maquillage, elle présentait un piteux état. Rougemont ne mentait pas, il s'agissait bien d'une prostituée.

— Ces hommes se sont-ils enquis de vos services, madame ? questionna-t-il.

La jeune femme releva la tête, surprise, et le contempla avec de grands yeux ébahis. Elle secoua la tête.

— À quoi jouez-vous, Kerdelec ? s'impatienta le second individu, qui empêchait la demoiselle de bouger.

À sa voix, il reconnut monsieur de Lalanville, qui avait tenté d'enivrer Sophie.

— Elle ne travaille pas pour vous, vous n'avez aucun droit de la retenir.

— Kerdelec, c'est une putain ! Qu'importe qu'elle soit troussée dans un bordel ou dans la rue !

— Si cela peut soulager votre confiance, on lui laissera une bourse quand on aura fini de jouer avec elle.

Lalanville la tira en arrière et la jeune femme cria :

— Pitié, je vous en supplie, ne les laissez pas me toucher ! Pitié !

Étienne s'avança et Rougemont tira son épée :

— Vous voulez vraiment vous quereller pour une putain ?

— Oui.

Étienne n'avait même pas réfléchi à sa réponse. Il chargea Rougemont, mettant à profit ses séances d'entraînement avec Carnac. Surpris, Rougemont para et recula sous le coup. Il leva sa botte, et Étienne réagit avant qu'il ne le frappe. Son instructeur avait raison : en combat, il n'y avait plus d'honneur qui tienne.

Il administra lui-même un coup dans le genou de son adversaire.

— Attention ! s'exclama la jeune femme.

Étienne pivota et remonta sa lame au bon moment, juste avant que Lalanville ne le perfore de son épée.

— Fuyez, madame ! s'époumona-t-il.

Il plongea sur le côté pour éviter que ses adversaires le prennent en étau. Il atterrit sur le flanc et leva le bras par réflexe, même s'il savait qu'il ne pourrait pas éviter deux épées à la fois.

Une silhouette encapuchonnée se dressa alors entre ses adversaires et lui.

— Messieurs, votre maman ne vous a-t-elle jamais appris à ne pas ennuyer les dames ?

Un fin poignard apparut dans chaque main de l'individu. D'un geste vif du poignet, il les lança, et Étienne en profita pour se relever et se placer à côté de lui.

Kaerell souriait avec un air malicieux, deux nouveaux poignards en main. Où les avait-il cachés ? Dans la taverne, il n'avait pas semblé armé…

— Concentrez-vous sur la leçon à administrer à ces vilains polissons.

Oui, il avait raison. Étienne se remit en garde, et constata que Lalanville se tenait le bras.

— La prochaine fois, je ne me contenterai pas d'une éraflure, minauda Kaerell.

— Vous allez nous le payer !

Ils foncèrent de conserve sur le rouquin et Étienne chargea pour le protéger. Ses couteaux ne lui serviraient pas à grand-chose dans un corps-à-corps. Le jeune Kerdelec esquiva un premier coup en s'abaissant, para le second, et donna un coup de pied dans l'arrière-train de Rougemont. Ils étaient doués, mais présentaient le même défaut : ils regardaient dans la direction de leur prochain coup.

Hélas, si Étienne se débrouillait bien, il n'avait jamais combattu contre deux bretteurs à la fois. Il sentit une coupure sur son avant-bras, heureusement amortie par son manteau. De son côté, il taillada la joue de Lalanville. Ou peut-être de Rougemont. Dans l'obscurité et le chaos, il n'aurait su le dire. Un coup de pommeau dans le visage le fit chanceler, mais son ennemi ne put en profiter : il hurla en recevant un coup de couteau dans le ventre.

— Cessez immédiatement de vous battre ! cria une voix éloignée de l'échauffourée.

De la lumière ainsi que des bruits de bottes enflèrent dans la rue, et Étienne se retourna dans leur direction. Mal lui en prit : son ennemi en profita pour élancer son épée vers son flanc. Il sentit la lame lui chatouiller les côtes. Il la dévia avec sa propre arme et sa chair se déchira. La douleur fusa, mais il ne chancela pas. Non, à la place, il pivota sur lui-même et abattit son épée en diagonale sur l'impudent. Celui-ci hurla de douleur et bascula à terre.

Un coup de feu retentit alors.

— Jetez vos épées et levez les mains bien haut.

Ça y est, désormais, il les voyait : la brigade de police de la ville, qui tendait ses fusils dans leur direction.

Étienne obtempéra, mais il fut le seul. Lalanville et Rougemont se tordaient dans leur sang sur les pavés. Kaerell avait disparu.

— Il est interdit de se battre dans les rues de Rennes ! Au nom du roi, je vous arrête !

Étienne ne parvint même pas à protester. Essoufflé, il se sentait vide. Vide et étonnamment soulagé.

45

Les policiers l'emprisonnèrent à l'écart de ses ennemis. Si au départ, Étienne parvint à marcher, une fois l'adrénaline disparue, on dut l'aider. Tout son corps tremblait et sa blessure au flanc l'élançait affreusement. Isolé dans une cellule avec des barreaux et de la paille par terre, il retira son manteau et souleva son gilet : du sang maculait sa chemise.

Il s'appuya contre les pierres froides pour ne pas tourner de l'œil. Quel comble de s'évanouir pour un peu de sang alors qu'il venait de se battre contre deux jean-foutre !

— Je vous le demande une dernière fois. Si vous voulez qu'on appelle un médecin, livrez-nous le nom de votre complice.

— J'étais seul, s'agaça le jeune homme, bien déterminé à ne pas impliquer son camarade dans la querelle.

Après tout, le rouquin n'avait pas commencé les hostilités. C'était à Étienne d'assumer. Un coup de fusil contre les grilles en métal le fit sursauter.

— Vous aggravez votre cas ! Vos adversaires nous ont assuré qu'il y avait un second homme. Parlez.

— Ils ont juste honte d'avoir perdu à deux contre un, ricana Étienne, en appuyant sur sa blessure.

Ciel, que ça faisait mal ! Allait-il se vider de son sang dans sa cellule, sans personne pour l'aider ? Soudain, une peur glacée le saisit. Et si les soldats se rendaient compte qu'il était une femme ?

Des jurons lui parvinrent et il ferma les yeux, fatigué. Il espérait que la demoiselle avait pu s'enfuir, et qu'elle était rentrée saine et sauve, tout comme Kaerell.

— Étienne, Étienne ? Vous m'entendez ?

Une vive douleur contre son flanc le fit revenir à lui. Il cligna des yeux et sentit un contact brûlant contre sa blessure. Le visage de Carnac apparut face au sien. Par tous les diables, même dans ses cauchemars, le comte venait le hanter ! Il papillonna des yeux, et l'homme leva une main pleine de sang, avant d'attraper une aiguille et du fil. Le jeune Kerdelec lui saisit le poignet.

— Que faites-vous ?

— Je vous recouds.

Non, impossible. C'était ridicule. Il laissa retomber son bras et ferma les yeux. Oui, il dormait, il n'y avait pas d'autre possibilité. Et pourtant la douleur explosa quand il sentit de nouveau un contact contre sa peau.

— Ne bougez pas, le tança Carnac.

Étienne gémit et le comte cessa vite de le torturer.

— Vous n'avez besoin que de quelques points de suture. C'est superficiel, vous serez vite remis sur pied.

Étienne jeta un coup d'œil inquiet sur son vêtement que Carnac remettait en place. Par chance, la blessure se situait fort bas, il n'avait pas eu besoin de remonter de beaucoup le tissu.

— Vous êtes en état de choc, essayez de vous reposer.

— Que faites-vous là ? articula-t-il, la gorge sèche.

— J'ai eu des scrupules à vous laisser assumer seul la responsabilité de notre petite échauffourée. Je me suis donc livré à ces charmants messieurs, qui m'ont autorisé à partager la cellule avec vous jusqu'à demain matin.

Étienne ne sut s'il eut envie de rire ou de pleurer. Qu'était-ce que ces inepties ?

— Carnac, j'ai peut-être mal, mais j'ai toute ma tête. Pourquoi…

— Chut, chuchota celui-ci en s'asseyant contre le mur froid, juste à côté de lui.

Le regard du comte dévia vers les soldats, et Étienne se tut. Même s'il ne savait pas pourquoi, il comprenait qu'il ne devait pas contredire sa version.

— C'est *lui* qui vous envoie ?

Au cas où, il valait mieux ne pas prononcer son nom.

— Non, souffla Antoine, mais merci de l'avoir protégé. Il n'a pas l'avantage d'être noble. Demain, nous serons sortis.

Étienne tourna un visage interrogateur vers lui, il n'avait pas la force de lui demander de s'expliquer. Carnac soupira avec un sourire fade.

— Ah, mon cher Étienne, vous ne connaissez vraiment rien au monde. Ils ne peuvent pas garder longtemps du sang noble dans de telles cellules. Nous, comme vos adversaires, pourrons remarcher à l'air libre dès demain. En revanche, un roturier, qu'il soit manouvrier ou bourgeois ne bénéficiera pas de la même chance.

Encore une injustice de leur société. Étienne ferma les yeux et se félicita encore plus de ne pas avoir parlé de Kaerell.

— Avez-vous croisé une demoiselle sur votre chemin ?

Étienne avait articulé avec difficulté.

— Mieux. C'est elle qui a prévenu les gardes. Et peut-être m'a-t-elle prévenu aussi.

— Vous étiez encore là-bas, se désespéra Étienne en songeant au bordel.

— Étienne, quelque chose me tracasse. Pouvez-vous répondre franchement ?

Le jeune homme, épuisé, eut envie de pleurer.

— Pitié, ne pouvez-vous pas juste vous taire ? Allez-vous me torturer jusqu'à la tombe ?

— Promis, après je vous laisse en paix. Cela irait plus vite si vous me satisfaisiez.

— Allez…

Il n'avait vraiment pas la force de lutter.

— Mmmh… Vous êtes vraiment à bout… (Étienne ne répondit pas, cette remarque ne nécessitait pas de réponse.) Pourquoi avoir défendu Clarisse ?

Clarisse ? Cette demoiselle s'appelait donc ainsi ? Le regard dans le vide, il sourit un bref instant, puis avoua :

— Prostituée ou pas, ils n'avaient pas le droit de profiter d'elle. Elle demeure une personne, avec un cœur, peut-être même une famille. Elle ne méritait pas ça. Il me semblait normal d'intervenir.

— Eh bien…

Étienne ferma les yeux. Non, il ne voulait pas entendre de leçon.

— J'aurais aimé être là, et vous voir leur botter le cul !

— Pardon ?

Le jeune homme releva la tête, une expression un peu hagarde sur le visage. Carnac lui sourit.

— La fierté d'un maître pour son élève.

Étienne laissa échapper un rire avant de grimacer de douleur.

— Dans n'importe quelle situation, vous trouvez à vous jeter des fleurs…

— Allez, reposez-vous.

— Ma famille va me tuer quand elle apprendra ce qui s'est passé, gémit-il.

— Je me charge de votre famille.

La panique saisit Étienne.

— Non, surtout restez en dehors de ça !

— J'ai l'habitude de porter le blâme. Laissez-moi au moins faire ça pour vous.

Carnac avait l'air sérieux.

— Et vous laisser récolter les lauriers d'avoir sauvé une demoiselle en détresse ?

Étienne sourit, mais sa décontraction n'eut pas l'effet escompté. Sérieux, Carnac poursuivit :

— On saura vite qu'il s'agissait d'une prostituée, et on fera la connexion avec L'Oiseau de nuit. Votre réputation en prendrait un coup.

— Et la vôtre alors ?

— Je ne suis plus à une salissure près.

— Non.

— Pourquoi vous obstinez-vous dans cette fierté mal placée ? gronda Carnac.

— Et vous, pourquoi vous obstinez-vous à me contrarier ? Si cela ne suffit pas, pensez à Sophie. Vous n'aurez plus aucune chance avec elle si elle apprend que vous fréquentez un bordel.

— Je ne vois pas pourquoi cela affecterait mes chances. N'oubliez pas, mon charme est irrésistible.

Étienne se remit à rire avant que la douleur ne le lui fasse regretter. Comment pouvait-on être aussi arrogant ? Il gémit :

— Vous allez me tuer.

— Cessez de vous inquiéter, et fermez les yeux.

Carnac passa un bras sous ses épaules, et l'attira contre lui. Sa chaleur était réconfortante, et Étienne ne trouva pas la force de lutter. Déjà, il sentait le sommeil l'engourdir. C'est à peine s'il entendit les dernières paroles de Carnac :

— Vous aussi, vous allez me tuer. Et le pire, c'est que vous n'en avez aucune conscience…

46

— Prenez de quoi vous changer dans ma chambre, lui enjoignit le comte de Carnac. Laissez la clé à madame de Longroy en partant.

Étienne s'était réveillé complètement hagard. Se retrouver dans une cellule, et plus encore avoir passé la nuit contre le comte de Carnac prouvait qu'il était tombé bien bas. Mais il n'était plus à un embarras près. D'autant que cela lui permettrait de rentrer inaperçu à l'hôtel de Verteuil.

— Vous ne venez pas ? s'enquit-il, entre la méfiance et la surprise.

Ils étaient arrivés devant la gentilhommière et le comte s'apprêtait à repartir.

— Je vais prendre mes informations, je me reposerai plus tard. Vous, faites profil bas durant quelques jours.

Comme il se détournait, Étienne lui attrapa le bras. Le comte s'arrêta et fixa sa main qu'il retira aussitôt.

— Je ne veux pas qu'ils pensent que je me cache, ou que j'ai honte de quoi que ce soit.

— Ah, mon cher Kerdelec, votre naïveté a toujours autant de charme.

Étienne rougit, un peu blessé dans son orgueil. Son compagnon de cellule reprit :

— N'oubliez pas que c'est moi qui dois porter le blâme.

— Je ne suis toujours pas d'accord.

— Je n'ai pas demandé votre avis.

Un sourire canaille étira les lèvres d'Antoine. Comment parvenait-il à se montrer si désinvolte après une nuit passée en prison ?

— Laissez-moi évaluer la situation, ajouta-t-il plus sérieux. Et reposez-vous.

Il voulut une nouvelle fois s'éloigner, mais Étienne balbutia :

— Vous êtes sûr que cela ne vous dérange pas que je me change chez vous ? Alors que vous n'êtes pas là ?

De nouveau ce sourire. Étrangement, Étienne se rendit compte qu'il lui faisait du bien. Les événements de cette nuit le tourmentaient. Téméraire, il avait agi par instinct. Non qu'il le regrettât, mais il mesurait désormais qu'il était passé à un cheveu d'une mort sordide. Et cela non pour sa famille comme lors du duel avec Carnac, mais pour une femme qu'il ne connaissait pas. Qu'est-ce que cela révélait sur lui ? Est-ce que Sophie, à force de revêtir les traits d'Étienne, était devenue folle ? Elle avait l'impression d'avoir atteint un point de non-retour. Pas seulement par rapport à l'identité de son frère, mais pour elle-même. Et voir Carnac si décontracté… Il lui donnait l'illusion que tout allait bien. Ce dernier reprit d'un air taquin :

— Détrompez-moi si ma mémoire me joue des tours, mais il me semble que vous n'aviez pas autant de scrupules la première fois que vous y êtes entré.

Étienne s'empourpra jusqu'aux oreilles.

— Et je n'ai pas le moindre doute sur le fait que vous n'avez pas besoin d'aide pour trouver une de mes chemises.

— Je suis désolé d'avoir fouillé dans vos affaires.

Étienne se tut, la tête basse. Il était fatigué, et ne savait plus quoi penser. Carnac lui tendait la main, chamboulant une fois encore l'opinion qu'il s'était faite de lui. Peut-être était-ce là une façon de le remercier d'avoir couvert Kaerell. Tout comme le fait d'avoir passé la nuit en cellule avec lui. Oui, et pourtant, le comte aurait pu l'abandonner à la sortie de la prison, et ne pas chercher à limiter la casse auprès de sa famille. Des larmes lui montèrent aux yeux, lorsqu'une légère pression sous son menton l'obligea à relever la tête.

Antoine de Carnac s'était rapproché et, avec douceur, avait posé ses doigts sur lui.

— Pour me présenter des excuses, vous devez vraiment être épuisé. Mais puisque nous en sommes là… Moi aussi, je suis désolé. Je n'aurais pas dû vous piéger à L'Oiseau de nuit. Alors, ravalez votre fierté, et laissez-moi me faire pardonner. Juste pour cette fois.

Sa main quitta le menton d'Étienne et se releva. Le jeune Kerdelec sentit son estomac se tordre, mais ne recula pas. Carnac allait-il lui caresser le visage ? Son air sérieux le convainquait de ne pas bouger lorsque soudain, son vis-à-vis appuya sur la pointe du chapeau d'Étienne, qui s'enfonça sur ses yeux.

— Allez vous changer. Et laissez votre chemise sur place, je m'en occuperai.

Embarrassé, le jeune homme ne se le fit pas dire deux fois. Cependant, arrivé aux portes de la gentilhommière, il ne put s'empêcher de se retourner. Carnac n'avait toujours pas bougé. L'épaule appuyée contre une façade, il lui souriait malicieusement, ce qui accentua encore son trouble. Étienne se détourna et entra dans l'hôtel particulier.

Oui, Carnac avait raison. Il devait se reposer et se vider la tête. Les émotions d'Étienne jouaient aux montagnes russes sans aucune logique. Et pour qu'il se mette à ressentir de la reconnaissance envers son ennemi de toujours, c'est que vraiment ça n'allait pas.

*

Étienne avait pu se nettoyer et changer de chemise dans la chambre de Carnac. Se retrouver dans cette pièce après la dernière fois… lui avait semblé très étrange. Plus étrange encore était de porter une chemise d'Antoine. Trop longue au niveau des manches, trop large aussi, il avait l'impression de flotter dedans. Néanmoins, c'était mieux que son vêtement déchiré et taché de sang. Sa blessure, bien que douloureuse, ne l'empêchait pas de marcher normalement et de se mouvoir. Il fallait simplement qu'il évite d'y toucher.

Nerveux sur tout le chemin, le soulagement l'envahit devant les grilles de l'hôtel de Verteuil : personne n'avait tenté de l'intercepter. Peut-être était-ce maladif, mais était-on jamais trop prudent ?

Par chance, la famille semblait encore endormie et il gagna vite l'étage, bien qu'il ne doutât pas que le domestique lui ayant ouvert marchanderait plus tard. Chaque chose en son temps. Avec un soupir de soulagement, il referma la porte de sa chambre derrière lui, retira son manteau et…

— Oh mon Dieu ! s'exclama-t-il.

Dans sa robe de chambre blanche et les cheveux dénoués, Louise attendait, assise, sur le lit.

Elle caressait avec lenteur Cannelle sur ses genoux et un instant Étienne la confondit avec madame de Verteuil. Même expression, même façon de caresser l'animal… bien que celui-ci ne fût pas le même.

Étienne porta sa main contre son cœur et appuya son dos contre le mur. On allait finir par l'achever ! C'était trop d'émotion en l'espace d'aussi peu de temps !

— Où étais-tu ? Et ne mens pas : je sais que tu n'as pas passé la nuit ici.

La main libre de Louise vint caresser les draps non défaits. Que lui dire ? « Je me suis battu en duel pour défendre une femme que je ne connais même pas, contre deux hommes avec qui tu danses régulièrement » ? Cela lui semblait peu approprié.

— Des affaires m'ont occupé.

— Quelles affaires ?

— Des affaires personnelles.

Il retira son manteau et le déposa sur un fauteuil. Il n'avait qu'une envie : se coucher. Et certainement pas se disputer avec elle.

— S'il te plaît, Louise, je n'ai vraiment pas envie de parler.

Il se tourna dans sa direction. La jeune femme s'était figée et le fixait désormais avec une expression horrifiée. Mince, est-ce que sa blessure s'était rouverte ? Il baissa la tête et distingua la chemise, qui formait un drôle de rembourrage dans sa culotte. Trop longue, il avait dû l'y enfoncer. Mais de sang, il ne vit aucune trace. Quel était le problème de sa sœur ?

— Avec qui étais-tu ? balbutia-t-elle, blanche comme un linge. Ou devrais-je dire, avec qui as-tu passé la nuit ?

Étienne ferma les yeux. Il sentait l'énervement poindre sous la fatigue.

— Je te l'ai dit, ça ne te regarde pas.

— Ce n'est pas ton vêtement, Sophie ! chuchota-t-elle de manière vindicative.

Mince ! En se déshabillant, Étienne n'avait pas pensé à ça. Cependant, il n'avait absolument pas envie de reprendre la place de cadette.

— Louise, je n'ai pas envie de m'expliquer maintenant.

La jeune femme posa le lapin sur le lit et se redressa, le visage cramoisi.

— Te rends-tu compte de tout ce que je fais pour toi ? Cacher ton travestissement au reste de la famille, convaincre tante Rosaline de te faire confiance, et tout ça pour quoi ? Pour que tu… tu…

Incapable de mettre des mots sur sa pensée, elle se contenta de tendre le bras, paume vers le haut, comme si l'apparence de Sophie, ou d'Étienne, suffisait à l'expliquer.

— Oh, pauvre Louise, comme ce doit être difficile ! Comme tu dois souffrir le martyre !

Il lui décocha un sourire sans joie, de ceux qui appartenaient au comte de Carnac quand il se moquait de quelqu'un. Sa sœur ouvrit la bouche, décontenancée. Son autorité d'aînée n'avait plus aucune emprise désormais.

— Je te laisse une dernière chance. Dis-moi où tu étais, avec qui, et pourquoi.

— Non.

Louise serra les poings et son corps commença à trembler. Étienne attendait l'explosion. Sa version de Sophie aurait d'ailleurs éclaté depuis longtemps à sa place. Toutefois, conforme à la manière dont on l'avait polie depuis l'enfance, Louise ne prononça pas le moindre mot, et se contenta de partir, le bousculant au passage. Étienne grimaça, mais ne se retourna pas. Quand la porte se referma enfin, il se laissa tomber sur le lit, vide de toute énergie, et de toute émotion.

*

Étienne envoya Gustave annuler ses obligations mondaines pour les deux jours à venir, et cela sans même en référer à madame de Verteuil. Il se prétexta souffrant et ordonna que personne ne le dérange. Ainsi pouvait-il redevenir Sophie.

Sophie qui ne s'était jamais battue dans la rue, Sophie dont personne ne se souciait. La prison où elle sentait sa poitrine s'entrouvit aussitôt, et elle passa du temps avec son père. Elle regrettait de l'avoir ainsi délaissé ces dernières semaines.

Elle lui lava les cheveux, lui coupa les ongles, et discuta avec lui de tout et de rien. Même s'il ne répondait pas, il gardait les yeux ouverts. Bien vite, Nanou se joignit à eux, puis Héloïse et Pilou. Ils s'amusèrent calmement, prenant à chaque fois à témoin leur père.

— *Nanou a encore triché ! Je suis sûr qu'elle a caché un as dans sa manche !* se plaignit Pilou.

— Tiens, je t'en donne un.

La grand-mère lui tendit une autre carte portant le même as. La mine outrée, Pilou la désigna avec de grands yeux éhontés. Héloïse et Sophie rirent et celle-ci se pencha vers le jeu de son père, qu'ils avaient réussi à lui faire tenir entre ses doigts raides. Un sourire étira alors les lèvres du baron de Kerdelec, et Sophie retint son souffle. Les plis discrets se relâchèrent. Avait-elle bien vu ? Leur père avait-il réagi ou bien n'était-ce qu'un hasard ? De peur de décevoir sa famille, elle n'en parla pas, mais l'espoir palpitait violemment dans son cœur.

Le lendemain, elle frôla même la crise cardiaque – curieuse ironie – en découvrant Pilou à côté du baron et surtout… Cannelle dans les bras de celui-ci.

— Je sais que j'ai eu tort de l'emmener, père, et je vous prie de me pardonner.

Le baron ne regardait pas son fils, mais caressait le lapin qu'il maintenait dans ses bras. La petite truffe de Cannelle remuait, tandis qu'il grignotait une carotte sans doute laissée là par son jeune maître pour l'apaiser.

Pour la première fois, leur père montrait de l'intérêt à autre chose qu'ouvrir la bouche pour manger. La joie au cœur, elle referma la porte pour ne pas briser ce précieux instant et demeura derrière le battant. Les éclats de rire de Pilou résonnaient comme une douce mélodie à ses oreilles, et elle renvoya une domestique qui souhaitait laver le baron. Ces moments, volés à la maladie, étaient trop précieux pour être interrompus. Quand elle y repensait, leur père n'avait jamais eu beaucoup de temps pour jouer avec Pilou. Si elle se souvenait de parties de cache-cache avec le baron dans son enfance, celles-ci s'étaient ensuite faites rares, voire avaient complètement disparu à mesure que leurs finances se dégradaient. Quant à leur mère, d'indifférente, elle était devenue de plus en plus absente, du moins, quand il ne s'agissait pas de Charles et de Louise…

Sophie baissa la tête. Sa mère, Louise… Elle ne les voyait quasiment jamais rendre visite au baron. Après tout ce qu'il avait fait pour elles, elles se montraient les plus ingrates. Quant à madame de Verteuil… Peut-être au fond, son état l'arrangeait-il. Plus personne ne tentait de rivaliser avec son autorité dans la maison, si ce n'était Étienne, bien que Sophie pressentît qu'elle le payerait un jour.

— *Oh, Sophie, tu es encore là ?*

Les joues roses, Héloïse avançait vers elle. Sa poitrine se soulevait comme si elle était essoufflée.

— *Oui, Pilou passe un bon moment avec père. Je ne voulais pas les interrompre.*

— *Monsieur de Chevigné est au petit salon.*

Une foule de sentiments balaya le calme de sa poitrine.

— *Je me suis dit que tu aimerais le savoir.*

— *Merci Héloïse !*

Elle fixa la porte de la chambre, et sa cadette sourit.

— *Ne t'inquiète pas, je veille.*

— *Cannelle est dedans, personne ne doit entrer.*

— *D'accord. File !*

Sa sœur la tira par le bras avec un large sourire. Héloïse… Héloïse était vraiment merveilleuse ! Sophie courut jusqu'à l'escalier, puis juste à temps, se ressaisit : elle ne devait pas se montrer trop empressée.

Les muscles tendus, elle descendit les marches, jusqu'à entendre du bruit au rez-de-chaussée. Le profil de Louise, debout, lui parvint en premier lieu, puis celui de Mathieu, à quelques mètres en face d'elle. En tenue de cavalier, il semblait très sérieux.

— Vous partez en voyage ? s'enquit Sophie, inquiète.

Le jeune homme pivota. La transformation sur son visage bouscula ses émotions : ses traits se détendirent, et un sourire avenant étira sa bouche.

— Bonjour, mademoiselle de Kerdelec.

Celle-ci rougit, et répondit par une révérence. Elle en oubliait toutes les convenances ! La baronne arriva sur ces entrefaites.

— Pardonnez-moi, une urgence me retenait auprès des domestiques. Venez-vous voir Étienne ? Je suis navrée, mais il se repose.

Fichtre ! Sa mère présente, Sophie ne pourrait pas creuser la raison pour laquelle le vicomte venait voir son frère.

— À vrai dire, la raison de ma visite est tout autre. J'aimerais proposer une promenade à cheval à Sophie.

— À Sophie ?

La voix d'Henriette de Kerdelec était montée dans les aigus, reflétant les pensées de sa cadette. Mathieu venait pour la voir, elle ? Le cœur de la jeune femme s'emballa.

— Oui, madame. Elle me semble bien pâle à force de veiller sur votre mari. Il fait beau, et avec votre permission… Du moins si mademoiselle de Kerdelec est d'accord…

Si elle était d'accord ? Et comment ! Elle accepta sans réfléchir, ce qui accentua le sourire de Mathieu. Hélas, la baronne déclara :

— Je crains que ce ne soit possible. Je n'ai plus l'âge pour chevaucher, et Étienne ne peut vous accompagner. Il va donc falloir…

— Mère, l'interrompit Louise. Agnès et moi devions nous voir avec son frère. Peut-être aimeraient-ils monter aussi ? Ainsi, nous pourrions accompagner monsieur de Chevigné et Sophie.

L'intervention de son aînée surprit Sophie. Après leur dispute… pourquoi prenait-elle sa défense ? Néanmoins, ce n'était pas ce qui la préoccupait le plus à cet instant : la baronne réfléchissait, et Sophie avait l'impression de voir le cheminement de ses pensées dans ses yeux. D'abord le respect des convenances, puis l'intérêt stratégique de savoir Louise avec le fils Choiseul, et même, peut-être, la possibilité de faire d'une pierre deux coups pour Sophie et le vicomte. Cette idée l'inquiéta quelque peu : vue de l'extérieur, la proposition de Mathieu avait tout d'une invitation galante. Qu'allait-elle répondre ?

— C'est d'accord.

Sophie écarquilla les yeux , son cœur n'en pouvait plus de battre.

— Mais si le temps se couvre, n'attendez pas qu'il pleuve et rentrez immédiatement.

— Oui, madame.

Mathieu de Chevigné s'inclina bien bas et Louise quitta en premier le salon.

— Sophie ? s'exclama-t-elle sur un ton qui rappelait celui de madame de Verteuil.

Où était d'ailleurs cette dernière ? La jeune femme s'en moquait royalement, tout ce qu'elle voyait était l'air heureux de Mathieu qui trouvait une résonance avec ses propres sentiments.

— Allons nous changer.

Se changer ? Oh oui, bien sûr.

— Prenez votre temps, je vais prévenir Frédéric de Choiseul, et je reviens vous chercher.

Sophie se contenta d'acquiescer. Essayant de refouler son impatience, elle suivit sa sœur jusqu'à sa chambre, investie de nouveau par Héloïse et Pilou. La benjamine lui offrit un large sourire, comme si elle avait tout entendu – ou plutôt comme si une petite canaille avec un lapin lui avait tout transmis –, et Sophie reçut une tenue de cavalière.

— Cette redingote devrait convenir. Philippe, sortez.

— Mais…

— Oust !

Le jeune garçon déposa son lapin sur le lit et, la mine boudeuse, s'en alla avec ses sœurs sans que Sophie ait le temps de remercier Louise.

Une heure plus tard, une voiture les attendait pour les déposer à la lisière du bois. Sophie se sentait comme une petite fille surexcitée. Électre, sa jument, lui manquait terriblement. Les chevaux l'avaient toujours apaisée, et en ce moment elle avait bien besoin de se changer les idées. La tenue de cavalière de Louise, sa robe redingote, était un peu trop petite, mais cela lui importait peu. Mieux : elle se sentait à son aise dans cette tenue qui ressemblait à celle d'un homme.

La redingote, d'un bleu foncé, remontait en un revers de col autour de son cou, s'ajustait au niveau de sa taille, tout en la laissant libre de ses mouvements. Elle retombait ensuite jusqu'au bas de son jupon, de la même couleur. Des galons dorés rehaussaient les manches à revers, les boutons – c'était le premier habit féminin où elle en voyait, d'habitude ils étaient réservés aux hommes – et le tour des hanches. Elle n'avait jamais possédé de tels vêtements dans le domaine, et elle se demandait bien pourquoi. Elle s'y serait sentie mille fois mieux ! Quoique, si, elle savait pourquoi… Ils n'en avaient pas les moyens et cette silhouette androgyne ne devait pas plaire à leur mère.

Louise avait choisi le même genre d'ensemble, mais dans un velours vert émeraude. Sophie songea qu'elle avait de la chance qu'ils soient en automne. Car si sa sœur tombait, il aurait été malaisé de la retrouver sous la végétation. Oui, c'était mesquin… Sophie devait cesser ses mauvaises pensées alors qu'elle lui devait cette sortie.

Dans la calèche, ils parlèrent de tout et de rien. Enfin, surtout Louise et Mathieu, car Sophie demeurait bien silencieuse. Son cou se tendit lorsqu'elle distingua plusieurs chevaux au bord du sentier.

— Ah, ils sont déjà là ! s'exclama Mathieu, ravi.

La voiture continua d'avancer, pas assez vite toutefois pour Sophie. Elle se moquait royalement des deux individus déjà à cheval, mais dévorait des yeux les trois autres équidés qui attendaient. L'un d'entre eux, notamment, ressemblait fort à son Électre : il possédait une belle robe grise, tachée de blanc. Des domestiques tenaient leurs rênes, et elle faillit sauter de voiture quand celle-ci s'arrêta.

— Bonjour, mademoiselle de Kerdelec.

— Bonjour, mademoiselle de Choiseul, répondit-elle sans la regarder. Monsieur de Choiseul.

Sa main gantée s'avança vers le chanfrein de l'équidé gris. Celui-ci rapprocha sa tête avant même qu'elle n'ait pu l'atteindre, comme s'il ressentait déjà tous les sentiments bienveillants qu'elle éprouvait à son égard.

— Je me doutais qu'elle vous plairait. Elle s'appelle Cendres.

Mathieu lui sourit et elle s'empourpra.

— Comment…

Le vicomte se tourna vers leurs amis, et, voyant que Louise discutait avec eux, chuchota :

— J'ai peut-être demandé à votre famille à quoi ressemblait Électre.

La température de Sophie augmenta encore. Il avait vraiment fait cela ? Et il se souvenait du nom de sa jument alors qu'elle ne l'avait prononcé qu'une fois ?

— J'aimerais qu'aujourd'hui vous oubliiez tous vos soucis, ajouta-t-il, sans la regarder. Cela me ferait vraiment plaisir.

Elle ne sut quoi répondre.

— Alors, vous ne voulez plus monter ? s'exclama Agnès de Choiseul.

Sophie et Mathieu se tournèrent de conserve : Louise était déjà installée sur un cheval à la robe marron. Son port droit et noble impressionna immédiatement Sophie. En fait, elle ignorait même qu'elle montait : jamais au domaine elle n'avait... Elle pâlit soudain en voyant la totalité des jupes de Louise et d'Agnès du même côté de la selle.

Elle dévia la tête vers Cendres, ou plutôt son dos : la selle ne ressemblait pas à ce dont elle avait l'habitude. En cuir brun, deux fourches en berceau s'ajoutaient sur le devant, ainsi qu'une rambarde sur l'un des côtés... La couleur quitta son visage et Mathieu déclara :

— Partez devant, nous vous rejoignons !

Aucun des trois jeune gens n'émit la moindre objection. De toute façon, Sophie et Mathieu n'étaient pas seuls : deux domestiques tenaient toujours leurs chevaux. Quand ils furent assez éloignés, le jeune homme chuchota :

— Ne vous inquiétez pas, Cendres a l'habitude des cavaliers débutants. Je vais vous aider, nous irons au pas et je ne vous quitterai pas une seule seconde.

Un sentiment de frustration emplit Sophie. Elle venait de comprendre pourquoi son aînée avait accepté : pas pour lui faire plaisir, mais parce qu'elle savait que Sophie se ridiculiserait. Jamais elle n'était montée en amazone. Au domaine, ils ne disposaient pas de ce genre de selle, et de toute façon qui aurait appris à Sophie ? Nanou était trop vieille, et la baronne préférait les voitures.

En silence, mais gênée, elle accepta l'aide de Mathieu et s'installa d'aplomb sur la selle, chaque jambe de part et d'autre de la fourche en berceau. Elle se sentit d'abord déséquilibrée et tenta de mettre le même poids sur les deux fesses. S'asseoir ainsi était à la fois étrange et perturbant. Mathieu régla le seul étrier auquel elle avait accès afin qu'il soit à sa taille, puis lui confia les rênes.

— Je monte tout de suite, ne bougez pas.

Comment voulait-il qu'elle bouge ? Elle ignorait même comment déplacer son corps pour donner des indications à sa monture. Mathieu grimpa sur un cheval blanc, doté d'une selle d'homme – ah, le chanceux ! – puis se plaça à sa gauche.

— Allons-y.

Il donna un petit coup de talon à son cheval qui s'engagea sur le chemin. Cendres, docile, le suivit, et Mathieu ralentit pour être à sa hauteur.

La position ne semblait pas naturelle à Sophie. Elle devait garder le buste tourné vers la gauche. Ses hanches et la ligne des épaules étaient à la perpendiculaire des déplacements du cheval. Si sa jument décidait de partir au galop… Elle ne donnait pas cher de sa peau. De plus, la position n'atténuait pas sa douleur au flanc.

— Toutes mes excuses, je pensais que vous apprécieriez cette idée…

Sophie se tourna vers Mathieu, dont le visage s'était assombri. Environ cinq mètres les séparaient des cavaliers devant eux, et le chemin s'avérait assez large pour qu'ils restent côte à côte.

— Rassurez-vous, je me concentre juste pour conserver l'équilibre.

Devoir l'avouer l'embarrassait à un point inimaginable.

— Vous vous débrouillez très bien pour une première fois. Mais je ne devrais pas être étonné, la Sophie que je connais n'a jamais montré aucune peur.

La jeune femme cilla et le jeune homme lui sourit.

— Comment allez-vous ?

— Bien, je vous remercie.

— Sincèrement. Oubliez les convenances avec moi et parlez à cœur ouvert. Je ne veux pas être un étranger pour vous.

Une pierre tomba dans l'estomac de Sophie. Juste ciel, avait-il conscience de ce que ces paroles provoquaient en elle ? Elle se concentra pour ne pas vaciller, mais conserva le silence, ne sachant quoi répondre.

— Vous n'êtes pas obligée de tout supporter sur vos épaules, insista Mathieu, le regard lointain. Étienne m'a confié les difficultés qui frappent votre famille, et je sais que vous faites tout pour que votre père se remette sur pied. Cependant, cela ne doit pas aller au détriment de votre santé. Vous aussi, vous avez le droit de sortir et de vous amuser.

— Oh, mais je sors, balbutia-t-elle.

— En compagnie du comte de Carnac ?

Sophie tressaillit et le dévisagea. Mathieu la fixait désormais, la nuque un peu raide.

— Rennes est vaste, mais tout se sait très vite. Pardonnez ma question, mais elle a pour moi son importance : appréciez-vous qu'il vous courtise ?

Sophie joua nerveusement avec ses rênes, le cœur battant et l'inquiétude au ventre. En acceptant le chantage du comte, elle n'avait pas songé à ce que cela pourrait impliquer vis-à-vis de Mathieu. Pensait-il que Carnac lui plaisait ?

— Votre expression n'est pas celle d'une demoiselle éprise d'un prétendant. Ai-je raison, ou n'est-ce qu'un vain espoir que j'alimente moi-même ?

Un espoir ? Sophie, les yeux grands ouverts, contempla Mathieu. Les rênes dans une seule main, il se tenait droit dans toute sa splendeur. Les rayons du soleil perçaient la ramure automnale des arbres, pour illuminer sa silhouette et son expression tourmentée.

— Je préfère être ici, à vos côtés, qu'avec lui, s'entendit-elle dire.

Elle détourna la tête, incapable de le regarder plus longtemps. Son cœur, oh, ce maudit cœur… Pourquoi jouait-il avec elle aux pires instants ?

— Sophie…

Un contact contre sa cuisse provoqua une embardée dans son cœur. Mathieu avait rapproché son cheval du sien, et sa jambe touchait désormais la sienne.

— Vous m'êtes trop chère pour que je continue plus longtemps à vous cacher que…

— Chevigné ! À quoi jouez-vous ? s'écria une voix devant eux.

— À ce rythme-là, autant aller à pied !

Le cheval blanc s'écarta brutalement alors qu'un autre arrivait vers eux au petit trot. Monsieur de Choiseul souriait en approchant.

— Et si nous faisions plutôt la course et laissions ces demoiselles en retrait ? Cela fait bien longtemps que je ne me suis pas mesuré à vous !

Sophie détourna le visage, espérant que l'importun ne remarque pas sa gêne. Le vicomte objecta :

— Non, je reste avec mademoiselle de Kerdelec.

— Allez-y, monsieur le vicomte. Je me sens beaucoup plus à l'aise, balbutia Sophie.

— Allez, Chevigné !

— Vous êtes certaine ? s'inquiéta Mathieu.

— Oui.

Déjà Louise et Agnès faisaient demi-tour pour retourner aux côtés de leur compagne.

— Vous n'êtes que des gamins, pouffa la jolie blonde.

— C'est vous qui m'avez entraîné ici, assumez !

Monsieur de Choiseul talonna son cheval et partit en trombe. Les juments de ces demoiselles s'agitèrent et Mathieu accorda un dernier regard lourd de sens à Sophie.

— Allez-y, insista-t-elle.

Il acquiesça, et rejoignit son ami.

— De quoi discutiez-vous avec le vicomte ? minauda Agnès, un sourire malicieux sur les lèvres.

— Il m'expliquait comment maintenir mon équilibre, mentit effrontément Sophie, avant de lancer un regard venimeux à sa sœur aînée.

Louise l'ignora et fit avancer sa monture. Celle de Sophie obéit par réflexe et les trois demoiselles se retrouvèrent légèrement isolées.

— J'espère tout de même qu'ils ne sont pas allés trop loin, soupira Agnès.

— C'est à se demander qui chaperonne qui.

Le ton amusé de Louise décontenança Sophie. Jamais encore elle ne l'avait entendue plaisanter.

— Vous pouvez parler, Louise. Trois femmes et deux hommes, je me sens comme la cinquième roue du carrosse.

Sophie ne répondit pas. Alors… cette drôle de sensation… Est-ce qu'Agnès s'imaginait que Mathieu tentait de se rapprocher d'elle durant ce tête-à-tête ? Et qu'avait-il voulu lui dire ? Est-ce qu'il… qu'il allait se déclarer ? Oh, maudit monsieur de Choiseul ! Son cœur continuait à palpiter à un rythme fou. Ne pas savoir la tourmentait.

Elles arrivèrent à une croisée des chemins, où deux cavaliers attendaient.

— Ah, les voilà, remarqua Louise. Vous voyez, vous vous inquiétiez…

— Non, ce ne sont pas eux.

Son amie se pencha en avant, puis sourit jusqu'aux oreilles.

— Monsieur de Rougemont !

Elle bougea de façon que son cheval partît au trot. Hélas pour Sophie, le sien suivit aussitôt. Les vibrations du pas résonnèrent dans son flanc et elle serra les dents jusqu'à ce qu'il décide de s'arrêter. Comble de malchance, elle se retrouvait désormais à trois mètres de l'infect monsieur de Rougemont. Une horrible plaie lui mangeait le visage du front jusqu'au menton. Quant à son compagnon, il ne s'agissait pas de Lalanville, mais d'un autre jeune homme qui les suivait parfois à leurs bals.

— Oh, mais quel plaisir de vous voir, mademoiselle de Choiseul ! Accompagnée de mesdemoiselles de Kerdelec, quel heureux hasard !

Sophie ne répondit pas. Son pouls demeurait affolé, mais pas pour les mêmes raisons. Une haine effroyable lui saisit les tripes et cela dut se refléter sur son visage, car monsieur de Rougemont lui accorda une expression venimeuse.

— Votre ressemblance avec votre frère est tellement criante. Comment va-t-il d'ailleurs ? Je suppose qu'il se cache, honteux après ce qu'il a osé nous faire subir.

Il avançait vers elle lorsque le cheval de Louise fit obstacle.

— Monsieur, quelle que soit la querelle qui vous lie à mon frère, ma sœur n'a rien à y voir. Je vous prierai de garder vos distances.

Sophie conserva le silence, décontenancée. Louise, le menton bien haut, se tenait avec superbe sur sa jument. Agnès de Choiseul observait toute cette tension avec de grands yeux.

— Ne me dites pas que les rumeurs sur monsieur de Kerdelec sont avérées ? s'exclama-t-elle.

— Si même, ma chère amie, cracha presque Rougemont.

— Impossible !

— Ne voulez-vous donc pas connaître la vérité sur votre frère ? ricana-t-il avec un sourire sournois envers les jeunes Kerdelec.

— Mon frère n'a rien à se reprocher ! gronda Sophie. Quoi qu'il soit arrivé, je suis certaine que vous l'avez mérité !

Pourquoi d'ailleurs avait-on relâché ce jean-foutre ? Il aurait dû croupir en prison !

— Sophie, surveillez votre langage, la tança Louise.

Comment ? Sa sœur prenait parti contre elle ? Elle ouvrit la bouche pour laisser déferler sa haine, lorsque deux chevaux au galop les rejoignirent.

— Que se passe-t-il ? s'exclama Mathieu de Chevigné, en barrant à son tour l'accès à Sophie, aux côtés de Louise.

— J'expliquais à ces dames comment Lalanville et moi avions découvert leur frère perdu entre les jupes d'une prostituée (Sophie serra les poings, elle avait envie de se jeter sur lui, mais elle demeurait incapable de quoi que ce soit dans cette position) et comment, quand il s'est compris découvert, il nous a vilainement attaqués.

— Mensonges ! éructa Sophie.

— Des mensonges ? s'indigna l'homme en se rapprochant. Mon ami est au lit, le corps perforé, et cette balafre ne suffit-elle pas à le prouver ?

— Vous avez pu le confondre avec un autre homme, répliqua calmement Mathieu. Monsieur de Kerdelec n'est pas violent, cela ne lui ressemble pas.

— De plus, vous sous-entendez que mon frère vous aurait tenus tous les deux en respect ?

Louise appuyait là où ça faisait mal.

— Il n'était pas seul, grogna Rougemont. Le comte de Carnac l'accompagnait (il se tourna vers Chevigné) et vous connaissez comme moi son tempérament querelleur.

Mathieu se tut, ce qui blessa Sophie.

— Étienne n'est pas comme vous. Il n'est ni couard ni sournois !

— M'insultez-vous, mademoiselle ?

La main de Rougemont se porta à son épée, lorsque le vicomte rugit :

— Surveillez vos actions, monsieur ! Ces demoiselles sont sous ma protection. Si vous cherchez querelle, vous me trouverez.

— Je n'ai aucun problème avec vous, Chevigné (il retira sa main), mais la vérité doit éclater.

Il se tourna vers les deux jeunes femmes.

— Si vous ne me croyez pas, vérifiez donc auprès de votre frère. Mon épée l'a touché au côté.

Il talonna son cheval et s'en fut, l'expression mauvaise. Son compagnon, le regard tout aussi noir, l'imita. Sophie les suivit du regard, la rage au ventre.

— Nous ferions mieux de rentrer, annonça le vicomte de Chevigné, la mine sombre.

Il se rapprocha de Sophie et s'empara des rênes pour faire tourner son cheval. La déception qui se lisait sur son visage la laissa pantoise.

— Vous n'allez tout de même pas croire ces inepties ! Rougemont n'a aucun honneur…

— Rougemont a bien des défauts, mademoiselle de Kerdelec. Néanmoins, il reste mon ami. Je vous prierai de ne pas alimenter le feu qui couve entre votre frère et lui.

Son ami ? Sophie n'en revenait pas. Comment Mathieu pouvait-il être ami avec un homme aussi ignoble ?

— Mais…

— Je ne souhaite pas en entendre davantage, la coupa-t-il.

Elle se tut, blessée. Quand il avait pris leur défense, elle avait cru qu'il était de leur côté… Elle ouvrit la bouche, mais sa sœur la devança :

— Sophie, ce n'est pas notre rôle d'intervenir dans les querelles des hommes.

Louise détourna le regard pour ne pas affronter le sien. Peut-être se doutait-elle alors qu'elle n'y rencontrerait qu'une profonde colère. En silence, ils gagnèrent la voiture, et Mathieu choisit de les suivre à cheval avec les Choiseul. La frustration et la haine heurtaient Sophie de plein fouet. Une terrible envie de hurler lui dévorait les entrailles.

Une fois arrivée à l'hôtel de Verteuil, elle salua du plus calmement qu'elle pouvait le vicomte et les Choiseul, avant de pénétrer dans la demeure.

— Vous rentrez déjà ? s'étonna la baronne.

Sophie ne répondit pas, retira ses bottes et les jeta sur le côté, avant de monter quatre à quatre l'escalier.

— Que se passe-t-il ?

— Rien, mère, ne vous tracassez pas, la rassura Louise. Vous connaissez Sophie, elle s'énerve pour peu.

Pour peu ? Pour peu ?! La jeune femme gagna la chambre d'Étienne et enfonça sa tête dans l'oreiller. Elle revoyait l'expression sournoise de Rougemont en boucle dans son esprit. Elle ressemblait à celle d'un homme qui savait qu'il ne serait jamais puni. La rage explosait, elle avait envie de… de prendre son épée et de la planter en plein milieu de son front !

Elle tapa des bras et des pieds sur le matelas, lorsque la douleur fusa dans son flanc. Elle s'arrêta, les larmes aux yeux, et gémit.

— Alors, il ne mentait pas…

Ses yeux s'ouvrirent, catastrophés, et elle vit Louise, toujours en tenue de cavalière, face à elle. Le sang de Sophie se glaça dans ses veines.

— Montre-moi les dégâts.

Elle retira ses gants et s'assit sur le matelas à côté d'elle.

— Je ne vois pas de quoi tu parles.

— Ne joue pas à ça avec moi, montre-moi, ou je raconte tout à notre tante.

Les mâchoires serrées, Sophie se releva.

— Tu veux voir ? Très bien !

Elle enleva sa tenue, la jeta au sol, puis souleva sa chemise.

— Satisfaite ?

— C'est bien une blessure d'épée ? Tu… tu t'es vraiment battue en duel ? s'étrangla Louise.

— Qu'importe ! pesta Sophie. De toute façon, tu ne me croiras pas.

— Et tu t'imagines sincèrement que je vais croire que tu étais en train de trousser une prostituée ?

Sophie tomba des nues. Sa sœur la fixait avec une intensité qui lui donna des frissons. Après tout, au point où elle en était…

— Je réglais une affaire importante, expliqua-t-elle à mi-voix. Lorsque, sur le retour, j'ai croisé Rougemont et Lalanville qui assaillaient une jeune femme.

Les prunelles de Louise s'agrandirent, et la gorge de Sophie se serra.

— Je ne pouvais pas rester sans rien faire. Alors… je…

Elle s'assit, incapable de poursuivre. L'émotion la paralysait. Elle avait essayé de repousser la scène de sa mémoire, mais elle en subissait le contrecoup. Sa sœur passa alors son bras autour de ses épaules et murmura :

— Pourquoi m'avoir laissée te parler aussi durement, alors que j'étais dans le faux ?

Sophie renifla.

— Je me suis imaginé le pire, ajouta Louise.

— Que peut-il y avoir de pire que de provoquer une querelle et de se prendre un coup d'épée ?

La voix de Sophie continuait de vaciller, malgré sa tentative d'humour.

— Eh bien, repartit Louise sans se démonter, ce qui attendait cette pauvre fille, par exemple. Mais je dois t'avouer que ce que j'ai pensé me fait désormais honte.

Sophie déglutit difficilement.

— J'ai cru que Carnac et toi… que vous…

Elle ne parvint pas à finir. Ce n'était pas nécessaire. Quoique blessée qu'elle ait pu penser cela, Sophie eut pitié d'elle et avoua :

— Non, il ignore toujours ma véritable identité. Et pour tout te dire… il m'a soutenue, hier soir.

— Qui l'eût cru, souffla Louise. Alors, cette chemise…

— C'était pour que je ne rentre pas en sang. Et je me suis changée seule.

Son aînée secoua la tête.

— Pardon, Sophie. Pardon d'avoir douté de toi. Tu as été folle de prendre une telle décision, mais tu as bien agi.

Elle tourna la tête vers sa sœur. Avait-elle bien entendu ?

— Alors tu me crois ?

— Pourquoi ne croirais-je pas ma propre sœur ?

Louise lui sourit, ce qui lui fit un drôle d'effet. Les larmes se mirent soudain à couler sur les joues de Sophie et son aînée l'enlaça. Sophie s'agrippa à elle et se laissa aller à cette étreinte, incapable de réfréner le flot tumultueux qui prenait possession de son corps. Pour la première fois de sa vie, elle se dévoilait à Louise. À Louise, qui avait finalement toujours été sa grande sœur. La grande sœur qu'elle avait toujours voulu avoir en secret.

47

— Pardon ? s'étonna Sophie.

— Oui, bredouilla Gustave, embarrassé. Cette jeune personne souhaite s'entretenir avec monsieur Étienne, et à défaut, avec vous.

— A-t-elle donné son nom ?

— Non, mademoiselle.

— Faites-la entrer dans le salon.

— À vrai dire… (Gustave devint encore plus rouge) je crois que si vous voulez l'écouter, il serait préférable de le faire dans le cellier, où elle a demandé pour attendre.

— Elle n'est pas passée par l'entrée principale ?

— Non, mademoiselle.

La surprise gagna encore plus Sophie et elle rejoignit les quartiers des domestiques, sous l'œil nerveux de Gustave. Un fumet délicat s'échappait de la cuisine, et le domestique de son père la pressa afin que ceux de sa tante ne la voient pas aller jusque dans la réserve.

Là, elle découvrit une silhouette encapuchonnée dans une belle étoffe de velours bleu nuit.

— Voici mademoiselle Sophie de Kerdelec, annonça, maladroit, Gustave.

Pauvre Gustave… Ce devait bien être la première fois qu'il annonçait des gens dans un cellier. La demoiselle se retourna et son visage fin, ainsi que ses cheveux blonds, la heurta aussitôt.

— Gustave, murmura Sophie. Pouvez-vous nous laisser et faire le guet ?

— Je ne suis pas certain…

— S'il vous plaît. Je vous assure que mon frère vous en sera très reconnaissant.

— Oui, mademoiselle, mais ne traînez pas trop.

Sophie acquiesça, et son regard se tourna vers la jeune femme. Elle la dévisageait sans la moindre gêne. Sa ressemblance avec Étienne devait la surprendre.

— Pourquoi vouliez-vous parler à mon frère ?

— Est-ce… qu'il va bien ? s'enquit la demoiselle.

Elle baissa la tête, gênée, et à cet instant Sophie se rendit compte qu'elle n'aurait jamais pu connaître sa profession. Sa visiteuse ressemblait à n'importe quelle demoiselle.

— Ne vous méprenez pas, ajouta soudain son vis-à-vis. Il n'existe aucune intrigue amoureuse entre nous. Votre frère m'a tirée d'un mauvais pas, je m'inquiète seulement pour lui.

Oh oui, elle n'avait rien à voir avec la femme qui se complaisait sur les genoux d'Antoine de Carnac. Jouait-elle un rôle à L'Oiseau de nuit ? Certainement. Sophie sentit la honte la gagner pour toutes les vilaines pensées qu'elle avait eues…

— Il va bien, il fait juste profil bas après ce qui lui est arrivé.

— Dieu merci.

La jeune femme soupira de soulagement et Sophie s'en sentit reconnaissante.

— Voulez-vous que je lui transmette un message ?

Son interlocutrice hésita. Peut-être craignait-elle que Sophie ne fût pas dans la confidence ?

— L'avantage, quand on est jumeaux, expliqua-t-elle. C'est qu'on sait tout l'un de l'autre. Absolument tout.

Au lieu d'en être rassurée, la jeune femme s'assombrit.

— Alors, vous savez ce que je suis…

— Oui, une jeune femme qui avait besoin d'aide.

L'éclat de surprise dans ses yeux verts fit de la peine à Sophie. Alors, celle-ci se rapprocha et lui saisit les mains.

— Qu'importe votre métier. Mon frère a bien agi, et il ne regrette pas un seul instant d'être intervenu.

Un voile brillant recouvrit les yeux de sa visiteuse.

— L'Étalon noir, prononça-t-elle alors. Si votre frère veut des informations compromettantes sur son homme, dites-lui de s'y rendre.

— Pardon ? s'étonna Sophie.

— Monsieur de… Un ami nous a dit, il y a un certain temps, qu'il avait besoin d'aide. Je ne voulais pas m'en mêler… mais j'ai désormais une dette. Dites à votre frère de s'y rendre, ce soir. Je sais de source sûre qu'une représentation théâtrale s'y donnera. Votre frère comprendra qui pourra le faire entrer.

Que de mots mystérieux… qui pourtant étaient pleins de sens pour Sophie.

— Merci, prenez soin de vous. Et sachez que si vous avez besoin de témoins, mon frère n'hésitera pas une seule seconde à dire ce qu'il a vu.

Elle pressa derechef les mains de la jeune femme. Celle-ci esquissa un sourire triste.

— Une femme comme moi ne peut pas porter plainte pour ce genre de chose, mademoiselle, mais votre sollicitude me touche beaucoup.

Comment ça, elle ne pouvait pas porter plainte ? Sophie écarquilla les yeux. Se pouvait-il qu'à cause de sa profession on pût estimer qu'elle l'aurait bien cherché ? Mais c'était honteux ! Elle ouvrit la bouche pour faire part de son indignation, mais son vis-à-vis secoua la tête.

— Que Dieu vous garde, votre frère et vous.

Leurs mains se quittèrent et la visiteuse se dirigea vers la porte du cellier.

— Attendez, demanda alors Sophie. Voulez-vous me donner votre nom ?

Certes, elle le connaissait déjà de la bouche de Carnac. Toutefois, cette jeune femme la touchait, elle voulait lui prouver que son sort la préoccupait. La demoiselle lui offrit un léger sourire et murmura :

— Mon nom n'a aucune importance. Après tout, je ne suis qu'un oiseau de nuit.

Son regard s'éteignit et elle repartit comme elle était arrivée, en un battement d'ailes qui laissa Sophie bien songeuse.

*

Kaerell n'avait pas été difficile à trouver. Sophie, revêtant de nouveau les habits d'Étienne, l'avait déniché à la gentilhommière, d'où Carnac était absent. En revanche, le convaincre de le faire entrer à L'Étalon noir s'avérait très compliqué.

— Comment pouvez-vous imaginer que j'y aie mes entrées ? Il s'agit d'un club extrêmement sélectif, je ne serais même pas étonné qu'il soit lié à la franc-maçonnerie.

— Kaerell, je sais que vous y donnez un spectacle ce soir.

Le visage du jeune homme avait pâli. Puis, avec un soupir à fendre l'âme, il avait ajouté :

— Est-ce si important ?

— C'est vital pour ma famille.

— J'ai une dette envers vous, Étienne. Grâce à vous, j'ai évité la prison. Alors, je vous ferai entrer, mais vous devrez m'obéir jusqu'au bout.

Kaerell n'avait pas voulu en dire plus. Aussi, la nuit tombée, Étienne l'attendit devant le fameux club. Les fenêtres de l'établissement du bas étaient obstruées par des planches clouées, comme pour protéger les membres des yeux indiscrets. À moins qu'il ne se soit trompé d'adresse ?

— Psssttt.

Étienne tourna la tête. Le rouquin lui fit signe de le suivre dans la sombre ruelle qui longeait le bâtiment. Il s'exécuta et trouva une petite porte dérobée. Intrigué, il y entra à la suite de son compagnon.

— Vous ne m'avez pas laissé le temps de vous demander comment vous alliez, murmura Étienne en marchant après son compagnon dans un couloir sombre.

— Bien, grâce à vous. Mais j'aurais été mieux si ces salauds avaient été punis.

— Moi aussi. Je suppose qu'ils savaient n'avoir rien à craindre. Qu'elle… ne pourrait pas porter plainte.

— En effet, et même si elle n'avait pas été une prostituée, prouver un viol est extrêmement difficile. Sans traces de coups ni témoins oculaires… La police mettra toujours en doute la parole de la victime. Après tout, le sexe féminin n'est-il pas connu pour être vil et tentateur ?

Kaerell s'esclaffa, amer, et Étienne se tut. Il connaissait mal leur société, mais ce qu'il en découvrait le dégoûtait.

Ils parvinrent dans des souterrains aux hautes voûtes en pierre. Le sol de terre battue fut bientôt recouvert de tapis forts riches.

— Qu'est-ce que…

Ils débouchèrent dans une alcôve où reposaient des coffres. Kaerell en ouvrit un et jeta un coup d'œil triste à Étienne.

— Pouvez-vous me jurer de ne jamais en parler à Antoine ?

Son expression accablée lui remua les tripes.

— C'est promis.

— Alors, mettez ça. Il y a un paravent derrière. Si vous avez besoin d'aide, appelez-moi.

Il lui tendit une robe avec des plis dans le dos, et des rabats pour refermer à l'avant. Étienne demeura immobile, ne comprenant pas ce que cela signifiait. Patient, mais la gorge serrée, Kaerell ajouta :

— Il s'agit d'un club semblable à L'Oiseau de nuit, sauf qu'il n'y a aucune femme.

Étienne toussota, tandis que son ami se détournait de lui, la tête basse. L'étoffe entre les mains, il disparut derrière le paravent. Venait-il de découvrir un secret jalousement gardé ? Le visage en feu, Étienne s'empressa de se changer, en conservant toutefois ses bas et sa culotte. Fort heureusement, le bandage dissimulait toujours bien sa poitrine, et il y avait tellement de ruchés sur cette robe qu'une légère courbe ne poserait pas problème.

Une fois prêt, il découvrit Kaerell déjà habillé d'une robe verte aux épaules dénudées, qui rehaussait joliment ses cheveux roux attachés en hauteur.

— Je vous conseille d'enfiler une perruque pour qu'on ne vous reconnaisse pas, dit-il sans le regarder. Je vous maquillerai après avoir fini.

Il essaya d'enfoncer une broche dans sa chevelure, avec une certaine maladresse. Étienne, peiné par sa réaction, s'approcha. Il la lui prit des mains et avec la même délicatesse que si c'était Héloïse, s'occupa de sa coiffure.

— Je peux très bien…, objecta Kaerell.

— J'aime coiffer mes sœurs, ne le laissa pas terminer Étienne. Et vous avez de très jolis cheveux.

Étienne le vit rougir dans le miroir, et il sourit.

— Merci Kaerell, chuchota-t-il une fois qu'il eut terminé. Merci de m'aider, et de me faire confiance. Je vous promets de ne jamais rien dire.

Dire quoi ? Étienne n'en était pas sûr. Mais si Kaerell semblait si nerveux et troublé… Ces soirées allaient sans doute au-delà du simple travestissement.

— Restez derrière la scène durant la représentation, et profitez-en pour vérifier ce que vous devez vérifier, soupira-t-il. Mais de grâce, ensuite filez, et ne m'attendez pas.

— Entendu.

Le rouquin osa enfin le regarder, et l'étonnement marqua son expression.

— On dirait votre sœur.

Étienne lui sourit. Kaerell n'imaginait pas à quel point il était dans le vrai.

*

La représentation de Kaerell se déroulait dans les sous-sols du bâtiment. D'autres jeunes hommes vêtus d'habits de femmes les avaient rejoints derrière un grand rideau. Étienne observait la salle se remplir. Des fauteuils avaient été installés devant la petite estrade et des gentilshommes commencèrent à y prendre place. Avec étonnement, il repéra quelques visages familiers, notamment de jeunes hommes avec lesquels il avait dansé en tant que Sophie.

Et puis, son cœur se contracta en découvrant… Oui, c'était bien lui ! Harcourt ! Il s'assit dans un fauteuil, lorsqu'un jeune homme, qui aurait sans doute eu l'âge d'être son fils, rejoignit la place à côté de lui. Sa main vint alors se poser sur la cuisse du comte. Étienne ouvrit grand les yeux, et se cacha derechef derrière le rideau. Néanmoins, il avait bien vu ce qu'il avait vu.

— Kaerell…

— Chut, le gronda celui-ci. Ici, je suis Hortensia !

— Hortensia, se corrigea Étienne. Connaissez-vous l'identité du jeune homme à côté de celui… disons, bien plus vieux ?

Kaerell, enfin, Hortensia, se dirigea avec souplesse vers le rideau.

— Tiens, c'est Capucine.

— Capucine ? répéta Étienne.

— Oui, d'habitude, il aime se travestir. Peut-être qu'on l'attend ailleurs, ce soir.

Étienne attrapa le poignet de Kaerell et lui offrit de grands yeux.

— Capucine ?

Le rouquin soupira, puis se rapprocha le plus près possible pour chuchoter à son oreille :

— Jean-Louis de Mirabeau, l'unique fils du comte de Valmont.

Le comte de Valmont ? Elle avait déjà entendu ce nom par le passé… Bien sûr ! N'était-ce pas l'homme qui soutenait les finances de Harcourt ?

— Son père est là également ?

— Comment pensez-vous qu'il réagirait s'il savait son héritier de ce bord ?

— Hé là, hé là ! Hortensia, tu fais des infidélités à ton baron ? ricana une demoiselle à la perruque blonde.

Kaerell se détourna et toussota, gêné.

— Le spectacle va commencer, vous devriez reculer.

Étienne s'exécuta. Trois hommes travestis en femmes commencèrent à jouer de la harpe et le rideau tomba. Caché dans l'ombre d'une alcôve, Étienne contempla les jeunes acteurs. Ils dansaient avec une grâce qui le laissa sans voix. Ils n'avaient rien à envier aux demoiselles qu'il connaissait. Mieux, lorsque Kaerell se mit à chanter d'une voix de rossignol, il se prit encore plus d'admiration pour lui. Il semblait dans son élément et était, disons-le sincèrement, magnifique.

À la fin de sa chanson, la foule applaudit avec entrain et une nouvelle musique, plus entraînante cette fois, envahit le sous-sol. Les danseurs virevoltèrent et Étienne pâlit : s'ils avaient mis des bas… Ils n'avaient en revanche pas de culotte… Ses paupières se fermèrent. Il en avait bien assez vu ! Il se détourna légèrement vers le public et fronça les sourcils. Harcourt et le jeune homme avaient disparu.

Avec précaution, il quitta l'alcôve et longea les murs. La chance lui souriait : tous les spectateurs conservaient le regard rivé sur la scène. Un bruit étouffé lui parvenait de la pièce à côté. Sa chaussure appuya sur un tissu mou, et il prit conscience des coussins qui recouvraient le sol… sol sur lequel se trouvaient à moitié nus les deux individus qu'il recherchait.

Par réflexe, Étienne abattit sa main sur sa bouche.

— Oh oui, mon beau lévrier, montre-moi comme je t'ai manqué !

Mince, il aurait également voulu obstruer ses oreilles, mais il ne le pouvait pas. Il heurta un meuble, mais les deux amants semblaient trop concentrés pour prêter attention à lui.

— Oh, mais qui voilà ? Un nouveau membre ?

Un homme d'une quarantaine d'années, avec un double menton, tendit la main vers lui. Par réflexe, Étienne la claqua avant de minauder :

— Attendez donc votre tour, cher monsieur. La chanson n'est pas terminée.

En effet, dans l'autre pièce, on entendait encore Kaerell chanter. L'homme, surpris, se tourna et Étienne en profita pour s'éclipser. Il ressentit le besoin de fuir. Il en avait assez vu et son ami ne lui avait-il pas lui-même dit qu'il ferait mieux de partir au plus tôt ?

Hélas, les différents souterrains ne lui donnèrent aucun indice sur l'endroit où il se dirigeait. Qu'importe, même s'il ne retrouvait pas son point de départ, il finirait bien par gagner une sortie. Le pas pressé, il reconnut enfin le chemin emprunté sur l'allée et, vite, retrouva le sac où Kaerell avait rangé ses vêtements. Du bruit dans son dos le fit soudain sursauter. L'avait-on suivi ? Il ne pouvait prendre le risque de se déshabiller ici.

Il attrapa son sac et fila. Quand il atteignit la rue sombre, le vent s'engouffra sous ses jupes, mais il se sentit tout de suite mieux. Il était enfin sorti de ce bordel. Il resserra son sac contre lui, qui contenait également son épée. Il ne pouvait rentrer ainsi, et il lui semblait avoir vu une auberge non loin de là.

Bien décidé à s'éloigner de L'Étalon noir, il pressa le pas jusqu'à rejoindre une artère plus large. Il parvint à faire plusieurs mètres, non sans attirer les coups d'œil curieux des personnes présentes.

D'un coup, il se figea. Là, de l'autre côté de la rue qu'il s'apprêtait à traverser, arrivait monsieur de Rougemont !

Des sueurs froides envahirent Étienne. Dans cet accoutrement, il ne pourrait pas se défendre s'il venait à être démasqué ! Son corps réagit sans réfléchir. Le regard toujours tourné vers son ennemi qui se rapprochait, il entreprit de traverser latéralement afin de changer de trottoir.

Un hennissement lui perça soudain les tympans. Au même moment, des doigts se refermèrent sur son poignet et le tirèrent en arrière. Surpris, il perdit l'équilibre. Son buste percuta un autre, beaucoup plus ferme et large. Un courant d'air glacé fouetta son visage pendant qu'un carrosse passait à toute allure, à l'emplacement exact où il s'était trouvé quelques secondes plus tôt.

— Est-ce que vous allez bien ?

Le sang d'Étienne se figea dans ses veines. Cette voix ! Elle ne pouvait appartenir qu'à… qu'à…

Sophie trembla intérieurement.

Qu'était le pire ? Être découverte par Rougemont ?

Ou par le comte de Carnac ?

48

— Madame ?

Le comte se décala et Sophie ne parvint plus ni à cacher son visage, ni à réenfiler le masque d'Étienne. La surprise passa dans les yeux d'Antoine, avant qu'il ne relève la tête vers les pas qui se rapprochaient. Ses traits se tendirent. Sophie n'eut pas le temps de se justifier que les pans d'un manteau s'abattaient sur sa perruque. Les doigts de son compagnon glissèrent sur sa taille, et la rapprochèrent de lui.

— Monsieur de Carnac !

La jeune femme se figea.

— Monsieur de Rougemont, répondit l'intéressé sur un ton faussement courtois.

— Ôtez donc ce sourire hypocrite de votre visage, cracha son interlocuteur. Vous et moi sommes loin d'en avoir fini…

— Toujours le même discours ! soupira avec exagération le comte. Veuillez m'excuser, mais d'autres affaires requièrent mon attention.

Le silence cueillit son insolence, lorsque Rougemont pesta :

— Que mijotez-vous encore ? Et pourquoi cachez-vous le visage de cette jeune personne ?

Oh non, la situation empirait !

— Parce que contrairement à vous, Rougemont, il n'y a pas que les filles de joie qui se plaisent à me fréquenter. Cette dame est mariée.

— Vous n'êtes qu'un jean-foutre !

— Je prends cela comme un compliment.

— Un jour, vous le regretterez.

— Oh, mais j'y compte bien.

La voix d'Antoine, moqueuse, contrastait avec le fiel de Rougemont. Sophie entendit des pas dans son dos, et se recroquevilla par réflexe contre le comte. Son cœur battait jusque dans ses oreilles.

— Venez.

Son manteau toujours contre le crâne de Sophie, Carnac l'entraîna dans une ruelle moins fréquentée. Quand ils s'arrêtèrent, elle osa enfin lever la tête. Le comte l'observait de son regard sombre, enlaçant toujours sa taille. Son autre main demeurait très près de son visage, empêchant le pan de son manteau ouvert de tomber.

Les doigts de Sophie se posèrent contre lui pour le repousser, mais toute force l'avait quittée. Sa proximité la troublait, tout comme la manière dont il la contemplait. Elle, qui avait réussi à le tromper durant toutes ces semaines, venait de se faire prendre bêtement.

Elle devait prétexter être Sophie, mais quelle bonne raison aurait-elle d'être sortie seule ? Et surtout la nuit ?

— Oh, cessez de me regarder avec ces yeux, murmura-t-il d'une voix grave. Vous me donnez encore plus envie de vous embrasser.

Le dos des doigts de Carnac vint lui caresser la joue, et la respiration de Sophie s'accéléra. Le comte pencha alors la tête vers elle. Lentement, très lentement, sa bouche se rapprocha de la sienne. C'était le moment de le repousser, elle ne comprenait pas pourquoi elle n'y arrivait pas.

Le souffle du jeune homme ricocha sur ses lèvres, et il murmura alors :

— C'est normalement maintenant que vous m'avouez vous être travestie en femme, Étienne.

Sa phrase eut l'effet d'un électrochoc et elle bondit en arrière, s'échappant de son abri de tissu.

— Comment…, s'étrangla-t-elle.

Non, elle devait se repenser en Étienne. L'occasion était trop bonne.

— Votre épée dans votre sac. Elle m'a chatouillé les côtes. Et puis Sophie est trop bien gardée. Jamais elle ne pourrait sortir seule la nuit tombée.

Un sourire canaille étira ses lèvres et il ajouta :

— Par contre, cela ne m'explique pas…

Une main sous le menton, l'autre désigna Étienne de haut en bas. Ce dernier leva les yeux au ciel.

— Amenez-moi à la taverne la plus proche que je puisse me changer, et je vous expliquerai.

— Vous voulez passer la nuit avec moi ?

— Antoine ! gronda-t-il.

L'intéressé ouvrit de grands yeux surpris, et Étienne tenta de calmer son cœur, qui continuait à palpiter dans sa poitrine. Se pouvait-il qu'il ait la même maladie cardiaque que son père ? À ce rythme, il ne ferait pas de vieux os.

— Très bien, suivez-moi. Gardez le visage bas.

Il ouvrit le chemin et Étienne ravala son étonnement. Pourquoi le comte arborait-il une expression niaise ?

*

— Je suis tout ouïe, déclara Carnac, une fois qu'Étienne redescendit de la chambre qu'ils venaient de louer, changé, et le visage sans plus aucune trace de maquillage.

Il avait commandé deux chopes de cidre, dont une était déjà à moitié vide.

— Que faisiez-vous… dans ce costume si délicieux ?

Étienne grogna et son interlocuteur pouffa.

— Je cherchais des informations sur Harcourt.

Les sourcils de Carnac se levèrent bien haut. Alors, Étienne lui expliqua la venue de la jeune femme qu'il avait sauvée et ce qu'il avait vu à L'Étalon noir, hormis bien sûr l'intervention de Kaerell.

— Intéressant… Même très intéressant…

Oui, Étienne avait de quoi faire chanter Harcourt. Si la société voyait d'un mauvais œil le libertinage, ce n'était rien en comparaison des « disciples de Sodome », pour utiliser une expression courtoise. La religion les affirmait voués à l'enfer. Elle les qualifiait d'êtres vils, contre nature, et si la justice ne se chargeait pas de les punir l'ostracisme de la bonne société les condamnait à la mort. Et pourtant… pourtant Étienne ne parvenait pas à se réjouir.

Qu'est-ce qui clochait chez lui ? Il tenait Harcourt, mais révéler ce qu'il venait de découvrir lui semblait tout bonnement impossible.

Un contact froid l'arracha de ses pensées. Il cilla et découvrit l'index de Carnac appuyé contre son front.

— À quoi jouez-vous ? ronchonna-t-il en le repoussant.

— Vous, à quoi jouez-vous ? À votre place, je frétillerais d'impatience, je serais intenable. Mais vous… vous semblez sombre. Avez-vous assisté à des scènes qui vous ont… choqué ?

L'air plus qu'intéressé d'Antoine lui arracha un léger sourire. Le comte bondit sur l'occasion pour ajouter :

— Mmhh, me serais-je trompé à votre sujet ? Préférez-vous les hommes, mon cher Kerdelec ?

— Non ! objecta Étienne, avant de se reprendre. Et si c'était le cas qu'est-ce que cela changerait ?

Le jeune homme ne pouvait s'empêcher de penser à Kaerell. Antoine de Carnac se laissa aller contre le mur de la taverne, l'air pensif :

— Eh bien, cela expliquerait votre réaction à L'Oiseau de nuit, mais je m'interrogerais aussi sur votre absence de résistance quand je vous ai pris dans mes bras, dehors.

Carnac plissa légèrement les yeux, puis se rapprocha soudain, les coudes sur la table.

— Voulez-vous que nous montions à l'étage, et que nous vérifiions vos inclinations ?

Le rouge monta jusqu'aux oreilles d'Étienne.

— Vous, vous… Est-ce que vous…

— Si je suis de ce bord ? Hélas, non. Mais un baiser ne me tuera pas. Et vous ressemblez tellement à votre sœur que je m'imaginerai être avec elle.

Mi-soulagé, mi-vexé, Étienne se laissa tomber en arrière contre le dossier.

— Ne pouvez-vous pas être sérieux, rien qu'un instant ?

— Je suis sérieux, affirma-t-il. Mais vous, pourquoi ne pas poser directement les questions qui vous taraudent ?

Ce qu'il pouvait être agaçant ! Étienne croisa les bras contre lui et Antoine de Carnac continua :

— Si vous vous inquiétez que mon opinion à votre égard soit altérée (Étienne le dévisagea, consterné qu'il ait si bien saisi le problème), soyez rassuré, vos préférences sexuelles n'ont aucune influence. Je vous apprécie tel que vous êtes, ou que vous croyez être.

— Croyez être ? répéta Étienne, sourcils froncés.

Carnac, décontracté, fit un geste évasif de la main.

— Vous êtes jeune et inexpérimenté. Vous pensez être attiré par les femmes, car c'est ce que la société attend de vous (Étienne ouvrit la bouche pour objecter, mais le comte embraya), et peut-être est-ce le cas, ou peut-être pas. Mais vous savez quoi ? Vos véritables amis s'en ficheront. Car ce n'est pas ça qui fait de vous, ce que vous êtes.

L'intéressé détourna la tête, touché par ce discours.

— Alors, comment allez-vous utiliser cette information pour aider votre famille ?

— Je ne le ferai pas, annonça Étienne.

Après ce que Carnac venait de dire, il comprenait d'où provenaient ses scrupules.

— Car vous auriez l'impression de trahir Kaerell ?

Étienne reçut la réflexion comme un coup en pleine poitrine. Le comte sourit, mais son sourire était fade. Il ajouta :

— Qui d'autre que lui vous aurait fait entrer ?

— Mais que… Donc vous…

Décidément, Étienne ne parvenait plus à articuler la moindre phrase compréhensible !

— Oui, je le sais. Depuis longtemps.

— Pourquoi ne pas le lui dire ? s'étonna le jeune homme. Il semblait vraiment torturé à l'idée que vous l'appreniez… S'il savait que cela ne change rien pour vous…

— C'est à lui de me le dire. Et je respecte les choix de mes amis. Quels qu'ils soient.

Les yeux bruns du comte plongèrent dans ceux d'Étienne, qui se sentit tressaillir. Il comprenait, il comprenait et respectait la décision de Carnac. À son instar, lui non plus ne devait pas le forcer. Même s'il trouvait cela dommage.

— Si je faisais pression sur Harcourt, parce qu'il aime les hommes… ce serait crier haut et fort que cette inclination est mauvaise, articula-t-il enfin. Alors qu'elle ne l'est pas, et je ne veux surtout pas que Kaerell s'imagine que je pense le contraire. Je sais que je n'y connais rien en amour, mais je ne vois pas pourquoi deux hommes ne pourraient pas s'aimer.

— Je partage votre opinion.

Bon sang, ce regard ! Étienne frissonna derechef, son cœur recommençait à jouer des siennes.

— Chacun devrait pouvoir vivre comme il l'entend, quelle que soit sa naissance, prononça Antoine. Et je ne parle pas seulement de titres ou de richesses. La société accentue les clivages, il n'appartient qu'à nous de ne pas les respecter.

— Au risque d'être exclu ?

Carnac sourit.

— Pourquoi vouloir l'estime de personnes obtuses ou idiotes ?

— Vous avez raison.

Étienne fronça les sourcils. Toute cette discussion… lui montrait d'un œil neuf ce qui l'entourait.

— Bravo Étienne, vous voici libertin !

Interloqué, le jeune homme le contempla. Antoine de Carnac semblait tout guilleret. Il se pencha sur la table et chuchota, avec un air de conspirateur :

— Nous ne sommes pas les seuls à penser ainsi. La tolérance envers son prochain gagne en ampleur à Paris. Des philosophes, au sang aussi roturier que le vôtre est noble, commencent à faire autorité dans les salons. Nous entrons dans une période de lumière pour tous ceux qui, comme nous, ne veulent plus suivre des règles décadentes et dépassées.

La passion dans la voix de Carnac était fascinante. Son regard brillait de mille feux, et il dut s'en rendre compte, car il toussota avant de reprendre :

— Mais revenons à votre problème. N'est-il pas possible de faire pression autrement ? Avec une autre information ? Était-il proche d'un individu en particulier ?

Étienne ouvrit grand les yeux, puis secoua la tête.

— Une relation adultère, peut-être ? Quelque chose qui nuirait à ses affaires ?

— Ce ne serait tout de même pas correct, cela nuirait au second individu… alors qu'il n'est coupable de rien.

Son interlocuteur soupira.

— Mon cher Étienne, vous ne pouvez pas tout avoir. Il va falloir choisir entre votre devoir envers votre famille et vos valeurs personnelles.

Une bile amère emplit la bouche d'Étienne. Affronter ce dilemme lui pesait… La paume d'Antoine de Carnac s'aplatit soudain sur sa tête et lui ébouriffa les cheveux.

— Laissez-donc de côté ce qui est bien ou mal et concentrez-vous sur le résultat. Si le chantage fonctionne sur Harcourt, vous obtiendrez ce que vous voulez, et jamais l'autre individu ne sera inquiété.

Le visage du jeune Kerdelec s'illumina. Oui, il avait raison ! S'il la jouait fine, alors tout pourrait se régler très vite !

— Ah, comme je vous dévergonde, mon cher Étienne ! s'esclaffa Carnac. Et comme j'adore cela !

Il poussa sur sa tête et le jeune homme ne put s'empêcher de rire. Le comte tendit sa chope. Étienne se frotta le visage sans toutefois parvenir à effacer le sourire joyeux sur ses lèvres.

49

Pour la énième fois depuis qu'il se travestissait, Étienne rentra très tard à l'hôtel de Verteuil. Il avait refusé qu'Antoine de Carnac le raccompagne, pour éviter toute rumeur. Ils avaient tous deux bien assez de soucis comme cela.

Tel un loup, il se faufila jusqu'à sa chambre où il trouva Louise, dans sa fine chemise blanche, endormie. Il n'eut cependant pas fait un pas qu'elle ouvrit des yeux hagards.

— Sophie, tu rentres encore…

Sa sœur ne la laissa pas finir, ni même commencer des remontrances. Elle se précipita sur elle et la serra dans ses bras.

— Je sais comment faire pour récupérer le document ! Demain, tout sera normalement réglé. Oh, j'ai tellement hâte, Louise !

Les deux mains de chaque côté de ses épaules, Sophie, toujours habillée en homme, souriait à s'en décrocher la mâchoire. Sa sœur aînée la fixait sans réaction, encore engourdie par le sommeil.

— Mais demain tu dois voir Constance…

Sophie secoua la tête, bien trop enthousiaste pour s'agacer de la réaction puérile de sa sœur.

— Écris-lui que nous reportons la sortie au surlendemain. Je dois jouer mon coup le plus tôt possible !

— Tu peux m'en dire plus ?

— Non, pas maintenant. Je t'expliquerai tout après. C'est promis. Va te coucher. Demain, la chance nous sourira enfin !

Toujours stupéfaite, Louise se contenta de se lever et de la fixer avec un étrange regard. Sophie la comprenait : cette fois, il ne s'agissait pas de faux espoirs. Elle était sûre d'elle. Sa sœur la quitta sans un mot supplémentaire et quand Sophie se coucha, l'impatience l'empêcha de dormir. Ce ne fut que lorsque sa porte s'ouvrit une seconde fois, et que Nanou vint se blottir contre elle, qu'elle trouva le sommeil.

Le lendemain matin, elle se leva tôt. Nanou avait déjà déserté le lit, si bien que si elle ne l'avait pas entendue la nuit, elle n'aurait pas pu deviner sa présence. Même sénile, sa grand-mère conservait un sixième sens qui lui révélait quand sa famille avait besoin d'elle. Elle était vraiment merveilleuse.

Étienne picora plus qu'il ne mangea.

— Avalez au moins tout un petit pain ! protesta madame de Kerdelec, au petit déjeuner.

— Pas le temps, mère.

Dans un élan subit, il lui embrassa la joue avant de faire un petit tour sur lui-même et de quitter la pièce.

— Que lui arrive-t-il ? Notre Étienne serait-il amoureux ? entendit-il à travers le mur.

En revanche, la réponse de ses sœurs ou de sa tante ne lui parvint pas. Il devait à tout prix se presser.

— Monsieur, votre voiture.

— Merci Gustave.

Le domestique avait fait venir une voiture pour le conduire le plus vite possible chez une certaine personne. À l'intérieur, il se concentra sur sa respiration pour ne pas paniquer. Ses paumes étaient moites, il craignait de bafouiller, ou pire de ne pas montrer assez d'assurance. Carnac lui avait proposé de l'accompagner, mais Étienne avait été clair : cela ne concernait que sa famille. Bien entendu, le comte, expert en manipulation, lui avait donné de nombreux conseils : « n'hésitez pas à mentir », « vous ne devez pas lui laisser le temps de réfléchir », « refusez de lui laisser un délai, vous devez obtenir gain de cause immédiatement ou accomplir votre menace ». Oui, Carnac avait raison : Étienne devait se montrer sans pitié. Et il avait eu un excellent professeur.

Le comte de Harcourt vivait dans un bel hôtel particulier très bien entretenu. Par la fenêtre du salon, Étienne distingua une cinquantenaire avec deux filles du même âge qu'Héloïse. Un peu pris de court, il s'arrêta. Alors… malgré son idylle, Harcourt était marié ? Il avait plus encore à perdre que sa réputation… Personne ne voudrait épouser les filles d'un sodomite. Pire, sa femme pourrait même demander à l'Église son excommunication. Au lieu de le rassurer sur la force de son argument, cette découverte lui noua davantage l'estomac. Pourvu que les menaces fonctionnent et qu'il n'ait pas à propager des rumeurs. Même si Harcourt avait tenté de ruiner les Kerdelec, sa famille ne méritait pas d'en pâtir. Et pourtant… si Étienne devait choisir entre sa famille et celle de son ennemi… Le choix aurait beau le tourmenter, il n'hésiterait pas.

Il sonna à la porte, un domestique en livrée lui ouvrit.

— Veuillez avertir monsieur de Harcourt qu'Étienne de Kerdelec vient le trouver pour une affaire très urgente.

— À cette heure ? s'étonna l'homme avec une expression guindée.

— Que ne comprenez-vous pas dans « affaire très urgente » ?

— Un instant.

Au lieu de le faire patienter dans le hall comme tout domestique qui se respecte, il referma la porte sur lui. Était-ce une plaisanterie ? Étienne attendit, son pied ne parvenant pas à rester en place. Une minute, deux minutes, puis il comprit qu'on se moquait de lui. Il toqua derechef, une première puis une seconde fois. Le domestique réapparut.

— Oui ?

— Avez-vous transmis mon message ?

— Monsieur le comte est occupé, revenez plus tard.

Le serviteur poussa sur le battant, mais Étienne s'interposa.

— Dites-lui que c'est au sujet du fils de monsieur de Valmont. Je puis vous assurer qu'il changera d'avis.

Le jeune homme tenta de se composer un sourire cruel. Le domestique le dévisagea, baissa la tête sur son pied en travers de la fermeture, et Étienne le retira avant de se faire de nouveau fermer la porte au nez. Celle-ci se rouvrit à peine dix secondes plus tard.

— Il va vous recevoir dans son bureau.

Étienne ne put réfréner une expression triomphale. Il avança dans le hall luxueux, doté d'un énorme lustre en cristal, bien plus imposant que celui de l'hôtel de Verteuil. Les nobles s'amusaient-ils à voir qui avait le plus gros ?

Sans se soucier de son manteau ni de son chapeau – ce qui indiquait assez clairement que le domestique espérait que le visiteur déguerpisse au plus tôt –, le mena dans une pièce dotée d'une large baie vitrée donnant sur un jardin à la française. Monsieur de Harcourt s'y tenait, les mains derrière le dos.

— Merci Paul. Laissez-nous et veillez à ce qu'on ne nous dérange pas.

— Oui, monsieur.

Étienne verrouilla son regard sur sa cible.

— Alors ? s'impatienta Harcourt. Pourquoi me dérangez-vous d'aussi bon matin ? Et quel est le problème avec le fils de mon associé ? Ne croyez-vous pas que vous devriez directement vous entretenir avec monsieur de Valmont ?

— Oh je crois que vous ne souhaitez surtout pas que je m'entretienne avec celui-ci.

Des tremblements parcoururent Étienne, qui chercha à les dissimuler en mettant lui aussi ses mains dans le dos. Cette position avait l'avantage de faire ressortir ses épaules et de lui conférer une carrure plus imposante. Malgré tout, ses scrupules revenaient en force. Il repensa à sa discussion avec Carnac. S'il se montrait assez sûr de lui, personne ne souffrirait de ce chantage.

Harcourt se retourna, un sourcil haussé.

— Je n'ai pas le temps de jouer, monsieur de Kerdelec. Peut-être ne l'avez-vous pas compris, mais j'affectionne peu votre père. Si comme lui, vous voulez vous mettre en travers de mon chemin…

— « Oh mon beau lévrier, montre-moi comme je t'ai manqué », prononça Étienne en enfonçant ses ongles dans ses paumes.

Répéter cette phrase lui donnait la nausée, mais il n'avait pas le choix. L'effet fut immédiat : le comte de Harcourt devint aussi blanc que sa perruque poudrée et il balbutia :

— Voyons, monsieur, tenez-vous donc ! Quelles sont ces paroles…

— Mon temps aussi est précieux, répliqua Étienne en se rapprochant du bureau.

Ses doigts empoignèrent une petite statuette pour se donner plus de contenance. Il avait déjà vu Carnac jouer à ce jeu. Il devait montrer qui était le maître ici.

— Je sais où vous étiez hier soir, et avec qui. Le comte de Valmont connaît-il la relation que vous entretenez avec son fils ? Lui qui vous soutient et vous fait confiance ?

Par tous les saints, il avait l'impression de blasphémer à chaque mot prononcé. Toute cette histoire ne le concernait pas, mais il devait tenir bon pour sa famille.

— Est-ce assez clair, ou dois-je me montrer…

Il n'eut pas le temps de terminer que le comte se saisit d'une épée sur le mur.

— S'il m'arrive quoi que ce soit, mon ami révélera tout dans une heure !

Harcourt se figea. Étienne déglutit, raide comme un piquet, lorsque l'arme s'échoua en un bruit métallique sur le sol.

— Quel ami ?

— Quelqu'un de confiance qui tient beaucoup à moi.

Répéter les mots soufflés par Carnac l'aidait à garder le contrôle. Si au départ il les avait trouvés niais, l'effet qu'ils provoquaient sur Harcourt le rasséréna.

— Comment avez-vous eu ces informations ?

Le comte s'appuya sur le bois de son bureau, on aurait dit qu'il allait tourner de l'œil. Étienne émit un petit bruit de langue et sourit :

— Ce n'est pas la bonne question. Demandez plutôt comment vous devez faire pour que cela ne parvienne jamais aux oreilles du comte de Valmont, ou de quiconque.

Harcourt serra les poings et ses lèvres tremblèrent.

« Penser comme Carnac », se répéta Étienne.

— Alors ? insista-t-il avec un air malicieux.

— Que dois-je faire pour que personne ne sache jamais rien ? articula sèchement le comte de Harcourt.

Le regard d'Étienne se durcit.

— Donnez-moi le document, et tout de suite.

— Quel document ? balbutia le comte. Je ne vois absolument pas de quoi…

— Vous savez très bien lequel ! cria presque Étienne, craignant une telle réponse.

Se pouvait-il qu'il soit encore dans le faux ? Non, Harcourt s'était bien gaussé à l'idée que les Kerdelec ne seraient bientôt plus un problème.

— Soyez sûr que si je sors de votre maison sans avoir obtenu satisfaction, vous le regretterez amèrement.

Son poing se planta sur la table. La douleur fusa dans ses phalanges, mais il ne grimaça pas. À la place, il fusillait du regard son ennemi.

— Vous et votre père n'êtes que des raclures, pesta Harcourt.

— Attention à vos mots, je pourrais ajouter des excuses publiques à mes conditions.

— Comment savoir que vous tiendrez parole ?

L'espoir enflamma la poitrine d'Étienne. Si son adversaire posait cette question, c'est que oui, il était bien en possession de l'acte qu'il recherchait.

— Je suis un homme d'honneur. Tant que ma famille ne sera pas inquiétée, votre secret demeurera bien gardé.

La mâchoire de Harcourt se contractait par intermittence. Il semblait évaluer la sincérité du jeune homme. Aussi, s'inspirant cette fois de Kaerell, Étienne leva son menton bien haut.

— Je le jure sur la Sainte Vierge et tous les saints. Que les enfers m'engloutissent si je mens !

Harcourt ferma les yeux. Deux, trois secondes, cinq secondes… puis attrapa une petite clé dans un tiroir, et ouvrit une armoire près du mur. Le cœur d'Étienne fit un salto dans sa poitrine, et un second lorsque le comte en sortit une pochette brune, contenant des documents.

— Je vous ai sous-estimé, monsieur de Kerdelec. Sachez que je ne commettrai plus la même erreur.

Il jeta l'ensemble sur son bureau, et Étienne s'en saisit avec le sourire. Enfin, sa famille allait connaître la paix !

50

Étienne se retourna pour vérifier le contenu du dossier. Son professeur lui avait bien dit que l'ennemi ne devait jamais surprendre la moindre expression d'une émotion mal contrôlée. Il avait bien fait de l'écouter, car la nausée le saisit, si fort qu'il faillit en vomir.

Il ne s'agissait pas du document de l'héritage.

Non.

C'était bien pire.

Deux experts en graphologie certifiaient que les lettres anonymes qui leur avaient été soumises avaient bien été écrites de la main du baron de Kerdelec. Ces lettres étaient annexées et leur contenu… parlait de roi et de trahison.

— Les graphologues ont déjà été payés. Je ferai en sorte qu'ils ne parlent pas.

— Je veux tous les documents.

— Vous les avez, je le jure.

Le jeune homme inspira, se composa un visage dur, et se retourna. Le comte de Harcourt le dévisageait avec mépris, mais aucune trace de tromperie ne se lisait dans son regard.

— Pourquoi tendre un tel piège à mon père ? Ces documents sont des faux.

— Êtes-vous sûr de si bien connaître votre père, monsieur de Kerdelec ?

— Il est fidèle au roi.

— Il est breton avant d'être français !

Harcourt, hors de lui, frappa sur son bureau. Sa virulence surprit Étienne, et il préféra ne pas entrer dans le débat. Que son père soit coupable ou non, Étienne étoufferait cette affaire en brûlant ces pièces compromettantes.

— Je tiendrai ma parole. Ne cherchez plus à lui nuire.

Étienne fit volte-face, et se retint de ne pas courir. Les yeux lui brûlaient, mais il se contrôla superbement jusqu'à gagner la rue. Là, il baissa la tête, enfonça son chapeau pour plus de discrétion, puis ne parvint plus à réfréner sa peine.

La teneur des lettres échappait à sa compréhension, toutefois il saisissait leur gravité. Comme lors des explications de Mathieu au Parlement, il se sentait perdu et réalisait l'ampleur de son ignorance. De toute façon, qu'est-ce que cela aurait changé ? Il refusait de se mêler des affaires du royaume de France. Quant au baron de Kerdelec… La déception envahissait Étienne, et plus encore, un autre sentiment : son père lui avait toujours paru juste et loyal. Se pouvait-il que Harcourt ait dit vrai ? Au fond, que savait-il véritablement de lui ? N'était-il pas prêt à déshériter Charles et à donner Étienne en pâture à son créancier ?

Son cœur, son pauvre cœur se serrait si fort qu'il ne parvenait plus à respirer.

— Étienne ! s'exclama alors une voix.

Par réflexe, il tourna la tête et aperçut des cheveux roux. Non, il n'avait pas envie de parler, surtout pas maintenant. Il pressa le pas vers une foule de passants, et se mêla à eux pour disparaître.

*

Comme une tornade, il franchit l'entrée de l'hôtel de Verteuil. Le domestique à l'entrée s'effaça sur son passage, habitué désormais à ne plus récupérer ni manteau ni chapeau. Étienne se sentait étouffer, il avait besoin d'évacuer toute la tristesse et la déception qui se déchaînaient en lui, mais il ignorait comment. Son épée le démangeait, et si sur le chemin il avait croisé Rougemont, il l'aurait provoqué sans même réfléchir.

— Étienne ?

Il se figea au haut des marches. La manière dont Louise venait de prononcer son nom, empli de timidité et d'espoir, le meurtrit davantage. Ses doigts se cramponnèrent à la rambarde, et il tourna à peine la tête pour articuler :

— Encore un coup dans l'eau.

Il ne bougea pas, mais tout son corps, raide, attendait l'explosion de sa sœur. Le silence s'appesantit, lourd, étouffant, lorsqu'elle prononça enfin :

— Mère est sortie avec la famille. Tante Rosaline et moi allons nous promener avec les Choiseul et le vicomte de Chevigné… Voulez-vous vous joindre à nous ? Ou proposer à Sophie de venir ?

Les paupières d'Étienne se fermèrent, une bile amère remontait de son œsophage. N'avait-elle pas entendu ce qu'il venait d'avancer ? Comment pouvait-elle parler de promenade alors que leur monde s'effondrait, une fois encore ?

— Amusez-vous sans moi.

Sa voix claqua comme un fouet malgré son effort pour ne pas choisir des mots qui exprimaient toute la violence de ses sentiments. Sans attendre de réponse, il gagna sa chambre. Personne ne le suivit, et tant mieux.

Il se débarrassa de son manteau et ouvrit son col pour mieux respirer. Sa poitrine lui faisait tellement mal ! Malgré tout, des serres continuaient de le meurtrir. Le poing serré, il se frappa la poitrine, comme si cela pouvait atténuer la douleur. En vain.

Alors, ses derniers remparts cédèrent. D'un geste brutal, il envoya valser tout ce qui se présentait à lui : brosse, vêtements, oreillers, chapeaux… Un grognement de frustration et d'impuissance émergea comme un feulement du plus profond de sa poitrine. Un éclair brun passa alors devant son champ de vision et percuta le mur. Cannelle… Cannelle courait dans tous les sens dans la chambre, paniqué.

Étienne, incapable de se maîtriser, quitta la chambre et referma derrière lui. Il n'avait pas besoin d'ajouter un énième malheur à la liste déjà longue de ceux qui le poursuivaient Il alla droit où le dirigeaient ses jambes : la chambre de son père.

Les tentures étaient tirées, le baron de Kerdelec devait sans doute dormir. Dormir… Dormir ! Avec tout ce qui leur arrivait, leur père dormait ! D'un geste sec, il ouvrit les tentures et se retourna. Son père, assis dans son lit, fixait le mur face à lui, les yeux grands ouverts. La poitrine d'Étienne se serra. Le baron fixait le vide sans même ciller.

— Père ? tenta-t-il en se rapprochant lentement.

Il passa la main devant ses yeux sans obtenir de réaction.

— Père ?

Il le saisit par les épaules. Le corps du baron était raide et ne réagissait pas.

— Papa !

Étienne le secoua et les yeux du baron se tournèrent enfin vers lui.

— Dor… mir, articula-t-il difficilement.

Le vieil homme se rallongea et Étienne glissa jusqu'au sol. Il ne se remettait pas de la peur qui venait de le saisir. Sa tête appuya contre les draps, et il explosa :

— Pourquoi, pourquoi père ? Pourquoi nous imposer tout ça ?

Une main serrée sur les documents de Harcourt, l'autre sur le drap, il cria :

— Pourquoi avoir cherché à trahir le roi ? Pourquoi prendre le risque de plonger la famille dans un tel malheur ? Souhaitez-vous tant perdre votre tête ? Ainsi que celles de vos enfants ?

Il se redressa, les joues baignées de larmes. Indifférent au fait que son père voulait dormir, il lui glissa une des lettres dans ses mains.

— Je sais tout. Je reviens de chez Harcourt qui allait vous dénoncer. Père, après tant d'années… Je connais par cœur votre écriture. Pourquoi ?

Les doigts du baron de Kerdelec caressèrent le papier avec un sourire, comme s'il s'était agi d'une étoffe particulièrement précieuse.

— Héritage…

— Non, ce n'est pas le papier de l'héritage. Celui-ci n'est toujours pas réapparu, et je crois bien qu'il ne réapparaîtra jamais.

D'un geste sec, il arracha le document à son père qui tourna la tête vers lui d'un air hagard. Son père… restait-il seulement un peu de lui dans cette carcasse vide ?

— Père, si vous êtes là, gémit Étienne, je vous en prie, dites-moi ce que je dois faire. Je n'en peux plus… Aidez-moi…

Le document chiffonné dans une main, il saisit de l'autre celle, sèche, du baron de Kerdelec.

— Héri... tage..., marmonna une nouvelle fois celui-ci.

— Mais puisque je vous dis que le document du baptême, le plus important de tous, est introuvable !

Le baron récupéra sa main sans un regard pour Étienne, puis se tourna à l'opposé du lit, à l'opposé de son fils.

— Héri... tage.

C'était inutile. Il n'en tirerait absolument rien... Leur père les avait bel et bien abandonnés.

— Je vous déteste, souffla le jeune homme.

Il se releva et quitta la pièce, le cœur encore plus lourd qu'à son entrée. Étienne n'en pouvait plus. Sophie n'en pouvait plus. Tout ça, tout ça... c'était bien trop pour un seul homme, pour une seule femme. Le véritable Étienne lui manquait atrocement. Cela faisait des semaines à présent qu'il avait fui... Pourquoi ne donnait-il pas la moindre nouvelle ? Lui était-il arrivé malheur ?

Les murs du couloir semblaient se rapprocher inexorablement de Sophie. Elle se sentait menacée, prise au piège. La tête lui tournait et le désespoir manquait de la faire chavirer totalement dans la folie.

— Monsieur, ne m'obligez pas à le répéter, ce n'est pas le moment !

La voix de Louise était montée dans les décibels. Elle, d'habitude si posée en tout... pourquoi s'énervait-elle ? Sans réfléchir, Étienne se dirigea vers l'escalier.

— Mademoiselle de Kerdelec (cette voix !) je ne partirai pas sans l'avoir vu.

— Cessez donc de le tourmenter ! N'en avez-vous pas assez de jouer avec lui ?

Étienne dut s'appuyer contre la rambarde. Là, dans le hall, le comte de Carnac se disputait avec sa sœur. Gustave s'était placé sur le côté, prêt à intervenir, et le domestique de madame de Verteuil ignorait comment réagir. Où était d'ailleurs cette dernière ?

— Vous ne connaissez rien de nos relations.

— Je crois mes yeux. À chaque fois qu'il vous fréquente, des problèmes s'ajoutent ! Sortez d'ici ou je…

— Je ne sortirai pas sans m'assurer qu'il va bien ! rugit presque le comte.

Louise recula d'un pas et Gustave s'interposa. La jeune femme lui indiqua d'un geste de la main qu'elle maîtrisait la situation.

— Vous portez vraiment de l'affection à mon frère ?

La question décontenança Étienne. Il aurait dû manifester sa présence, mais il n'y parvenait pas. Tendu, il gardait les oreilles grandes ouvertes.

— Je lui en porte certainement plus que vous.

La poitrine d'Étienne se crispa. Le visage du comte de Carnac était tiré, aucune malice ne brillait dans ses prunelles sombres. La main de Louise vint se plaquer contre sa poitrine, et elle lui répondit des mots si bas que le jeune homme ne put les entendre. Cependant… la réaction du comte ne détrompait pas : sa mâchoire se contracta, comme lorsque quelque chose lui déplaisait et qu'il se retenait de rendre le coup au centuple.

Il fallait qu'Étienne intervienne avant qu'un nouveau bain de sang n'éclate.

— Je suis là, déclara-t-il.

Les trois têtes dans le hall se redressèrent de conserve. Louise sembla mécontente, là où le soulagement envahit leur visiteur. Sans demander une quelconque permission, Antoine de Carnac contourna Louise pour se diriger vers l'escalier. Gustave s'interposa alors. Par réflexe, la main du comte se posa sur le pommeau de son épée.

— Laissez-le, ordonna Étienne. Gustave, tout va bien.

Louise objecta :

— Je crois que le moment est très mal choisi…

— Il n'y aura plus jamais de bons moments de toute façon, soupira-t-il sans savoir si on l'entendait.

Le fidèle Gustave laissa passer Carnac, tandis que Louise secouait la tête d'un air profondément déçu, avant de rejoindre le salon. Qu'elle s'en aille ! Après tout, elle disparaissait au moindre problème. Étienne devait faire face seul, comme toujours.

Carnac arriva jusqu'à lui, la mine préoccupée. Sur les dernières marches, il ralentit le pas.

— Kaerell m'a dit vous avoir vu sortir de chez vous savez qui…

Prudent, il décéléra encore, la tête de biais comme s'il cherchait à lire l'expression d'Étienne.

— Cela ne s'est pas bien passé, conclut Carnac.

Le jeune Kerdelec détourna le visage et serra les lèvres. Il n'avait pas encore réussi à digérer sa déception. Il aurait voulu prétendre que tout allait bien, mais il n'y réussissait pas. Il s'appuya contre la rampe, puis se laissa tomber et s'assit sur la marche la plus haute de l'escalier.

— Il ne sera plus une menace, mais il n'avait pas ce que je cherchais.

Il ne reconnut pas sa voix tellement ses cordes vocales étaient tendues. Sans oser regarder son interlocuteur, il poursuivit :

— Cessons ce jeu de dupes. Apportez les documents de votre famille à Dartois et réclamez l'héritage.

— Étienne…

La voix de Carnac lui parvenait à son niveau. Le comte s'était-il assis juste à côté de lui ? Ah, si les domestiques les voyaient, à quoi feraient-ils penser sinon à deux gamins pleurnichant après une sévère réprimande ?

— De grâce, Antoine. Je n'en peux plus. Je deviens fou.

Étienne plongea sa tête dans ses mains, elles-mêmes posées sur ses cuisses. Il ne voulait pas pleurer, surtout pas devant Carnac, mais tout espoir le désertait.

Un petit coup contre son genou l'obligea à ressortir la tête de sa carapace. Antoine, les épaules basses, était bien assis à côté de lui. Un sourire insolent barrait son visage.

— Vous n'allez pas abandonner maintenant. Je déteste gagner par forfait.

Étienne laissa échapper un rire sans joie.

— Vous ne comprenez pas...

— Si, vous êtes trop embourbé pour réfléchir. Vous devez prendre du recul, aborder le problème sous un regard neuf.

— Ce problème va surtout réussir à avoir ma peau.

— Allons, reprenons la liste de vos suspects. Vous venez d'éliminer Harcourt. Qui y a-t-il d'autre ?

— Le père de la femme que mon père veut que j'épouse. Il tient les finances de ma famille, mais mon instinct me dit que ce n'est pas lui. Surtout que je continue à me montrer courtois avec sa fille.

Les mots étaient sortis tout seuls, sans qu'il parvienne à les retenir.

— Et vous avez envie de l'épouser ?

— Ciel, non !

— Alors ne renoncez pas de ce côté non plus, surtout si cet homme n'est pas responsable du vol. Dans vos autres suspects, il y a moi.

Étienne sourit, mais au fond, il avait envie de pleurer.

— Oui, il y a vous. Dois-je vous rappeler que j'ai passé au peigne fin votre chambre ?

— Je pourrais avoir caché le document ailleurs... dans une banque, ou sur moi.

— Est-ce le cas ? s'étrangla Étienne.

Carnac sourit sans la moindre chaleur.

— Je ne suis pas cruel à ce point, Étienne. Si je voulais vous rendre fou, ce serait fou de moi, et je m'y prendrais d'une autre manière.

— Je n'ai pas envie de plaisanter, ronchonna le jeune homme.

Il laissa tomber sa tête contre la rambarde. La plaisanterie de Carnac ne l'amusait pas. Son compagnon soupira et du bout des lèvres prononça :

— L'expérience m'a appris que les coups les plus douloureux viennent souvent de ceux que l'on aime...

Il se tut, et Étienne tourna le buste vers lui. Une ombre dansait dans le regard de Carnac, comme s'il revivait un cauchemar éveillé. Après quelques secondes, il baissa la tête, et les bras appuyés sur les cuisses, poursuivit :

— Parmi les membres de votre famille, personne n'aurait intérêt à ce que le document disparaisse ?

Étienne ouvrit la bouche pour protester, mais Carnac le devança.

— Je n'accuse personne, mais songez à toutes les raisons possibles et imaginables.

— Ils seraient tous ruinés...

— Parfois il ne faut pas chercher de raison rationnelle, soupira le comte tandis qu'il réfléchissait. Une jalousie ? Un grief ? Qu'est-ce que cet héritage, à part plus d'argent, pourrait changer dans la hiérarchie de la famille ?

— Rien pour Héloïse, ma grand-mère et Philippe.

— Je crois également qu'ils ont le cœur trop bon. Sophie ?

— Vous mettez vraiment en doute ma jumelle ? s'agaça Étienne.

Carnac lui sourit.

— Non, mais j'espérais bien vous fâcher. Tout plutôt que de continuer à voir cette expression de désespoir sur votre visage.

Étienne se rembrunit. Les tentatives de Carnac pour l'apaiser ne fonctionnaient pas, mais il lui était reconnaissant d'essayer.

— Louise est l'aînée de votre famille, reprit-il. Je ne connais pas l'état de vos finances, mais elles ne me semblent pas bonnes. Aussi, son mariage avec un excellent parti pourrait être la seule manière de vous sauver. L'héritage gommerait tous ses efforts et toute la reconnaissance qu'elle pouvait espérer…

Étienne posa sa main sur son bras, afin qu'il ne poursuive pas.

— Louise et moi avons beaucoup de désaccords, mais je ne la crois pas capable d'agir ainsi.

— Votre mère ?

— Non plus.

C'était terrible à dire, mais Étienne ne la pensait pas assez intelligente pour échafauder un tel plan. Et puis, elle aimait Louise et ne lui imposerait pas ça.

— Votre tante ?

Madame de Verteuil… Depuis des années, elle payait leurs dépenses durant l'hiver. Elle avait tant investi en Louise et en Charles… Se pouvait-il qu'elle craigne un manque de reconnaissance ? Étienne se souvenait de ses reproches, avant que son père ne tombe malade… Se pouvait-il…

Étienne se passa les doigts dans les cheveux et les tira fort.

— Non, je refuse de douter de ma famille.

— Pourtant…

— Comment pouvez-vous vivre en doutant de ceux qui sont le plus proches de vous ?

Étienne le dévisagea, profondément peiné. Son interlocuteur pâlit et eut un sourire triste.

— Vous êtes un idéaliste…

— Vivre en doutant continuellement des autres n'est pas une vie, objecta Étienne. Je veux donner mon amour et ma confiance en entier, et pas à moitié. Sinon comment pourrais-je demander la même chose d'eux ?

— Ou peut-être êtes-vous bien plus sage… Qui sait ?

Carnac soupira. Le désespoir semblait commencer à l'envelopper.

— Continuons sous un autre angle… Et si le document n'avait pas été volé, mais perdu ?

— J'ai déjà cherché partout où mon père était passé. Rien.

— Se peut-il que Cannelle l'ait mangé sans que personne s'en aperçoive ?

— Vos blagues…

Étienne jeta un regard acerbe à Carnac, puis pâlit face à son sérieux. Il… il ne plaisantait pas !

— Je suppose qu'il n'avait rien à faire dans le jardin, remarqua son compagnon. Qui sait où il a pu se faufiler avant de s'y retrouver ?

Étienne vacilla sur le côté et la rambarde le retint *in extremis*. Était-ce possible ?

— Étienne ?

La main du comte saisit son autre bras, et le jeune homme murmura :

— Les documents étaient dans un dossier, dans le sac de mon père.

— Désolé, je ne voulais pas vous faire peur. Dans ce cas, ce n'est pas possible.

— Mais père les a sortis durant le bal. Il est possible qu'il ait oublié d'en ranger un, que la feuille se soit envolée et que Cannelle soit passé derrière…

La tête lui tourna. Il n'avait aucun moyen de vérifier cette hypothèse.

— Reprenez-vous, Étienne. Vous êtes tout pâle !

Le jeune homme rouvrit les yeux qu'il n'avait pas eu conscience de fermer. Carnac avait passé son bras autour de lui pour le soutenir. Ses traits, rongés par l'inquiétude, l'étonnèrent et le touchèrent à la fois.

— Je vais bien.

— Venez, vous devez vous reposer.

Il le força à se relever, mais Étienne le repoussa. Il pouvait très bien y arriver de lui-même, comme il le lui prouva d'ailleurs.

— Antoine, vous ne pouvez pas différer éternellement cet héritage. Je vous suis très reconnaissant, mais il est temps que tout cela cesse. Vraiment.

Son interlocuteur le fixa, une étrange expression dans les yeux. Même s'il avait retiré son bras de ses épaules, il gardait ses doigts autour de son poignet. Le comte s'humecta les lèvres :

— Je…

Un énorme bruit les fit tous les deux sursauter. Quelque chose venait de tomber dans l'une des chambres… Les yeux d'Étienne s'ouvrirent en grand.

Son père !

La peur le frappa avec puissance, et il courut droit vers la chambre du baron.

51

Étienne ouvrit la porte à la volée. L'atmosphère oppressante de la pièce lui saisit le visage, lorsqu'il découvrit le corps de son père à plat ventre, à côté du lit.

— Papa ! hurla-t-il.

Il se précipita sur lui. Son père se tenait en appui sur ses avant-bras et essayait de relever la tête. Étienne se jeta au sol et tira le baron vers lui. Le corps du vieil homme bascula contre ses cuisses, le visage désormais vers le plafond.

Ses lèvres bougeaient sans qu'aucun son en sorte. Plus que jamais, il avait l'air fou. Bien plus fou que Nanou. Paniqué à l'idée qu'il puisse s'être blessé, Étienne lui palpa le visage. Par chance, il semblait indemne.

— Laissez-moi vous aider.

La voix de Carnac le fit sursauter. Par réflexe, il referma ses bras autour du baron. Le comte ne devait pas le voir ainsi. Non, il ne fallait pas… Carnac n'attendit pas sa réponse et, tandis que des bruits paniqués provenaient de l'escalier, il parvint à soulever seul le baron. Avec une délicatesse qui surprit Étienne, il le ramena sur son lit.

— Sortez ! Vous n'avez rien à faire ici ! s'écria Louise.

Des domestiques, dont Gustave, se pressèrent vers la couche et repoussèrent le comte. Celui-ci leva les mains en signe de reddition, tandis qu'Étienne demeurait au sol, complètement hagard. Madame de Verteuil apparut à son tour et des imprécations fusèrent, accompagnées d'aboiements de chien.

Engourdi, Étienne regagna le chevet de son père. Celui-ci lui attrapa alors le poignet. Ses yeux, d'habitude si vides, le fixaient bel et bien. Ses lèvres recommençaient à bouger. Il disait quelque chose. Mais avec le bruit qu'ils faisaient tous…

— Ça suffit ! s'époumona Étienne. Dehors !

Tout le monde les dévisagea, lui et la poigne du baron de Kerdelec qui manifestait pour la première fois un signe de volonté.

Ils quittèrent tous la chambre, et Étienne, le cœur battant, descendit son oreille jusqu'à la bouche de son père :

— L'an 1641, le 18 avril, moi, notaire soussigné, recopie l'acte de baptême tel que consigné dans la paroisse de Saint-Malo le 11 avril 1641…

L'acte qui leur manquait ! Ainsi donc, son père le connaissait par cœur ?

— Oui, père, c'est bien celui-là que nous ne retrouvons plus. Mais nous devons avoir un document authentique à montrer. Je ne peux simplement le recopier et…

Les doigts de son père se refermèrent encore plus fort, ses ongles s'enfonçant douloureusement dans la chair d'Étienne. Ses lèvres reprirent leur course folle pour réciter l'acte, une première fois, puis une seconde.

— Merci père, j'ai compris.

Étienne détestait mentir, toutefois il se força à sourire. Le baron soupira, sa poitrine se creusant sous l'effet du soulagement. Il ferma les yeux.

— Merci, Étienne.

Ses doigts se détachèrent de son poignet, et le jeune homme sentit les larmes lui monter aux yeux. Il embrassa le front du baron, puis sortit de la pièce. Dans le couloir demeurait toujours Carnac, les bras croisés et le regard obstiné, entouré de madame de Verteuil, Louise, Gustave et deux autres domestiques.

Quand Étienne apparut, madame de Verteuil siffla :

— Ce monsieur refuse de quitter cette maison. Étienne, pourriez-vous lui indiquer où se trouve la porte ?

Sans attendre de réponse, elle gagna la chambre du baron, accompagnée de ses deux servantes et de son chien qui grognait toujours.

— Je voulais juste m'assurer…, commença Carnac.

— Je sais. Mais il vaudrait mieux que vous nous laissiez. Venez, je vous raccompagne.

Antoine de Carnac ne répondit pas. En passant devant Louise, il échangea avec elle un regard venimeux. Si Étienne le remarqua, il n'émit aucun commentaire.

— Je suis sincèrement désolé pour votre père, je n'imaginais pas…

— Je peux compter sur votre discrétion ?

— Bien évidemment.

Le comte continua de descendre l'escalier, là où Étienne ralentit. Les mots de son père tournaient en boucle dans son esprit. « L'an… devant moi, notaire soussigné… ai recopié l'acte paroissial ». Ai *recopié* l'acte paroissial… Recopié !

Son cœur vola dans sa poitrine et son pied glissa sur le bord de la marche suivante. Son dos bascula en arrière, il tenta de se retenir, mais ses reins percutèrent les marches du haut dans une violente douleur. Il sentit sa tête partir également en arrière, lorsqu'on le rattrapa par le bras.

— Qu'est-ce qui vous prend ! rugit Carnac.

Il tira sur son bras pour l'aider à se relever, un peu trop fort, car Étienne, de nouveau debout, percuta son torse.

— Hé là, doucement. Vous êtes en état de choc…

— Non, souffla Étienne, sans s'écarter. Je vois les choses sous un autre angle, comme vous me le conseilliez.

Carnac cilla et le jeune homme ajouta :

— L'acte manquant… Il s'agissait d'une copie d'un acte de baptême. Mon père vient de me le réciter.

Les yeux de Carnac s'écarquillèrent.

— Avez-vous retenu la date et la paroisse ?

— Oui, le 11 avril 1641, dans la paroisse de Saint-Malo.

— Je connais bien la cité corsaire. Avec un peu de chance, les grands-curés ont pris soin de leurs documents.

Le rythme cardiaque d'Étienne s'accéléra.

— Ai-je tort d'espérer ?

Sa poitrine se soulevait au rythme de sa respiration. Carnac lâcha son poignet, puis sourit.

— L'espoir vous sied bien, vous retrouvez des couleurs. Non, Étienne, vous n'avez pas tort.

L'intéressé ferma les yeux. Ces mots… il avait terriblement besoin de les entendre, et Carnac les lui offrait.

— Je vais tout de suite organiser notre départ !

Étienne rouvrit les paupières, stupéfait. Son compagnon dévalait déjà le reste des marches de l'escalier.

— Comment ça, « notre départ » ? répéta Étienne en agrippant la rampe.

La tête lui tournait. Le comte, déjà arrivé à la porte, se retourna, le sourire aux lèvres.

— Vous avez raison, il est temps que nous concluions cette affaire.

— Nous ?

— Oh, mon cher Étienne, sourit d'un air malicieux Carnac. Voulez-vous vraiment partir seul et me laisser sans surveillance ?

Antoine lui décocha un clin d'œil, puis ajouta :

— Préparez-vous. Je vous préviens quand tout est bon. Avec de la chance, nous pourrons partir dès demain matin.

Sans attendre de réponse, il quitta la maison sous le regard ébahi d'Étienne. Le jeune homme éprouvait des difficultés à se ressaisir. La douleur dans ses reins lui indiquait que tout ça était bien réel, qu'il ne rêvait pas. Antoine avait raison… Chercher le document disparu ne résoudrait rien, mais obtenir une nouvelle copie de l'original pourrait tout changer.

L'espoir qui toquait dans son cœur défonça la porte qui le retenait et un enthousiasme fou l'envahit de la tête aux pieds. Il fit volte-face et remonta les marches, jusqu'à se retrouver nez à nez avec Louise.

— Tu as entendu ?

Étienne lui saisit les mains.

— Si la paroisse dispose toujours de ses registres… Il me suffira de quérir un notaire pour copier l'acte qui nous manque !

Au lieu de se réjouir, sa sœur conservait une mine inquiète.

— Tu ne vas tout de même pas te rendre à Saint-Malo ?

— Tu n'as donc rien écouté ?

Tant pis pour elle, Étienne se réjouirait seul ! Comme si des ailes lui poussaient dans le dos, il se pressa jusque dans sa chambre et attrapa un sac en cuir. Quand Carnac voulait quelque chose, cela tournait à l'obsession. Avec un peu de chance, ils pourraient même partir dans quelques heures.

Louise l'avait suivi jusque dans la chambre.

— Je t'en prie, c'est trop dangereux ! objecta-t-elle.

— Le danger, c'est de rester dans notre situation actuelle, répondit Étienne sans la regarder.

Combien de chemises devait-il prendre ? Il y avait plus de kilomètres jusqu'à Saint-Malo que jusqu'au domaine. Combien de jours cela prendrait-il ? D'ailleurs, voyageraient-ils à cheval ou en calèche ? Dans les deux cas, il devrait s'habiller chaudement…

— Sophie, tu m'écoutes ? sanglota Louise.

Surpris d'entendre ce prénom, Étienne se figea. Sa sœur s'essuya les joues et le masque du jeune homme vola en éclats. À force de jouer son rôle, Sophie avait du mal à s'en écarter. Voir ainsi sa sœur dévastée lui rappelait qui elle était. Alors, elle s'approcha d'elle, lui prit les mains et sourit.

— Je me rends compte à quel point c'est insensé, mais aie confiance en moi. Je veux faire ce voyage. Je veux sortir notre famille de ce guêpier.

Le front d'habitude si lisse de Louise demeurait tout plissé. Son aînée ne dit rien, mais elle la dévisageait comme si elle la voyait pour la première fois…

— Louise, laissez-nous.

Tante Rosaline venait d'entrer dans la chambre. L'intéressée sursauta en récupérant ses mains. La mâchoire de Sophie se crispa. Oh non, ce n'était pas le moment ! Sa sœur lui lança une œillade suppliante, mais obéit, comme elle le faisait toujours. Faisant dos à sa tante, Sophie récupéra le sac laissé sur son lit.

— Je ne changerai pas d'avis. Une solution s'offre enfin à nous (elle enfonça une chemise dans la pochette), je récupérerai le document et me rendrai ensuite chez le notaire responsable de l'héritage.

— Vous ne ferez rien.

La jeune femme fit volte-face, elle ne comprenait pas son opposition.

— Vous pouvez me faire confiance, assura-t-elle face à l'expression glacée de sa tante. Je ne faillirai pas !

— Vous en avez assez fait, grommela son interlocutrice, la tête haute. Les risques que vous soyez découverte sont trop élevés.

— Non, j'ai su me protéger, et je continuerai.

— De toute façon, telle n'est pas la question ! s'exclama madame de Verteuil. Tout s'arrange, et il est hors de question que vous veniez semer la pagaille.

— Tout s'arrange ?

Sa tante délirait ! Qu'est-ce qui s'arrangeait ? Absolument rien !

— Un beau parti fera bientôt sa demande à Louise.

Sophie, qui continuait à fouiller dans sa chambre, se figea. Les propos de sa mère lui revinrent.

— Qui ça ? Choiseul ?

— Non, pas ce gringalet ! pouffa-t-elle.

Saisie soudain d'une crainte, la jeune femme articula soigneusement :

— Le connaît-elle seulement ?

— En quoi cela a-t-il de l'importance ? prononça avec acidité sa tante. Elle sera bientôt riche, bien plus riche qu'elle ne pouvait l'espérer un jour.

L'injustice de la situation révolta Sophie. Elle en parlerait à sa sœur plus tard, mais elle se sentait le devoir de l'aider dès maintenant.

— Aussi riche qu'elle puisse devenir, cet argent appartiendra à son époux, non à elle. La situation de nos cadets…

— J'ai trouvé une place confortable à Héloïse dans un couvent du Morbihan. Elle sera nourrie et logée jusqu'à la fin de sa vie (Sophie faillit s'étrangler avec sa propre salive), et Philippe commencera des études au séminaire dès le début de l'année nouvelle. Quand il sera en âge d'entrer en fonction, un ami l'installera dans une paroisse.

La jeune femme manqua d'avoir un malaise. Alors… durant tout ce temps… Si madame de Verteuil ne s'intéressait pas à son avancée dans la recherche de l'acte, c'est parce qu'elle avait d'autres plans ?

— Leur avez-vous au moins demandé leur avis ?

Héloïse, bonne sœur, Philippe, curé… Et surtout… privés de leur famille !

— Je leur assure un avenir et ne les berce pas de chimères !

— Et moi ? articula Sophie avec dédain. Quel rôle m'avez-vous trouvé dans tout ça ?

— Vous… (les lèvres de tante Rosaline s'étirèrent cruellement) vous resterez Étienne jusqu'à ce que le vrai réapparaisse. Du moins s'il décide de réapparaître un jour.

Sophie avait l'impression de suffoquer.

— Vous n'êtes jamais partie à sa recherche, n'est-ce pas ?

— Si vous n'obéissez pas, renchérit son interlocutrice comme si elle n'avait rien entendu, je connais un monsieur en Gascogne qui en a dressés des plus sauvages que vous.

Une envie de vomir la saisit. Sa tante était un monstre ! Et celle-ci semblait particulièrement savourer l'effet que provoquait sur elle la découverte de sa tromperie.

— Pendant tout ce temps, cracha la jeune Kerdelec, la poitrine en feu, vous ne croyiez pas en ma réussite ? Vous prépariez ces plans dans mon dos ?

— Oh, mais je croyais en votre réussite. Tout ça, c'est grâce à vous, ma petite Sophie. Vous êtes parvenue à occuper Carnac, à le distraire de l'héritage. Vous avez permis aux rumeurs selon lesquelles nous serions bientôt riches de prendre racine. En effet, pourquoi le comte chercherait-il l'amitié d'Étienne et les doux yeux de Sophie s'il ne savait pas ses revendications inutiles ? Dès lors, négocier l'avenir de vos sœurs et de Philippe s'est révélé particulièrement aisé.

La bile remontait dans son œsophage à l'idée d'avoir été ainsi manipulée. Néanmoins, Sophie tenta de se contrôler et objecta :

— Sauf que nous n'obtiendrons pas l'héritage sans cet acte !

Le sourire cruel de sa tante lui fit froid dans le dos. La jeune femme écarquilla les yeux. Soudain, elle la regarda autrement. Si sa tante avait orchestré l'avenir de chacun des Kerdelec depuis tout ce temps, alors il était fort possible… qu'elle soit à l'origine d'un autre de leurs malheurs.

— C'est vous qui avez volé l'acte, n'est-ce pas ?

Le sérieux de tante Rosaline ainsi que son absence de contestation la glacèrent.

— Une occasion s'est présentée, je l'ai saisie.

Sophie dut s'appuyer contre le lit.

— Ne faites pas cette tête. De toutes les personnes qui se trouvent dans cette maison, vous êtes la mieux à même de me comprendre. Vous aussi, vous avez sauté sur l'occasion en vous faisant passer pour votre jumeau. Quand le pouvoir se présente, on ne le refuse pas.

Que... Quoi ? Elle la dévisagea avec horreur.

— C'était pour aider ma famille !

L'expression pleine de suffisance et de joie malsaine de madame de Verteuil s'accentua.

— Vous souffrez de votre position de cadette, du manque d'intérêt de vos parents à votre égard. Tous vos efforts ne mènent jamais à rien, pas même à de la reconnaissance. Je sais ce que c'est, Sophie.

L'intéressée secoua la tête.

— Et aujourd'hui, c'est mon tour. C'est mon moment.

Des frissons glacés remontèrent l'échine de Sophie. Alors... tous les bienfaits de sa tante... ce n'était pas par pure gentillesse, mais bien pour prendre l'ascendant sur leur famille ? Elle ne l'avait jamais vue que comme la tante de sa mère, mais en réalité, en y songeant bien, tout prenait sens. Madame de Verteuil était devenue veuve très jeune et n'avait jamais eu d'enfant. Sous couvert de les aider, elle avait progressivement refermé ses serres autour d'eux... Depuis combien de temps tramait-elle ses plans en secret ? Voler le document n'avait été qu'un moyen d'accélérer les choses... Et qu'importe qui souffrirait ! Sophie en avait la nausée.

— Je ne vous laisserai pas gagner ! s'écria-t-elle.

Elle gagna la penderie pour attraper ses dernières affaires à défaut de pourfendre sa tante de son épée. Elle valait mieux que celle-ci. La colère et le dégoût lui donnaient des ailes et accentuaient sa volonté de partir à Saint-Malo.

— J'irai chercher cet acte, que vous le vouliez ou non !

Elle attrapa son manteau, déjà prête à partir. Elle attendrait dehors s'il le fallait, mais elle ne pouvait pas supporter de rester une minute de plus dans cette maison.

— C'est ce que nous verrons…

— Je n'ai pas à demander votre permission !

Sophie se tourna violemment vers l'horrible femme, qui se glissait déjà hors de la chambre. Le battant claqua derrière elle, suivi… d'un bruit de clef dans la serrure.

Le cœur de la jeune femme bondit dans sa poitrine, et elle se précipita dessus. Sa tante avait verrouillé !

— Ouvrez ! Ouvrez immédiatement !

— Vous deux, qu'il y ait toujours quelqu'un qui surveille cette porte. Et que personne n'ouvre, ou il sera mis dehors avec la pire des réputations !

— Et si… s'il y a un problème, madame ?

— Personne, sous aucun prétexte, même s'il se dit mourant !

— Oui, madame.

Sophie décolla son oreille, et recula, sujette à une vague de panique. Elle se précipita vers la fenêtre. C'était bien trop haut pour sauter… et il n'y avait pas de bordures lui permettant d'atteindre la fenêtre opposée.

Elle tourna sur elle-même, encore et encore, puis regagna la porte et tambourina dessus.

— Louise, Louise !

Son front percuta le bois et elle se laissa tomber au sol. Elle savait que jamais sa sœur n'irait à l'encontre d'un des ordres de leur tante. Elle devait attendre que le reste de sa famille rentre… Hélas, jamais sa mère n'avait fait quoi que ce soit pour Étienne. Héloïse était sourde, et même si Nanou ou Philippe l'avertissaient, que pourraient faire une jeune fille, une grand-mère et un petit garçon contre ceux qui gardaient la porte ? Toute son assurance volait en éclats. Jamais on n'aurait fait ça au véritable Étienne, elle n'était qu'une jeune femme sans aucune autorité ni importance.

Tante Rosaline avait gagné… Telle une marionnettiste, elle tirait les ficelles sans que Sophie ait rien vu. Depuis le début, elle avait concentré toute sa haine et sa méfiance sur Carnac, alors que le diable vivait dans sa propre maison.

Les sanglots soulevèrent sa poitrine et elle éclata en pleurs, frappant des poings sur le battant.

Encore et encore.

En vain.

52

Lorsque Sophie entendit rentrer le reste de sa famille, elle se déchaîna sur la porte de toutes ses forces.

— Nanou, Pilou, ne croyez pas ce qu'on vous dit ! Ouvrez-moi ! Il faut que je sorte !

Hélas, elle avait beau se répéter et s'époumoner, les heures passèrent sans que personne vînt à sa rescousse. Même Carnac, dont elle ne souffrait pas l'égocentrisme, aurait été accueilli à bras ouverts s'il était venu la délivrer.

Elle s'esclaffa et se frotta le visage devant un tel pathétisme. Pour souhaiter que Carnac joue les chevaliers servants, il fallait vraiment qu'elle ait touché le fond ! Néanmoins… il se poserait forcément des questions. À moins que tante Rosaline ne lui ait envoyé un mot ? Oh, Sophie lui faisait confiance pour tout prévoir. Absolument tout.

La nuit tomba sans que personne lui propose à boire ou à manger. Seul Cannelle, que Sophie avait oublié, vint lui tenir compagnie. Le lapin, curieux, commença à grignoter le bout de sa manche. Le pauvre avait faim, lui aussi.

Elle le souleva et le serra dans ses bras, son visage se perdant dans ses poils tout doux. Est-ce que leur malheur avait vraiment commencé avec ce lapin ? Non, Étienne serait tout de même parti, leur père aurait sans doute fait un malaise et tante Rosaline aurait trouvé un autre moyen pour mettre ses plans à exécution. Après tout, n'avait-elle pas réussi à convaincre le baron de garder Nanou et Héloïse à l'écart du bal, le premier soir ?

Et puis, pourquoi se demander ce qui aurait pu se passer alors que c'était fait ? Non, elle devait se tourner vers l'avenir. Et l'avenir n'était pas dans cette chambre.

Sophie, toujours habillée en Étienne, déposa Cannelle sur le lit, puis gagna la fenêtre. Elle avait déjà essayé de lier ses draps, qui ne parvenaient hélas pas jusqu'au jardin. Néanmoins, à cet instant, elle était prête à réessayer, puis à sauter. Elle se romprait peut-être le cou, mais ne valait-il pas mieux tenter quelque chose plutôt que de rester dans l'inaction ? Oui, c'était mieux que rien.

Elle enfila son manteau et son chapeau, glissa la lanière de son sac en travers de son buste, puis attrapa le drap toujours noué à son lit. Il fallait qu'il fasse l'affaire, il le fallait !

La jeune femme ouvrit en grand la fenêtre, et inspira profondément. Allez, un peu de courage !

Elle lança sa corde de fortune vers l'extérieur, lorsque quelque chose claqua juste en dessous d'elle. Non, ses yeux la trompaient, ce n'était pas possible !

Là, à côté des draps, se trouvait une échelle. Pas assez haute pour atteindre sa fenêtre, mais ensemble les deux procédés pourraient bien la sauver de cette situation.

Elle plissa les yeux dans l'obscurité et crut distinguer une silhouette. Carnac ? Aucune source lumineuse ne lui permettait de le vérifier, mais qui d'autre que lui aurait pu intervenir ?

Retournant sur ses pas, elle se saisit de Cannelle et le plongea dans son sac. Si madame de Verteuil retournait la pièce demain matin… Elle ne devait surtout pas tomber sur le lapin. Sophie le rendrait à Pilou avant de partir, d'autant qu'elle devait récupérer les autres documents de l'héritage dans le bureau de son père.

Allez, une étape à la fois.

Avec précaution, elle enjamba la fenêtre, et entreprit de descendre. Sous son poids, le lit bougea de quelques centimètres et elle se figea. Elle imaginait déjà la belle chute… Les muscles de ses bras la brûlèrent, et elle se dépêcha de continuer. Sur le dernier bout de drap restant, elle commença à se balancer. Elle entendit le lit bouger encore, mais elle n'abandonna pas son idée. Elle tendit une main et, quand elle se referma un des barreaux de l'échelle, lâcha le drap.

Hélas, son corps partit en arrière, entraînant son support avec lui. Elle s'y cramponna. Son ventre remonta dans sa gorge, une terrible sensation de chute libre, comme les fois où elle était tombée des pommiers, la saisit. Les yeux grands ouverts vers les étoiles, Sophie se prépara à encaisser la douleur.

Sauf que rien ne se passa. Des râles lui parvinrent en contrebas, et l'échelle rebascula contre la façade. La peur toujours au ventre, elle demeurait immobile lorsqu'une petite voix chuchota :

— Vite !

Pilou ? Sophie se hâta de descendre les barreaux et atterrit dans l'herbe. Elle n'eut pas le temps de se retourner que son petit frère fondit sur elle et l'enlaça, bientôt suivi de Nanou et d'Héloïse.

— Que, qu'est-ce…

Héloïse posa son doigt sur ses lèvres et signa. Même à un mètre d'elle, elle avait du mal à la voir correctement.

— *Nous ne pouvions pas te laisser ainsi. Sinon à quoi serviraient les membres d'une famille ?*

Nanou lui pressa la main, le visage heureux.

— *Merci,* répondit Sophie, émue.

Elle posa sa main libre sur la tête de son frère, puis d'un coup, se rappela : Cannelle ! Elle déposa son sac au sol, et rendit son compagnon de fourrure à Pilou. Le jeune garçon gloussa comme le jour de Noël. Qu'il faisait bon de le voir si heureux !

Quand elle releva la tête, Héloïse signa :

— *Merci à toi, Sophie.*

La jeune femme écarquilla les yeux devant le geste qui symbolisait son prénom. Héloïse lui sourit et ajouta :

— *Croyais-tu que tu pouvais me le cacher ? Je m'en suis doutée dès la première fois que tu as signé. Étienne et toi ne formez pas les mots de la même façon.*

— *Je voulais te protéger…*

Les mains de Sophie tremblèrent. Elle s'en voulait terriblement.

— *Je sais, mais je n'en ai pas besoin. Ce n'est pas parce que je suis sourde que tu dois prendre des gants avec moi.*

— *Tu sais bien que le fait que tu sois sourde ne change rien…*

— *Cessons d'en parler. Nous n'avons pas le temps.*

Sophie se rembrunit.

— *Je ne t'en veux pas,* ajouta sa petite sœur. *N'oublie simplement pas que tu n'es pas seule dans ce combat. Nous te soutenons, nous tous.*

Elle désigna l'échelle, et Sophie distingua alors deux autres silhouettes : d'abord un homme grand… Gustave ? Le domestique de son père s'inclina et chuchota :

— Je ne pouvais pas rester sans agir.

— Moi non plus.

Louise se rapprocha, la tête basse. Alors, elle aussi, était intervenue ? En dépit de l'interdiction de leur tante ? Elle tendit une besace à Sophie et ajouta :

— Les documents sont à l'intérieur. Suis ton instinct. J'ai toute confiance en toi.

Les larmes montèrent aux yeux de Sophie. L'émotion l'empêchait de prononcer le moindre mot. Pilou, Héloïse, Nanou… et maintenant, Gustave et Louise ! Prise d'un élan subit, elle jeta ses bras autour du cou de sa sœur aînée.

— Merci, Louise.

Elle sentit les paumes de cette dernière contre son dos, et tendit la main pour attraper celle de Gustave. Lui aussi méritait d'être remercié. Le domestique s'empourpra et acquiesça.

— Vite, file. Le comte de Carnac t'attend au relais de la porte nord.

L'étonnement de Sophie s'accrut.

— Je croyais que tu ne lui faisais pas confiance ?

— C'est toujours le cas, avoua son aînée en remettant les cheveux de Sophie en arrière. Néanmoins, lui n'a pas essayé de t'enfermer. Et surtout… c'est en toi que j'ai confiance.

Les yeux de Sophie brillèrent.

— *Merci, du fond du cœur merci,* signa-t-elle tout en chuchotant.

Sa famille lui sourit, et elle essuya une larme avant de récupérer le sac qui contenait ses affaires.

— *Sophie*, signa alors Nanou.

Sa grand-mère souriait, la jeune femme ignorait si elle avait conscience de la gravité de ce qui se déroulait. Avec son air si enfantin, et ses cheveux blancs qui tombaient sur ses épaules… elle était si belle !

— *N'oublie pas que tomber n'est pas grave. L'important, c'est de se relever.*

Nanou la serra dans ses bras et Sophie savoura son étreinte. Puis, doucement, elle s'écarta, et leur fit signe de filer avant que le dragon ne se réveille. La besace et son sac bien en main, elle se faufila jusqu'à la cour, où l'attendait un cheval non sellé, la bride attachée à la grille.

Elle se retourna une dernière fois. Seule l'ombre de l'hôtel de Verteuil lui parvenait.

— Je vous promets de rentrer le plus vite possible, et de tout arranger, murmura-t-elle.

Sans attendre, elle agrippa la crinière du cheval et monta sur son dos avant de filer dans la nuit.

53

Le relais nord ne s'avéra pas difficile à trouver. Même la nuit, les gens gardaient bien souvent une chandelle allumée à la fenêtre, ce qui lui permit de se repérer dans les rues sombres. Par précaution, Sophie, redevenue Étienne, avait emporté son épée à sa ceinture. Si le pas pressé de son cheval ne décourageait pas d'éventuels voleurs, sa lame le ferait.

Une vive tension l'habitait. Faisait-elle le bon choix en se rendant à Saint-Malo avec le comte de Carnac ? Elle sourit de sa stupidité : non, il fallait vraiment qu'elle redevienne le personnage qu'elle s'était créé. Étienne faisait le bon choix. Ou plutôt, il suivait la seule voie acceptable. Pour sa famille et pour lui.

Quand il arriva au relais, il se dirigea par réflexe vers la lanterne allumée destinée aux visiteurs.

— Vous voilà enfin ! s'exclama une charmante tête rousse.

— Kaerell !

Étienne descendit de cheval et ne réfléchit pas : il enlaça le jeune homme. Celui-ci se figea, bras ouverts, et Étienne recula, honteux.

— Désolé. J'ai juste cru… ne jamais vous revoir.

Kaerell lui offrit un grand sourire, les joues de la même couleur que ses cheveux.

— En vous voyant prendre la fuite hier, je croyais que vous me teniez rancœur…

Étienne secouait vivement la tête lorsqu'un bruit de toux le fit se retourner. Le comte de Carnac, en long manteau de voyage, le col remonté jusqu'au menton, demeurait debout, les bras écartés.

— Quoi ? articula-t-il, un peu grognon. Vous n'avez pas eu peur de ne plus me voir, moi non plus ?

Comme Étienne ne réagissait pas, il laissa ses bras retomber le long de ses flancs, et détourna le visage, contrarié. Toute la tension d'Étienne reflua, et d'un coup il le serra contre lui, comme il venait de le faire avec Kaerell.

Et tout comme Kaerell, le comte demeura les bras ballants, sans savoir comment réagir.

— Je… euh… je plaisantais.

Étienne s'écarta et lui sourit. Pour la première fois, il vit le visage du comte de Carnac s'empourprer. Il ne savait véritablement plus quoi dire !

— Merci, chuchota Étienne, gêné, mais avant tout heureux. Merci de ne pas m'avoir abandonné.

Carnac sourit enfin :

— Je suis aussi tenace que du crottin sous votre chaussure.

Étienne fronçait les sourcils, surpris d'une telle comparaison, lorsque Kaerell s'approcha, les rênes à la main :

— Heureusement pour Étienne, tu ne pues pas autant !

Il les lui tendit et le jeune Kerdelec découvrit un cheval déjà harnaché pour le voyage. Sans lui demander son avis, le rouquin lui retira son sac et sa besace pour solidement les attacher à la selle.

— Je garde ceci, répliqua Étienne en récupérant les documents de son père.

Il remarqua alors que seuls deux chevaux étaient présents.

— Vous ne venez pas ?

— Non, avoua Kaerell. Je ne peux annuler les représentations de la troupe. Pardonnez-moi, Étienne…

— Je comprends, et cela ne change rien à notre amitié.

Étienne lui sourit sincèrement. Kaerell, quoique toujours gêné, sembla s'apaiser.

— Je garderai un œil sur votre famille. Promis.

— Merci.

Étienne affronta le regard de Carnac, soudain moins à l'aise. Si Kaerell ne venait pas… Cela signifiait qu'ils feraient le voyage à deux… en tête à tête ? La chaleur lui monta violemment au visage, et il se détourna pour monter.

Carnac se rapprocha soudain de lui, près, vraiment très près.

— Est-ce que cela ira avec votre blessure ? Si vous êtes fatigué, faites-le-moi savoir, nous ferons de plus longues pauses.

Étienne haussa un sourcil, et d'un air insolent contempla son compagnon :

— Vous, si vous êtes fatigué, faites-le-moi savoir.

Le comte se frotta la mâchoire, le sourire jusqu'aux oreilles. Fier de son petit effet, Étienne grimpa en selle.

— Soyez prudents, leur enjoignit Kaerell.

— Promis.

— Toi aussi, répondit Carnac, à son tour à cheval.

Étienne avança le sien à ses côtés.

— Prêt pour le voyage le plus incroyable de toute votre vie ?

Carnac le fixait avec un air filou et impatient.

— Pourquoi, parce qu'il se fera avec vous ? le taquina Étienne.

L'amusement dans les yeux du comte redoubla.

— Vous m'ôtez la réplique de la bouche.

Le regard d'Étienne dériva par réflexe sur les lèvres de son compagnon, et il tourna ensuite la tête, peut-être un peu vite, car sa nuque l'élança.

— Combien de temps jusqu'à Saint-Malo ?

— Deux jours avec des pauses. Nous nous arrêterons dans une auberge, un lit est important pour demeurer en bonne santé.

Étienne écarquilla alors les yeux. Quel idiot ! Il n'avait pas d'argent. Même s'il ne voulait pas utiliser celui de monsieur Lambert, il aurait pu le prendre pour le rembourser dès l'héritage obtenu.

— Ne vous en faites pas, vous me paierez par votre charmante compagnie ! ricana Carnac. Et puis, qu'il y ait une personne ou deux dans le même lit, la chambre ne coûtera pas plus cher.

La chambre ? Un lit pour deux ? Le visage d'Étienne devint tout rouge. Le comte talonna son cheval, ne lui laissant pas le loisir de répondre. Le jeune Kerdelec serra la mâchoire, tandis que Kaerell éclatait de rire derrière eux.

Étienne lui fit signe, puis rattrapa Carnac, une expression joyeuse et stupide collée au visage. Oh, certes, ils avaient bien des kilomètres à parcourir jusqu'à Saint-Malo, mais quelque chose disait à Étienne qu'il ne pourrait pas s'ennuyer avec un tel compagnon !

Ils sortirent de la ville, l'un à côté de l'autre, baignés par les rayons soleil levant. Les couleurs rose et orangé réchauffaient le cœur d'Étienne et lui assuraient que demain serait un jour nouveau pour lui.

— Attendez ! s'écria soudain une voix d'homme derrière eux.

Étienne arrêta son cheval, tous les sens en alerte. Avaient-ils trop traîné ? Est-ce que tante Rosaline lui envoyait des gardes pour le faire revenir ? Un cheval au galop approchait et Carnac se plaça entre eux.

L'obscurité était encore trop épaisse pour qu'ils puissent discerner de qui provenait ce cri. En revanche, il s'agissait bien d'un cavalier seul. À quelques mètres d'eux, il ralentit l'allure, et son visage apparut dans le soleil levant.

Étienne retint son souffle.

Le vicomte de Chevigné, en tenue de voyage et son cheval harnaché, fixait Carnac avec un air de défi. Allait-il… le provoquer en duel ?

— Mathieu, que faites-vous ici ? intervint Étienne avant que les deux hommes ne s'étripent.

— Louise m'a prévenu, répondit-il sans quitter des yeux le comte.

Comment ça, Louise l'avait prévenu ? La poitrine d'Étienne se réchauffa et il comprit : c'était la manière qu'avait sa sœur de veiller sur lui. Toutefois, elle n'aurait pas dû importuner Mathieu… qui ajouta :

— J'avais justement des affaires à régler à Saint-Malo. Je vous accompagne.

Quoi ? Mathieu souhaitait réellement abandonner ses occupations à Rennes pour l'accompagner ? Elle ? Enfin, lui, Étienne ? Son cœur bondit dans sa poitrine. Il en oubliait tous ses scrupules. Des bouffées de chaleur envahirent son corps et il baissa la tête en espérant cacher son visage sous son chapeau.

Toutefois, aucun des deux hommes n'aurait pu remarquer son trouble. Ils continuaient à se jauger, sans qu'aucun d'eux veuille lâcher l'autre du regard.

— Du moins, sauf si monsieur de Carnac possède une bonne raison de s'y opposer.

— Pourquoi en aurais-je ? siffla ce dernier d'une même voix glacée. Tant que vous ne nous ralentissez pas.

La mine fermée, le comte se replaça à la gauche d'Étienne, et le vicomte vint se faufiler sur la droite. Mathieu lui sourit et Étienne l'imita. Ses yeux bleus dévièrent alors plus loin, vers Carnac, qui l'observait aussi de son regard sombre.

Coincé entre eux, Étienne déglutit.

Le voyage risquait d'être bien plus mouvementé que prévu !

REMERCIEMENTS

Ce roman n'aurait jamais vu le jour sans l'aide de personnes formidables. On dit souvent qu'être écrivain est un métier solitaire. Il y a du vrai, mais aussi beaucoup de faux. Aussi, ces remerciements vont à tous ceux qui ont été là, mais les mots ne seront jamais assez forts pour exprimer ma gratitude.

Tout d'abord, merci à Caroline Lépée, qui m'a proposé d'écrire une aventure bretonne. Je la remercie pour sa confiance et ce beau challenge qu'elle m'a offert. Malgré ses hautes attentes, elle m'a laissée complètement libre dans l'élaboration de l'intrigue et a cru en moi. Merci également à Mélanie Trapateau pour ses corrections éditoriales et sa patience à mon égard (je peux être très têtue).

Comme je l'écrivais, je ne suis jamais seule dans mon travail. Charlotte Letourneur, en plus d'être une super amie et autrice, n'a eu de cesse de m'encourager tout le long du processus. Ses multiples conseils sur sa terre d'origine et ses réponses à mes questions m'ont beaucoup aidée. Merci Charlotte !

Merci à Carrie, ma coach de toujours, qui m'a aidée à ne jamais me décourager. Merci à Jupiter Phaeton qui m'inspire chaque jour. Merci à Sonia pour ses moments d'écoute attentive, à Catherine Loiseau pour son expertise des combats historiques à l'épée.

Et que serais-je sans mon équipe de bêtalecteurs ? Je remercie Marie, présente depuis le début et qui a tout lu, même les horribles manuscrits que je cache dans mes placards. Isa, et son harcèlement fabuleux pour me lire. Stéphane, dont l'enthousiasme me donne à chaque fois envie de me dépasser. Elvyne, et son œil acéré ! On trouve toujours de nouveaux débats grammaticaux qui nous retournent la tête. Bénédicte P. Durand, qui a décortiqué la trame de ce roman de façon pointilleuse. Elle m'a permis de me réinterroger sur plein de points d'intrigue. Merci à cette super autrice et amie !

J'aimerais également faire une dédicace spéciale à mon mari. Il a cru en moi dès le premier jour où j'ai décidé d'abandonner ma carrière scientifique pour me consacrer à l'écriture. Son soutien n'a pas de prix. Et personne ne peut imaginer à quel point c'est difficile de supporter un écrivain en plein doute sur son travail. Je suis extrêmement chanceuse !

Je suis chanceuse de l'avoir, d'avoir un fils adorable qui est fier de sa maman, et d'être si bien entourée. Merci à toutes ces personnes citées ou non, merci à ma communauté de lecteurs qui m'offre beaucoup.

Et merci à vous, de m'avoir lue jusqu'au bout !

La communauté Charleston a aimé !

Chez Charleston, nous sommes convaincus que, loin d'être une aventure solitaire, la lecture est une invitation au partage. Nous échangeons constamment avec nos lecteurs et lectrices, et nous sommes fiers de la belle communauté d'amoureux des livres que nous formons tous ensemble. Chaque année, nous choisissons au sein de cette communauté vingt lectrices et lecteurs qui nous accompagnent tout au long de l'année, et découvrent nos romans en avant-première. Voici leurs avis !

L'intrigue est haletante, chaque chapitre apporte son lot de révélations et de rebondissements.

@teabooksandyou

Sophie est un personnage fort, féministe, attachant, qui bouscule les codes de la société pour le plus grand plaisir des lecteurs.

@pickbooks

Ce roman historique m'a complètement captivée. Il offre une véritable plongée au cœur de la Bretagne du XVIIIe siècle.

@les_lectures_de_manoon

La plume de l'autrice est fluide, c'est agréable, divertissant à souhait.

@la_tete_dans_mes_livres

L'auteure réunit avec brio des femmes en quête de liberté, un triangle amoureux, des intrigues autour d'un héritage, une disparition, des liens filiaux très forts.

@lectures.de.sarah

Bals, trahisons, duels, secrets de famille, ce livre avait tout pour me plaire et ce fut le cas. Je l'ai adoré !

@flora_bouquine

On est happé par l'histoire et l'univers breton de l'époque.

@trenditch_

Une histoire énergique et rocambolesque, un voyage historique au cœur de la Bretagne qui met en avant un personnage féministe attachant.

@les.mots.de.gaelle

J'ai adoré le mystère, la quête de ce fameux document et toutes les péripéties qui en découlent, et j'ai adoré découvrir cette famille.

@petitsinstantsdelecture

Cet ouvrage est composé de matériaux issus de forêts gérées durablement certifiées PEFC™.
Le Programme de reconnaissance des certifications forestières (PEFC™) est le plus grand organisme mondial indépendant de contrôle pour une gestion durable des forêts.
Pour en savoir plus, consultez le site www.pefc-france.org

PEFC PEFC/14-38-00277

Achevé d'imprimer en avril 2025
par Novoprint
Dépôt légal : mai 2025
Imprimé en Slovaquie